DuMont's Kriminal-Bibliothek

Ellery Queen ist das gemeinsame Pseudonym von Frederic Danney (1905–1982) und Manfred Bennington Lee (1905–1971), die zu den einflußreichsten und produktivsten Kriminalromanautoren gehören. Von Ellery Queen sind in der DuMont's Kriminalbibliothek bereits erschienen: »Der mysteriöse Zylinder« (Band 1008), »Sherlock Holmes und Jack the Ripper« (Band 1017), »Der Sarg des Griechen« (Band 1040) und »Das ägyptische Kreuz« (Band 1069).

Herausgegeben von Volker Neuhaus

Ellery Queen

Die Katze tötet lautlos

DUMONT

Die Deutsche Bibliothek – CIP-Einheitsaufnahme

Queen, Ellery:
Die Katze tötet lautlos / Ellery Queen.
[Aus dem Engl. von Birgit Lamerz-Beckschäfer]. – Köln : DuMont, 1998
(DuMonts Kriminalbibliothek; 1076)
ISBN 3-7701-3873-2

Umschlagmotiv von Pellegrino Ritter
Aus dem Englischen von Birgit Lamerz-Beckschäfer
Die der Übersetzung zugrundeliegende Originalausgabe erschien 1949 unter dem Titel *Cat of Many Tails* bei Little, Brown and Company

Satz: Greiner & Reichel, Köln
Druck und Verarbeitung: Clausen & Bosse, Leck
Printed in Germany
ISBN 3-7701-3873-2

Kapitel 1

Als Archibald Dudley Abernethy erdrosselt wurde, bildete dies den Auftakt zu der neunaktigen Tragödie, deren Schauplatz New York City war.

New York jedoch fiel aus der Rolle.

Siebeneinhalb Millionen Menschen, die ein Gebiet von über 770 Quadratkilometern bewohnten, verloren alle gleichzeitig kollektiv den Kopf. Epizentrum dieses Phänomens war Manhattan, eben das »Gotham«, das – wie die *New York Times* in der schlimmsten Phase anmerkte – von einem legendären englischen Dorf inspiriert schien, dessen Einwohner sich durch ihre Torheit auszeichneten. Allerdings war dies keine ganz gelungene Anspielung, denn die Tatsachen waren alles andere als lustig. Die Panik forderte weit mehr Opfer als die Katze selbst; es gab zahlreiche Verletzte, und welche Traumata die New Yorker Kinder erlitten, die von den irrationalen Ängsten der Erwachsenen angesteckt wurden, wird man wohl erst ermessen können, wenn die Psychiater in den Neurosen der nächsten Generation herumschnüffeln können.

Innerhalb des winzigen Bereichs, in dem die Wissenschaftler im nachhinein zu einem Konsens kamen, erhob man mehrere konkrete Anklagen. Beschuldigt wurden zum einen die Zeitungen. Sicherlich kann die New Yorker Presse ihre Verantwortung für das, was passierte, nicht völlig abstreiten. Die Ausrede, man teile »dem Mann auf der Straße die Ereignisse mit, sobald sie geschehen, wie sie geschehen und solange sie geschehen«, wie der Herausgeber der *New York Extra* es formulierte, klingt zwar plausibel, erklärt jedoch nicht, warum der Mann auf der Straße die Ereignisse um die Aktivitäten der Katze mit derart widerlichen Details mitgeteilt bekommen mußte, überdies noch garniert mit reichlich karikaturistischem Trauerflor und nachrufwürdigen Ausschmückungen. Sinn und Zweck dieser kunstvollen Feinarbeit war natürlich, mehr Zeitungen zu verkaufen, was in so bewundernswerter Weise gelang, daß die Presse, wie ein Vertriebsleiter hinter vorgehaltener Hand zugab, von sich behaupten konnte: »In Panik haben wir sie versetzt!«

Mitangeklagt war das Radio. Die gleichen Sender, die ohne Zögern jedem Eiferer zustimmten, der Kriminal- und Detektivsendungen im Radio als Hauptursachen für Hysterie, Pflichtvergessenheit, Verschlossenheit, fixe Ideen, sexuelle Frühreife, Nägelbeißen, Alpträume, Bettnässen, Gotteslästerung und andere dissoziale Übel anprangerte, von denen die Jugend Amerikas befallen war, sahen nichts Böses darin, die Beutezüge der Katze in allen Einzelheiten und gleich mit passenden Klangeffekten in den Äther zu schicken, ... als würde das Sensationelle schon allein dadurch unschädlich, daß es diesmal keine Erfindung war. Später wurde nicht ganz zu unrecht der Vorwurf erhoben, eine einzige fünfminütige Nachrichtensendung über die neuesten Untaten des Würgers zerre mehr an den Nerven der zuhörenden Bevölkerung als die gesamten Kriminalhörspiele aller Sender zusammengenommen. Doch zu diesem Zeitpunkt war das Unglück längst geschehen.

Andere arbeiteten sich in tiefere Schichten vor. Es gebe bestimmte Elemente in den Verbrechen der Katze, so behaupteten sie, die allgemein verbreitete Horrorvorstellungen wachriefen. Eines davon war die angewendete Methode. Da Atem gleichbedeutend mit Leben ist, seine Verweigerung jedoch der Tod, so ihre Argumentation, mußte das Erdrosseln der Opfer unweigerlich grundlegende Ängste schüren. Ein weiteres Element war die zufällige Wahl der Opfer, die »aus einer Laune heraus ausgesucht wurden«, wie sie es formulierten. Der Mensch, so stellten sie fest, tritt dem Tod vor allem dann gleichmütig gegenüber, wenn er glaubt, für einen bestimmten Zweck zu sterben. Die Katze jedoch, meinten sie, wähle ihre Opfer nach dem Zufallsprinzip. Sie weise den Lebenden damit den Status von Untermenschen zu und messe der Auslöschung eines einzelnen nicht mehr Bedeutung oder Würde zu als dem versehentlichen Zertreten einer Ameise. Dies machte eine Abwehr, vor allem moralischer Art, unmöglich. Niemand konnte sich davor verstecken – daher die Panik. Als dritter Faktor, fuhren sie fort, kam die völlige Unkenntnis über den Täter hinzu. Kein Lebender hatte das Schreckgespenst bei seiner kaltblütigen, zweckfreien Arbeit beobachtet; es hinterließ keinerlei Hinweis auf Alter, Geschlecht, Größe, Gewicht, Hautfarbe, Gewohnheiten, Sprechweise, Herkunft, nicht einmal darauf, ob es sich um Mensch oder Tier handelte. Nach allen verfügbaren Fakten hätte es genausogut tatsächlich eine Katze sein können – oder ein böser Geist. Da keinerlei Anhaltspunkte vorlagen, geriet die überheizte Phantasie außer Kontrolle. Mit dem Ergebnis, daß ein Scheusal wie aus einem Alptraum Wirklichkeit geworden war.

Die Philosophen betrachteten ihrerseits die Welt ganzheitlich und erweiterten den Blick auf das große Panorama der aktuellen Ereignisse. *Weltanschauung!* riefen sie aus. Die alte, an den Enden abgeflachte Kugel eierte um ihre Achse in dem Versuch, der Belastung zu widerstehen, und bekam Risse an den Verwerfungen, wo der Druck am größten war. Eine Generation, die zwei Weltkriege miterlebt und Millionen Verstümmelte, Verhungerte, Gefolterte, Ermordete zu Grabe getragen hatte, die sich, angelockt vom Frieden, aus den blutroten Fluten der Zeit erhob und doch nur vom zynischen Stachel des Nationalismus geködert wurde; die sich unter dem unerklärlichen Pilz der Atombombe zusammenkauerte, ohne zu verstehen und ohne auch nur den Wunsch, zu verstehen; die hilflos zusah, wie diplomatische Strategen die Taktiken eines Armageddon entwarfen, das niemals eintraf; die hierhin und dorthin geworfen wurde, angestiftet, ermahnt, verdächtigt, geschmeichelt, beschuldigt, angetrieben, abgeworfen, entflammt, im Stich und niemals in Ruhe gelassen, nächtlich, täglich und stündlich zum Gegenstand des Drucks und einander entgegenwirkender Kräfte gemacht wurde – das waren die wahren Opfer des universellen Nervenkriegs … Wen erstaunte es da, meinten die Philosophen, daß eine solche Generation schreiend davonlief, wenn sich nur ein Zipfel des Unbekannten zeigte! In einer Welt, die abgestumpft, verantwortungslos, bedroht und zugleich drohend war, brauchte man sich über Hysterie nicht zu wundern. Sie hatte New York City fest in den Klauen; hätte sie anderswo auf der Welt zugepackt, hätten sich die Menschen ihr genauso ergeben. Man müsse verstehen, so meinten sie, daß die Menschen sich der Panik nicht einfach unterwarfen, sondern sie nachgerade mit offenen Armen empfingen. Auf einem Planeten, der einem unter den Füßen zerbrach, wäre geistige Gesundheit allzu schmerzhaft. Die Phantasie bot einen Ausweg und brachte Erleichterung.

Es war allerdings ein ganz normaler New Yorker Bürger, ein 20jähriger Jurastudent nämlich, der die Sache in einer Sprache ausdrückte, die von den meisten Leuten verstanden wurde. »Ich habe mich gerade in den amerikanischen Juristen Daniel Webster eingearbeitet«, sagte er. »Zu seinen Fällen gehörte ein Verfahren gegen einen Typ namens Joseph White. Da ließ Webster folgenden Spruch los: *Jeder ungesühnte Mord raubt ein wenig Sicherheit aus jedermanns Leben*. Ich stell' mir vor, wenn man in dieser verrückten Welt lebt und so ein Buhmann, den alle die Katze nennen, fängt an, dauernd irgendwelchen Leuten die Gurgel umzudrehen, und keiner kann sich irgendeinen Reim darauf machen, und soweit Otto Normalverbraucher absehen kann, wird die Katze weiterhin die Bevölkerung dezimieren, bis es nicht mehr genug Fans gibt, um die offene Tribüne im Stadion der Brooklyn Dodgers vollzukriegen – oder langweile ich Sie? Übrigens, wieso wurde eigentlich Leo Durocher gesperrt?« Der Name des Jurastudenten wurde als Gerald Ellis Kollodny angegeben, und gesprochen hatte er mit einem Reporter, der für eine Hearst-Zeitung Passanten befragte. Zitiert wurde er im *New Yorker*, der *Saturday Review of Literature* und *Reader's Digest*. *MGM News* lud Mr. Kollodny ein, das Ganze vor laufenden Kameras zu wiederholen, und die New Yorker nickten und sagten, genau dies seien die Gefühle, die sich bei jedem von ihnen aufgestaut hätten.

Kapitel 2

Der 25. August endete mit einer der siedend heißen subtropischen Nächte, die eine Spezialität des New Yorker Sommers darstellen. Ellery saß in der Unterhose in seinem Arbeitszimmer und versuchte zu schreiben, doch seine Finger rutschten immer wieder von den Tasten ab, bis er schließlich die Schreibtischlampe ausknipste und zum Fenster hinübertrottete.

Die Stadt lag schwarz und ruhig da, ganz niedergedrückt unter der Last des Abends. Weiter östlich strömten jetzt vermutlich Tausende in den Central Park, um sich ins dampfende Gras zu werfen. Nordöstlich, in Harlem, der Bronx, Little Italy und Yorkville, südöstlich an der Lower East Side und jenseits des Flusses in Queens und Brooklyn, südlich in Chelsea, Greenwich Village, Chinatown – überall, wo es Mietskasernen gab, dienten jetzt gerade Feuerleitern als überfüllte Zufluchtsorte in dem stickigen Dunst, die Häuser waren leer und die Straßen voller lustloser Menschen. Die Parkwege ähnelten Ameisenstraßen. Autos strömten über die Brücken – Brooklyn, Manhattan, Williamsburg, Queensborough, George Washington, Triborough Bridge – auf der Jagd nach einem Windhauch. Auf Coney Island, in Brighton, Manhattan Beach, den Rockaways, der Jones Beach war der Strand übersät mit Millionen Ruhelosen, Schlaflosen, die am Meer Erleichterung suchten. Die Ausflugsboote huschten den Hudson hinauf und hinunter, und die Fähren nach Weehawken und Staten Island schwankten wie alte Frauen unter zu schweren Lasten.

Die Wärme ließ einen Blitz über den Himmel zucken, der das Empire State Building in gleißendes Licht tauchte. Ein gigantischer fotografischer Prozeß: Für einen winzigen Moment klappte die Blende der stadtgroßen Kamera auf und hielt die Nacht im Bild fest.

Etwas weiter südlich stand helle Gischt am Himmel, aber es war nur eine Luftspiegelung. Der Times Square darunter mußte in Schweiß gebadet sein; die Leute waren bestimmt in der Radio City Music Hall, dem Roxy, dem Capitol, dem Strand, dem Paramount, dem State Cinema – ganz gleich wo, Hauptsache, man konnte auf kühlere Temperaturen hoffen.

Manche würden ihr Heil in der U-Bahn suchen. In den aneinandergekoppelten Waggons ließ man die Verbindungstüren offenstehen, und wenn die Züge zwischen den Bahnhöfen Fahrt machten, wurde die Luft im Tunnel mit großer Gewalt verdrängt – ein Höllenwind, aber immerhin Wind. Der beliebteste Platz war im vorderen Durchgang des ersten Wagens gleich neben der Zugführerkabine. Hier drängten sich die Massen am dichtesten, alle in dankbarer Starre vor sich hinschwankend.

Am Washington Square, auf der Fifth Avenue, der 57. Straße, dem oberen Teil des Broadway, dem Riverside Drive, Central Park West, der 110. Straße, Lexington und Madison Avenue nahmen die Busse nur noch wenige auf, während die meisten weiter warten mußten; unaufhörlich fuhren sie auf und ab, von Norden nach Süden, von Osten nach Westen, als schnappten sie nach dem eigenen Schwanz wie …

Ellery tappte zum Schreibtisch zurück und zündete sich eine Zigarette an.

Egal, wo ich anfange, dachte er, ich komme immer wieder am selben Ende raus.

Die Katze wird langsam zum Problem.

Er lehnte sich zurück und verschränkte die Hände im Nacken. Seine Finger rutschten in der überall herrschenden Feuchtigkeit ab, aber er verschränkte sie fester und dachte dabei, daß er generell mehr Festigkeit gut gebrauchen konnte. Konzentriertere Gedanken. Ein bißchen mehr Disziplin für den Willen.

Die Katze.

Ellery rauchte, nach hinten gelehnt.

Eine große Versuchung.

Im Van-Horn-Fall in Wrightsville war Ellery einem ungeheuerlichen Betrug aufgesessen: Er hatte feststellen müssen, daß ihn seine eigene Logik trog. Die vertraute Klinge hatte sich plötzlich in seiner Hand gedreht – gerade noch hatte er damit auf den Schuldigen gezielt und sie dann in einen Unschuldigen gestoßen. Deshalb hatte er sie weggelegt und statt dessen seine Schreibmaschine hervorgeholt. Reif für den Elfenbeinturm, wie Inspector Queen zu sagen pflegte.

Allerdings mußte er diesen Turm mit einem ehrwürdigen Ritter teilen, der tagtäglich zum Kampf gegen das Böse antrat. Und da Inspector Richard Queen von der New Yorker Kriminalpolizei obendrein der Erzeuger des aus dem Sattel gehobenen Champions war, war diese Nähe nicht ungefährlich für ihn.

»Ich will nichts von dem Fall hören«, sagte Ellery oft. »Laß mich einfach in Ruhe damit.«

»Was ist los?« lachte sein Vater dann höhnisch. »Hast du Angst, du könntest in Versuchung kommen?«

»Das liegt alles hinter mir. Es interessiert mich nicht mehr!«

Doch das war, bevor die Katze Archibald Dudley Abernethy erdrosselt hatte.

Er hatte versucht, den Mord an Abernethy zu ignorieren, und eine Zeitlang war ihm das auch gelungen. Doch das runde Gesichtchen der Kreatur starrte ihm mit seinen kleinen runden Augen irgendwie aufreizend aus der Morgenzeitung entgegen.

Letzten Endes hatte er sich umfassend über die Sache informiert.

Was für ein hochinteressanter Fall!

Noch nie hatte er ein ausdrucksloseres Gesicht gesehen. Es war weder böse noch freundlich, weder schlau noch dumm, nicht einmal rätselhaft. Es war ein Nichts, ein leerer Kringel, das Gesicht eines 44jährigen Fötus, ein Testfall, den die Natur nicht weiterverfolgt hatte.

In der Tat ein hochinteressanter Mord.

Und dann wurde das zweite Opfer erdrosselt.

Und dann das dritte.

Und …

Die Wohnungstür fiel mit einem Knall zu.

»Dad?«

Ellery sprang auf und stieß sich dabei das Schienbein. Eilig humpelte er ins Wohnzimmer.

»Hallo.« Inspector Queen war bereits ohne Jacke und Schlips und gerade dabei, sich die Schuhe auszuziehen. »Ist dir etwa warm, mein Sohn?«

Der Inspector war grau im Gesicht.

»Harter Tag?« Das hatte nichts mit den Temperaturen zu tun. Der Alte war hitzebeständig wie ein Wüstenfuchs.

»Irgendwas Kaltes da, Ellery?«

»Limonade. Literweise.«

Der Inspector schlurfte in die Küche. Ellery hörte, wie die Kühlschranktür auf- und wieder zuging. »Du kannst mir übrigens gratulieren.«

»Gratulieren? Wozu?«

»Dazu, daß man mir heute«, sagte sein Vater, der jetzt mit einem beschlagenen Glas zurückkam, »das faulste Ei ins Nest gelegt hat, das ich in meiner ganzen angeblichen – ich sagte angeblichen – Karriere gerochen habe.« Er warf den Kopf in den Nacken und trank. Mit entblößter Kehle wirkte er noch grauer.

»Rausgeschmissen?«

»Schlimmer.«

»Befördert.«

»Tja«, sagte der Inspector und setzte sich hin. »Ich bin jetzt Rudelführer bei der Jagd auf die Katze.«

»Die Katze.«

»Das sagt dir doch wohl was – die Katze?«

Ellery lehnte sich an den Türpfosten seines Arbeitszimmers.

»Der Polizeipräsident rief mich zu sich«, erzählte der Inspector, die Hände um sein Glas gefaltet, »und erklärte mir, er hätte diesen Schachzug schon seit geraumer Zeit vorgehabt. Er bildet eine Sonderkommission, die gegen die Katze ermittelt. Und ich soll das Ganze leiten. Wie gesagt, als Rudelführer.«

»Eine Hundemeute gegen die Katze«, lachte Ellery.

»Du findest das ja vielleicht komisch«, sagte sein Vater, »aber mir wäre es viel lieber, wenn man mich damit in Frieden ließe.« Er trank sein Glas aus. »Ellery, ich hätte dem Polizeichef heute um ein Haar ins Gesicht gesagt, daß Dick Queen so eine Behandlung nicht verdient hat. Fast mein ganzes Leben lang habe ich für die Polizei den Kopf hingehalten. Ich hab' was Besseres verdient.«

»Aber angenommen hast du doch.«

»Ja, ich habe angenommen«, sagte der Inspector, »und ich habe in Gottes Namen sogar noch ›Dankeschön, Herr Polizeipräsident‹ gesagt. Und dann hatte ich auf einmal das Gefühl«, fuhr er in besorgtem Ton fort, »daß er irgendeinen Hintergedanken hat, und was soll ich dir sagen, da hätte ich erst recht am liebsten alles hingeschmissen. Aber das kann ich immer noch.«

»Willst du kündigen?«

»Nein, ich hab das nur so gesagt. Aber du kannst nicht abstreiten, daß man mir da ganz schön was eingebrockt hat.«

»Oh, Mann!« Ellery ging zu einem der Wohnzimmerfenster hinüber. »Aber ich bin außen vor«, beklagte er sich bei New York. »Ich habe ein bißchen herumgespielt, das ist alles. Ich hatte lange Glück, aber als ich herausbekam, daß ich mit gezinkten Karten spielte ...«

»Ich verstehe, was du meinst. Ja. Und dieses Scheißspiel geht immer und ewig so weiter.«

Ellery drehte sich zu ihm herum. »Übertreibst du da nicht etwas?«

»Ellery, das hier ist ein Notfall.«

»Ach, komm.«

»Ich sagte«, wiederholte der Alte, »ein Notfall.«

»Ein paar Morde. Zugegeben, sie sind verwirrend. Das ist aber nichts Neues. Wie hoch ist der Prozentsatz ungelöster Mordfälle? Ich verstehe dich nicht, Dad. Ich hatte schließlich einen Grund aufzuhören. Ich hatte etwas übernommen und es verbockt, was so ganz nebenbei ein bis zwei Leute das Leben gekostet hat. Aber du bist doch Profi. Und das hier ist ein offizieller Auftrag. Wenn etwas schiefgeht, selbst wenn du etwas verbockst, trägt die Verantwortung der Polizeipräsident. Und nimm mal an, die Morde werden nicht aufgeklärt, ...«

»Werter Herr Philosoph«, sagte der Inspector. Er rollte das leere Glas zwischen den Handflächen hin und her, »wenn diese Morde nicht aufgeklärt werden, und zwar verflucht bald, dann wird es in dieser Stadt rund gehen.«

»Rund gehen? In New York? Wie meinst du das?«

»Es ist noch nicht richtig in die Gänge gekommen. Bis jetzt gibt es nur Andeutungen. Die vielen Leute, die im Präsidium anrufen – die wollen Informationen, Anweisungen, Beruhigung, irgendwas. Die wachsende Zahl falscher Alarme, vor allem nachts. Der Schiß der Männer, die Dienst haben. Alle sind ein bißchen angespannter, als sie sollten. So eine ...« – der Inspector befingerte sein Glas –

»so eine Art Konzentration des öffentlichen Interesses. Alle interessieren sich viel zuviel dafür. Das ist einfach nicht normal.«

»Bloß weil ein überdrehter Zeichner …«

»Bloß?! Es ist doch schnurzpiepegal, was das ganze ausgelöst hat. Es ist jedenfalls etwas im Busch, Ellery. Warum ist der einzige Renner am Broadway in dieser Saison ausgerechnet eine lächerliche Krimifarce mit dem Titel *Die Katze*? Alle Kritiker von New York erklären den Mist einstimmig zum dämlichsten Machwerk der letzten fünf Jahre, und trotzdem macht es als einziges Umsatz. Die neue Radioserie von Winchell heißt *Katzastrophen*, Mr. Television Berle hat einen Witz über Katzen mit der Begründung abgelehnt, er halte das Thema nicht für witzig. In den Zoogeschäften hat seit einem Monat kein Mensch mehr auch nur ein einziges Kätzchen gekauft. In Riverdale, Canarsie, Greenpoint, der East Bronx, Park Row, Park Avenue und Park Plaza – überall sehen die Leute neuerdings die Katze. Außerdem finden wir dauernd überall in der Stadt herrenlose Katzen, die mit einer Schnur erdrosselt worden sind. In der Forsythe Street, in der Pitkin Avenue, Lenox Street, 2. und 10. Straße, Bruckner Boulevard.«

»Kinder.«

»Natürlich, wir haben sogar ein paar von ihnen auf frischer Tat ertappt. Aber das ist ein Symptom, Ellery. Ein Symptom für etwas, das mir verdammt das Hemd flattern läßt, und ich bin Manns genug, das auch zuzugeben.«

»Hast du heute eigentlich irgendwas gegessen?«

»Fünf Morde und die größte Stadt der Welt macht sich vor Angst in die Hose! Warum? Kannst du mir das mal erklären?«

Ellery schwieg.

»Na komm schon,« sagte der Inspector sarkastisch. »Du gefährdest deinen Amateurstatus schon nicht.«

Aber Ellery dachte lediglich nach. »Vielleicht«, sagte er, »vielleicht liegt es am Gefühlswert. New York verkraftet mühelos fünfzig Fälle von Kinderlähmung am Tag, aber wenn nur bei zwei Leuten die asiatische Cholera ausbricht, noch dazu unter den richtigen Umständen, dann gibt es eine Massenhysterie. Diese Erdrosselungen haben etwas Fremdartiges an sich. Man kann sie einfach nicht gleichmütig hinnehmen. Wenn es einen Mann wie Abernethy trifft, kann es jeden treffen.« Er brach ab. Der Inspector starrte ihn an.

»Du scheinst ja eine Menge darüber zu wissen.«

»Nur was ich zufällig in der Zeitung aufgeschnappt habe.«

»Willst du mehr darüber erfahren? Direkt von der Front?«

»Ach ...«

»Setz dich, Junge.«

»Dad ...«

»Setz dich!«

Ellery setzte sich hin. Immerhin war dieser Mann sein Vater.

»Fünf Morde bisher«, sagte der Inspector, »alle in Manhattan. Immer wurden die Opfer erdrosselt. Immer mit der gleichen Sorte Schnur.«

»Die Nummer mit der indischen Tussahseide?«

»Ach, das weißt du?«

»Die Zeitungen sagen, ihr könnt nicht feststellen, woher sie stammt.«

»Die Zeitungen haben recht. Das ist eine kräftige, grobfaserige Seide, die – weiß der Teufel, warum – irgendwo aus dem indischen Dschungel kommt, aber das ist der einzige Anhaltspunkt, den wir haben.«

»Wie bitte?«

»Ich sag's noch mal: Wir haben sonst keinen einzigen verdammten Anhaltspunkt. Nichts! Gar nichts, Ellery. Keine Fingerabdrükke. Keine Zeugen. Keine Verdächtigen. Kein Motiv. Da ist nichts, wo man ansetzen könnte. Der Mörder kommt und geht wie ein Windhauch und hinterläßt nur zwei Dinge: eine Leiche und eine Schnur. Das erste Opfer war ...«

»Archibald Dudley Abernethy. 44 Jahre alt, Dreizimmerwohnung in der 19. Straße Ost in der Nähe vom Gramercy Park. Ein Junggeselle, der seit dem Tod seiner gebrechlichen Mutter vor ein paar Jahren allein lebte. Sein Vater, ein Geistlicher, starb 1922. Abernethy hat in seinem ganzen Leben keinen Handschlag getan. Pflegte seine Mama und später sich selbst. Im Krieg untauglich. Kochte selbst, hielt seine Wohnung selbst in Ordnung. Keine ersichtlichen Interessen. Keine anrüchigen Beziehungen. Überhaupt nichts. Ein farbloses, völlig nichtssagendes Schattenwesen. Konnte man Abernethys Todeszeitpunkt exakt bestimmen?«

»Doc Prouty ist ziemlich überzeugt, daß er am 3. Juni etwa um Mitternacht erdrosselt wurde. Wir haben Grund zu der Annahme, daß Abernethy seinen Mörder kannte. Die ganze Konstellation roch nach einer Verabredung. Die Verwandten können wir ausschließen, die sind in alle vier Winde zerstreut, keiner von denen könnte es getan haben. Freunde? Abernethy hatte keine, nicht einen einzigen. Er war der typische einsame Wolf.«

»Oder ein Schaf.«

»Ich glaube nicht, daß wir etwas übersehen haben«, sagte der Inspector verdrießlich. »Wir haben den Hausverwalter überprüft. Wir haben den versoffenen Hausmeister überprüft. Jeden Mieter in dem Haus. Sogar den Wohnungsmakler.«

»Soweit ich gehört habe, hat Abernethy von Einkünften aus einem Treuhandfonds gelebt.«

»Der seit soundsovielen Jahren von einer Bank verwaltet wird. Er hatte keinen Anwalt. Er hatte keinen Beruf – wie er seine Zeit verbrachte, seit seine Mutter tot war, weiß der liebe Gott allein, ich jedenfalls nicht. Hat nur so vor sich hin vegetiert, vermute ich.«

»Ladenbesitzer?«

»Alle überprüft.«

»Den Friseur auch?«

»Du meinst, weil der Mörder von hinten an sein niedliches Rokostühlchen trat?« Der Inspector lächelte nicht. »Rasiert hat er sich selbst. Einmal im Monat ließ er sich in einem Salon in der Nähe des Union Square die Haare Schneiden. Da ging er seit über zwanzig Jahren hin, und die wußten nicht einmal seinen Namen. Trotzdem haben wir die drei Herrenfriseure überprüft. Fehlanzeige.«

»Bist du sicher, daß es in Abernethys Leben keine Frau gab?«

»Absolut.«

»Auch keinen Mann?«

»Es gibt keinerlei Hinweise, daß er ein Homo gewesen wäre. Er war einfach ein fetter kleiner Scheißer. Hat im Leben nichts geschafft und auch nichts verkehrt gemacht.«

»Außer ganz zum Schluß.« Inspector Queen setzte an, preßte dann aber die Lippen aufeinander. Ellery bewegte sich auf seinem Stuhl. »Kein Mensch kann so ein totales Nichts sein, wie die Tatsachen über Abernethy es vermuten lassen. Das gibt es einfach nicht. Und der Beweis ist, daß er ermordet wurde. *Irgendeine* Schwachstelle muß er gehabt haben. *Irgendwas* hat er getan. Das gilt für alle fünf. Was war mit Violette Smith?«

»Violette Smith«, sagte der Inspector und schloß die Augen. »Platz zwei der Katzen-Hitparade. Erdrosselt nur neunzehn Tage nach Abernethy, am 22. Juni irgendwann zwischen sechs Uhr abends und Mitternacht. Ledig. Zweiundvierzig. Lebte allein in einer Zweizimmerwohnung im obersten Stock von so einer miesen Bude in der 44. Straße West, über einer Pizzeria. Seiteneingang, kein Fahrstuhl. Drei weitere Mieter im Gebäude und das Restaurant im Erdgeschoß. Sie wohnte seit sechs Jahren unter dieser Adresse, vorher in der 73. Straße und in der West End Avenue. Davor in der Cherry Street im Greenwich Village, wo sie geboren wurde.

Violette Smith«, sagte der Inspector, ohne die Augen zu öffnen, »war in jeder Beziehung das genaue Gegenteil von Abernethy. Er war ein großes Kind, sie eine Wölfin. Er wurde fast sein Leben lang von seiner Mama behütet, während sie genau wußte, daß sie für den einzigen Schutz, den sie erwarten konnte, bar bezahlen mußte. Abernethy hatte keine Laster, Violette keine Tugenden. Sie war Quartalssäuferin, rauchte Marihuana und war gerade auf harte Drogen umgestiegen, als sie ihr Fett wegkriegte. Er hat im ganzen Leben keinen Cent mit seiner Hände Arbeit erworben, während sie ihren Lebensunterhalt in der Horizontalen verdiente.«

»Sixth Avenue rauf und runter, nehme ich an«, sagte Ellery.

»Stimmt nicht. Eine Bordsteinschwalbe war Violette nicht. Ihre Freier meldeten sich per Telefon, und das hat verdammt oft geklingelt.

Während wir in Abernethys Fall«, leierte der Inspector weiter, »überhaupt nichts in der Hand hatten, griffen wir bei Violette in die Vollen. Wenn eine Frau wie sie kaltgemacht wird, überprüft man normalerweise ihren Luden, ihre Freunde, ihre Kunden, ihren Drogendealer und den Gangster, der immer im Hintergrund lauert – und irgendwann stolpert man dabei über die Antwort. Nun, alles das war auch hier völlig normal. Vi war neunmal festgenommen worden, sie hatte gesessen und hing mit Frank Pompo zusammen, und so weiter und so fort. Wir haben bloß absolut nichts rausgekriegt.«

»Bist du sicher …«

»Daß es die Katze war? Zu Anfang ehrlich gesagt nicht. Wenn die Schnur nicht gewesen wäre …«

»Die gleiche indische Seide.«

»Die Farbe war anders. So ein lachsfarbener Ton. Aber die Seide war genau dasselbe Tussahzeugs, ganz genau das gleiche wie bei Abernethy, nur daß die Schnur bei ihm blau war. Als dann das dritte und das vierte und das fünfte Opfer auftauchte, war das Muster natürlich klar und wir wußten im nachhinein mit Bestimmtheit, daß der Fall Smith in die Mordserie gehörte. Je tiefer wir graben, desto sicherer werden wir. Das Umfeld, die Atmosphäre, alles genau gleich. Ein Mörder, der kommt und geht und nicht mal einen Schatten auf den Fensterläden hinterläßt.«

»Trotzdem …«

Aber der Alte schüttelte den Kopf. »Wir haben alle unsere Quellen angezapft, überall die Ohren gespitzt. Wenn Violette bei irgendwem auf der Abschußliste gestanden hätte, dann hätten wir das erfahren. Aber unsere Informanten wissen nichts. Nicht, daß sie absichtlich den Schnabel hielten, sie haben einfach keine Ahnung. Sie saß auch nicht in der Klemme. Und es war auch bestimmt kein Denkzettel fürs Aufmucken. Vi verdiente mit dem Gewerbe ihren Lebensunterhalt und war clever genug, ohne Murren mitzuspielen. Für sie war es normales Betriebsrisiko, wenn sie ab und zu eine Abreibung kriegte. Sie war beliebt, eine von den Alten, Zuverlässigen.«

»Über vierzig«, sagte Ellery, »in einem verdammt stressigen Gewerbe. Es wird doch nicht …«

»Selbstmord? Unmöglich.«

Ellery kratzte sich an der Nase. »Erzähl mir mehr.«

»Man hat sie erst nach sechsunddreißig Stunden gefunden. Am Morgen des 24. Juni kletterte eine Freundin von ihr, die den ganzen Tag versucht hatte, sie telefonisch zu erreichen, die Treppe rauf und stellte fest, daß die Tür zwar zu, aber nicht abgeschlossen war. Also ging sie rein …«

»Als man Abernethy tot auffand, saß er in einem Sessel«, sagte Ellery. »Wie genau wurde Miss Smith gefunden?«

»Ihre Wohnung bestand aus einem Schlafzimmer und einem Wohnraum mit Kochecke, so einer kleinen Küchenzeile. Sie lag auf dem Fußboden direkt auf der Schwelle zwischen den beiden Zimmern.«

»Mit dem Gesicht nach welcher Seite?«

»Ich weiß, ich weiß, aber das kann man so nicht sagen. Sie lag da ganz verdreht. Kann aus jeder Haltung hingefallen sein.«

»Von welcher Seite aus erfolgte der Angriff?«

»Von hinten, genau wie bei Abernethy. Und die Schnur war verknotet.«

»Ach ja. Richtig, das war's.«

»Das war was?«

»Die Schnur war bei Abernethy auch verknotet. Das hat mich gestört.«

»Wieso?« Der Inspector richtete sich auf.

»Tja … das hat so etwas Endgültiges.«

»Etwas …?«

»Es ist zwar dekorativ, aber war es nötig? Du würdest doch sowieso erst loslassen, wenn dein Opfer tot ist, oder? Wozu also der Knoten? Im übrigen wäre es ganz schön schwierig, einen Knoten zu machen, während das Opfer erstickt. Das legt doch den Schluß nahe, daß die Knoten erst geknüpft wurden, als sie schon tot waren.«

Sein Vater sah ihn unverwandt an.

»Das ist so, als wenn du ein Paket, das schon ganz vernünftig verpackt ist, noch mit einer Schleife verzierst. Es ist eine Zugabe, fast hätte ich gesagt eine künstlerische Note. Hübsch, befriedigend. Es befriedigt einen … was meinst du? einen Sinn für Vollständigkeit? Endgültigkeit? Ja, verdammt endgültig ist es wohl.«

»Herrgott noch mal, wovon redest du eigentlich?«

»Ich bin mir nicht sicher«, sagte Ellery düster. »Sag mal – gab es Anzeichen dafür, daß sich jemand gewaltsam Zutritt verschafft hatte?«

»Nein. Es ist anzunehmen, daß sie ihren Mörder erwartet hat. Ebenso wie Abernethy.«

»Meinst du, er hat sich als Kunde ausgegeben?«

»Vielleicht. Wenn ja, dann nur, um reinzukommen. Das Schlafzimmer war unberührt, und sie trug zwar einen Morgenrock, als man sie fand, aber sie hatte darunter Schlüpfer und Unterrock an. Die Zeugen sagen, sie lief zu Hause fast immer im Negligé rum. Aber es hätte jeder sein können, Ellery. Jemand, den sie gut kannte, oder jemand, den sie nur wenig kannte, oder sogar jemand, den sie überhaupt nicht kannte. Es war kein Problem«, sagte der Inspector, »Miss Smiths Bekanntschaft zu machen.«

»Die anderen Mieter …«

»Keiner hat das geringste gehört. Die Leute vom Restaurant wußten nicht mal, daß es sie gab. Du weißt ja, wie das hier in New York ist.«

»Stell keine Fragen und kümmere dich um deinen Kram.«

»Während die Lady ein paar Treppen weiter oben kaltgemacht wird.«

Der Inspector stand auf und ging nervös ans Fenster, kehrte dann jedoch mit finsterer Miene sofort wieder zu seinem Stuhl zurück. »Mit anderen Worten«, sagte er, »wir haben auch bei Miss Smith eine Niete gezogen. Dann …«

»Frage. Habt ihr irgendeine Verbindung zwischen Abernethy und Violette Smith entdeckt? Irgend etwas?«

»Nein.«

»Dann weiter.«

»So folget nun die Nummer 3«, sagte der Inspector geradezu salbungsvoll. »Rian O'Reilly, 40 Jahre alt, Verkäufer, lebte mit Frau und vier Kindern in einer Mietskaserne in Chelsea. Datum: 18. Juli, sechsundzwanzig Tage nach dem Tod von Miss Smith.

O'Reillys Ermordung«, sagte der Inspector, »war so verflucht … so verflucht deprimierend. Er war fleißig, ein guter Ehemann, ganz vernarrt in seine Kinder. Er schaffte es mit Mühe und Not, den Kopf über Wasser zuhalten, und fiel trotzdem von einer Schwierigkeit in die nächste. Um seine Familie ernähren zu können, hatte er zwei Arbeitsstellen, eine vollschichtig in einem Schuhgeschäft unten am Broadway, und einen Job als Aushilfe abends in einem Laden an der Ecke Fulton und Flatbush Street drüben in Brooklyn. Er wäre auch einigermaßen zurechtgekommen, wenn er nicht so viel Pech gehabt hätte. Eines seiner Kinder erkrankte vor zwei Jahren an Kinderlähmung, ein zweites holte sich eine Lungenentzündung. Dann verbrühte sich seine Frau beim Einkochen mit heißem Paraffin und er mußte ein Jahr lang einen Hautarzt für die Behandlung ihrer Brandwunden bezahlen. Obendrein wurde ein weiteres Kind überfahren und lag drei Monate im Krankenhaus, aber der Fahrer konnte nie ermittelt werden. O'Reilly nahm einen Kredit auf und gab dafür seine komplette Lebensversicherung im Wert von tausend Dollar als Sicherheit. Seine Frau mußte sogar ihren schäbigen Verlobungsring ins Pfandleihhaus tragen. Sie besaßen einen 39er

Chevvy, aber den mußte O'Reilly verkaufen, um die Arztrechnungen bezahlen zu können.

O'Reilly hatte früher gern mal einen gehoben, aber das gewöhnte er sich völlig ab, sogar Bier. Er beschränkte sich auf zehn Zigaretten am Tag, dabei hatte er früher viel geraucht. Seine Frau packte ihm zum Mittagessen Brote ein, und Abendessen gab es erst, wenn er von der Arbeit nach Hause kam, meist erst nach Mitternacht. Letztes Jahr hatte er dauernd Zahnschmerzen, aber zum Zahnarzt wollte er nicht; hat behauptet, für so einen Unsinn hätte er keine Zeit. Aber seine Frau sagt, er hat sich nachts ganz schön im Bett rumgewälzt.«

Durch die Fenster strömte die Hitze in den Raum. Inspector Queen wischte sich mit seinem zusammengeknüllten Taschentuch das Gesicht ab.

»Ein fauler irischer Schluckspecht war O'Reilly weiß Gott nicht. Er war klein, dünn und häßlich, und hatte so buschige Augenbrauen, daß er dauernd besorgt aussah, sogar noch, als er tot war. Zu seiner Frau sagte er immer, er sei physisch ein Feigling, aber ihrer Meinung nach hatte er ganz schön Mumm in den Knochen, und das Gefühl habe ich auch. Geboren war er in Hell's Kitchen, westlich vom Times Square, und sein Leben lang hat er nur gekämpft. Der Vater hat gesoffen, und er wuchs mitten unter Straßengangstern auf. Später gab's nichts als Armut und Krankheit. Weil sein Alter immer seine Mutter grün und blau geschlagen hatte, wollte O'Reilly das an seiner eigenen Frau und seinen Kindern wiedergutmachen. Seine Familie war sein ein und alles.

Er war ganz verrückt nach klassischer Musik. Er konnte keine Noten lesen und hatte auch nie Unterricht, aber er konnte Brocken aus soundsoviel Opern und Sinfonien summen und ging im Sommer so oft er konnte zu den Konzerten, die sonntags im Central Park kostenlos sind. Seine Kinder verdonnerte er immer zum Klassiksender im Radio, weil er meinte, Beethoven sei viel lehrreicher für sie als *The Shadow*. Einer der Jungs hat Talent und kriegte Geigenstunden, aber zuletzt hatte O'Reilly kein Geld mehr dafür. Als er den Unterricht absagen mußte, hat er die ganze Nacht Rotz und Wasser geheult, sagt seine Frau.

Das also war der Mann«, sagte Inspector Queen und blickte dabei auf seine gekrümmten Zehen, »der am frühen Morgen des

19. Juli vom Hausmeister des Miethauses erdrosselt aufgefunden wurde. Als er den Flur fegte, sah er im Dunkeln unter der Treppe ein Kleiderbündel liegen. Es handelte sich um O'Reillys Leiche.

Prouty bestimmte den Todeszeitpunkt auf den Zeitraum zwischen Mitternacht und 1 Uhr morgens in der Nacht vom 18. auf den 19. Offensichtlich kam O'Reilly gerade von seinem Nachtjob in Brooklyn nach Hause. Wir haben bei dem Laden nachgefragt, wann er dort weg ist, und die Zeit paßt genau, vorausgesetzt er ist direkt nach Hause gegangen und wurde gleich beim Betreten des Gebäudes noch vor der Treppe überfallen. Seitlich am Kopf hatte er eine Beule ...«

»Von einem Schlag oder einem Sturz?« fragte Ellery.

»Das wissen wir nicht genau. Wahrscheinlicher ist ein Schlag, weil er weggeschleift wurde, auf dem Marmorboden sind nämlich Gummistriemen zu sehen, und zwar von der Haustür bis zu der Stelle, wo ihn der Hausmeister gefunden hat. Keine Anzeichen für einen Kampf, und niemand hat das geringste gehört.« Der Inspector kniff sich so fest in die Nase, daß die Spitze sekundenlang weiß blieb. »Mrs. O'Reilly war die ganze Nacht wach und wartete auf ihren Mann. Sie hatte Angst, die Kinder allein in der Wohnung zu lassen. Gerade, als sie die Polizei anrufen wollte – den Telefonanschluß hatten die O'Reillys nämlich behalten, weil sie fürchteten, es könnte mitten in der Nacht etwas mit den Kindern sein – kam der Polizist, den der Hausmeister gerufen hatte, zu ihr rauf und sagte es ihr.

Sie erzählte mir, sie sei seit dem Mord an Abernethy die ganze Zeit über ängstlich und nervös gewesen. ›Rian mußte immer so spät noch von Brooklyn nach Hause fahren‹, sagte sie. ›Ich habe ihn immer wieder angefleht, den Abendjob aufzugeben, und als diese Frau in der 44. Straße West erdrosselt wurde, war ich schier verrückt vor Angst, aber er hat nur gelacht. Er sagte, niemand würde sich die Mühe machen, ihn umzubringen, er lohne es einfach nicht.‹«

Ellery stützte die Ellbogen auf die nackten Knie und legte schweigsam sein Gesicht in die Hände.

Der Inspector sagte: »Es scheint noch heißer zu werden«, und Ellery murmelte etwas. »Es ist unnatürlich«, beschwerte sich der Inspector. Er zog Hemd und Unterhemd aus und klatschte sie schwungvoll gegen die Stuhllehne. »Der Mann hinterläßt eine Witwe und vier Kinder, und der Rest von seiner Lebensversicherung geht für die Beerdigung drauf. Ich glaube, der Pfarrer versucht, irgendwas zu organisieren, aber die Gemeinde ist arm, und O'Reillys Erben dürfen sich jetzt mit Sozialhilfe begnügen.«

»Dafür hören sich die Kinder jetzt immer *The Shadow* an, wenn sie sich überhaupt noch ein Radio leisten können.« Ellery rieb sich den Hals. »Keinerlei Anhaltspunkte.«

»Keinerlei Anhaltspunkte.«

»Die Schnur.«

»Die gleiche Seide, in Blau.«

»Im Nacken verknotet?«

»Im Nacken verknotet.«

»Alles paßt zusammen«, murmelte Ellery, »ergibt aber keinen Sinn.«

»Sag das mal O'Reillys Witwe.«

Ellery schwieg. Nach einer Weile jedoch sagte er: »Ungefähr zu dem Zeitpunkt kam der Karikaturist auf die Idee. Ich erinnere mich, wie die Katze enthüllt wurde. Sie sprang einen von der Titelseite der *Extra* regelrecht an …, und so ist es auch jetzt noch. Eines der großen Monster in der Geschichte der Karikatur. Der Mann müßte den Pulitzer-Preis für Satanismus kriegen. Diabolisch sparsame Linien, damit die Phantasie Gelegenheit hat, das auszufüllen, was der Zeichner wegläßt. Reichlich Stoff für Alpträume. *Wie viele Schwänze hat die Katze?* wird in der Bildunterschrift gefragt. Man zählt nach und findet drei verschiedene Anhängsel mit eingekringeltem Ende. Natürlich keine richtigen, dicken Katzenschwänze, sondern eher wie Schnüre, von denen jede in einer Art Schlinge endet, gerade groß genug für einen Hals … der jedoch nicht mit abgebildet ist. Eine Schnur ist als Nummer 1 bezeichnet, eine als Nummer 2, eine als Nummer 3. Da steht nicht Abernethy, Smith oder O'Reilly. Der Mann hat völlig recht. Die Katze geht quantitativ vor. Es sind die Zahlen, die alle Menschen gleich machen, auch wenn die Gründerväter und Abraham Lincoln das anders sehen würden. Die Katze sorgt dafür, daß die Menschen untereinander wahrhaft gleich sind. Es ist kein Zufall, daß ihre Krallen sich wie Sicheln biegen.«

»Alles schön und gut, aber der springende Punkt ist doch, daß die Katze am Tag nach dem 9. August erneut auftauchte, und diesmal mit einem vierten Schwanz.«

»Auch daran erinnere ich mich.« Ellery nickte.

»Monica McKell. 9. August. Zweiundzwanzig Tage nach O'Reilly.«

»Die ewige Debütantin. Gerade mal 37 und noch gut in Form.«

»Park Avenue und 53. Straße. Elegante Nachtschwärmerin. Sie hüpfte von einem Tisch zum anderen, man kannte sie als Leaping Lena.«

»Oder, dem Gesellschaftsklatsch von Lucius Beebe zufolge, als Madcap Monica, den Wildfang.«

»Genau das«, sagte der Inspector. »Im übrigen auch bekannt als McKell's Folly, denn ihr Vater, der Ölmillionär McKell, sagte mir, Monica sei die einzige Wildkatze gewesen, die er nie besiegt hätte. Aber zugleich war er auch stolz auf sie. Sie war zwar wild, das stimmt schon – sie hatte den Gin praktisch schon in der Nuckelflasche, wurde während der Prohibition in die Gesellschaft eingeführt, und wenn sie blau war, ging sie besonders gern hinter den Tresen und mixte den Barkeeper an die Wand. Sie soll betrunken ebenso wie nüchtern den besten Martini von New York gebraut haben. Geboren wurde sie in einem Penthouse, gestorben ist sie in der U-Bahn. Ein ganz schöner Absturz.

Geheiratet hat Monica nie. Sie sagte einmal, das einzige nicht mit ihr verwandte männliche Wesen, das sie überhaupt eine Zeitlang in ihrer Nähe ertragen könne, sei ein Pferd namens Leibowitz, und der einzige Grund, warum sie es nicht heirate, sei die Tatsache, daß sie es wohl kaum stubenrein bekommen werde. Sie war ein Dutzendmal verlobt, aber im letzten Moment machte sie immer einen Rückzieher. Dann fing ihr Vater an zu schreien, und ihre Mutter, eine notorische Heulsuse, bekam hysterische Anfälle, aber es war nichts zu wollen. Auf Monicas letztem Verlobten ruhten nun alle Hoffnungen – diesmal sah es so aus, als würde sie der ungarische Graf tatsächlich vor den Traualtar schleifen, aber das hat ihm die Katze ja nun gründlich vermasselt.«

»In der U-Bahn«, sagte Ellery.

»Klar, wie kam sie da hin? Nun, das war so: Monica McKell war der größte Fan, den die New Yorker Subway je hatte. Sie nutzte jede Gelegenheit, um damit zu fahren. Elsa Maxwell erzählte sie einmal, das sei der einzige Ort, wo ein Mädchen wie sie echte Berührungspunkte mit anderen Menschen hätte. Besonderen Spaß machte es ihr, ihre jeweiligen Begleiter dorthin mitzuschleifen, vor allem, wenn sie einen Frack trugen.

Komisch«, meinte der Inspector, »daß es sie ausgerechnet in der U-Bahn erwischt hat. Monica war an dem Abend mit ihrem Snooky – ihrem Grafen – und einem Haufen Bekannter auf Tour durch die Nachtclubs. Zum Schluß landeten sie in irgendeiner Spelunke im Greenwich Village, und so um Viertel vor vier morgens wurde Monica die Drinkmixerei leid und wollte nach Hause. Alle fingen an, sich auf Taxis zu verteilen, bis auf Monica, die felsenfest behauptete, die einzig wahrhaft amerikanische Art und Weise, nach Hause zu gelangen, bestehe darin, daß sie allesamt mit der U-Bahn führen. Die anderen wollten schon mitspielen, aber ihr Ungar ließ den Grafen raushängen – er war mit Wodka-Cola abgefüllt – und verkündete, wenn er Sehnsucht nach dem Geruch von Bauern hätte, wäre er gleich in Ungarn geblieben und er wolle lieber verdammt sein, als sich so tief herabzulassen, ob im Untergrund oder sonstwo. Von ihm aus könne sie ja mit der U-Bahn fahren, wenn sie unbedingt wollte. Und das tat sie dann auch.

Das tat sie.« Der Inspector befeuchtete seine Lippen. »Man fand sie kurz nach sechs Uhr morgens. Sie lag auf einer Bank ziemlich am Ende des Bahnsteigs in der Station am Sheridan Square. Ein Streckenarbeiter fand sie. Er rief einen Polizisten dazu und der sah nur kurz hin und wurde grün im Gesicht. Sie hatte eine lachsfarbene Schnur um den Hals.«

Der Inspector stand auf, ging in die Küche und kehrte mit dem Krug voll Limonade zurück. Sie tranken schweigend, und der Inspector stellte den Krug zurück in den Kühlschrank.

Als er zurückkam, sagte Ellery stirnrunzelnd: »War Zeit genug für …?«

»Nein«, sagte der Inspector. »Sie war seit rund zwei Stunden tot, also muß der Mord etwa um vier oder kurze Zeit später erfolgt sein. Die Zeit reichte deshalb gerade hin, daß sie vom Nachtclub aus zum Sheridan Square ging und da vielleicht noch ein paar Minuten gewartet hat – du weißt ja, so früh morgens fahren nicht viele Züge. Graf Szebo war noch bis mindestens halb sechs mit den anderen zusammen. Auf dem Weg nach Norden hielten sie alle noch an einem Imbiß an der Ecke Madison Avenue und 48., der die ganze Nacht geöffnet hat. Er kann für jede Minute dieser Zeit nachweisen, wo er war, weit über den Zeitraum des Mordes hinaus. Aber das ist sowieso egal, denn was für einen Grund hätte er gehabt? Der alte McKell hatte sich verpflichtet, Szebo eine runde Million zu verehren, wenn das heilige Band der Ehe nur endlich geknüpft wurde – entschuldige, das war keine schöne Metapher. Ich meine, der Graf hätte sich eher selbst erdrosselt, als Hand an diese kostbare Kehle zu legen. Er selbst besitzt nämlich keinen roten ungarischen Heller.

Im Fall Monica McKell«, sagte der Inspector kopfschüttelnd, »konnten wir ihre Schritte bis zum Eingang der U-Bahnhaltestelle am Sheridan Square nachvollziehen. Auf halber Strecke zwischen Nachtclub und Haltestelle entdeckte sie ein Taxifahrer, der auf Kundensuche war. Sie ging zu Fuß, ganz allein. Er sprach sie an, aber sie lachte nur und sagte zu ihm: ›Sie irren sich, mein Lieber. Ich bin ein mittelloses berufstätiges Mädchen und besitze noch genau die zehn Cent, die ich für den Heimweg brauche‹, und dann machte sie ihr goldenes Abendtäschchen auf und zeigte ihm den Inhalt. Es war nichts drin als ein Lippenstift, eine Puderdose und ein Zehncentstück, sagt er. Dann marschierte sie weiter die Straße herunter, sagt der Taxifahrer, und ihr Brillantarmband glitzerte im Licht der Straßenlaternen. Sie wiegte sich wie ein Filmstar in den Hüften, so drückte er sich aus. Sie hatte ein Modellkleid aus Goldlamé an, das wie ein indischer Sari geschnitten war, darüber ein weißes Nerzjäckchen.

Ein anderer Taxifahrer, der in der Nähe der Haltestelle parkte, sah, wie sie den Platz überquerte und auf der Treppe verschwand. Da war sie immer noch zu Fuß und allein.

Am Wechselschalter ist um die Zeit niemand mehr im Dienst. Sie hat wahrscheinlich ihre Münze am Drehkreuz eingeworfen und ist den Bahnsteig entlang bis zu der Bank im Ende gegangen. Ein paar Minuten später war sie tot.

Ihr Schmuck, ihre Handtasche, ihre Nerzjacke – alles unberührt.

Wir haben keinerlei Anhaltspunkte dafür gefunden, daß noch jemand auf dem Bahnsteig gewesen wäre. Der zweite Taxifahrer bekam Kundschaft, unmittelbar nachdem er Monica die Treppe zur U-Bahn hatte hinabsteigen gesehen. Vielleicht ist der Mörder Monica ja von der Straße aus nach unten gefolgt, nachdem er sich vorher in einem Hauseingang vor den beiden Taxifahrern versteckt hat. Vielleicht ist die Katze aber auch an der Station Sheridan Square aus einem von Norden kommenden Zug ausgestiegen und hat Monica dort gesehen, wer weiß das schon. Falls es einen Kampf gegeben hat, so gibt es jedenfalls keine Spuren davon. Falls sie geschrien hat, so hat es niemand gehört. Und so endete Monica McKells Leben. Geboren in New York, gestorben in New York. Vom Penthouse zur U-Bahn. Ein ganz schöner Absturz.«

Nach einer geraumen Weile sagte Ellery: »Eine Frau wie sie muß doch ein gefundenes Fressen für die Boulevardpresse gewesen sein. Es gab da, wie ich gehört habe, einige Skandale …«

»Ich bin mittlerweile«, seufzte sein Vater, »weltweit die führende Autorität zum Thema Monicas Mysterien. Ich kann dir beispielsweise sagen, daß sie eine Narbe unter der linken Brust hatte, die sie sich jedenfalls nicht beim Fall auf einen heißen Ofen geholt hat. Ich weiß, wo und bei wem sie sich im Februar 1946 aufhielt, als sie verschwunden war und ihr Vater uns und das FBI losgejagt hat, um sie zu suchen, und daß ihr kleiner Bruder Jimmy trotz allem, was die Zeitungen damals schrieben, nichts damit zu tun hatte. Er war gerade aus der Armee entlassen worden und hatte selbst genug Probleme, sich wieder an das Leben als Zivilist zu gewöhnen. Ich weiß, wie Monica an das Foto mit den Autogrammen aller Mitglieder der Band Legs Diamond gekommen ist, das heute noch in ihrem Schlafzimmer an der Wand hängt, und es war keineswegs das, was du denkst. Ich weiß, warum man sie in dem Jahr, als Sir Harry Oakes auf den Bahamas ermordet wurde, aufforderte, Nassau zu verlassen, und auch, wer das war. Ich weiß sogar etwas, das Richter J. Parnell Thomas nie herausgefunden hat, nämlich daß sie von 1938 bis 1941 offizielles Mitglied der Kommunistischen Partei war. Danach war sie vier Monate lang bei der Christlichen Front und hat sich anschließend in Yoga und Atemübungen unter Anleitung eines Hollywood-Gurus namens Swami Lal Dhyana Jackson gestürzt.

Oh ja, ich weiß alles Wissenswerte über Leaping Lena respektive Madcap Monica«, sagte der Inspector, »außer, wie es dazu kam, daß sie von der Katze erwürgt wurde. Ich sage dir, Ellery, falls die Katze einfach auf dem Bahnsteig an sie herangetreten wäre und gesagt hätte: ›Verzeihen Sie, Miss McKell, ich bin die Katze und werde Sie jetzt erdrosseln‹, dann wäre sie wahrscheinlich auf ihrer

Bank zur Seite gerückt und hätte gesagt: ›Ach, das ist ja hochinteressant! Setzen Sie sich doch zu mir und erzählen Sie mir mehr davon!‹«

Ellery sprang auf. Er lief hektisch durch das Wohnzimmer wie ein Sprinter beim Aufwärmen. Inspector Queen sah zu, wie Schweißtropfen seinen Rücken hinunterrollten.

»Und an diesem Punkt«, sagte der Inspector, »sitzen wir fest.«

»Gar nichts …?«

»Nicht das geringste bißchen. Ich nehme an«, sagte der alte Mann wütend, »ich kann McKell senior keine Vorwürfe machen, daß er hunderttausend Dollar Belohnung ausgesetzt hat, bewirkt hat es jedenfalls nur, daß die Zeitungen eine neue Sensation hatten und daß wir mit allem möglichen Quatsch von zehntausend Spinnern überschwemmt wurden. Und daß man überall auf McKells zickige Privatbullen tritt, ist auch nicht gerade hilfreich.«

»Was ist mit der aktuellen Maus?«

»Nummer fünf?« Der Inspector ließ die Knöchel knacken und zählte die makabre Reihenfolge an den Fingern ab. »Simone Phillips, 35 Jahre, lebte mit ihrer jüngeren Schwester in einer Bruchbude ohne Bad in der 102. Straße Ost.« Er verzog das Gesicht. »Dieses Mäuschen konnte sich nicht einmal selbst seinen Käse mopsen. Simone hatte seit ihrer Kindheit etwas an der Wirbelsäule und war von der Taille abwärts gelähmt. Den größten Teil ihres Lebens verbrachte sie im Bett. Sie zu erledigen, war ein Kinderspiel.«

»Stimmt.« Ellery sog den Saft aus einer Zitronenscheibe und zog eine Grimasse. »Klingt irgendwie unfair. Selbst für die Katze.«

»Es passierte Freitag abends, am 19. August. Zehn Tage nach Miss McKell. Celeste, die jüngere Schwester, versorgte Simone für die Nacht, stellte ihr das Radio an und ging in der Nähe ins Kino. So um neun.«

»Ein bißchen spät, nicht?«

»Sie wollte sich nur den Hauptfilm ansehen. Celeste sagte, Simone war nicht gern allein, aber sie mußte wenigstens einmal in der Woche raus.«

»Ach, das war Gewohnheit?«

»Ja. Die Schwester ging immer freitagabends weg, übrigens ihre einzige Zerstreuung. Simone war völlig auf Hilfe angewiesen und Celeste der einzige Mensch, den sie hatte. Jedenfalls kam Celeste kurz nach elf zurück und fand ihre gelähmte Schwester erdrosselt vor, um ihren Hals war eine lachsrosa Schnur geknotet.«

»Die behinderte Frau konnte doch wohl kaum jemanden in die Wohnung gelassen haben. Gab es keine Anzeichen für …?«

»Celeste schloß die Wohnungstür nie ab, wenn sie Simone allein lassen mußte. Simone hatte fürchterliche Angst, es könnte Gas austreten oder ein Feuer ausbrechen und sie dann hilflos im Bett liegen, wenn ihre Schwester nicht zu Hause war. Wenn die Tür unverschlossen war, beruhigte sie das. Aus dem gleichen Grund hatten die beiden auch ein Telefon, obwohl sie sich das eigentlich nicht leisten konnten.«

»Am letzten Freitagabend«, überlegte Ellery, »war es fast so heiß wie heute. In dem Viertel haben die Leute doch bestimmt auf den Treppen vor den Häusern gehockt oder sich aus den Fenstern gelehnt. Willst du mir weismachen, es hätte niemand etwas gesehen?«

»Es haben so viele Zeugen ausgesagt, daß zwischen 21 und 23 Uhr kein Fremder das Gebäude durch den Haupteingang betreten hat, daß die Katze durch die Hintertür hereingekommen sein muß, davon bin ich überzeugt. Es gibt eine Tür zum Hof, und den erreicht man von gut einem halben Dutzend unterschiedlicher Richtungen, von den Rückfronten der Nachbarhäuser und den beiden Seitenstraßen aus, denn der Hof liegt genau in der Mitte. Die Wohnung der Phillips liegt an der Rückseite des Hauses im Erdgeschoß. Der Hausflur ist finster, es gibt dort nur eine 25-Watt-Birne. Auf diesem Weg ist er also rein und wieder raus. Aber wir haben zigmal den ganzen Block durchkämmt, drinnen und draußen, ohne auch nur das geringste zu finden.«

»Keine Schreie.«

»Falls sie geschrien hat, hat niemand darauf geachtet. Du weißt ja, wie es in diesen Mietskasernen an heißen Abenden zugeht. Die Kinder sind bis Ultimo draußen, und alle schreien durcheinander. Ich vermute aber eher, daß sie keinen Mucks von sich gegeben hat. Ich habe noch nie einen Menschen gesehen, dessen Gesicht soviel Angst spiegelte wie ihres. Von Natur aus gelähmt, und obendrein gelähmt vor Angst. Sie hat sich nicht im geringsten gewehrt. Es würde mich nicht wundern, wenn sie einfach nur dagesessen hätte, Mund und Augen aufgerissen, während die Katze die Schnur aus der Tasche nahm, sie ihr um den Hals legte und zuzog. Oh ja, bei diesem Opfer hatte die Katze wirklich leichtes Spiel.«

Der Inspector stand schwerfällig auf. »Simone war von der Hüfte aufwärts ausgesprochen fett. So ein wabbeliges Fett, bei dem man das Gefühl hat, wenn man mit dem Finger reinsticht, kommt man hinten wieder raus. Als ob sie gar keine Knochen und keine Muskeln gehabt hätte.«

»*Musculus*«, sagte Ellery, der an seiner Zitronenscheibe nuckelte. »Kleine Maus. Die verkümmerten kleinen Mäuse der Maus. Kleine Atrophien.«

»Nun ja, sie war ja über fünfundzwanzig Jahre ans Bett gefesselt.« Der alte Mann schlurfte zu einem der Fenster hinüber. »Mein Gott, ist das heiß.«

»Simone, Celeste.«

»Was?« fragte der Inspector.

»Die Namen klingen so französisch. Poetische Ader der Mutter? Und wenn nicht, wie kommen sie dann zu dem Nachnamen ›Phillips‹?«

»Der Vater war Franzose, er hieß ursprünglich Phillippe, hat seinen Namen aber anglisiert, als er nach Amerika einwanderte.«

»War die Mutter auch Französin?«

»Ich glaube ja, aber geheiratet haben sie in New York. Phillips war im Import/Export tätig und verdiente im Ersten Weltkrieg ein Heidengeld. Beim Börsenkrach 1929 ging alles den Bach runter, und da hat er sich eine Kugel in den Kopf gejagt. Seine Frau stand ohne einen Cent da.«

»Mit einem gelähmten Kind. Das ist hart.«

»Mrs. Phillips hat sich mit Näharbeiten durchgeschlagen. Es ging recht gut, sagt Celeste, sie konnte sich sogar an der Universität von New York einschreiben, aber noch in ihrem ersten Semester starb Mrs. Phillips an einer Brustfell- und Lungenentzündung. Das war vor fünf Jahren.«

»Das muß noch härter gewesen sein. Für Celeste.«

»Das war sicher kein Zuckerlecken. Simone benötigte rund um die Uhr Pflege, und Celeste mußte die Uni sausen lassen.«

»Wie ist sie finanziell zurechtgekommen?«

»Celeste arbeitet als Mannequin in dem Modegeschäft, für das ihre Mutter genäht hatte. Nachmittags und den ganzen Samstag.

Sie hat eine ausgezeichnete Figur und ist so ein dunkler Typ, ein bildhübsches Mädchen. Sie könnte anderswo viel mehr Geld verdienen, erzählte sie mir, aber das Geschäft ist nicht weit von ihrer Wohnung und sie konnte Simone nicht allzu lange allein lassen. Ich hatte den Eindruck, Celeste stand ganz schön unter Simones Fuchtel, und das haben die Nachbarn auch bestätigt. Sie erzählten mir, Simone habe ständig an Celeste herumgemäkelt, ständig genörgelt und ihre kleine Schwester, die für alle anderen eine Heilige ist, ganz schön auf Trab gehalten. Wahrscheinlich wirkt sie deshalb so erledigt. Als ich sie kennenlernte, war sie am Boden zerstört.«

»Sag mal«, meinte Ellery, »ist dieses heiligmäßige Mädchen denn letzten Freitagabend allein ins Kino gegangen?«

»Ja.«

»Tut sie das immer?«

Der Inspector wirkte überrascht. »Keine Ahnung.«

»Könnte sich vielleicht lohnen, das in Erfahrung zu bringen.« Ellery lehnte sich weit vor, um eine Falte im Teppich zu glätten. »Hat sie keinen Freund?«

»Ich glaube nicht. Ich nehme an, sie hatte nicht viel Gelegenheit, mit Männern auszugehen.«

»Wie alt ist diese Celeste?«

»23.«

»Eigentlich alt genug. Und die Schnur war tatsächlich aus Tussahseide?«

»Ja.«

Der Teppich lag nun ganz glatt.

»Mehr kannst du mir nicht erzählen?«

»Oh, da gibt es noch eine ganze Menge, vor allem über Abernethy, Violette Smith und Monica McKell.«

»Und was?«

»Ich stelle dir gern die Akten zur Verfügung.«

Ellery schwieg.

»Möchtest du einen Blick hineinwerfen?« fragte sein Vater.

»Und ihr habt keinerlei Verbindung zwischen den fünf Opfern feststellen können?«

»Nicht die geringste.«

»Keiner von ihnen kannte irgendeinen von den anderen.«

»Soweit wir wissen, nicht.«

»Sie hatten keine gemeinsamen Freunde, Bekannten, Verwandten?«

»Bis jetzt haben wir keine aufgestöbert.«

»Religionszugehörigkeit?«

»Abernethy war Mitglied der Episkopalkirche, er hat sogar früher mal, bevor sein Vater starb, eine Priesterausbildung angefangen. Als seine Mutter Pflegefall wurde, brach er sie ab, und falls er noch in die Kirche ging, dann nicht regelmäßig. Nach dem Tod seiner Mutter ging er offenbar überhaupt nicht mehr hin.

Violette Smiths Verwandte sind Lutheraner. Soweit wir wissen, ging sie selbst nie in die Kirche. Die Familie hat sie schon vor Jahren vor die Tür gesetzt.

Monica McKell war wie alle McKells Presbyterianerin. Mr. und Mrs. McKell engagieren sich sehr aktiv in der Gemeinde, und Monica war zu meiner Überraschung ziemlich religiös.

O'Reilly war gläubiger Katholik.

Bei Simone Phillips waren beide Elternteile französische Protestanten, aber sie selbst interessierte sich für Christian Science.«

»Vorlieben, Abneigungen, Gewohnheiten, Hobbys ...«

Der Inspector drehte sich zu Ellery um. »Wie bitte?«

»Ich versuche, irgendeinen gemeinsamen Nenner zu finden. Die Opfer bilden eine ausgesprochen heterogene Gruppe. Dennoch muß es irgendeine Besonderheit, eine Erfahrung oder eine Funktion gegeben haben, die sie alle gemeinsam hatten ...«

»Es gibt keinerlei Anhaltspunkte dafür, daß die armen Schweine irgend etwas miteinander zu schaffen hatten.«

»Soweit ihr wißt.«

Der Inspector lachte. »Ellery, ich sitze auf diesem Karussell, seit es sich dreht, und ich sage dir, diese Verbrechen haben genauso viel Sinn wie ein Nazi-Vernichtungslager.

Die Morde folgen keinem Zeitplan und keinem Folgegesetz. Die Intervalle zwischen den einzelnen Taten betragen neunzehn, sechsundzwanzig, zweiundzwanzig und zehn Tage. Es stimmt zwar, daß sie jeweils nachts passiert sind, aber genau dann sind Katzen ja am liebsten unterwegs, nicht wahr?

Die Opfer kamen aus ganz unterschiedlichen Teilen der Stadt. 19. Straße Ost nahe Gramercy Park. 44. Straße West zwischen Broadway und 6. Straße. 20. Straße West in der Nähe der 9. Straße.

Park Avenue und 53. Straße, in diesem Fall wurde das Opfer allerdings unter dem Sheridan Square im Greenwich Village abgemurkst. Und 102. Straße Ost.

Wirtschaftliche Situation? Obere Zehntausend, Mittelschicht, arme Leute. Sozialer Hintergrund? Find mal ein Muster, in das sowohl ein Abernethy als auch eine Violette Smith, ein Rian O'Reilly, eine Monica McKell und eine Simone Phillips reinpassen.

Ein Motiv? Habgier nicht, Eifersucht nicht, überhaupt nichts *Persönliches*.

Es gibt keinerlei Hinweise darauf, daß es sich um Sexualmorde gehandelt hätte oder daß sexuelle Triebe auch nur entfernt irgendeine Rolle spielten.

Ellery, hier mordet jemand um des Mordens willen. Der Feind der Katze ist die ganze Menschheit. Jeder, der auf zwei Beinen rumläuft, ist ihr recht. Wenn du mich fragst, ist es genau das, was New York derzeit so aufregt. Und wenn wir diesem mörderischen Treiben nicht bald einen Riegel vorschieben, dann fliegt es uns irgendwann um die Ohren.«

»Trotzdem meine ich«, sagte Ellery, »daß die Katze dafür, daß sie als brutaler Menschenhasser wahllos, unterschiedslos und mordlustig zuschlägt, eine interessante Vorliebe für bestimmte Werte demonstriert.«

»Werte?«

»Beispielsweise Zeit. Die Katze benutzt Zeit so wie Henry Thoreau, als Strom, in dem sie fischt. Um Abernethy in seiner Junggesellenbude zu erwischen, mußte die Katze das Risiko eingehen, beim Betreten oder Verlassen des Hauses gesehen oder gehört zu werden, denn Abernethy ging immer früh zu Bett. Darüber hinaus bekam Abernethy nur selten Besuch, so daß die Nachbarn selbst zu einer normalen Uhrzeit neugierig geworden wären, wenn jemand an seine Tür geklopft hätte. Was tut die Katze also? Sie bringt es zustande, mit Abernethy ein Treffen zu einer Uhrzeit zu vereinbaren, zu der sich alle im Haus bereits zur Nachtruhe zurückgezogen haben. Um das zu bewerkstelligen, war die bemerkenswerte Leistung nötig, den verknöcherten Junggesellen aus seinem jahrelangen Trott zu reißen. Mit anderen Worten: Die Katze wägte Schwierigkeiten gegen Zeit ab und entschied sich für den Zeitfaktor.

Ganz gleich, ob es sich bei Violette Smith um eine Verabredung oder das Ergebnis eines sorgfältigen Studiums ihrer Geschäftspraktiken handelte – du mußt zugeben, daß die Katze auch in diesem Fall eine *Zeit* gewählt hat, in der die Dame sich allein in ihrer Wohnung aufhielt.

Und O'Reilly? Am verwundbarsten war er, wenn er von seinem Abendjob in Brooklyn heimkam. Und genau dann lag die Katze in der Eingangshalle auf der Lauer. Sauberes Timing, meinst du nicht?«

Der Inspector hörte kommentarlos zu.

»Monica McKell. Eine Frau, die offensichtlich vor sich selbst davonläuft. Und diese Frau, die aus einem gehobenen Milieu stammt, mischt sich gern unters Volk. Sie war ständig von Leuten umgeben. Es ist kein Zufall, daß sie die U-Bahn so gern mochte. Monica muß für die Katze ein Problem dargestellt haben, aber trotzdem hat sie ihr Opfer erwischt, als es allein war, an einem Ort und zu einer Zeit, die für ihr Vorhaben äußerst günstig waren. Wie viele Nächte ist er ihr wohl nachgeschlichen, frage ich mich, und hat auf den richtigen *Moment* gewartet?

Und die gelähmte Simone. Bei ihr hatte er leichtes Spiel, als er erst einmal in der Wohnung war. Aber wie kam er hinein, ohne gesehen zu werden? Ein bevölkertes Mietshaus im Sommer – am Tag lief da gar nichts, selbst wenn Celeste zur Arbeit fort war. Abends und nachts jedoch war immer ihre Schwester bei ihr. Immer? Nicht ganz. Freitagabends geht die lästige Celeste ins Kino. Und Simone wird wann erdrosselt? An einem Freitagabend.«

»Bist du fertig?«

»Ja.«

Inspector Queen wirkte skeptisch. »Sehr plausibel«, sagte er. »Sehr überzeugend. Aber du gehst dabei davon aus, daß die Katze ihre Opfer im voraus gezielt auswählt. Nimm mal an, ich würde argumentieren, daß sie nichts dergleichen tut? Übrigens eine Überlegung, die sich auf das völlige Fehlen einer Verbindung zwischen den Opfern stützt.

Demzufolge war die Katze also in einer Nacht ganz zufällig auf der 44. Straße West auf der Pirsch und suchte sich ebenso zufällig ein vielversprechendes Gebäude aus, wählte die Wohnung im obersten Stock, weil sie einem fluchtgeeigneten Dachfenster am nächsten lag, gab sich als Hausierer für Nylonstrümpfe oder französisches Parfüm aus, was weiß ich, nur um reinzukommen, und das war dann das Ende von irgendeiner Frau, die sich im nachhinein als Callgirl namens Violette Smith entpuppte.

Am Abend des 18. Juli verspürte er wieder den Drang und ließ sich vom Zufall nach Chelsea treiben. Es war etwa Mitternacht, seine bevorzugte Jagdzeit. Er folgt einem müde aussehenden kleinen Mann in einen Flur, und das war dann das Ende von irgendeinem fleißigen Iren namens O'Reilly. Es hätte genauso gut William Miller sein können, der bei einem Fuhrunternehmen angestellt ist und um zwei Uhr morgens von einem Rendezvous mit einem Mädchen aus der Bronx heimkam und die Treppe hochstieg, unter der O'Reillys noch warme Leiche lag.

Und in den frühen Morgenstunden des 9. August war die Katze dann im Village unterwegs. Er sah eine Frau allein durch die Straßen gehen, folgte ihr zur U-Bahnstation Sheridan Square, und das war dann das Ende einer allseits bekannten New Yorker Salonlöwin, die sich lieber in ihrem Zwölfzylinder hätte kutschieren lassen sollen.

Und in der Nacht auf den 19. August war er dann im Umkreis der 102. Straße unterwegs und gierte nach einem weiteren Hals. Und da kommt er doch in diesen hübsch dunklen Hof und schleicht ein bißchen herum, bis er durch ein Erdgeschoßfenster eine fette junge Frau ganz allein im Bett liegen sieht. Und das war das Ende von Simone Phillips.

Und jetzt nenn mir irgendeinen Grund, warum es nicht genauso gewesen sein könnte.«

»Was ist mit Abernethy? Du hast Abernethy ausgelassen«, sagte Ellery. »Abernethy der Verschwommene. Zugegebenermaßen keine große Sache, ihn zu packen. Aber er ist tatsächlich tot, und er wurde tatsächlich mit der gleichen Schnur umgebracht wie die anderen. Hast Du nicht selbst gesagt, es war eine Verabredung?«

»Ich habe gesagt, alles deutete darauf hin. Aber *wissen* tun wir es nicht. Es könnte ihn irgend etwas davon abgehalten haben, an dem Abend nicht zur gewohnten Zeit ins Bett zu gehen, vielleicht eine Radiosendung, oder möglicherweise ist er im Sessel eingenickt. Die Katze war vielleicht längst im Gebäude unterwegs, hat Licht unter Abernethys Türspalt gesehen und angeklopft.«

»Und Abernethy hat seinen Mörder einfach reingelassen?«

»Er hätte ja lediglich den Riegel an der Tür zu öffnen brauchen.«

»Ein Typ wie Abernethy? Mitten in der Nacht?«

»Vielleicht hat er auch nur vergessen, die Tür zu verriegeln, und die Katze ist einfach so reinspaziert und hat die Tür beim Rausgehen wieder zugezogen.«

»Aber warum hat Archibald dann nicht geschrien? Oder ist weggerannt? Wieso hat er zugelassen, daß die Katze hinter seinen Sessel gelangt, während er drinsitzt?«

»Vielleicht war er genau wie Simone Phillips einfach gelähmt vor Angst.«

»Ja«, sagte Ellery, »ich glaube, das kann schon sein.«

»Ich weiß«, murmelte der Inspector, »Abernethy paßt nicht ins Schema. Gar nichts paßt da rein.« Er zuckte die Achseln. »Ich sage ja nicht, daß du unrecht hast, Ellery, aber du siehst, mit was wir uns da herumschlagen. Und ich habe den ganzen verfluchten Mist jetzt am Hals. Es wäre schon schlimm genug, wenn ich mir nur darum Sorgen machen müßte. Aber er ist noch nicht fertig, und das weißt du. Es wird ein weiteres Opfer geben, und danach noch eines, bis wir ihn schnappen oder er vor Überanstrengung tot umfällt. Wie können wir das verhindern? In ganz Amerika gibt es nicht genügend Bullen, um in einer Stadt wie New York jeden Winkel gegen einen Mörder abzusichern. Wir können nicht einmal gewiß sein, daß er sich weiterhin auf Manhattan beschränken wird. Und das wissen die Leute in den anderen Stadtteilen nur zu gut. In der Bronx, in Brooklyn, Queens und Richmond gibt es inzwischen ähnliche Reaktionen. Herrgott noch mal, auch auf Long Island, in Westchester, Connecticut und New Jersey spürt man es, überall, wo viele Pendler wohnen. Manchmal denke ich, das ist alles ein böser Traum. Ellery …«

Ellery öffnete den Mund.

»Antworte erst, wenn ich fertig bin. Du meinst, du hättest in dem Fall Van Horn versagt und deswegen den Tod von zwei Menschen verursacht. Ich habe weiß Gott immer wieder versucht, dir zu helfen, damit du dir die Sache aus dem Kopf schlägst. Aber wahrscheinlich kann niemand das Gewissen eines anderen schönreden … Ich mußte neben dir sitzen und zusehen, wie du dich immer mehr verkrochen und bei allen Heiligen geschworen hast, dich nie wieder in einen Fall einzumischen.

Aber weißt du, mein Sohn«, sagte der alte Mann, »dies hier ist eine ganz andere Geschichte, eine ausgesprochen harte Nuß. Nicht nur aufgrund der Gegebenheiten, die sind schon schlimm genug, sondern wegen der Atmosphäre, die der Fall erzeugt. Es geht hier nicht darum, ein paar Morde aufzuklären, Ellery. Es ist ein Wettlauf gegen ... einen Zusammenbruch der ganzen Stadt. Guck nicht so verächtlich, ich sage dir, da ist etwas im Anmarsch. Es ist nur noch eine Frage der Zeit. Nur noch ein Mord am falschen Ort ... Keiner vom Präsidium legt es darauf an, mir die Lorbeeren streitig zu machen, im Gegenteil, diesmal ganz bestimmt nicht. Alle haben Mitleid mit dem armen Schwein. Und ich sag' dir was ...« An den Fensterrahmen gelehnt, starrte der Inspector hinunter auf die 87. Straße. »Ich habe vorhin gesagt, daß ich das Gefühl hatte, der Polizeipräsident hätte irgendeinen Hintergedanken, als er mich zum Leiter der Sonderkommission ›Katze‹ berufen hat. Der Chef hält dich zwar für einen Spinner, aber er hat mich oft gefragt, wann du endlich aufhörst, Trübsal zu blasen, und das verrückte Talent wieder einsetzt, das der liebe Gott dir mitgegeben hat. Weißt du, Ellery, meiner Meinung nach hat er mich ganz bewußt auf diesen Posten gesetzt.«

»Und warum?«

»Um dich zu zwingen, in den Fall einzusteigen.«

»Das kann doch nicht dein Ernst sein!«

Sein Vater sah ihn an.

»Aber das würde er doch niemals tun.« Ellerys Gesicht war dunkelrot. »Nicht dir gegenüber. Das ist ein ganz widerlicher Schlag ins Gesicht.«

»Um diese Morde zu stoppen, mein Sohn, würde ich noch viel schlimmere Sachen tun. Ganz gleich, was steht schon auf dem Spiel? Du bist nicht Superman. Niemand erwartet Wunder von dir. Es ist sogar ein bißchen beleidigend dir gegenüber. Im Notfall probieren die Leute alles mögliche, selbst so hartgesottene alte Kerle wie der Polizeichef.«

»Schönen Dank«, murmelte Ellery, »das richtet mich wieder auf. Ehrlich.«

»Nun mal Spaß beiseite. Ich wäre ziemlich enttäuscht, wenn du mich jetzt, wo ich dich wirklich brauche, im Stich lassen würdest. Komm schon, Ellery, willst du nicht mitmachen?«

»Du«, sagte sein Sohn, »bist ein ganz gerissener alter Mann.«

Der Inspector grinste.

»Wenn ich das Gefühl hätte, ich könnte bei einer so ernsten Sache irgendwie helfen, würde ich selbstverständlich ... Ach, verflucht noch mal, Dad, ich fühle mich wie eine Jungfrau, hin- und hergerissen. Laß mich drüber schlafen. So wie ich mich derzeit fühle, wäre ich sowieso weder dir noch sonst irgendwem etwas zunutze.«

»Das ist doch immerhin etwas«, sagte sein Vater munter. »Herrgott noch mal, ich habe ja ganze Reden gehalten. Wie machen die Politiker das bloß? Wie wäre es noch mit etwas Limonade, mein Sohn, aber diesmal mit einem Schuß Gin, das ist nämlich gut gegen die Säure?«

»Was mich betrifft, so könnte ich mehr als einen Schuß vertragen.«

»Antrag angenommen.«

Aber keiner von beiden meinte es ernst.

Der Inspektor setzte sich seufzend an den Küchentisch und überlegte, daß normale Psychologie bei Ellery völlige Zeitverschwendung war. Die Katze und Ellery bereiteten ihm auf eine Art gleich viel Kopfzerbrechen.

Er kippte den Stuhl zurück und lehnte sich mit dem Rücken an die Wandfliesen.

Diese verdammte Hitze ...

Als er die Augen öffnete, stand der Polizeipräsident der Stadt New York über ihn gebeugt.

»Dick, Dick!« sagte sein Chef. »Wachen Sie auf!«

Ellery stand in der Küchentür, noch immer in der Unterhose.

Der Polizeipräsident trug keinen Hut, und sein Gabardinejackett war unter den Achseln durchgeschwitzt.

Inspector Queen blinzelte zu ihm hoch.

»Ich habe denen gesagt, ich würde Sie selbst benachrichtigen.«

»Benachrichtigen? Wovon, Chef?«

»Die Katze hat einen weiteren Schwanz bekommen.«

»Wann?« Der alte Mann befeuchtete sich die Lippen.

»Heute abend. Zwischen zehn Uhr dreißig und Mitternacht.«

»Wo?« Er huschte an ihnen vorbei, sauste ins Wohnzimmer, griff nach seinen Schuhen.

»Im Central Park, nicht weit vom Eingang in der 110. Straße. In den Büschen hinter einem Felsblock.«

»Wer ist es?«

»Beatrice Willikins, 32, ledig, die einzige Stütze ihres betagten Vaters. Sie war mit ihm in den Park gegangen, um ein bißchen Luft zu schnappen, und ließ ihn auf einer Bank zurück, um Wasser zu holen. Als sie nicht zurückkam, rief er schließlich einen Parkwächter. Der fand sie zweihundert Meter von der Stelle entfernt, erdrosselt. Mit einer lachsrosa Seidenschnur. Ihre Geldbörse war unberührt. Der Mörder hatte ihr einen Schlag auf den Hinterkopf gegeben und sie dann ins Gebüsch gezerrt. Dort wurde sie auch erwürgt, wahrscheinlich war sie die ganze Zeit ohnmächtig. Bisher keine Anzeichen für eine Vergewaltigung.«

»Laß, Dad«, sagte Ellery, »Die Sachen sind ganz feucht. Hier hast du ein frisches Unter- und Oberhemd«.

»Gebüsch, Park«, sagte der Inspector hastig. »Das ist was Neues. Oder etwa nicht? Gibt es Fußabdrücke?«

»Bisher nichts. Aber Dick«, sagte der Polizeichef, »etwas Neues gibt es schon.«

Der Inspector sah ihn an. Er mühte sich vergeblich mit seinen Hemdknöpfen ab. Ellery half ihm.

»Beatrice Willikins lebte in der 128. Straße West.«

»West«, wiederholte der Inspector mechanisch und steckte einen Arm in das Jackett, das Ellery ihm hinhielt. Ellery starrte den Polizeipräsidenten an.

»In der Nähe der Lenox Street.«

»*Harlem*?«

Der Polizeichef wischte sich den Schweiß aus dem Genick. »Diesmal könnte es passieren, Dick. Es braucht nur irgend jemand durchzudrehen ...«

Inspector Queen lief zur Tür. Er war leichenblaß. »Das bedeutet, daß die ganze Nacht draufgehen wird, Ellery. Geh ins Bett.«

Aber Ellery sagte: »Diesmal könnte *was* passieren, wenn irgend jemand durchdreht, Sir?«

»Daß New York in die Luft fliegt, dagegen wäre Hiroshima ein Dreck gewesen.«

»Nun kommen Sie schon, Chef«, rief der Inspector ungeduldig von der Diele aus.

»Warte.« Ellery sah den Polizeichef höflich an, und dieser schaute ebenso höflich zurück. »Wenn Sie mir drei Minuten Zeit lassen, komme ich mit.«

Kapitel 3

Der sechste Schwanz der Katze, der am Morgen des 26. August der Öffentlichkeit präsentiert wurde, bot eine delikate Abwechslung vom üblichen Muster. Während seine fünf Leidensgenossen von je zwei dünnen Linien gebildet wurden, die weißen Raum umschlossen, war dieser schwarz ausgemalt. So wußte New York City, daß die Katze nunmehr die Rassenschranke übertreten hatte. Durch das Erdrosseln der einen schwarzen Kehle vermehrte sich die Zahl der potentiellen Schlingenopfer von sieben Millionen weißen Hälsen um fünfhunderttausend weitere Kehlen.

Bemerkenswerterweise berief der Bürgermeister, während Inspector Queen bereits in Harlem Beatrice Willikins' Ableben untersuchte, gleich frühmorgens im Rathaus eine Pressekonferenz ein, bei der auch der Polizeichef und andere hohe Beamte zugegen waren.

»Wir sind überzeugt, meine Herren«, sagte der Bürgermeister, »daß der Mord an Beatrice Willikins keinerlei rassistischen Hintergrund hat. Wir müssen um jeden Preis vermeiden, daß es wieder zu den gleichen Spannungen kommt wie bei den sogenannten Schwarzen Iden des März 1935. Damals setzte ein banaler Vorfall in Verbindung mit einem falschen Gerücht Ereignisse in Gang, bei denen drei Menschen zu Tode kamen, über dreißig Personen mit Schußverletzungen in Krankenhäuser eingeliefert wurden und über zweihundert weitere Verletzte wegen Schnitt-, Schürf- und sonstiger Wunden behandelt werden mußten. Von dem Sachschaden in Höhe von über zwei Millionen Dollar ganz zu schweigen.«

»Ich ging bisher davon aus, Herr Bürgermeister«, bemerkte ein Reporter von einer in Harlem ansässigen Zeitung, »wie auch in dem Bericht der gemischtrassigen Kommission festgestellt wird, die Bürgermeister La Guardia seinerzeit mit der Untersuchung der

Unruhen beauftragte, daß der Auslöser für die Aufstände der ›Ärger über Rassendiskriminierung und Armut inmitten des Überflusses‹ war.«

»Selbstverständlich«, beeilte sich der Bürgermeister zu erwidern, »liegen diesen Dingen stets soziale und wirtschaftliche Ursachen zugrunde. Offen gesagt ist das auch genau das, was wir in gewissem Maße befürchten. New York ist ein Schmelztiegel aller Rassen, Nationalitäten und Konfessionen der Welt. Jeder fünfzehnte New Yorker ist schwarz, fast ein Drittel sind Juden. In New York City leben mehr Italiener als in Genua, mehr Deutsche als in Bremen, mehr Iren als in Dublin. Wir haben Polen, Griechen, Russen, Spanier, Türken, Portugiesen, Chinesen, Skandinavier, Filipinos, Perser – alles. Genau das macht uns zur großartigsten Stadt der Welt. Aber es bedingt auch, daß wir ständig wie auf einem Vulkan leben. Die angespannte Situation der Nachkriegszeit hat diese Situation keineswegs erleichtert. Die Morde, mit denen wir es hier zu tun haben, machen die ganze Stadt nervös, und wir wollen verhindern, daß durch ein unbedachtes Wort allgemeine Unruhen ausgelöst werden. Ich sage das selbstverständlich inoffiziell.«

»Meine Herren, das Vernünftigste wird sein, diese Morde als, äh, Routineangelegenheit zu behandeln und alles Sensationelle zu vermeiden. Sie gehen ein wenig über das Normalmaß hinaus und stellen uns vor schwierige Probleme, aber schließlich haben wir die beste Kriminalpolizei der Welt und arbeiten Tag und Nacht an der Aufklärung der Untaten; ein Durchbruch ist deshalb schon bald zu erwarten.«

»Beatrice Willikins«, sagte der Polizeichef, »wurde von der Katze erdrosselt. Sie war schwarz. Die fünf anderen Opfer aber waren durchweg Weiße. Genau das sollten Sie betonen, meine Herren.«

»Wir könnten natürlich auch betonen, Sir«, bemerkte der Reporter der Harlemer Zeitung, »daß die Katze es als guter Demokrat mit der Gleichheit aller Bürger offenbar sehr ernst meint.«

In dem Tumult, der sich an diese Bemerkung anschloß, konnte der Bürgermeister die Pressekonferenz schließen, ohne zugeben zu müssen, daß der neueste Mord dem Chef der neuen Sonderkommission »Katze« eine ausgesprochen harte Nuß zu knacken aufgab.

Sie hockten im Bereitschaftsraum des Polizeireviers in Harlem und sprachen die Berichte über Beatrice Willikins durch. Die Untersuchungen am Tatort und im umliegenden Park hatten überhaupt nichts ergeben. Der Boden hinter dem Felsblock war steinig, und falls sich die Pfotenballen der Katze darin abgedrückt hatten, so waren sie in der ersten Verwirrung nach dem Fund der toten jungen Frau verwischt worden. Zentimeter für Zentimeter untersuchten die Leute von der Spurensicherung Gras, Erdboden und Wege rings um den Felsblock, förderten jedoch lediglich zwei Haarnadeln zutage, die allerdings beide, wie sich herausstellte, vom Kopf der Toten stammten. Unter den Fingernägeln des Opfers fand man einige Partikel, die man zunächst für geronnenes Blut oder blutiges Gewebe hielt, die jedoch im Labor als Lippenstift identifiziert wurden, und zwar als eine Farbton, der bei schwarzen Frauen sehr beliebt und identisch mit dem war, der sich noch auf den Lippen der Toten befand. Von der Waffe, mit der die Katze ihr einen Schlag auf den Kopf gegeben hatte, war keine Spur zu finden, und auch die dadurch entstandene Verletzung ließ keinerlei Rückschlüsse zu, um was es sich gehandelt haben könnte. Man konnte sie lediglich als »stumpfen Gegenstand« bezeichnen, was so gut wie nichts aussagte.

Das Schleppnetz, das die Polizei innerhalb weniger Minuten rings um den Tatort ausgeworfen hatte, fing massenhaft Bürger beider Rassen und Geschlechter und aller Altersgruppen, allesamt gleich überhitzt, aufgeregt, erschrocken und schuldbewußt wirkend. Allerdings verströmte niemand von ihnen die Witterung, auf die Ellerys Nasenflügel lauerten. Sie alle zu überprüfen dauerte die ganze Nacht. Letzten Endes hatten die Beamten, denen der ganze Tumult noch in den Ohren klang, nur zwei verdächtige Vögel gefangen, einen weißen und einen schwarzen. Der Weiße war ein 27jähriger arbeitsloser Jazztrompeter, der es sich mit einem Joint auf dem Rasen gemütlich gemacht hatte, der Schwarze ein magerer, zu kurz geratener Laufbursche eines Hehlers an der Lenox Avenue. Als man den mittelalten Schwarzen aufgriff, war er gerade dabei, Lose für eine illegale Lotterie zu verkaufen. Beide mußten sich nackt ausziehen und sich einer eingehenden Leibesvisitation unterziehen, jedoch ohne Erfolg. Die wandelnde Lottoannahmestelle wurde auf freien Fuß gesetzt, als farbige Polizeibeamte Zeugen auftrieben, die bestätigen konnten, wo er sich in der Stunde vor dem für den Mord in Frage kommenden Zeitpunkt und eine Weile danach aufgehalten hatte; angesichts der unguten Erinnerungen an die Schwarzen Iden des März waren hierüber alle ausgesprochen froh. Der weiße Musiker wurde zum Verhör ins Präsidium gebracht, doch war von ihm nach Inspector Queens Einschätzung nicht viel zu erwarten. Falls er die Katze war, so hätte er sich am 3. und 22. Juni, 18. Juli, 9. und 19. August in New York aufhalten müssen, doch der Trompeter behauptete, schon im Mai New York verlassen zu haben und erst fünf Tage zuvor zurückgekehrt zu sein. Er sei während dieser Zeit auf einem Luxus-Kreuzfahrtschiff als Musiker engagiert gewesen und um die ganze Welt gefahren. Er konnte das Schiff, den Kapitän, den Zahlmeister und seine Orchesterkollegen an Bord beschreiben, sowie recht detailliert diverse weibliche Passagiere.

Also rollte man die Sache vom anderen Ende aus auf und legte das Opfer auf die Waage, die deprimierend weit zur Seite der Rechtschaffenheit und der guten Taten hin ausschlug.

Beatrice Willikins war ein verantwortungsbewußtes Mitglied der schwarzen Bevölkerung New Yorks gewesen, hatte den Abessinischen Baptisten angehört und sich dort in verschiedenen Bereichen engagiert. Sie war in Harlem geboren und aufgewachsen und hatte an der Howard University studiert. Sie war als Sozialarbeiterin beim Jugendamt angestellt gewesen und hatte dort in erster Linie mit den unterprivilegierten straffälligen Kindern von Harlem zu tun gehabt.

Sie hatte soziologische Artikel für das *Journal of Negro Education* geschrieben und in *Phylon* Gedichte veröffentlicht. Gelegentlich waren unter ihrem Namen auch Beiträge in den *Amsterdam-Star News*, dem *Pittsburgh Courier* und der *Daily World* aus Atlanta erschienen.

Beatrice Willikins' Bekanntenkreis war über jeden Verdacht erhaben. Ihre Freunde waren farbige Lehrer, Sozialarbeiter, Schriftsteller und Akademiker. Ihre Arbeit hatte sie von Black Bohemia bis San Juan Hill geführt; häufig hatte sie mit den Drogendealern, Zuhältern und Prostituierten am »Market Place« zu tun gehabt und alle möglichen Gruppierungen von Puertoricanern über farbige Muslime, französischsprachige Afrikaner, schwarze Juden, dunkelhäutige Mexikaner und Kubaner bis hin zu negroiden Chinesen und

Japanern gekannt. Aber sie war bei allen stets als freundliche Helferin ein- und ausgegangen, ohne je abgelehnt oder belästigt zu werden. Die Polizei in Harlem kannte sie als ruhige, aber entschlossene Verteidigerin ihrer jugendlichen Straftäter.

»Sie war eine Kämpfernatur«, berichtete der Revierleiter Inspector Queen, »aber kein bißchen fanatisch. Jeder hier in Harlem, ob weiß oder schwarz, hat sie respektiert.«

1942 hatte sie sich mit einem jungen schwarzen Arzt namens Lawrence Caton verlobt. Dr. Caton war zur Armee einberufen worden und in Italien gefallen. Der Tod ihres Verlobten schien auch das Gefühlsleben der jungen Frau abgetötet zu haben, denn sie war danach offenbar nie wieder mit einem Mann ausgegangen.

Der Inspector nahm einen schwarzen Lieutenant beiseite. Der Beamte nickte und ging hinüber zu der Bank, auf der neben Ellery der Vater des Mädchens saß.

»Was meinst du, Paps, wer dein Mädel erledigt haben könnte?«

Der alte Mann murmelte etwas Unverständliches.

»Wie bitte?«

»Er sagt«, erklärte Ellery, »sein Name sei Frederick Willikins und sein Vater sei Sklave in Georgia gewesen.«

»Na prima. Okay, Paps, aber wer war der Typ, mit dem sie sich rumgetrieben hat? Ein Weißer?«

Der alte Mann wurde stocksteif. Sie konnten sehen, daß er mit irgend etwas kämpfte. Schließlich legte er seinen kahlen braunen Schädel in den Nacken und stieß zu wie eine Schlange.

Der schwarze Kriminalbeamte beugte sich vor und wischte den Speichel des Alten von seinem Schuh.

»Ich werd' das Gefühl nicht los, er meint, ich wollte ihn beleidigen. Und das gleich doppelt.«

»Das ist wichtig.« Der Inspector kam auf die Bank zu.

»Lassen Sie, Inspector, ich mach das schon«, sagte der Beamte. »Er hat scheint's 'ne feuchte Aussprache.«

Er beugte sich erneut über den Alten. »Okay, Paps, deine Tochter war ein Engel auf Erden. Und du bist jetzt so richtig sauer auf den Typ, der sie alle gemacht hat, nicht?«

Er murmelte wieder.

»Soweit ich verstehe, Lieutenant«, sagte Ellery, »meint er, der Allmächtige wird schon dafür sorgen.«

»Nicht hier in Harlem«, sagte der Beamte. »Bleib ruhig dabei, Paps. Wir wollen nur gern wissen, ob deine Bea irgendeinen Weißen gekannt hat.«

Der alte Mann gab keine Antwort.

»Hier laufen zu viele Bleichgesichter rum«, sagte der schwarze Lieutenant entschuldigend. »Paps, wer war's? Wie sah der Typ aus? Hat Bea dir irgendwann mal von 'nem Weißen erzählt?«

Der braune Schädel wurde wieder in den Nacken gezogen, bereit zum Angriff.

»Spar' dir deine Spucke«, knurrte der Lieutenant. »Nun komm schon, Paps, ich will doch nur eine einzige Antwort auf eine einzige Frage. Bea hatte ein Telefon. Kriegte sie Anrufe von einem weißen Mann?«

Die zerfurchten Lippen verzogen sich zu einem gequälten Grinsen. »Hat mit 'nem Weißen rumgemacht, da hab ich se mit meine zwei Hände kaltgemacht.« Dann sackte er in die Ecke der Bank zurück.

»Sieh mal an.«

Aber der Inspector schüttelte den Kopf. »Der ist mindestens achtzig, Lieutenant. Und schauen Sie sich mal seine Hände an, die sind total arthritisch. Der könnte nicht mal ein krankes Kätzchen erdrosseln.«

Ellery stand auf. »Das bringt uns alles nicht weiter. Ich brauche ein paar Stunden Schlaf, Dad. Und du auch.«

»Geh doch schon mal nach Hause, Ellery. Wenn ich kann, lege ich mich oben auf dem Feldbett ein bißchen hin. Wo bleibst du heute Nacht?«

»Auf dem Präsidium«, sagte Ellery, »bei den Akten.«

Am Morgen des 27. August besetzte die Katze wieder ihren Stammplatz im redaktionellen Teil der *New York Extra* und betrieb dort lebhaft das Geschäft der Angst. Doch das Geschäft kann nie lebhaft genug sein, und im Laufe des Tages verdiente sich der Vertriebsleiter des *Extra* eine Prämie, deren Anlaß erst am Morgen des 28. offen zutage trat. In dieser Ausgabe wanderte die Katze nämlich karikaturistisch gesprochen auf die erste Seite, die sie von da an quasi für sich gepachtet hatte. Ihr neuer Standort war derart erfolgreich, daß bereits am späten Vormittag an den Zeitungskiosken der ganzen City kein einziges Exemplar mehr aufzutreiben war.

Und die Katze, als wolle sie ihren neuen Stammplatz feiern, streckte einen neuen Schwanz in die Höhe.

Der Coup war genial. Auf den ersten Blick – es gab keinen Untertitel – sah es so aus, als sollte eine neuerliche Horrortat bekanntgegeben werden. Man sah die sechs durchnumerierten Schwänze und einen riesengroßen, mit dickem, arrogantem Strich gemalten siebten Schwanz. Der Leser griff hastig nach der Zeitung und durchforstete vergeblich die Schlagzeilen. Verdutzt wandte er sich nun wieder der Karikatur zu und erkannte jetzt, daß der dick gezeichnete neue Schwanz mit der Nummer sieben gar keine Schlinge, sondern lediglich ein Fragezeichen darstellte.

Die verantwortlichen Stellen waren sich alles andere als einig, wofür dieses Fragezeichen denn nun stehen sollte. Der Redakteur der *Extra* teilte dem Bürgermeister in einem interessanten Telefongespräch am Nachmittag des 28. mit Unschuldsmiene mit, die Frage laute doch ganz eindeutig: *Wird die Katze noch ein siebtes Opfer fordern?* Eine logische, ethisch vertretbare, journalistisch interessante und das öffentliche Interesse berücksichtigende Frage, so der Redakteur, die sich direkt aus den bekannten Fakten ergebe. Der Bürgermeister antwortete säuerlich, ihm selbst und den vielen, vielen New Yorkern, die diese Karikatur gesehen hatten und in diesem Moment die Telefonzentralen des Rathauses und des Polizeipräsidiums bestürmten, scheine die Frage hingegen eher zu lauten: *Wer wird das siebte Opfer der Katze sein?* Überdies in einem gieriggeifernden, blutrünstigen Stil dargestellt, der keineswegs im öffentlichen Interesse sei, ganz im Gegenteil, und den er, der Bürgermeister, eher von einer oppositionellen Zeitung erwartet hätte, die nicht in der Lage war, ihre schmutzigen politischen Absichten dem öffentlichem Interesse unterzuordnen. Der Redakteur erwiderte, daß er, der Bürgermeister, angesichts der vielen schmutzigen Wäsche, die er selbst mit sich herumschleppte, so etwas doch nur allzu gut kennen müßte, und der Bürgermeister brüllte: »Was wollen Sie damit sagen? Das ist eine Verleumdung!«, woraufhin der Redakteur entgegnete, er lasse in seiner Redaktion nicht zu, daß auch nur ein böses Wort über die Mitglieder der großartigen New Yorker Polizei falle, aber jeder, der sich ein bißchen auskenne, wisse doch, daß der vom Bürgermeister ernannte amtierende Polizeichef ein altgedienter Parteifunktionär sei, der nicht einmal eine Fliege, geschweige denn einen abgedrehten Verbrecher ins Kittchen bringen könne, und wenn der Bürgermeister doch so verzweifelt um das öffentliche Interesse bemüht sei, warum ernenne er dann nicht einfach jemanden mit mehr Biß zum Polizeichef? Vielleicht könnten die Bürger von New York dann endlich wieder ruhig schlafen. Zu allem Überfluß kündigte die *Extra* noch an, sie wolle genau diesen Vorschlag am folgenden Tag in ihrem Leitartikel loslassen – »allein im öffentlichen Interesse, Herr Bürgermeister, wenn Sie verstehen, was ich meine.« Nach diesen Worten legte der *Extra*-Redakteur auf und wandte sich den höchst erfreulichen neuesten Auflagenzahlen zu.

Er freute sich zu früh.

Während der Bürgermeister ärgerlich an der grünen Nelke an seinem Revers schnupperte, sagte der Polizeipräsident: »Jack, wenn Sie möchten, daß ich zurücktrete …«

»Hören Sie nicht auf dieses Käseblatt, Barney.«

»Es wird von vielen gelesen. Vielleicht sollten wir ihnen einen Strich durch die Rechnung machen, bevor dieser Leitartikel morgen wie eine Bombe einschlägt?«

»Indem ich Sie rauswerfe? Der Teufel soll mich holen, wenn ich das tue.« Gedankenverloren fügte der Bürgermeister hinzu: »Aber der holt mich auch, wenn ich es nicht tue.«

»Genau«, sagte der Polizeipräsident und zündete sich eine Zigarre an. »Ich habe lange über die ganze Sache nachgedacht, Jack. Was New York in dieser Krise braucht, ist ein Held, eine Leitfigur, jemand, der ihre Phantasie anregt und …«

»Ihre Aufmerksamkeit ablenkt?«

»Tja …«

»Nun mal raus damit, Barney, worauf wollen Sie hinaus?«

»Nun, Sie ernennen den Typ zu einer Art … na ja, sonderbeauftragter Katzenfänger für den Bürgermeister.«

»Wie in Hameln, hm?« murmelte der ehrwürdige Amtsinhaber. »Aber das waren Ratten, nicht wahr? Davon haben wir übrigens auch jede Menge.«

»Keine Verbindung zum Polizeipräsidium. Eine Tätigkeit mit begrenzter Zuständigkeit, so eine Art Beraterfunktion. Und Sie geben die Neuigkeit so spät bekannt, daß die *Extra* keine Zeit mehr hat, ihren Leitartikel zurückzuziehen!«

»Sie möchten also, Barney«, sagte der Bürgermeister leise, »daß ich einen Prügelknaben anheure, der den Kopf hinhalten soll, während Sie und Ihre Leute sich verziehen und wieder an Ihr Tagesgeschäft gehen?«

»Nun, es ist ja unbestreitbar so«, sagte der Polizeichef mit einem kritischen Blick auf seine Zigarre, »daß die Leute bis hinauf zu den hohen Tieren neuerdings mehr an Schlagzeilen als an Ergebnisse denken.«

»Nehmen Sie mal an«, meinte der Bürgermeister, »dieser Typ schnappt die Katze vor Ihnen?«

Der Polizeichef lachte.

Der Bürgermeister sagte darauf etwas schroff: »Barney, an wen haben Sie gedacht?«

»Der Typ ist ein echter Dandy, Jack. Geborener New Yorker, hat keinen politischen Ehrgeiz, landauf, landab als Verbrecherjäger bekannt, dabei aber Zivilist. Er kann gar nicht ablehnen. Ich habe ihn nämlich schon weichgeklopft, indem ich die heiße Kartoffel seinem Vater zugeschoben habe.«

Der Bürgermeister stellte die Rückenlehne seines Chefsessels langsam wieder senkrecht.

Der Polizeipräsident nickte.

Der Bürgermeister griff nach seinem Privattelefon. »Barney«, sagte er, »ich glaube, diesmal sind Sie cleverer, als die Polizei erlaubt. Ach, Birdie, verbinden Sie mich mit Ellery Queen.«

»Ich bin überaus geschmeichelt, Herr Bürgermeister«, sagte Ellery, »aber meine Qualifikation ist doch bestimmt nicht …«

»Ich kann mir keinen besseren Mann für den Posten eines Sonderbeauftragten des Bürgermeisters denken. Ich hätte schon viel früher darauf kommen sollen. Ich will offen zu Ihnen sein, Mr. Queen …«

»Ja?« sagte Ellery.

»Hin und wieder gibt es den einen oder anderen Fall«, sagte der Bürgermeister, »der so abwegig, so exzentrisch ist, daß selbst der hervorragendste Kriminalbeamte davor kapitulieren muß. Ich denke, diese Geschichte mit der Katze erfordert genau die besonderen Fähigkeiten, die Sie in der Vergangenheit bereits so meisterhaft bewiesen haben. Einen frischen, unorthodoxen Ansatz.«

»Das sind freundliche Worte, Herr Bürgermeister, aber würde ein solches Vorgehen nicht auf Vorbehalte seitens des Präsidiums stoßen?«

»Ich denke, Mr. Queen«, sagte der Würdenträger trocken, »ich kann Ihnen versichern, daß die Polizeibehörden in jeder Hinsicht zu einer Kooperation bereit sein werden.«

»Ich verstehe«, sagte Ellery. »Ich nehme an, mein Vater ...«

»Der Polizeipräsident ist der einzige, mit dem ich dieses Vorhaben besprochen habe. Schlagen Sie ein?«

»Geben Sie mir ein paar Minuten Bedenkzeit?«

»Ich warte hier in meinem Büro auf Ihren Rückruf.«

Ellery legte auf.

»Sonderbeauftragter des Bürgermeisters«, sagte der Inspector, der am Nebenanschluß mitgehört hatte. »Allmählich sind die ganz schön nervös.«

»Aber nicht wegen der Katze«, lachte Ellery. »Der Fall wird allmählich so heiß, daß sie jemanden suchen, der ihnen die Kastanien aus dem Feuer holt. Soll der sich dabei ruhig die Finger verbrennen.«

»Der Polizeipräsident ...«

»Der hatte tatsächlich einen Hintergedanken, was?«

Der Inspector blickte finster drein. »Die Idee stammt nicht vom Bürgermeister, Ellery. Der ist zwar Politiker, aber auch ein aufrichtiger Mann. Wenn er sich darauf einläßt, dann aus dem Grund, den er dir genannt hat. Wie wär's, wenn du ja sagst?«

Ellery schwieg.

»Es würde doch lediglich bedeuten, daß die Sache offiziell läuft ...«

»Und schwieriger wird.«

»Du hast nur Angst«, sagte sein Vater bedächtig, »dich zu etwas zu verpflichten.«

»Nun ja, ich müßte es ja dann auch durchziehen.«

»Ich werde ja nicht gern persönlich, aber gilt das nicht für uns beide? Ellery, dieser Schachzug könnte in anderer Hinsicht wichtig sein.«

»Wieso?«

»Schon die Tatsache, daß du den Job annimmst, schreckt die Katze vielleicht ab. Hast du dir darüber schon mal Gedanken gemacht?«

»Nein.«

»Allein die Publicity …«

»Mit dem nein meinte ich: Wird es nicht.«

»Du unterschätzt deinen Ruf.«

»Und du unterschätzt unsere Mieze. Ich habe das Gefühl«, sagte Ellery, »daß diesen Kerl gar nichts abschrecken kann.«

In seiner Stimme klang so viel bedrückendes Wissen an, daß der Inspector zusammenzuckte. »Einen Moment lang dachte ich …«, aber dann sagte er langsam: »*Ellery, du hast was rausgekriegt.*«

Zwischen ihnen lagen die zum Mordfall gehörenden Ausgrabungsfunde. Nahaufnahmen der Opfer, Ganz- und Seitenaufnahmen, Gesamtansichten der Tatorte von innen und von außen, Großaufnahmen, Bilder aus verschiedenen Blickwinkeln. Maßstabgerechte, exakte Querschnittszeichnungen mit Angabe der Himmelsrichtungen. Die Akte mit den Fingerabdrücken zu jedem Mord. Eine ganzer Stapel Berichte, Aufzeichnungen, Einzelheiten zu erledigten Aufträgen mit Uhrzeit, Ort, Name, Anschrift, Ergebnissen, Fragen und Antworten sowie Stellungnahmen und technischen Angaben. Und, auf einem separaten Tisch, die Zeugenaussagen im Original.

Nirgends in dieser sauber abgehefteten Vielfalt hatten sie einen erkennbaren Ansatzpunkt gefunden.

In schärferem Ton sagte der Inspector: »Stimmt das?«

Ellery sagte: »*Vielleicht.*«

Der Inspector öffnete den Mund.

»Frag mich nicht, Dad. Da ist etwas, aber wohin es führen könnte …« Ellery schaute unglücklich drein. »Ich schlage mich seit achtundvierzig Stunden mit dem Zeug herum. Aber ich muß es noch einmal durchgehen.«

Inspector Queen sagte in den Hörer. »Stellen Sie zum Bürgermeister durch. Sagen Sie ihm, Ellery Queen ist dran.«

Zum ersten Mal seit zwölf Wochen klang er, als habe er seine Ruhe wiedergefunden.

Die Neuigkeit verbreitete sich in der City mit einem Donnerhall, der selbst den Polizeipräsidenten besänftigte. Überwiegend waren jubelnde Stimmen zu hören. Der Bürgermeister bekam fünfmal so viel Post wie sonst, und die Telefonistinnen im Rathaus konnten die Zahl der eingehenden Anrufe nicht mehr bewältigen. Kommentatoren und Kolumnisten äußerten Zustimmung. Es zeigte sich, daß innerhalb von vierundzwanzig Stunden die enorme Zahl von falschen Notrufen bei der Polizei auf die Hälfte zurückging und keine Streunerkatzen mehr erwürgt aufgefunden wurden. Ein kleiner Teil der Presse äußerte sich höhnisch, doch insgesamt waren die Stimmen der Kritiker so leise, daß sie im allgemeinen Applaus untergingen. Die *New York Extra* erfuhr von Ellerys Ernennung erst, als der größte Teil der Auflage mit dem Knüller im redaktionellen Teil bereits gedruckt war, und obwohl das Blatt den Bürgermeister in einer weiteren Auflage scholt, er sei dabei, »den Kampfgeist der besten Polizei der Welt zu unterminieren«, nahm die Stellungnahme des Bürgermeisters dem Vorwurf viel von seiner Schärfe.

»Mr. Queens Ernennung«, hieß es in seiner Pressemitteilung, »steht in keinerlei Hinsicht in Konflikt mit der ordentlichen Polizeigewalt; weder schwächt sie deren Schlagkraft, noch ist sie Ausdruck mangelnden Vertrauens in die Polizei. Die Aufklärungsrate des New Yorker Polizeipräsidiums spricht für sich. Doch angesichts der äußerst ungewöhnlichen Umstände dieser speziellen Mordserie halte ich es für ratsam, uns eines Fachmanns zu bedienen, der auf ausgefallene Verbrechen spezialisiert ist. Der Vorschlag, Ellery Queen zum Sonderbeauftragten zu ernennen, kam direkt aus dem Polizeipräsidium, mit dem Mr. Queen sehr eng zusammenarbeiten wird.«

Am selben Abend wiederholte der Bürgermeister seine Verlautbarung im Radio.

Nach der Vereidigung im Rathaus, als das Blitzlichtgewitter abgeklungen und alle Fotos vom Bürgermeister mit Ellery Queen, Ellery Queen mit dem Polizeipräsidenten, dem Polizeipräsidenten mit dem Bürgermeister sowie von Ellery Queen allein aufgenommen waren, verlas Ellery eine vorbereitete Stellungnahme.

»Seit fast drei Monaten läuft der Mann, den wir die Katze nennen, in Manhattan frei herum. In dieser Zeit hat er sechs Menschen ermordet. Die Akten über diese sechs Morde wiegen fast so schwer wie die Verantwortung, die ich mit dieser Ernennung übernehme. Wenn ich auch noch einiges aufarbeiten muß, so bin ich mit dem Tatbestand doch bereits so vertraut, daß ich schon jetzt meine, sagen zu können, daß der Fall gelöst und der Mörder gefaßt werden kann und wird. Ob dies geschieht, bevor er Gelegenheit hat, einen weiteren Mord zu begehen, muß natürlich dahingestellt bleiben. Sollte die Katze aber noch heute Nacht ein weiteres Opfer fordern, so bitte ich Sie alle, daran zu denken, daß an einem einzigen Tag in den Straßen von New York mehr Menschen bei Verkehrsunfällen ums Leben kommen als die Katze in drei Monaten getötet hat.«

Unmittelbar nach Beendigung seiner Stellungnahme fragte der Reporter der *Extra* Ellery, ob er nicht bereits »Informationen zurückhalte«: »Wenn Sie sagen, Sie seien mit dem Fall ›so vertraut, daß Sie schon jetzt meinen, sagen zu können, daß der Fall gelöst werden wird‹, wollen Sie damit sagen, Sie haben eine heiße Spur?«

Ellery deutete ein Lächeln an und sagte: »Ich habe meiner Stellungnahme nichts hinzuzufügen.«

In den folgenden Tagen legte er ein eigenartiges Verhalten an den Tag. Er benahm sich keineswegs wie jemand, der etwas gefunden hat. Er tat überhaupt nichts. Er zog sich in die Wohnung der Queens zurück und blieb vor den Augen der Öffentlichkeit verborgen. Und was die Ohren der Öffentlichkeit anging, so legte er den Hörer neben das Telefon, so daß nur noch Inspector Queens Standleitung zum Präsidium als einzige Verbindung zur City übrigblieb. Die Tür zur Queenschen Wohnung blieb verschlossen.

Das war nicht unbedingt das, was der Polizeichef sich vorgestellt hatte, und Inspector Queen hörte gerüchteweise, er habe sich unzufrieden geäußert. Dennoch legte der alte Mann Ellery einfach weiter alle Berichte vor, sobald sie eintrafen, ohne Kommentare abzugeben oder Fragen zu stellen. Einer davon betraf den Marihuana rauchenden Trompeter, der bei den Ermittlungen zu Beatrice Willikins' Tod verhaftet worden war. Was der Musiker erzählt hatte, hatte sich als korrekt erwiesen, und man hatte ihn laufen lassen. Ellery sah den Bericht nur flüchtig an. Auf seinem Steißbein balancierend, hockte er da, rauchte eine Zigarette nach der anderen und studierte die Kraterlandschaft der Decke in seinem Arbeitszimmer, einen ewigen Zankapfel zwischen den Queens und ihrem verschlagenen Vermieter. Der Inspector war sich jedoch völlig darüber im klaren, daß Ellery keineswegs über den längst überfälligen Kalkanstrich nachdachte.

Den Abend des 31. August brachte Ellery jedoch über den Berichten zu. Inspector Queen wollte nach einem weiteren Tag, der einerseits vollgestopft, andererseits aber unergiebig gewesen war, gerade nach Hause gehen, als sein Privattelefon klingelte, er den Hörer abhob und die Stimme seines Sohnes hörte.

»Ich bin die Berichte über die Schnüre nochmals durchgegangen …«

»Ja, Ellery.«

»Ich überlege, wie wir herausbekommen, ob die Katze Rechts- oder Linkshänder ist.«

»Woran hast du gedacht?«

»An die Methode, die vor Jahren in Belgien von Goddfroy und anderen entwickelt wurde.«

»Mit Seilen?«

»Ja. Die Fasern an der Oberfläche liegen in entgegengesetzter Richtung zu der darauf einwirkenden Zug- oder sonstige Reibung erzeugenden Kraft.«

»Oh ja, natürlich. Wir haben damit in ein paar Fällen klären können, ob das Opfer Selbstmord begangen hatte oder aufgeknüpft worden war. Und weiter?«

»Die Katze zieht die Seidenschnur von hinten um den Hals des Opfers zusammen. Bevor der Mörder anfangen kann, die Schlinge zusammenzuziehen, muß er zunächst die Schnurenden überkreuzen. Theoretisch muß es deshalb im Genick eine Stelle geben, an der die beiden Enden der Schnur aneinanderreiben.

In zwei Fällen, nämlich bei O'Reilly und Violette Smith, zeigen die Fotos vom Genick der Opfer, daß die beiden Enden während des Erdrosselns, bevor der Knoten geknüpft wurde, tatsächlich aneinanderrieben.«

»Ja.«

»Nun gut. Er zieht mit beiden Händen, in jeder Hand ein Schnurende, in entgegengesetzter Richtung. Und sofern er nicht beidhändig ist, zieht er mit unterschiedlicher Kraft. Die eine Hand hält eher fest, während die andere, nämlich die stärkere, eher zieht. Mit anderen Worten: Wenn er Rechtshänder ist, müßte das von der linken Hand gehaltene Schnurende durch die Reibung einen Punkt aufweisen, das andere Schnurende dagegen einen Streifen. Und genau andersherum, falls er Linkshänder ist. Tussahseide ist grobfaserig. Vielleicht sieht man daran Spuren.«

»Es ist immerhin ein Ansatz«, murmelte der Inspector.

»Ruf mich an, wenn du etwas herausfindest, Dad.«

»Ich weiß nicht, wie lange das dauert. Das Labor ist in letzter Zeit überlastet, es ist ja auch schon spät. Warte lieber nicht auf mich. Ich bleibe hier, bis ich was in Erfahrung gebracht habe.«

Der Inspector erledigte mehrere Telefonate und bat darum, sofort benachrichtigt zu werden, sollte man etwas finden. Dann streckte er sich auf der Couch aus, die er schon einige Wochen zuvor in seinem Büro hatte aufstellen lassen, in der Absicht, nur ein paar Minuten zu dösen.

Als er erwachte, schickte die Morgensonne des 1. September glänzende Sprenkel durch die schmutzigen Fenster seines Büros.

Eines der Telefone klingelte.

Er trottete zu seinem Schreibtisch.

»Was ist los mit dir?« fragte Ellery.

»Ich habe mich gestern abend ein bißchen langgemacht und bin erst wieder aufgewacht, als das Telefon klingelte.«

»Ich wollte schon die Polizei benachrichtigen. Was ist mit den Ergebnisse zu den Schnüren?«

»Ich habe nichts ge... Warte mal, der Bericht liegt auf dem Schreibtisch. Warum zum Teufel haben die mich nicht geweckt?« Nach ein paar Sekunden sagte der Inspector: »Unergiebig.«

»Ach ja?«

»Sie meinen, daß O'Reilly und Miss Smith während des Angriffs immerhin soviel herumgezappelt haben, daß die Katze abwechselnd mit der einen und der anderen Hand ziehen mußte, so eine Sägebewegung. Vielleicht war O'Reilly nur benommen und hat sich gewehrt. Ganz gleich, es ist jedenfalls kein Reibungspunkt nachweisbar. Die wenigen Reibungsspuren, die überhaupt auf der Seide zu finden sind, verteilen sich gleichmäßig auf die rechte und die linke Hand.

Das war's also.« Aber dann sagte Ellery in einem völlig anderen Tonfall: »Dad, komm sofort nach Hause.«

»Nach Hause? Mein Arbeitstag fängt gerade erst an, Ellery.«

»Komm nach Hause.«

Der Inspector ließ den Hörer fallen und sauste los.

»Was gibt's?« Inspector Queen atmete schwer, denn er war im Galopp die Treppe hochgerannt.

»Hier, lies. Die waren heute morgen in der Post.«

Der Inspector setzte sich langsam in den Ledersessel. Der eine Umschlag trug als Absender den reißerischen Schriftzug der *New York Extra*, die Anschrift war mit der Maschine getippt. Der andere Umschlag war klein, blaßrosa und sah geheimnisvoll aus. Die Adresse war handgeschrieben.

Aus dem Umschlag der *Extra* zog er einen gelben Notizblockzettel.

Hochverehrter E.Q. – Was ist los, haben Sie das Telefon aus der Wand gerissen? Oder warten Sie in der Kalahari auf die Katze? Ich habe in den letzten Tagen sechsmal vor Ihrer Tür gestanden, aber es hat niemand aufgemacht.
Ich muß Sie sprechen.
James Guymer McKell
P. S.: In Fachkreisen bekannt als *Jimmy Leggitt*, der rasende Reporter. Rufen Sie mich bei der Extra an.
J. G. M.

»Monica McKells kleiner Bruder!«

»Lies mal den anderen.«

Der zweite Briefbogen paßte genau zum Umschlag, ein ausgesprochen elegantes Dessin, das sehr auf Wirkung aus war. Die Handschrift war hastig und wirkte ein wenig unglücklich.

Sehr geehrter Mr. Queen,
seit im Radio Ihre Ernennung zum Sonderbeauftragten im Rahmen der Katzenmorde bekanntgegeben wurde, versuche ich, Sie telefonisch zu erreichen.
Wären Sie wohl bereit, sich mit mir zu treffen? Es geht mir *nicht* darum, ein Autogramm von Ihnen zu bekommen.
Bitte!
Mit freundlichen Grüßen
Celeste Phillips

»Simone Phillips' Schwester.« Der Inspector legte beide Briefe sorgfältig auf den Beistelltisch. »Willst du dich mit den beiden treffen?«

»Ja. Ich habe Miss Phillips zu Hause angerufen und McKell in seiner Redaktion erreicht. Sie klingen beide ziemlich jung. Ich habe einiges von McKells Berichten über die Katzenmorde unter dem Namen Leggitt gesehen, aber nichts, was ihn persönlich mit einem davon in Verbindung bringt. Wußtest du, daß Leggitt und McKell identisch sind?«

»Nein.« Der Inspector schien beunruhigt zu sein, daß ihm das entgangen war. »Ich habe ihn natürlich gesehen, aber das war bei den McKells zu Hause, in der Park Avenue. Ich nehme an, wenn er als Reporter arbeitet, dann ist das wahrscheinlich in seinen Kreisen gerade ›in‹. Haben die beiden gesagt, was sie wollen?«

»Celeste Phillips hat gemeint, sie würde es mir lieber persönlich sagen. McKell habe ich erklärt, wenn er nur ein Interview für sein Käseblatt ergattern will, würde ich ihn mit einem Fußtritt rausbefördern, aber er behauptet, es sei was Persönliches.«

»Beide am selben Morgen«, murmelte der Inspector. »Hat einer den anderen erwähnt?«

»Nein.«

»Wann sollen sie kommen?«

»Ich habe gegen eine der Grundregeln des Ermittlerhandbuchs verstoßen und sie beide zur gleichen Zeit bestellt, um elf.«

»Himmel, es ist fünf vor! Ich muß noch duschen, mich rasieren und frische Sachen anziehen.« Der alte Mann eilte in sein Schlafzimmer und rief ihm noch über die Schulter zu: »Halt sie hier fest, notfalls mit Gewalt!«

Als der Inspector frisch gewaschen und umgezogen wieder auftauchte, entzündete sein Sohn gerade galant eine Zigarette, die von zwei schlanken behandschuhten Fingern an außerordentlich hübsche Damenlippen gehalten wurde. Von der Frisur bis zu den Schuhspitzen war sie modisch-elegant zurechtgemacht, aber noch sehr jung; sie sah aus, wie wohl jede New Yorkerin gern aussehen würde, ohne daß ihr Alter allerdings ganz dazu paßte. Der Inspector hatte Mädchen wie sie gesehen, die spätnachmittags allein und unnahbar die Fifth Avenue hinunterspazierten, ihre gesunden jugendlichen Körper und Gesichter mit einer dicken Schicht modischer Patina überzogen. Sie jedoch hatte nie zur Oberschicht gehört, denn sie strahlte keinerlei gelangweilten Überdruß aus. Gestern hat sie noch *Seventeen* gelesen, heute schon *Vogue*, dachte er. Sie war ausnehmend hübsch.

Der Inspector war verwirrt. Es war in der Tat Celeste Phillips, aber was war mit ihr geschehen?

»Guten Tag, Miss Phillips.« Sie gaben sich die Hand. Ihr Handschlag war hastig, widerstrebend. Sie hat mich hier nicht erwartet, dachte er. Ellery hat ihr nicht gesagt, daß ich zu Hause bin. »Ich hätte Sie fast nicht wiedererkannt.« Es war ungeheuerlich, dabei waren kaum zwei Wochen vergangen. »Setzen Sie sich doch.«

Als sie sich umdrehte, sah er Ellerys fragenden Blick auf sich ruhen. Der Inspector erinnerte sich an die Beschreibung, die er von Simone Phillips' Schwester abgegeben hatte, und zuckte als Antwort mit den Achseln. Man konnte sich diese aus dem Ei gepellte junge Dame unmöglich im schmuddeligen Umfeld der Wohnung in der 102. Straße vorstellen. Und doch lebte sie dort, Ellery hatte sie dort ja erreicht. Inspector Queen entschied, daß es die Kleidung war. Sie hatte sie vermutlich eigens zu diesem Anlaß in dem Modegeschäft ausgeliehen, wo sie als Mannequin arbeitete, dachte er. Den Rest besorgte das Make-up. Wenn sie erst wieder zu Hause war, all ihren Putz zurückgegeben und sich abgeschminkt hatte, würde sie wieder das Aschenputtel sein, das er vor seinem inneren Auge hatte. Oder doch nicht? Er war sich nicht sicher. Der helle, heitere Teint unter ihren strahlend schwarzen Augen, der an die Stelle der tiefvioletten Schatten getreten war, die er an ihr gesehen hatte, würden sich nicht mit Wasser und Seife abwaschen lassen. Und bestimmte Züge ihres Gesichts waren … womöglich mit ihrer Schwester zusammen begraben worden? – *Ha, mir juckt der Daumen schon.*

»Ich hoffe, ich habe Sie nicht unterbrochen«, sagte der Inspector mit einem Lächeln.

»Ach, ich erzählte Mr. Queen gerade, wie unmöglich meine Wohnsituation ist.« Ihre Finger knipsten das Schloß ihrer Handtasche auf und zu, auf und zu, als führten sie ein Eigenleben.

»Sie wollen umziehen?« Unter dem Blick des Inspectors erstarrten ihre Finger mitten in der Bewegung.

»Sobald ich eine andere Wohnung finde.«

»Ja, Sie möchten ein ganz neues Leben beginnen«, nickte der Inspector. »Das tun die meisten. In solch einem Fall.« Dann fragte er: »Sind Sie das Bett losgeworden?«

»Aber nein. Ich schlafe darin.« Sie fügte hastig hinzu: »Ich mußte jahrelang auf einem Feldbett schlafen. Simones Bett ist so bequem. Sie würde es nicht anders wollen. Und außerdem ... wissen Sie, ich habe keine Angst vor meiner Schwester.«

»Nun«, sagte Ellery, »das ist eine sehr gesunde Einstellung. Dad, ich wollte Miss Phillips gerade fragen, warum sie mich sehen wollte.«

»Ich möchte helfen, Mr. Queen.« Auch ihre Stimme hatte an diesem Morgen einen modisch-eleganten Klang. Sehr zurückhaltend.

»Helfen? In welcher Beziehung?«

»Ich weiß nicht. Ich weiß nicht einmal ...« Sie verbarg ihr Unbehagen hinter einem Lächeln, das einem *Vogue*-Model Ehre gemacht hätte. »Ich verstehe mich selbst nicht. Manchmal hat man einfach das Gefühl, etwas tun zu müssen. Ich weiß auch nicht, warum.«

»Wieso sind Sie hergekommen, Miss Phillips?«

Sie rutschte unbehaglich auf dem Stuhl hin und her. Doch dann schnellte sie vor und war mit einem Mal kein Hochglanzwesen mehr, sondern eine sehr junge Frau ohne jede Fassade. »Meine Schwester tat mir so unendlich leid. Sie war in vielerlei Hinsicht ein Krüppel, nicht nur körperlich. Das wäre jeder, der so lange ans Bett gefesselt ist. Vollkommen hilflos. Ich haßte mich, weil ich selbst kein Krüppel bin. Ich hatte ständig *Schuldgefühle*.

Wie soll ich Ihnen das erklären?« rief sie. »Simone wollte doch leben. Sie war ganz verrückt auf Leben. Sie interessierte sich für alles. Ich mußte ihr sagen, wie die Leute auf der Straße aussahen, wie der Himmel an einem bewölkten Tag aussah, die Müllmänner, die Wäscheleinen draußen im Hof. Sie hatte von früh bis spät ihr Radio an. Sie wollte alles wissen, über Filmstars und Prominente, wer wen heiratete, wer sich scheiden ließ und wer ein Baby bekam. Wenn ich mal mit einem Mann ausging, und das war wirklich nicht oft, dann mußte ich ihr hinterher erzählen, was er wie gesagt hatte, welche Masche er fuhr, ob und wie er zudringlich wurde, wie ich es empfand, wenn ein Rendezvous so endete.

Und sie haßte mich. Sie war eifersüchtig. Wenn ich von der Arbeit nach Hause kam, wischte ich mir immer das Make-up ab, bevor ich das Haus betrat. Ich habe mich nie … vor ihren Augen an- oder ausgezogen, wenn es sich irgendwie vermeiden ließ. Es sei denn, sie wollte es. Sie schien es zu genießen, eifersüchtig zu sein, es bereitete ihr offenbar Vergnügen.

Und dann wieder gab es Zeiten, da hat sie geweint, und ich wußte, daß sie mich sehr lieb hatte.

Sie hatte recht«, sagte Celeste Phillips schroff. »Es war nicht gerecht, daß sie behindert war. So eine Strafe hatte sie nicht verdient, und sie war entschlossen, nicht aufzugeben. Sie liebte das Leben mehr als ich. Viel mehr.

Sie umzubringen war einfach … *unfair.*

Ich möchte mithelfen, ihren Mörder zu finden. Ich verstehe das Ganze nicht und kann immer noch nicht glauben, daß es uns – ihr – tatsächlich passiert ist. Ich will unbedingt an der Bestrafung mitwirken. Ich kann nicht untätig herumsitzen. Ich habe keine Angst, und ich bin auch weder kindisch noch verrückt, Mr. Queen. Lassen Sie mich helfen! Ich trage Ihre Aktentasche, erledige Botendienste, tippe Briefe, bediene des Telefon, alles was Sie wollen, alles, was ich Ihrer Meinung nach tun kann.«

Sie schaute mit einem wütenden Blinzeln auf ihre weißen Handschuhe hinab.

Die Queens sahen sie unverwandt an.

»Es tut mir wirklich ganz schrecklich leid«, sagte eine Stimme, »aber ich habe geklingelt und geklingelt …«

Celeste sprang auf und rannte zum Fenster. Eine lange Falte lief über den Rücken ihres Kleides von der Schulter zur entgegengesetzten Hüfte, und der junge Mann im Türrahmen starrte fasziniert darauf. Als ob er irgendwie erwartete, daß sich eine Schale ablösen werde.

Er wiederholte: »Ich kann Ihnen gar nicht sagen, wie leid es mir tut«, und ließ dabei kein Auge von ihrem Rücken, »aber ich habe selbst eine Schwester auf die gleiche Weise verloren. Ich komme später wieder.«

Celeste sagte: »Ach!« und drehte sich rasch zu ihm herum.

Sie starrten sich quer durch den Raum an.

Ellery stellte vor: »Miss Phillips, und ich nehme an: Mr. McKell.«

»Haben Sie New York schon mal so gesehen, wie es aussehen wird, nachdem der Allmächtige uns alle erschlagen hat, weil er unser überdrüssig geworden ist? Ich meine damit die Wall Street am Sonntagmorgen?« sagte Jimmy McKell zehn Minuten später zu Celeste Phillips. Was ihn anging, so hatte der Allmächtige die Queens offensichtlich bereits ausgelöscht. »Oder Big Liz, die alte Queen Elizabeth, wie sie in der Hudson Bay einläuft? Oder den Hudson von der Yonkers-Fähre im Juni? Oder, egal zu welcher Zeit, den Central Park von einem Penthouse am Central Park South mit Aussicht nach Norden? Schon mal ein Bagel probiert? Oder Halwa? Gehackte Leber mit Hähnchenfett und einer Scheibe Schwarzem Rettich? Shish Kebab? Sardellenpizza?«

»Nein«, sagte Celeste steif.

»Das ist doch lächerlich.« Er wedelte mit seinen irrwitzig langen Armen. Er wirkt wie der junge Abe Lincoln, dachte Ellery. Alles an ihm ist schlaksig und voller Enthusiasmus, linkisch und nett. Ein häßlicher, humorvoller Mund und Augen, die nicht ganz so aufrichtig waren wie seine Stimme. Sein brauner Anzug war ausgesprochen unansehnlich; er war 25 oder 26. »Und Sie wollen allen Ernstes behaupten, New Yorkerin zu sein, Celeste?«

Celeste wurde ganz starr. »Vielleicht, *Mister* McKell, hat es etwas damit zu tun, daß ich mein ganzes Leben lang arm gewesen bin.« Sie hat den Stolz des französischen Mittelstands geerbt, dachte Ellery.

»Sie klingen wie mein ach so heiliger Herr Vater, nur mit anderen Vorzeichen«, sagte James Guymer McKell. »Der hat auch noch nie ein *Bagel* gegessen. Haben Sie was gegen Juden?«

»Ich habe gegen niemanden etwas«, stieß Celeste hervor.

»Einige der besten Freunde meines Vaters sind Antisemiten«, sagte McKell der Jüngere. »Hören Sie, Celeste, wenn wir Freunde werden wollen, müssen Sie wissen, daß mein Vater und ich ...«

»Das habe ich nur meiner Gutmütigkeit zu verdanken, daß ich mir das jetzt anhören muß«, murmelte Celeste, »und der Tatsache, daß meine Schwester ...«

»Ebenso wie meine.«

Sie errötete. »Es tut mir leid.«

Jimmy McKell schlug mit einem Ruck seine staksigen Heuschreckenbeine übereinander. »Ich lebe von meinem Reportergehalt, meine Liebe, und das nicht etwa, weil mir das so gut gefiele.

Aber wenn ich das nicht täte, müßte ich wie mein Vater ins Ölgeschäft einsteigen. Und mit Öl wollte ich nichts zu tun haben, selbst wenn ich eine portugiesische Sardine wäre.«

Celeste sah ihn mißtrauisch, aber interessiert an.

»Ich dachte, McKell«, bemerkte der Inspector, »Sie leben mit Ihrer Familie in Ihrem Museum an der Park Avenue.«

»Ach ja«, lächelte Celeste. »Wieviel Kostgeld müssen Sie denn abliefern?«

»Achtzehn Dollar die Woche«, sagte Jimmy, »das reicht gerade für die Zigarren des Butlers. Und ich bin mir nicht mal sicher, ob ich für mein Geld genug geboten kriege. Für meine seidene Koje und ein stets gut gefülltes Glas muß ich mir stundenlangen Sermon anhören, mal über Klassenbewußtsein, mal darüber, wo der böse Kommunismus überall lauert, wie wir Deutschland wiederaufbauen sollten, was dieses Land vor allem braucht ist ein richtiger Geschäftsmann im Weißen Haus, Junge du solltest ins Stahlgeschäft einheiraten sowie den beliebten alten Schlager Oh diese entsetzlichen Gewerkschaften. Der einzige Grund, warum ich noch dableibe, ist meine sentimentale Anhänglichkeit an meine Mutter. Gerade jetzt, wo Monica ...«

»Ja?« fragte Ellery.

Jimmy McKell sah sich um. »Wie bitte? Oh Mann, sagen Sie bloß, ich habe ganz vergessen, weshalb ich hergekommen bin? Das ist doch wieder der verdammte Sexteufel in mir, Pin-up GI McKell haben sie mich bei der Army immer genannt.«

»Erzählen Sie mir von Ihrer Schwester«, sagte Celeste plötzlich und zog ihren Rock über die Knie.

»Monica?« Aus der Tasche seines Jacketts zog er eine Zigarette, die wie eine verschrumpelte Backpflaume aussah, und ein langes Streichholz. Celeste sah ihm aus den Augenwinkeln zu, wie er die Zigarette anzündete und sich wie ein Klappmesser vorbeugte, ein Auge wegen des Rauchs halb zugekniffen und die Ellbogen auf die Beine gestützt; mit seiner viel zu großen Hand wedelte er mit dem Streichholz, bis es erlosch. Jimmy Steward und Gregory Peck, dachte Celeste. Und ... genau, ein klitzekleines bißchen Raymond Massey, so um den Mund. Altklug und jungenhaft, süß und zum Wohlfühlen. Wahrscheinlich liefen ihm die Frauen von New York in Scharen nach. »Sie war 'n feiner Kerl. Alles, was die Leute über

Monica erzählt haben, stimmte wohl, aber die haben sie nie richtig gekannt. Am allerwenigsten Vater und Mutter. Daran war sie selbst schuld, tief innen drin war sie das Elend in Person, aber nach außen hin versteckte sie alles hinter einer Schale aus Panzerstahl. Monica konnte gemein und grausam sein, und das war in der letzten Zeit vor ihrem Tod immer schlimmer geworden.«

Er warf das Streichholz in den Aschenbecher. »Vater hat sie restlos verwöhnt. Er brachte ihr bei, was Macht ist, und sie übernahm seine Verachtung für andere Menschen. Mir gegenüber war er immer anders, mich hat er von Anfang an strammstehen lassen. Wir hatten oft lange Auseinandersetzungen. Monica war schon erwachsen, als ich noch eine kurze Hose trug, und es war immer Monica, die mich gegen Vater in Schutz nahm. Ihr war er nie gewachsen.

Mutter hatte einfach nur Angst vor ihr.«

Jimmy ließ ein Bein so über die Sessellehne hängen, daß man seinen Sockenhalter sah. »Übrigens, wenn Sie schon fragen: Meine Schwester hatte nie die allergeringste Chance herauszufinden, was sie eigentlich im Leben wollte. Was es auch sein mochte, es war jedenfalls nicht das, was sie hatte, und genau das machte meinen Vater noch viel verbitterter, als er ohnehin schon war, denn in seinen Augen hatte sie doch alles. Ich fand heraus, was ich wollte, als ich drei Jahre als Schütze Arsch in der Armee war, von denen ich zwei auf dem Bauch durch die moskitoverseuchten Sümpfe am Pazifik gekrochen bin. Monica hat es nie herausgefunden. Ihr einziges Ventil bestand darin, ganz gezielt gegen jeden Grundsatz von Sitte und Anstand zu verstoßen. Dabei war sie die ganze Zeit tief drinnen total verängstigt und durcheinander ... Das ist schon eine komische Sache, Celeste«, sagte Jimmy plötzlich und sah sie durchdringend an.

»Ja,... Jimmy?«

»Ich weiß viel über Sie.« Sie war überrascht. »Ich berichte über die Morde der Katze, seit Abernethy erdrosselt wurde. Ich genieße besondere Privilegien in der Redaktion, weil sie glauben, ich sei ihnen nützlich, um der Schickeria die Würmer aus der Nase zu ziehen. Ich habe nach der Ermordung Ihrer Schwester sogar mit Ihnen gesprochen.«

»Wirklich? Ich habe nicht ...«

»Ich hatte vor, Sie mal zu besuchen, sobald Sie Gelegenheit gehabt hätten, ihre Äuglein trockenzutupfen und Ihre Abwehrkräfte ein bißchen zu stählen. Ich habe über Sie nachgedacht, als ich hier die Treppe raufkam.«

Celeste sah ihn an.

»Ehrenwort! Wenn ich lüge, soll mich das Ölgeschäft holen!« Er grinste, doch nur einen Augenblick lang, dann wandte er sich brüsk an Ellery. »Ich bin eine Quasselstrippe, Queen, aber nur unter meinesgleichen. Das kommt, weil ich ein großer Verehrer der Menschheit bin. Aber ich weiß auch, wann und wie ich dichtzuhalten habe. Als Reporter hat es mich interessiert, als Abernethy, Violette und O'Reilly abgemurkst wurden, aber als es dann meine eigene Schwester erwischte, ging mich die Sache persönlich was an. Ich mußte bei der Jagd auf die Katze am Ball bleiben. Ich bin weiß Gott kein Genie, aber ich komme ganz schön rum in dieser Stadt und glaube, Sie können mich gebrauchen. Wenn Ihnen meine Verbindung zur Zeitung nicht recht ist, dann mache ich noch heute damit Schluß. Ich selbst halte das allerdings für einen Vorteil, denn es verschafft mir Zutritt zu Dingen, an die ich sonst nicht herankäme. Aber das müssen ganz allein Sie entscheiden. Bevor Sie ablehnen, sollte ich vielleicht mal hier vor Zeugen in aller Deutlichkeit sagen, daß ich keinerlei Absicht hege, auch nur eine Zeile für dieses miese Käseblatt zu schreiben, für das ich schufte, wenn Sie sie mißbilligen. Kriege ich den Job?«

Ellery ging zum Kaminsims und nahm sich eine Pfeife. Es dauerte ewig, bis er sie gestopft hatte.

»Ich habe Sie das gleiche gefragt, Mr. Queen«, sagte Celeste mit angespannter Stimme. »Sie sind uns die Antwort noch schuldig.«

Inspector Queen sagte: »Entschuldigen Sie uns einen Augenblick. Ellery, ich möchte mit dir reden!«

Ellery folgte seinem Vater ins Arbeitszimmer, und der Inspector schloß die Tür hinter ihnen. »Du denkst doch hoffentlich im Traum nicht daran.«

»Doch.«

»Ellery, um Himmels Willen, schick die beiden nach Hause!«

Ellery zündete seine Pfeife an.

»Bist du verrückt geworden? Zwei überdrehte Kinder! Außerdem sind sie in den Fall verwickelt.«

Ellery zog an seiner Pfeife.

»Nun sieh doch mal, mein Sohn. Wenn du Unterstützung haben willst, kannst du das gesamte Präsidium zu Hilfe rufen. Wir haben ein ganzes Rudel ehemaliger GIs, die alles können, was dieser junge Schnösel kann, und noch eine Menge mehr, denn das sind ausgebildete Männer. Wenn du ein hübsches Mädel haben willst, kannst ich dir aus dem Hut mindestens drei Beamtinnen nennen, die Bereitschaftsdienst haben und neben denen die kleine Phillips alt aussehen würde. Und die haben ebenfalls eine solide Ausbildung.«

»Aber die«, sagte Ellery nachdenklich, »sind eben nicht in den Fall verwickelt«.

Der Inspector blinzelte. Ellery lächelte breit und ging ins Wohnzimmer zurück.

»Es ist zwar völlig unorthodox«, sagte er, »aber ich bin geneigt, es zu wagen.«

»Oh, Mr. Queen!«

»Na, Celeste, was habe ich gesagt?«

Der Inspector knurrte vom Durchgang her: »Ellery, ich muß im Präsidium anrufen«, und schlug die Tür zu.

»Aber es könnte gefährlich werden.«

»Ich kann ein bißchen Judo«, sagte Jimmy eifrig.

»Das ist kein Witz, McKell. Es könnte sogar höchst gefährlich werden.«

»Jetzt hören Sie mal zu, Mann!« Jimmy war sauer. »Die netten Leutchen, mit denen wir in Neuguinea Fangen gespielt haben, machten sich gar nicht erst die Mühe, einem 'ne Schnur um den Hals zu wickeln, die haben einem die Kehle einfach durchgeschnitten. Aber wie Sie sehen, ist mein Hälschen noch intakt. Bei Celeste ist das natürlich was ganz anderes. Innendienst, würde ich vorschlagen. Aufregend, nützlich und ungefährlich.«

»Warum lassen Sie Celeste nicht selbst ihre Meinung sagen, Jimmy?«

»Schießen Sie los, mein hochverehrtes Fräulein.«

»Ich habe Angst«, sagte Celeste.

»Na klar, und wie! Hab' ich doch gleich ...«

»Ich hatte Angst, als ich hereinkam, und ich werde Angst haben, wenn ich wieder gehe. Aber das wird mich keinesfalls davon abhalten, alles zu tun, was in meiner Macht steht, damit Simones Mörder gefaßt wird.«

»Aber, aber ...« setzte Jimmy an.

»Nein«, sagte sie sehr bestimmt.

Jimmy wurde rot. Er murmelte: »Verzeihung«, und förderte aus seiner Tasche eine weitere Knautschzigarette zutage.

»Und über eines müssen wir uns absolut einig sein«, sagte Ellery, als sei nichts geschehen. »Jede Form der Kumpanei könnt ihr euch aus dem Kopf schlagen, wir spielen nicht die Drei Musketiere. Ich bin der große Zampano und ziehe niemanden ins Vertrauen. Ich gebe Anweisungen ohne jede Erklärung. Ich erwarte, daß ihr sie ausführt, und zwar ohne Widerrede und ohne Rückfragen, ohne irgend jemandem davon zu erzählen – und ohne euch untereinander zu verständigen.«

Bei diesen Worten blickten sie auf.

»Vielleicht hätte ich diesen Punkt von vornherein klarstellen sollen. Ihr seid in unserer Miniaturdetektei keineswegs Partner, so gemütlich wird es absolut nicht. Ihr seid durchweg allein und ausschließlich mir gegenüber Rechenschaft schuldig. Was ich euch zu tun gebe, ist eure ureigenste Aufgabe, die weder untereinander noch mit Dritten besprochen werden darf. Damit das unmißverständlich klar ist, fordere ich euch auf, bei eurem Leben, eurem Hab und Gut und eurer Ehre zu schwören, daß ihr euch daran halten werdet. Wenn ihr das Gefühl habt, zu diesen Bedingungen nicht mit mir zusammenarbeiten zu können, dann sagt das jetzt gleich, dann betrachte ich diese Besprechung als eine angenehm vergeudete Stunde.«

Sie schwiegen.

»Celeste?«

Sie umklammerte ihre Handtasche. »Ich habe doch gesagt, ich tue alles. Ich bin bereit dazu.«

Doch Ellery bohrte nach. »Sie werden alle Anweisungen, die ich Ihnen gebe, akzeptieren, ohne Fragen zu stellen?«

»Ja.«

»Ganz gleich, worum es sich handelt?«

»Ja.«

»Auch wenn es unangenehm oder unverständlich ist?«

»Ja«, sagte Celeste

»Und Sie verpflichten sich, niemanden von Ihren Anweisungen in Kenntnis zu setzen?«

»Das tue ich, Mr. Queen.«

»Selbst Jimmy gegenüber?«

»Jedem gegenüber.«

»Jimmy?«

»Als Chef sind Sie ja schlimmer als der beinharte Knorren, der bei der *Extra* die Lokalredaktion unter seiner Fuchtel hat.«

»Amüsant«, sagte Ellery lächelnd. »Aber das beantwortet nicht meine Frage.«

»Ich bin dabei.«

»Exakt zu diesen Bedingungen?«

»Jawohl, Sir.«

Ellery sah sie beide einen Moment lang an.

»Warten Sie hier.«

Er ging rasch in sein Arbeitszimmer und schloß die Tür hinter sich.

Als Ellery ansetzte, etwas auf einen Notizblock zu schreiben, kam sein Vater aus seinem Schlafzimmer herüber. Der alte Mann stand neben seinem Schreibtisch und sah ihm mit gespitztem Mund zu.

»Was Neues aus dem Präsidium, Dad?« murmelte Ellery beim Schreiben.

»Bloß ein Anruf vom Polizeichef, er wollte wissen …«

»Was wollte er wissen?«

»Nur so.«

Ellery riß das Blatt vom Block ab, schob es in einen schlichten Briefumschlag, klebte diesen zu und schrieb ein »J« auf die Vorderseite.

Er begann, ein weiteres Blatt zu beschreiben.

»Überhaupt nichts, hm?«

»Och, es dreht sich ja nicht alles um die Katze«, sagte der Inspector, ohne ihn aus den Augen zu lassen. »Zwischen der 75. Straße West und der Amsterdam Avenue hat's gleich doppelt eingeschlagen: Die betrogene Gattin verfolgt ihren Gemahl bis zum Apartment der Geliebten und macht beide alle. 22er mit Perlmuttgriff.«

»Kenne ich jemanden davon?« Ellery riß gutgelaunt das zweite Blatt vom Block.

»Die Tote war Nachtclubtänzerin, Spezialität orientalische Nummern. Der Mann war ein wohlhabender Lobbyist. Seine Gattin ist eine Dame der Gesellschaft, die für ihr Engagement in der Kirche bekannt ist.«

»Sex, Politik, Gesellschaft und Religion«, sagte Ellery, während er den zweiten Umschlag zuklebte. »Was bliebe da noch zu wünschen übrig?« Auf diesen Umschlag schrieb er ein »C«.

»Es wird die Leute jedenfalls ein paar Tage lang ablenken.« Als Ellery aufstand, fragte sein Vater fordernd: »Was hast du da gerade geschrieben?«

»Anweisungen für meine ›87. Straße‹-Hilfstruppen.«

»Willst du diesen Klamauk etwa wirklich durchziehen?«

Ellery ging zurück ins Wohnzimmer.

Der Inspector blieb mürrisch im Türrahmen stehen.

Ellery gab Celeste den mit »C« beschrifteten Umschlag, Jimmy den mit dem »J«.

»Nein, macht sie jetzt noch nicht auf. Lest sie, vernichtet sie und erstattet mir hierher Bericht, sobald ihr fertig seid.«

Celeste war etwas blaß, als sie den Umschlag in ihrer Handtasche verstaute. Jimmy knüllte ihn in seine Jackettasche, ließ jedoch auch seine Hand darin.

»Nehmen Sie mich ein Stück mit, Celeste?«

»Nein«, sagte Ellery, »Verlaßt das Haus getrennt. Sie zuerst, Jimmy.«

Jimmy stülpte sich seinen Hut auf den Kopf und ging federnden Schrittes hinaus.

Celeste hatte das Gefühl, der Raum sei plötzlich viel leerer.

»Wann soll ich gehen, Mr. Queen?«

»Ich sage Ihnen Bescheid.«

Ellery ging zu einem der Fenster. Celeste setzte sich wieder hin, öffnete ihre Handtasche und nahm eine Puderdose heraus, ohne den Umschlag anzurühren. Nach einer Weile steckte sie den Puder wieder weg und schloß die Tasche. Sie saß da und starrte in den dunklen Kamin. Inspector Queen stand wortlos in der Tür zum Arbeitszimmer.

»Es ist soweit, Celeste.«

Etwa fünf Minuten waren inzwischen vergangen. Celeste ging, ohne ein Wort zu sagen.

»Aber jetzt«, ging der Inspector in die Luft, »wirst du mir wohl endlich sagen, was du auf diese verfluchten Zettel geschrieben hast!?«

»Klar.« Ellery beobachtete die Straße. »Sobald sie aus dem Haus kommt.«

Sie warteten.

»Sie ist stehengeblieben, um die Notiz zu lesen«, sagte der Inspector.

»Da kommt sie schon.« Ellery schlenderte hinüber zum Lehnstuhl. »Also, Dad«, sagte er, »Celeste habe ich angewiesen, soviel wie möglich über Jimmy McKell herauszufinden. Und Jimmy hat Anweisung, soviel wie möglich über Celeste Phillips herauszufinden.«

Ellery zündete seine Pfeife wieder an und paffte friedlich vor sich hin.

»Du hinterhältiger Schuft«, stieß sein Vater hervor. »Darauf war ich überhaupt nicht gekommen, dabei ist es das einzig Sinnvolle.«

»Wenn eine Dattel vom Himmel fällt, öffnet der Weise den Mund. Chinesisches Sprichwort.«

Der Inspector löste sich vom Türpfosten und schnaufte durch den Raum hin und her wie eine Dampflok in einem Comic.

»Wunderbar«, schmunzelte er. »Die werden hintereinander herschleichen wie zwei …« Er hielt inne.

»Katzen?« Ellery nahm die Pfeife aus dem Mund. »Genau das ist der Punkt, Dad. Ich weiß nicht recht, es könnte gefährlich werden, aber wir dürfen einfach kein Risiko eingehen.«

»Ach, das ist doch lächerlich«, gab der alte Mann zurück. »Das sind doch romantische Kindsköpfe.«

»Ich dachte, ich hätte deine Inspektorennase ein paarmal zucken sehen, während Celeste ihre Lebensbeichte ablegte.«

»Nun ja, in diesem Beruf verdächtigt man einfach jeden zumindest einmal. Aber wenn man darüber nachdenkt, dann …«

»Dann was? Wir wissen überhaupt nichts über die Katze. Die Katze kann männlich oder weiblich, 16 oder 60, weiß, schwarz, braun oder lila sein.«

»Aber du hast mir doch vor ein paar Tagen gesagt, du hättest etwas rausgefunden. Was war das, eine Fata Morgana?«

»Ironie ist wirklich nicht deine Stärke, Dad. Ich habe nicht von der Katze selbst gesprochen.«

Der Inspector zuckte die Achseln und ging zur Tür.

»Sondern über die Vorgehensweise der Katze.«

Der alte Mann hielt an und drehte sich um.

»Was sagst du da?«

»Die sechs Morde haben gewisse Elemente gemeinsam.«

»Sie haben etwas *gemeinsam*?«

Ellery nickte.

»Wie viele Elemente?« fragte der Inspector mit erstickter Stimme.

»Mindestens drei. Ich könnte mir vorstellen, sogar vier.«

Sein Vater lief zu ihm zurück. »Worum handelt es sich, wovon redest du?«

Doch Ellery gab keine Antwort.

Nach einem Augenblick zog der Inspector seine Hose hoch und marschierte totenbleich aus dem Zimmer.

»Dad?«

»Was ist?« Seine wütende Stimme dröhnte vom Flur herüber.

»Ich brauche noch etwas Zeit.«

»Wofür? Damit er noch ein paar Leute abmurksen kann?«

»Das ging unter die Gürtellinie. Du müßtest doch wissen, daß man solche Dinge manchmal reifen lassen muß.«

Ellery sprang auf. Auch er war blaß. »Dad, diese Dinge bedeuten etwas, sie müssen einfach etwas bedeuten! Aber was?«

Kapitel 4

Das Wochenende über war Ellery nervös. Stundenlang beschäftigte er sich mit Kompaß, Lineal, Bleistift und Millimeterpapier, zeichnete Kurven für geheimnisvolle Statistiken. Schließlich warf er alle Diagramme ins Kaminfeuer und ließ sie in Rauch aufgehen. Inspector Queen, der ihn an dem brüllend heißen Sonntag dabei entdeckte, wie er sich scheinbar am Kamin wärmte, murmelte, wenn er schon im Fegefeuer leben müsse, dann solle er wenigstens etwas gegen die Hitze unternehmen.

Ellery lachte gereizt. »In der Hölle gibt es keine Ventilatoren.«

Er ging in sein Arbeitszimmer und schloß entschieden die Tür hinter sich. Sein Vater ging ihm trotzdem nach.

»Ellery.«

Sein Sohn stand an seinem Schreibtisch und starrte auf die Fallakten hinab. Seit drei Tagen hatte er sich nicht mehr rasiert; unter den dicken Stoppeln schimmerte seine Haut grün und kränklich hervor.

Er sieht wie ein ins Kraut geschossenes Gemüse aus und nicht wie ein Mensch, dachte sein Vater. Und er sagte noch einmal: »Ellery.«

»Dad, ich gebe lieber auf.«

Der Inspector schmunzelte. »Ich weiß doch, daß du das nicht tust. Hast du Lust zu reden?«

»Wenn du ein erfreuliches Gesprächsthema hast.«

Der Inspector schaltete den Ventilator ein. »Nun, wie wär's mit dem Wetter? Hast du übrigens was von deinen ... wie nanntest du sie noch – Hilfstruppen gehört?«

Ellery schüttelte den Kopf.

»Wir wär's, wenn wir einen Gang durch den Park machen. Oder mit dem Bus irgendwohin fahren?«

»Gibt's nichts Neues?« murmelte Ellery.

»Du brauchst dich nicht mal zu rasieren. Wir treffen bestimmt keine Bekannten. Die Stadt ist sowieso halb leer. Was meinst du, Ellery?«

»Das ist auch so eine Sache.« Ellery schaute nach draußen. Am Horizont war ein blutroter Streifen zu sehen, der direkt an die Gebäude heranreichte. »Dieses verfluchte Wochenende.«

»Jetzt hör mal zu«, sagte sein Vater, »Die Katze hat immer an Werktagen zugeschlagen. Samstags nicht, sonntags nicht, und sogar am 4. Juli nicht, dem einzigen Feiertag seit Beginn der Mordserie. Deshalb brauchen wir uns auch wegen des Labor-Day-Wochenendes nicht ins Hemd zu machen.«

»Du weißt doch, wie es in New York am Labor Day abends aussieht.« Die Häuser waren jetzt blutrot. Vierundzwanzig Stunden ab jetzt, dachte er. »Staus und Gedränge auf allen Straßen und Brükken, in den Tunnels und Bahnhöfen. Alle strömen gleichzeitig zurück in die Stadt.«

»Nun komm schon, Ellery! Laß uns doch ins Kino gehen. Oder, warte mal, ich weiß was: Wir schauen mal, ob irgendwo eine Revue läuft. Ich hätte nichts dagegen, mir heute abend ein paar nackte Beine anzusehen.«

Ellery lächelte nicht. »Ich würde bloß die Katze mit mir herumschleppen. Geh du alleine und amüsier dich gut, Dad. Mit mir hättest du heute sowieso keinen Spaß.«

Der Inspector war ein vernünftiger Mann und ging tatsächlich.

Aber nicht in eine Revue.

Statt dessen fuhr er mit dem Bus zum Polizeipräsidium.

Die Dunkelheit färbte sich in der Hitze kirschrot, als die Klinge der Guillotine zischend auf seinen Hals zusauste. Er hielt sich bereit. Er war gelassen, fast glücklich. Der Schindkarren unter ihm war voller Katzen, die mit feierlichen Mienen blaue und lachsrosa Seidenfäden verstrickten und zustimmend nickten. Eine winzige Katze, nicht größer als eine Ameise, saß direkt vor seiner Nase und blickte zu ihm hoch. Die Katze hatte schwarze Augen. Als er beinahe schon das Zucken der Klinge und den sauberen, allumfassenden Schmerz quer über seinen Nacken zu spüren meinte, schien die Nacht zurückzuweichen, und über allem strahlte ein gleißendes Licht.

Ellery öffnete die Augen.

In seiner Wange pulsierte es an einer Stelle, in die sich ein Schreibtischutensil gebohrt hatte, und während er sich noch fragte, warum das grauenhafte Kreischen aus seinem Traum auch nach dem Aufwachen nicht verstummte, wurde ihm klar, daß es das Telefon im Schlafzimmer seines Vaters war, das mit abscheulicher Monotonie immer weiter klingelte.

Er stand auf, ging in das Schlafzimmer nebenan und schaltete das Licht ein.

Viertel vor zwei.

»Hallo.« Sein Nacken tat weh.

»Ellery!« Die Stimme des Inspectors ließ ihn mit einem Mal munter werden. »Ich habe es jetzt zehn Minuten lang klingeln lassen.«

»Ich bin am Schreibtisch eingeschlafen. Was gibt's denn, Dad? Wo bist du?«

»Wo soll ich schon sein, wenn ich dich auf dieser Leitung anrufe? Ich habe den ganzen Abend hier gehockt. Bist du noch angezogen?«

»Ja.«

»Dann komm sofort zum Park-Lester-Apartmenthaus, wir treffen uns dort. Das ist an der 84. Straße Ost zwischen Fifth und Madison Avenue.«

Viertel vor zwei, also bereits Labor Day. Vom 25. August bis zum 5. September. Elf Tage. Elf ist mehr als zehn. Zwischen Simone Phillips und Beatrice Willikins hatten zehn Tage gelegen. Zehn plus eins …»

»Bist du noch dran, Ellery?«

»Wer ist es?« Sein Nacken tat scheußlich weh.

»Hast du schon mal was von Dr. Edward Cazalis gehört?«

»Cazalis?«

»Ist ja auch egal …«

»Der Psychiater?«

»Ja.«

»Unmöglich!«

Man tastet sich kriechend über die schmale Brücke der Vernunft, während die Nacht rings umher in tausend Rauschgoldsplitter zerspringt.

»Was hast du gesagt, Ellery?«

Er fühlte sich wie im freien Fall. Verloren.

»Es kann nicht Dr. Cazalis sein.« Er riß sich am Riemen.

Die Stimme des Inspectors fragte hinterhältig: »Und wie, mein Sohn, kommst du auf eine solche Idee?«

»Aufgrund seines Alters. Cazalis kann nicht das siebte Opfer sein, das steht außer Frage. Es muß irgendwo ein Fehler vorliegen.«

»Sein *Alter*?« sagte der alte Mann gequält. »Was zum Teufel hat Cazalis' Alter mit dem ganzen Kram zu tun?«

»Er muß Mitte sechzig sein. Es kann nicht Cazalis getroffen haben. Er paßt nicht ins Schema.«

»Was für ein Schema?« brüllte sein Vater.

»Es ist nicht Dr. Cazalis, nicht wahr? Wenn es Dr. Cazalis ist ...«

»Zufällig ist er es nicht.«

Ellery seufzte.

»Es ist die Nichte seiner Frau«, sagte der Inspector gereizt. »Lenore Richardson. Sie wohnte mit ihren Eltern zusammen im Park-Lester.«

»Weißt du, wie alt sie war?«

»Mitte bis Ende zwanzig, glaube ich.«

»Ledig?«

»Ich glaube, ja, Ich habe bisher nur wenig Informationen. Ich muß jetzt auflegen, Ellery. Mach voran.«

»Ich bin gleich da.«

»Warte mal. Woher wußtest du, daß es nicht Cazalis ...«

Nur durch den Park, dachte Ellery, und starrte das Telefon an. Er wußte schon nicht mehr, daß er gerade den Hörer aufgelegt hatte.

Das Telefonbuch.

Er rannte in sein Arbeitszimmer zurück und griff nach dem Örtlichen von Manhattan.

Richardson.

Richardson, Lenore, 12 1/2 E 84.

Außerdem gab es einen *Richardson, Zachary, 12 1/2 E 84* mit derselben Telefonnummer.

Ohne sich zu rasieren oder umzuziehen, machte sich Ellery wie in einem seligen Schwebezustand auf den Weg.

Erst später war es ihm möglich, seine Eindrücke der ganzen Nacht in einem Gesamtbild zusammenzufassen, in der Nacht selbst herrschte nur großes Durcheinander. Gesichter verschwammen, überschnitten sich oder schwebten jedes für sich allein; die Gesprächsfetzen, die gebrochenen Stimmen, die geflossenen Tränen, die ausgetauschten Blicke, ein Foto, die Fotografen, die Messungen, die Zeichnungen, eine kleine bläuliche Faust, das lose herabhängende Ende der Seidenschnur, eine vergoldete Louis-Seize-Uhr auf einem Kaminsims aus italienischem Marmor, ein Akt in Öl, ein eingerissener Bucheinband …

Doch Ellerys Geist arbeitete mechanisch. Was seine Sinne unselektiert weitergaben, lieferte seinem Gehirn Material, aus dem es nach einer Weile ein Ergebnis produzierte.

Die Produktion der heutigen Nacht legte Ellery mit dem Instinkt eines Eichhörnchens als Vorrat zurück, weil er ahnte, daß er sie später brauchen würde.

Das Mädchen selbst sagte ihm nichts. Er sah, wie sie wohl gewesen war, doch nur anhand eines Fotos, denn das auf dem Höhepunkt des Todeskampfes erstarrte Fleisch war wie immer in solchen Fällen eine bedeutungslose Versteinerung. Sie war klein, liebenswert und sympathisch gewesen und hatte weiche braune Locken besessen. Ihre Nase war frech und ihr Mund, jedenfalls auf dem Foto, etwas schnippisch. Sie war manikürt und pedikürt, und ihr Haar war kurz zuvor gelegt worden. Unter ihrem Negligé aus Japanseide trug sie teure Wäsche. Das Buch, in dem sie beim Überfall der Katze gelesen hatte, war ein abgegriffener Nachdruck von Kathleen Winsors *Forever Amber*. Die Überreste einer Orange und ein paar Kirschkerne lagen auf dem mit Intarsien verzierten Beistelltisch neben ihrer Chaiselongue. Dort befanden sich auch eine Obstschale, eine silberne Zigarettendose, ein Aschenbecher mit vierzehn lippenstiftverschmierten Stummeln und ein silbernes Tischfeuerzeug in Form eines Ritters in voller Rüstung.

Mit dem unansehnlichen bleigrauen Teint des Todes sah das Mädchen aus wie fünfzig, auf dem ziemlich neuen Foto wie unberührte achtzehn. Sie war 25 Jahre alt und Einzelkind gewesen.

Ellery wandte sich von Lenore Richardson ab, als wäre sie nicht mehr als eine bedauerliche Unterbrechung gewesen.

Die Lebenden sagten ihm mehr.

Es waren vier: Vater und Mutter des ermordeten Mädchens, deren Tante – Mrs. Richardsons Schwester – und deren Mann, der berühmte Dr. Cazalis.

Die Familie stand in ihrer Trauer durchaus nicht zueinander. Ellery fand das aufschlußreich, und er beobachtete aufmerksam einen nach dem anderen.

Die Mutter gab sich den kurzen Rest der Nacht ihrer ungezügelter Hysterie hin. Mrs. Richardson war eine sehr gepflegte Frau mittleren Alters, vielleicht ein wenig zu modisch gekleidet und mit zu vielen Juwelen behängt. Ellery meinte, bei ihr eine chronische Angst zu spüren, die nichts mit ihrer Trauer zu tun hatte; sie erinnerte ihn an den mißmutigen Ausdruck eines Babys mit Kolik. Sie war offensichtlich eine Frau, die ihr Leben raffgierig zu bewahren versuchte. Der Glanz ihrer Jugend war stumpf geworden, und das wenige, was davon übrig war, vergoldete und verpackte sie mit kostspieliger Selbsttäuschung. Nun krümmte sie sich und kreischte, als hätte sie durch den Verlust ihrer Tochter etwas seit langem Vermißtes wiedergefunden.

Der Vater, ein grauhaariger, steifer kleiner Mann von sechzig Jahren, sah wie ein Juwelier oder ein Buchhändler aus, war aber der Chef der Firma Richardson, Leeper & Co., eines der ältesten Textilgroßhandelshäuser von New York. Auf seinen Streifzügen durch die City war Ellery schon oft am Gebäude von Richardson, Leeper & Co. vorbeigekommen. Es war neun Stockwerke hoch und nahm einen halben Häuserblock zwischen dem Broadway und der 17. Straße ein. Die Firma war bekannt für ihre altmodischen Kaufmannstugenden; sie lehnte jegliche gewerkschaftliche Organisation kategorisch ab und wurde im Rahmen eines wohlwollend-paternalistischen Systems geführt, bei dem die Mitarbeiter ruhig im Geschirr liefen, bis sie irgendwann umfielen. Richardson stand in dem Ruf, unbeirrbar ehrlich, unbelehrbar starrköpfig und so engstirnig wie ein Strich zu sein. Die ganze Angelegenheit ging sichtlich über seinen Verstand. Er saß ganz allein in einer Ecke und starrte völlig verwirrt von der verzweifelten Frau im Abendkleid zu dem von einer Decke verhüllten kleinen Hügel.

Richardsons Schwägerin war erheblich jünger als seine Frau. Ellery schätzte Mrs. Cazalis etwa auf Anfang vierzig. Sie war blaß, schlank, groß und selbstbeherrscht. Im Gegensatz zu ihrer älteren

Schwester hatte sie den Fixpunkt ihres Firmaments gefunden: Ihr Blick wanderte immer wieder zu ihrem Mann hinüber. Sie strahlte eine Unterwürfigkeit aus, die Ellery schon häufig bei den Gattinnen brillanter Männer erlebt hatte. Sie gehörte zu den Frauen, deren Ehe ihre ganze Existenz ausmachen, unter anderem auch in einem bedauernswert zahlenmäßigen Sinne. In einer Gesellschaft, die im wesentlichen aus Frauen wie Mrs. Richardson bestand, hatte Mrs. Cazalis vermutlich nur wenige Freunde und auch nur wenige gesellschaftliche Interessen. Sie tröstete ihre weit ältere Schwester, wie eine Mutter ein bockiges Kind besänftigen würde; nur wenn Mrs. Richardson besonders heftig schrie, nahm der Zuspruch der Jüngeren einen tadelnden, ärgerlichen Beiklang an. Sie machte den Eindruck, als fühle sie sich hintangesetzt und betrogen. Sie verströmte eine jungfräuliche, eisige Empfindsamkeit, einen kaltes Feingefühl, das vor der ungenierten Selbstdarstellung ihrer Schwester zurückschauderte.

Genau während eines solchen Moments erklang eine belustigte Männerstimme an Ellerys Ohr: »Wie ich sehe, haben Sie es bemerkt.«

Ellery drehte sich rasch um. Es war Dr. Cazalis, ein großer, mächtiger Mann mit hängenden Schultern, kalten, milchigen Augen und dichtem eisgrauem Haar: ein Mann wie ein Eisberg. Er sprach bedächtig, und seine Stimme besaß einen melodischen Anflug von Zynismus. Ellery hatte irgendwo aufgeschnappt, daß Dr. Cazalis als Psychiater eine ungewöhnliche Vorgeschichte hatte, und als er den Mann nun zum ersten Mal leibhaftig vor sich sah, erschien ihm das glaubhaft. Er muß um die 65 sein, dachte Ellery, möglicherweise älter; er ist im Vorruhestand, nimmt nur noch wenige Patienten an, im wesentlichen Frauen, und auch nur ausgewählte Fälle. Das alles ließ auf Gesundheitsprobleme schließen, eine zu Ende gehende Medizinerlaufbahn, den drohenden Herzinfarkt. Doch abgesehen von einer gewissen Ruhelosigkeit seiner großen, dicken Chirurgenhände schien Dr. Cazalis eine kräftige, funktionstüchtige Persönlichkeit zu sein; er war sicherlich kein Mann, der sich schonte. Es war ein Rätsel, das dadurch, daß es zur Hauptsache kaum etwas beitrug, nicht weniger interessant wurde. Seinem allwissenden Blick entging nichts. Er sieht alles, dachte Ellery, und er erzählt absolut nichts, oder das, was er erzählt, wird automatisch von dem beeinflußt, was der Zuhörer seiner Meinung nach wissen darf.

»Was bemerkt, Dr. Cazalis?«

»Den Unterschied zwischen meiner Frau und ihrer Schwester. Wenn es um Lenore ging, war meine Schwägerin ihrer Aufgabe absolut nicht gewachsen. Sie hatte Angst vor dem Kind, sie war eifersüchtig und zu nachgiebig. Pendelte hin und her zwischen Verwöhnen und Anschreien. Und wenn sie eingeschnappt war, war Lenore Luft für sie. Jetzt reagiert Della mit Panik und ist von ihren Schuldgefühlen überwältigt. Klinisch ausgedrückt wünschen Mütter wie Della ihren Kindern den Tod, und wenn er tatsächlich eintritt, dann brechen sie in ein fürchterliches Geschrei um Vergebung aus. Ihre Trauer gilt ihr selbst.«

»Mir scheint, Mrs. Cazalis erkennt das ebenso klar wie Sie, Doktor.«

Der Psychiater zuckte die Achseln. »Meine Frau hat getan, was sie konnte. Wir haben innerhalb der ersten vier Ehejahre zwei Babys bei der Geburt verloren, und nun kann meine Frau keine Kinder mehr bekommen. Sie verlagerte ihre Liebe deshalb auf Dellas Tochter, und das entschädigte beide – meine Frau ebenso wie Lenore – für das, was sie nicht besaßen. Das konnte natürlich nicht alles abdecken, zumal die biologische, aber ansonsten unfähige Mama ständig Probleme bereitet hat. In jeder Hinsicht«, sagte der Doktor mit einem Blick auf die beiden Schwestern trocken, »in jeder Hinsicht unfähig. Sogar in ihrer Trauer. Die Mutter schlägt sich an die Brust, und die Tante leidet still. Ich selbst«, sagte Dr. Cazalis plötzlich, »habe die Kleine auch sehr gern gehabt.« Er ließ Ellery stehen.

Um fünf Uhr morgens hatten sie den Tatbestand, soweit überhaupt möglich, vollständig vorliegen.

Das Mädchen war allein zu Hause gewesen. Lenore hatte ihre Eltern zu einer Gesellschaft bei einer Bekannten von Mrs. Richardson in Westchester begleiten sollen, sich aber entschuldigen lassen. (»Ihre Periode stand unmittelbar bevor«, erklärte Mrs. Cazalis dem Inspector. »Lenore ging es dabei immer miserabel. Sie erzählte mir heute morgen am Telefon, daß sie nicht in der Lage sein würde mitzugehen. Della war deshalb wütend auf sie.«) Mr. und Mrs. Richardson waren kurz nach sechs nach Westchester aufgebrochen; es handelte sich um eine Abendgesellschaft. Die eine der beiden Hausangestellten, die Köchin, hatte Urlaub und war am Samstagnachmittag zu Verwandten nach Pennsylvania gefahren. Dem Hausmädchen hatte Lenore selbst den Abend frei gegeben, und da es nicht im Haus wohnte, erwartete man es erst am nächsten Morgen zurück.

Die Eheleute Cazalis, die acht Häuserblocks entfernt an der Park Avenue und 78. Straße wohnten, hatten sich den ganzen Abend um Lenore Sorgen gemacht. Um halb neun hatte Mrs. Cazalis sie angerufen. Lenore hatte gesagt, sie habe die üblichen Krämpfe und fühle sich niedergeschlagen, sei aber ansonsten in Ordnung, und ihre Tante und ihr Onkel sollten ihretwegen »bloß keine Zustände kriegen«. Als Mrs. Cazalis jedoch hörte, daß Lenore wie üblich bei diesen Gelegenheiten nichts zu sich genommen hatte, war sie zu den Richardsons hinübergegangen, hatte etwas gekocht und Lenore gezwungen, es zu essen. Dann hatte sie es Lenore auf der Chaiselongue im Wohnzimmer gemütlich gemacht und noch etwa eine Stunde mit ihr geplaudert.

Lenore war deprimiert gewesen. Ihre Mutter, erzählte ihre Tante, hatte sie gedrängt »zu heiraten, anstatt wie ein dummes Schulmädchen von einem Mann zum anderen zu flattern«. Lenore hatte einen jungen Mann geliebt, der bei St.-Lô gefallen war, einen armen Jungen jüdischer Herkunft, gegen den Mrs. Richardson sich vehement gesträubt hatte. »Mutter versteht das nicht, und nicht einmal jetzt, wo er tot ist, läßt sie ihn in Frieden.« Mrs. Cazalis hatte das Mädchen dazu gebracht, ihr sein Herz auszuschütten, und versucht, es ins Bett zu bugsieren, aber Lenore hatte gemeint, »mit diesen Krämpfen« wolle sie lieber aufbleiben und lesen. Außerdem hatte ihr die Hitze zu schaffen gemacht. Mrs. Cazalis hatte sie inständig gebeten, früh zu Bett zu gehen, ihr einen Gutenachtkuß gegeben und war gegangen. Da war es ungefähr zehn Uhr. Zuletzt hatte sie ihre Nichte auf der Chaiselongue liegen sehen, wie sie nach einem Buch griff und ihr zulächelte.

Zu Hause angekommen hatte Mrs. Cazalis geweint, ihr Mann hatte sie getröstet und sie zu Bett geschickt. Dr. Cazalis selbst blieb noch auf und befaßte sich mit einem komplizierten Fall. Er hatte seiner Frau versprochen, Lenore noch einmal anzurufen, bevor er schlafen ging, »da davon auszugehen war, daß Della und Zach nicht vor drei oder vier Uhr morgens eintrudeln würden«. Kurz nach Mitternacht hatte der Doktor dann in der Wohnung der Richardsons angerufen, aber es hob niemand ab. Fünf Minuten später versuchte er es erneut. In Lenores Schlafzimmer gab es einen Nebenapparat; selbst wenn sie also bereits zu Bett gegangen war, hätte sie vom wiederholten Klingeln des Telefons aufwachen müssen. Beunruhigt beschloß Dr. Cazalis nachzusehen. Ohne seine Frau zu wecken, war er zum Park-Lester-Gebäude hinübergegangen und hatte Lenore Richardson auf der Chaiselongue erdrosselt aufgefunden, um den Hals eine lachsfarbene Schnur, die sich tief in ihr Fleisch grub.

Seine Schwägerin und sein Schwager waren noch nicht zurück. Abgesehen von dem toten Mädchen befand sich niemand in der Wohnung. Dr. Cazalis hatte die Polizei verständigt. Nachdem er auf dem Tischchen im Flur die Telefonnummer von Mrs. Richardsons Bekannten in Westchester gefunden hatte, – »Ich hatte sie für den Fall hinterlassen, daß es Lenore schlechter ging und sie wollte, daß ich zu ihr nach Hause kam«, schluchzte Mrs. Richardson –, hatte er den Eltern des Mädchens mitgeteilt, es sei Lenore »etwas passiert«. Dann hatte er seine Frau angerufen und gebeten, sie solle sich so, wie sie war, sofort in ein Taxi setzen und kommen. Als Mrs. Cazalis mit einem langen Mantel über ihrem Nachthemd herbeigeeilt kam, war die Polizei bereits eingetroffen. Sie brach zusammen, hatte sich jedoch bis zum Eintreffen der Richardsons wieder soweit erholt, daß sie sich um ihre Schwester kümmern konnte, – »wofür sie«, wie Inspector Queen murmelte, »den Friedensnobelpreis verdient hätte«.

Die üblichen Variationen über ein Thema, dachte Ellery. Bruchstücke zufälliger Begebenheiten, deren totenbleicher Kern stets derselbe blieb. Die nicht zu knackende Nuß.

(»Ich habe mir die Seidenschnur um ihren Hals nur kurz angesehen«, sagte Dr. Cazalis, »und hatte dann nur noch den einen Gedanken: Die Katze.«)

Vorbehaltlich dessen, was die Untersuchung von Terrasse und Dach bei Tageslicht ergeben würde – die Terrassentüren des Wohnzimmers hatten den ganzen Abend offengestanden – gingen sie davon aus, daß die Katze mit dem Lift zum Penthouse hinaufgefahren war und sich frech durch den Vordereingang Zutritt verschafft hatte. Mrs. Cazalis erinnerte sich, daß sie beim Weggehen um zehn Uhr überprüft hatte, ob die Eingangstür verschlossen war, und zu diesem Zeitpunkt war sie es auch gewesen. Als ihr Mann jedoch nachts etwa um halb eins eintraf, stand die Tür auf und wurde von einem Stopper offen gehalten. Da dieser Stopper die Fingerabdrükke der Toten trug, war davon auszugehen, daß Lenore, nachdem ihre Tante fort war, selbst die Wohnungstür geöffnet hatte, um wenigsten ein wenig Durchzug zu schaffen, denn der Abend war glühend heiß gewesen. Der Nachtportier erinnerte sich, daß Mrs. Cazalis gekommen und wieder gegangen war, und auch an Dr. Cazalis' Ankunft nach Mitternacht, räumte aber ein, sich im Laufe des Abends mehrmals fortgestohlen zu haben, um sich eine kalte Flasche Bier in einem Lebensmittelgeschäft an der 86. Straße und Madison Avenue zu besorgen, und daß ein Eindringling selbst in den Zeiten, als er in der Lobby seinen Dienst versah, unbemerkt hätte an ihm vorbeischleichen können: »Es war so heiß gestern abend, und die Hälfte der Hausbewohner war fort, da bin ich auf der Couch in der Lobby immer wieder eingenickt.« Er hatte nichts Ungewöhnliches gesehen oder gehört.

Die Nachbarn hatten keine Schreie gehört.

Die Männer von der Spurensicherung fanden keine verdächtigen Fingerabdrücke.

Dr. Prouty vom Gerichtsmedizinischen Institut konnte den Todeszeitpunkt nicht exakter festlegen als irgendwann zwischen Mrs. Cazalis' Weggehen und dem Eintreffen ihre Mannes.

Die Schnur, mit der die Tote erdrosselt worden war, bestand aus Tussahseide.

»Henry James hätte es«, sagte Dr. Cazalis, »die fatale Vergeblichkeit des Faktischen genannt.«

Sie hockten im Morgengrauen auf den Trümmern der Nacht und tranken eisgekühltes Ginger Ale und Bier. Mrs. Cazalis hatte auf einem Teller Sandwiches mit kalter Hähnchenbrust angerichtet, von denen sich jedoch außer Inspector Queen niemand bediente, und der auch nur auf Ellerys Drängen. Die Leiche war auf polizeiliche Anordnung hin fortgebracht worden, die unheimliche Decke war verschwunden. Ein Lufthauch wehte von der Penthouse-Terrasse herein. Mrs. Richardson hatte ein Beruhigungsmittel bekommen und lag in ihrem Schlafzimmer im Bett.

»Bei allem Respekt vor dem Großen Menschenkenner«, erwiderte Ellery, »ist es nicht die Vergeblichkeit des Faktischen, die fatal ist, Doktor, sondern deren fast völliges Fehlen.«

»Bei sieben Morden?« rief die Frau des Doktors aus.

»Sieben multipliziert mit Null, Mrs. Cazalis. Na ja, vielleicht nicht ganz, aber es ist sehr schwierig.«

Inspector Queens Kiefer mahlten mechanisch. Er schien nicht zuzuhören.

»Was kann ich tun?«

Alle schreckten hoch. Lenores Vater war so lange still gewesen.

»Ich muß doch irgend etwas tun. Ich kann hier nicht einfach herumsitzen. Ich habe viel Geld ...«

»Ich fürchte, mit Geld kommen wir nicht weiter, Mr. Richardson«, sagte Ellery. »Monica McKells Vater hatte den gleichen Gedanken. Für die 100 000 Dollar Belohnung, die er am 10. August ausgesetzt hat, gibt es nicht einen einzigen Anwärter. Er hat damit lediglich der Polizei mehr Arbeit beschert.«

»Wie wär's, wenn du auch schlafen gehst, Zach?« schlug Dr. Cazalis vor.

»Sie hatte doch auf der ganzen Welt keinen Feind, Ed, das weißt du. Jeder mochte sie von Herzen gern. Warum hat dieses ... warum hat er sich Lenore ausgesucht? Sie war mein ein und alles. Warum ausgerechnet meine Tochter?«

»Warum ausgerechnet die Tochter von jemand anders, Mr. Richardson?«

»Was gehen mich die anderen an! Wofür bezahlen wir eigentlich unsere Polizei?«

Richardson war mit hochroten Wangen aufgesprungen.

»Zach!«

Er sackte in sich zusammen, und einen Augenblick später murmelte er etwas und verließ ruhig den Raum.

»Nein, Schatz, laß ihn gehen«, sagte der Psychiater rasch zu seiner Frau. »Zach hat ein solides schottisches Gerechtigkeitsempfinden, und das Leben ist für ihn ein kostbares Gut. Aber um dich mache ich mir allmählich Sorgen. Dir fallen ja gleich die Augen zu! Komm, Liebling, ich bringe dich heim.«

»Nein, Edward.«

»Aber Della schläft ...«

»Ich gehe nicht ohne dich. Und du wirst hier noch gebraucht.« Mrs. Cazalis nahm die Pranke ihres Mannes in ihre Hand. »Doch, Edward, das stimmt. Du kannst dich da jetzt nicht mehr heraushalten. Versprich mir, daß du etwas unternimmst.«

»Selbstverständlich. Ich werde dich nach Hause bringen.«

»Ich bin kein kleines Kind mehr!«

Der große Mann sprang auf. »Was soll ich denn tun? Diese Leute sind für solche Dinge ausgebildet. Ich würde ja auch nicht wollen, daß sie in meine Praxis marschieren und mir sagen, wie ich einen Patienten behandeln soll!«

»Stell mich vor den Leuten nicht als Dummchen hin, Edward.« Ihre Stimme hatte einen scharfen Tonfall angenommen. »Du kannst diesen Herren doch erzählen, was du mir so oft gesagt hast? Deine Theorien ...«

»Leider sind es eben nur Theorien. Nun laß uns vernünftig sein. Du gehst jetzt nach Hause und ...«

»Della braucht mich.« Die Stimme klang angespannt.

»Aber Liebling.« Er wirkte erschrocken.

»Du weißt, was Lenore mir bedeutet hat.« Mrs. Cazalis brach zusammen. »Das weißt du doch ganz genau!«

»Natürlich«. Er sah Ellery und Inspector Queen warnend an. »Lenore hat mir auch viel bedeutet. Jetzt hör auf, du wirst sonst noch ernsthaft krank werden.«

»Edward, du weißt, was du mir gesagt hast!«

»Ich werde tun, was ich kann. Du mußt damit aufhören, Schatz. Schluß damit!«

In seinen Armen ließ ihr Schluchzen allmählich nach.

»Aber du hast es noch nicht versprochen.«

»Du brauchst nicht nach Hause zu gehen, vielleicht hast du recht. Della wird dich brauchen. Leg dich ins Gästezimmer, Schatz. Ich gebe dir etwas, damit du schlafen kannst.«

»Edward, du mußt es versprechen!«

»Ich verspreche es. Und jetzt bringe ich dich zu Bett.«

Als Dr. Cazalis zurückkam, sagte er entschuldigend: »Ich hätte diesen hysterischen Anfall vorhersehen müssen.«

»Ich hätte im Moment selbst nichts gegen einen guten, altmodischen Gefühlsausbruch«, murmelte Ellery. »Welche Theorien meinte Ihre Frau übrigens, Doktor?«

»Theorien?« Inspector Queen schaute auf. »Wer hat Theorien?«

»Nun ja, ich vermutlich«, sagte Dr. Cazalis, setzte sich und langte nach einem Sandwich. »Sagen Sie mal, was machen die Leute da draußen eigentlich?«

»Sie untersuchen die Terrasse und das Dach. Erzählen Sie uns von Ihren Theorien, Doktor.« Der Inspector bediente sich aus Ellerys Schachtel; sonst rauchte er nie Zigaretten.

»Ich nehme an, jeder in New York hat eine oder zwei«, lächelte der Psychiater. »Gerade einen Psychiater lassen die Katzenmorde natürlich nicht kalt. Und obwohl ich nicht über die Insider-Informationen verfüge, die Sie haben ...«

»Das ist nicht wesentlich mehr, als Sie gelesen haben.«

Cazalis grunzte. »Ich wollte gerade sagen, Inspector, daß ich davon ausgehe, es wäre kein großer Unterschied gewesen. Meiner Meinung nach machen Sie allerdings einen Fehler, wenn Sie die Morde mit normalen Ermittlungstechniken aufzuklären versuchen. Sie konzentrieren sich auf die Opfer, was im Normalfall zugegebenermaßen die vernünftigste Vorgehensweise ist. Doch in diesem Fall ist das völlig verkehrt. Diesmal wäre es sinnvoller, sich auf den Mörder zu konzentrieren.«

»Wie meinen Sie das?«

»Stimmt es etwa nicht, daß die Opfer nichts gemeinsam hatten?«

»Und?«

»Daß es keinerlei Berührungspunkte zwischen ihren Leben gab?«

»Soweit wir das sagen können.«

»Glauben Sie mir, einen gemeinsamen Nenner von Bedeutung werden Sie niemals finden. Die sieben wirken unzusammenhängend, weil es keinen Zusammenhang gibt. Zu keinem Zeitpunkt war die Möglichkeit einer Beziehung zwischen ihnen größer, als hätte der Mörder beispielsweise das Telefonbuch blindlings auf sieben verschiedenen Seiten aufgeschlagen und sich entschlossen, jeweils die neunundvierzigste Person in der zweiten Spalte zu ermorden.«

Ellery machte eine Bewegung.

»Wir haben also«, fuhr Dr. Cazalis fort, nachdem er den letzten Bissen von seinem Sandwich heruntergeschluckt hatte, »sieben

Personen, die von demselben Täter ermordet werden und keinerlei gemeinsame Identitätsmerkmale oder sonstige Kontiguität aufweisen. Was bedeutet das in der Praxis? Eine Reihe von scheinbar willkürlichen Gewalttaten. Ich sage übrigens ›scheinbar‹ willkürlich, denn das Verhalten eines Psychotikers erscheint nur dann unmotiviert, wenn man es aus dem Blickwinkel der Realität betrachtet, also mit mehr oder weniger gesundem Geist, der die Welt so sieht, wie sie ist. Der Psychotiker hat seine eigenen Motivationen, die allerdings auf einer verzerrten Wahrnehmung der Realität und auf verfälschten Fakten beruhen.

Ausgehend von der Analyse der mir zur Verfügung stehenden Daten bin ich der Meinung, daß die Katze – dieser verdammte Karikaturist! Einem so ausgeglichenen Tier solche Verbrechen nachzusagen! – an etwas leidet, das wir einen systematisierten Wahn nennen, an einer Psychose vom paranoiden Symptomenkreis.»

»Nun ja«, sagte der Inspector offenbar enttäuscht, »natürlich lautete eine unserer ersten Theorien, daß der Mörder geisteskrank ist.«

»Geisteskrank ist ein volkstümlicher und juristischer Begriff«, sagte Dr. Cazalis achselzuckend. »Es gibt jedoch ungemein viele Individuen, die zwar im rechtlichen Sinne nicht geisteskrank sind, aber dennoch unter einer Psychose leiden. Ich schlage vor, wir halten uns an die medizinische Terminologie.«

»Also psychotisch. Wir haben alle psychiatrischen Kliniken mehrmals durchkämmt und nichts gefunden.«

»Nicht alle Psychotiker sind in einer Einrichtung untergebracht, Inspector Queen«, sagte der Psychiater trocken. »Genau das wollte ich ja sagen. Wenn die Katze beispielsweise ein Paranoiker vom schizophrenen Typus ist, kann er von einem ungeübten Beobachter in Aussehen und Verhalten ohne weiteres als genauso normal erlebt werden wie wir alle. Er würde möglicherweise sehr lange unerkannt bleiben und könnte in dieser Zeit großen Schaden anrichten.«

»Ich hab' noch mit keinem von euch Seelenklempnern geredet«, sagte der Inspector müde, »ohne daß ich hinterher ganz deprimiert war.«

»Ich gehe davon aus, Dad«, sagte Ellery, »daß Dr. Cazalis mehr als nur düstere Ahnungen zu bieten hat. Fahren Sie doch fort, Doktor.«

»Ich wollte lediglich eine Alternative vorschlagen, daß er nämlich möglicherweise bei einem niedergelassenen Psychiater in Therapie ist oder vielleicht bis vor kurzem war. Mir scheint, daß derjenige, der diese Verbrechen verübt, ein Hiesiger ist, denn die Tatorte lagen durchweg in Manhattan; insofern ist es nicht falsch, direkt in diesem Stadtbezirk mit der Suche zu beginnen. Das würde allerdings bedeuten, daß man jeden niedergelassenen Facharzt zur Mitarbeit verpflichten müßte. Jeder von ihnen könnte dann anhand von entsprechenden Vorgaben die laufenden und auch die abgeschlossenen Fälle seiner Patientenkartei nach Personen durchkämmen, die entsprechend unseren Kriterien in Frage kommen. Diese Leute müßten dann zum einen von geschultem Personal auf klinische Anhaltspunkte untersucht und zum anderen von Ihren Männern wie üblich in die Mangel genommen werden. Aber vielleicht wird das Ganze ja eine Pleite, außerdem wäre das fürchterlich viel Aufwand…«

»Es geht nicht um den Aufwand«, murrte Inspector Queen, »sondern um das geschulte Personal. Das macht mir Sorgen.«

»Nun ja, ich wäre Ihnen dabei natürlich gern behilflich. Sie haben ja meine Frau gehört! Ich habe jetzt nicht mehr viele Patienten« – der Psychiater zog eine Grimasse – »ich lasse die Praxis allmählich ausklingen, bis ich in den Ruhestand gehe. Es wäre deshalb für mich keine allzu große Belastung.«

»Ein großzügiges Angebot, Dr. Cazalis.« Der Inspector strich über seinen Schnurrbart. »Ich muß zugeben, daß wir uns mit diesem Aspekt noch nicht auseinandergesetzt haben. Was meinst du, Ellery?«

»Unbedingt«, sagte Ellery wie aus der Pistole geschossen. »Das ist ein konstruktiver Vorschlag und könnte uns möglicherweise direkt zu unserem Mann führen.«

»Höre ich da einen Anklang von Zweifel heraus?« lächelte Dr. Cazalis. Seine kräftigen Finger trommelten auf die Tischplatte.

»Schon möglich.«

»Sie stimmen meiner Analyse also nicht zu.«

»Nicht voll und ganz, Doktor.«

Der Psychiater hörte auf zu trommeln.

»Ich bin nicht davon überzeugt, daß die Verbrechen willkürlich erfolgten.«

»Dann verfügen Sie über mehr Informationen als ich.«

»Nein. Meine Meinung basiert mit Sicherheit auf denselben Fakten. Allerdings gibt es bei diesen Verbrechen ein Muster.«

»Ein Muster?« Cazalis starrte ihn an.
»Die Morde haben mehrere Elemente gemeinsam.«
»Einschließlich dieses Falles?« krächzte der Inspector.
»Ja, Dad.«
Dr. Cazalis begann wieder zu trommeln. »Ich gehe davon aus, daß Sie nicht die Übereinstimmungen bei der Vorgehensweise meinen, also die Schnur, das Erdrosseln …«
»Nein. Ich meine Elemente, die bei den sieben Opfern gleich waren. Ich bin überzeugt, daß sie auf irgendein planvolles Vorgehen hindeuten, aber worauf es basiert, worum es sich handelt, wie es weitergeht …« Ellerys Blick verdüsterte sich.
»Klingt interessant.« Dr. Cazalis studierte Ellery mit chirurgischem Blick. »Wenn Sie recht haben, Mr. Queen, habe ich unrecht.«
»Vielleicht haben wir beide recht, das Gefühl habe ich jedenfalls. *Ist es auch Tollheit, so hat es doch Methode.*« Alle lachten. »Dad, ich empfehle dringend, Dr. Cazalis' Rat zu folgen, und das umgehend.«
»Damit verstoßen wir gegen alle Regeln«, stöhnte sein Vater. »Doktor, wären Sie bereit, die Sache in die Hand zu nehmen?«
»Ich? Die psychiatrischen Nachforschungen?«
»Genau.«
Dr. Cazalis' Finger stellten ihre Turnübungen ein, blieben aber sozusagen in Bereitschaft.
»Dazu wird nicht nur medizinisches Fachwissen, sondern auch großes Überredungstalent nötig sein. Es funktioniert nur dann, wenn wirklich jeder Facharzt mitmacht. Wenn Sie mit Ihrer Reputation und Ihren beruflichen Verbindungen die Leitung dieser Ermittlungsphase übernehmen, Doktor, ist das eine Garantie für eine umfassende Mitwirkung, die wir andernfalls, wie ich fürchte, nicht erreichen würden. Im übrigen«, sagte der Inspector nachdenklich, »hätte die Sache noch einen anderen Vorteil. Der Bürgermeister hat bereits meinen Sohn zu seinem Sonderbeauftragten ernannt. Wir sind für die offizielle Seite zuständig. Wenn Sie sich um die medizinischen Ermittlungen kümmern, dann könnten wir eine Offensive an drei Fronten starten. Vielleicht«, meinte der Inspector und bleckte sein Gebiß, »könnte dabei sogar etwas herauskommen.«
Dann sagte er abrupt: »Ich müßte das vom Präsidium absegnen lassen, Dr. Cazalis, aber ich werde das Gefühl nicht los, daß der

Bürgermeister und der Polizeipräsident über die ganze Angelegenheit hochentzückt sein dürften. Vorausgesetzt, die beiden stimmen zu, kann ich ihnen dann sagen, daß Sie zur Verfügung stehen?«

Der Psychiater warf die Hände in die Höhe. »Wie hieß das in einem Film, den ich mal gesehen habe? ›Das verdanke ich nur meiner eigenen Durchtriebenheit‹. Nun gut, Inspector, ich bin mit von der Partie. Wie geht es nun weiter?«

»Wo erreiche ich Sie heute im Laufe des Tages?«

»Das hängt davon ab, wie sich Della und Zach benehmen. Entweder hier oder bei mir zu Hause, Inspector. Heute vormittag werde ich versuchen, ein paar Stunden Schlaf nachzuholen.«

»Versuchen?« Ellery reckte sich und stand auf. »Ich für mein Teil werde damit nicht die geringste Schwierigkeit haben.«

»Schlafen ist für mich immer ein Problem gewesen. Ich leide unter chronischen Schlafstörungen, einem Symptom, das üblicherweise«, sagte der Psychiater lächelnd, »mit dem klinischen Bild von Demenz, progressiver Paralyse und dergleichen einhergeht. Aber das erzähle ich meinen Patienten natürlich nicht. Ich habe stets einen ausreichenden Vorrat an Schlaftabletten im Haus.«

»Ich rufe Sie heute nachmittag an, Dr. Cazalis.«

Cazalis nickte dem Inspector zu und schlenderte aus dem Zimmer.

Die Queens schwiegen. Die draußen beschäftigten Männer entfernten sich nach und nach. Sergeant Velie ging quer über die sonnenbeschienene Terrasse.

»Was meinst du?« fragte der Inspector unvermittelt.

»Wozu denn, Dad?«

»Zu Cazalis.«

»Ach so. Sehr aufrechter Staatsbürger.«

»Ja, das ist er wohl.«

»Nichts zu machen«, sagte Sergeant Velie. »Keine Spur von irgendwas, Inspector. Er muß tatsächlich mit dem Aufzug zum Penthouse hochgefahren sein.«

»Das Problem ist lediglich«, murmelte der Inspector, »daß er ständig mit den Fingern herumtrommelt. Ich wünschte, er würde es lassen, es macht mich nervös. – Ach ja, Velie. Hauen Sie ab und sehen Sie zu, daß Sie eine Mütze Schlaf kriegen!«

»Was ist mit den Typen von der Zeitung?«

»Die haben sich wahrscheinlich schon an Dr. Cazalis rangehängt. Gebt ihm Schützenhilfe und sagt denen, ich komme gleich runter. Um ihnen meine Lieblingsphrasen vorzudreschen.«

Der Sergeant nickte und stampfte gähnend davon.

»Wie sieht es mit dir aus, Dad?«

»Ich muß erst noch ins Präsidium. Gehst du gleich nach Hause?«

»Wenn ich heil hier weggkomme.«

»Warte in der Garderobe neben der Diele. Ich locke sie hier ins Wohnzimmer, und dann kannst du dich vom Acker machen.«

Sie verabschiedeten sich ziemlich unbeholfen.

Als Ellery erwachte, beugte sich sein Vater über sein Bett und sah ihn an.

»Dad! Wie spät ist es?«

»Fünf Uhr durch.«

Ellery reckte sich. »Bist du eben erst eingetrudelt?«

»Hm.«

»Gibt's was Neues in Verbrecherkreisen?«

»Die Obduktion ergibt überhaupt nichts. Schnur – Fehlanzeige, sie entspricht genau den anderen sechs.«

»Und wie ist die Stimmung? Ruhig?«

»Das würde ich nicht sagen.« Inspector Queen verschränkte die Arme, als sei ihm kalt. »Die fahren voll auf die Sache ab. Alle Telefonleitungen ins Präsidium und ins Rathaus sind belegt. Die Zeitungen haben die Samthandschuhe ausgezogen und wollen Köpfe rollen sehen. Was deine Ernennung an Gutem bewirkt hatte, ist jetzt durch die Ermordung der kleinen Richardson wieder im Eimer. Als ich heute morgen zusammen mit dem Polizeipräsidenten beim Bürgermeister reingeschneit bin, um ihm die Sache mit Cazalis zu erzählen, hätte Seine Hochwohlgeboren mich um ein Haar geküßt. Er hat Cazalis sofort angerufen. Das erste, was er sagte, war: Dr. Cazalis, wann können Sie eine Pressekonferenz abhalten?«

»Wird Cazalis das tun?«

»Er tut es in diesem Moment. Heute abend wird sie im Radio übertragen.«

»Ich muß für Seine Hochwohlgeboren eine herbe Enttäuschung sein«, lachte Ellery. »Jetzt hau dich in die Falle, sonst wirst du noch selbst ein Fall für eine Ärztekonferenz.«

Der Inspector rührte sich nicht.

»War noch was?«

»Ellery.« Der alte Mann winkelte sein linkes Bein an und begann, seine Schnürsenkel zu lösen. »Im Präsidium wird übel getratscht. Ich würde dich sonst ja nicht darum bitten, aber wenn ich weiterhin die Prügel für dich einstecken soll, will ich wenigstens wissen, was die Glocke geschlagen hat.«

»Mich worum bitten?«

»Sag mir doch, was du herausgefunden hast.« Er machte sich an den zweiten Schuh. »Nur zu meiner Orientierung, weißt du«, erläuterte er seinem Schuh, »anders gesagt: Wenn ich mir weiterhin den Hintern versengen soll, dann will ich zum Teufel wenigstens wissen, worauf ich da sitze.«

Es war so etwas wie eine aus Leid geborene, um der Gerechtigkeit willen abgegebene Unabhängigkeitserklärung.

Ellery schaute unglücklich drein.

Er griff nach einer Zigarette und einem Aschenbecher und legte sich wieder hin, den Aschenbecher auf der Brust balancierend.

»Nun gut«, sagte er. »Aus deiner Sicht bin ich ein treuloser Blender, und ich vermute, aus deiner Sicht stimmt das auch. Es bleibt abzuwarten, ob das, was ich dir bisher verschwiegen habe, tatsächlich irgendeinen sittlichen Nährwert für dich, den Bürgermeister, den Polizeichef oder sonst irgend jemanden hat.

Erstens: Archibald Dudley Abernethy war 44 Jahre alt, Violette Smith 42, Rian O'Reilly 40, Monica McKell 37, Simone Phillips 35, Beatrice Willikins 32 und Lenore Richardson 25. 44, 42, 40, 37, 35, 32, 25.»

Der Inspector glotzte ihn an.

»Die Opfer waren jeweils jünger als dasjenige davor. Deshalb war ich so sicher, daß Dr. Cazalis nicht die Nummer 7 sein konnte, er ist älter als sie alle. Um siebter auf der Liste zu werden, hätte er unter 32 sein müssen, denn so alt war das sechste Opfer. Vorausgesetzt, es gibt tatsächlich eine absteigende Folge. Und es hat sich ja gezeigt, daß Nummer 7, die kleine Richardson, tatsächlich erst 25 war, also habe ich recht. Es gibt in der Tat hinsichtlich des Alters eine absteigende Reihenfolge. Die Intervalle sind mathematisch gesehen unregelmäßig, aber die Opfer werden immer jünger und jünger.«

Der alte Mann griff nach seinem rechten Schuh. »Das haben wir übersehen. Keiner hat es bemerkt.«

»Nun, es ist eine der leidigen Stecknadeln im Heuhaufen. Wie bei einem Vexierbild. Du schaust und schaust, und dann auf einmal siehst du es. Aber was bedeutet es? Irgendeine Bedeutung hat es, das ist klar, aber welche? Irgendeine Ursache hat es, aber welche? Es kann keinesfalls reiner Zufall sein, nicht bei sieben Fällen! Und trotzdem: Je länger du dich damit beschäftigst, desto weniger Sinn ergibt es. Kannst du mir einen einzigen hinreichenden Grund nennen, warum sich jemand die Mühe machen sollte, immer jüngere Leute umzubringen, die absolut überhaupt nichts miteinander zu schaffen haben? Ich jedenfalls nicht.«

»Das ist eine verdammt harte Nuß, das stimmt«, sagte sein Vater.

»Selbstverständlich könnte ich heute abend im Radio verkünden, daß kein New Yorker über 25 irgend etwas von der Katze zu befürchten hat, da diese auf ihrer Wanderung durch die Versicherungsstatistiken die Zahl 25 bereits abgehakt hat ...«

»Sehr witzig«, sagte der Inspector kraftlos. »Klingt wie – wie irgendwas aus einer Operette von Gilbert und Sullivan. Alle würden denken, du wärst völlig übergeschnappt, und selbst wenn sie zu dem Schluß kämen, daß du im Vollbesitz deiner geistigen Kräfte bist, würde die ganze Angst lediglich etwas tiefer rutschen, in die jüngeren Jahrgänge.«

»So ähnlich«, stimmte Ellery zu. »Also habe ich es lieber für mich behalten.

Zweitens.« Er drückte die Zigarette aus, verschränkte die Arme im Nacken und starrte die Decke an. »Von den sieben Opfern waren zwei männlich, fünf weiblich. Bis auf das letzte waren alle Opfer mindestens 32 Jahre alt. Also auf jeden Fall im heiratsfähigen Alter, was meinst du?«

»Wie bitte?«

»Ich meine, daß unsere Gesellschaft durch die Institution der Ehe geprägt ist. Sie gilt in unserer Kultur als Grundlage für Heim und Familie. Keinesfalls geht man davon aus, daß ein lediger Amerikaner ein glücklicher Amerikaner ist. Zum Beweis, meine Herren, brauchen wir uns nur den ebenso delikaten wie zweideutigen Beigeschmack auf der Zunge zergehen zu lassen, den der Begriff ›Junggesellenbude‹ hinterläßt. Unsere Frauen verbringen ihre Jugend damit, einen Ehemann zu ködern, und den Rest ihres Lebens, ihn bei der Stange zu halten. Unsere Männer verbringen ihre gesamte Knabenzeit damit, ihre Väter zu beneiden, und können es deshalb gar nicht erwarten, erwachsen zu werden und die erste Beste zum Traualtar zu schleifen, wenn sie nur ihrer Mama ähnelt. Warum, glaubst du, sind amerikanische Männer so versessen auf Busen? Was ich sagen will, ist, ...«

»Herrgott, dann sag's doch endlich!«

»... wenn du dir willkürlich sieben erwachsene Amerikaner herauspickst, die alle über 25 sind, und sechs von ihnen sogar über 32, wie groß ist da die Wahrscheinlichkeit, daß bis auf einen alle ledig sind?«

»O'Reilly«, sagte der Inspector mit ehrfürchtiger Stimme. »Mein Gott, O'Reilly war der einzige.«

»Man könnte es auch anders ausdrücken: Von den beiden Herren war Abernethy Junggeselle und O'Reilly verheiratet. Damit scheiden die Männer offenbar aus. Aber die fünf Frauen waren allesamt ledig! Wenn man darüber nachdenkt, ist das wirklich auffällig. Fünf Frauen im Alter zwischen 42 und 25, und keine davon hat in der großen amerikanischen Heiratslotterie ein Glückslos gezogen. Genauso wie bei der absteigenden Altersfolge kann auch das kein Zufall sein. Das heißt, die Katze pickt sich zumindest bei den weiblichen Opfern ganz gezielt die Unverheirateten heraus. Warum? Erklär mir das mal.«

Inspector Queen kaute an den Nägeln. »Ich kann mir höchstens vorstellen, daß er sie mit Hochzeitsglocken ködert, um an sie heranzukommen. Aber ...«

»Aber das ist nicht der springende Punkt, genau. Wir haben nicht den geringsten Anhaltspunkt für so einen Don Juan.

Ich hätte natürlich der New Yorker Damenwelt vollmundig verkünden können: Nur keine Angst! Die einzigen, die etwas zu befürchten haben, sind Jungfrauen, Ehemuffel und Lesben, aber ...»

»Weiter im Text«, knurrte sein Vater.

»Drittens: Abernethy wurde mit einer blauen Seidenschnur stranguliert, Violette Smith mit einer lachsfarbenen. Bei O'Reilly war sie blau, bei Monica McKell lachsfarben, bei Simone Phillips lachsfarben, bei Beatrice Willikins lachsfarben, bei Lenore Richardson lachsfarben. Das steht sogar in einem der Berichte.«

Der Inspektor murmelte: »Das hatte ich vergessen.«

»Die eine Farbe für die männlichen, die andere für die weiblichen Opfer. Durchgängig. Aber warum?«

Nach einer Weile sagte der Inspector etwas schüchtern: »Du sagtest neulich was von vier Punkten.«

»Ach ja, sie hatten *alle* Telefon.«

Sein Vater rieb sich ein Auge.

»In gewissem Sinne ist es gerade sein prosaischer Charakter, der diesen Punkt so provokant macht. Für mich jedenfalls. Sieben Opfer, sieben Telefone. Selbst die arme gelähmte Simone. Sie alle hatten ein Telefon oder, bei Lenore Richardson, Simone Phillips und Monica McKell, wenn der Hauptanschluß jemand anders gehörte, standen sie zumindest separat im Telefonbuch. Ich hab's nachgeprüft.

Ich kenne die genauen Zahlen nicht, aber ich könnte mir vorstellen, daß in den Vereinigten Staaten auf einhundert Einwohner rund fünfundzwanzig Telefone kommen, also hat ein Viertel der Bevölkerung einen Anschluß. In Großstädten wie New York liegt der Prozentsatz wahrscheinlich höher, gehen wir mal von einem Drittel aus. Doch von den sieben Opfern, die sich die Katze herausgepickt hat, hatten nicht einer, nicht zwei, nicht vier, sondern alle sieben ein Telefon.

Die erste Erklärung, die mir dafür einfiel, lautete, daß die Katze ihren Appetit aus dem Telefonbuch stillt. Wie beim Lotto. Aber bei einer Lotterie ist die Wahrscheinlichkeit, daß jedes neue Opfer jeweils jünger als das letzte ist, praktisch gleich Null. Also wählt die Katze ihre Opfer nach anderen Kriterien aus.

Dennoch waren ja alle Opfer im Telefonbuch von Manhattan vertreten. Diese Telefone haben bestimmt irgend etwas zu bedeuten.»

Ellery stellte den Aschenbecher auf seinen Nachttisch, schwang die Beine vom Bett und hockte sich gramgebeugt auf die Bettkante. »Es ist eine Schande«, stöhnte er. »Wenn es irgendwo einen Bruch in der Abfolge gegeben hätte, also ein Opfer älter gewesen wäre als das vorherige, eine verheiratete, verwitwete oder geschiedene Frau stranguliert worden wäre, ein Mann mit einer lachsfarbenen oder meinetwegen lila Schnur um den Hals gefunden worden wäre oder einer von ihnen kein Telefon gehabt hätte ... Diese Gemeinsamkeiten haben irgendeinen *Grund*. Oder«, sagte Ellery und setzte sich unvermittelt auf, »oder diese Gemeinsamkeiten existieren alle aus *demselben* Grund. Eine Art gemeinsamer Nenner. Der Rosetta-Stein. Ein Hauptschlüssel. Weißt du was, das wäre schön.«

Doch Inspector Queen murmelte vor sich hin, während er sich auszog. »Diese Sache mit den immer jüngeren Opfern. Überleg doch mal … zwei Jahre Altersunterschied zwischen Abernethy und Violette. Zwei Jahre zwischen Vi und O'Reilly. Drei Jahre zwischen O'Reilly und McKells Schwester. Zwei Jahre zwischen ihr und Celestes Schwester. Drei Jahre zwischen Simone und Beatrice Willikins. Zwei und drei. Nie mehr als drei. In sechs Fällen. Und dann …«

»Ja«, sagte Ellery, »und dann ist Lenore Richardson dran, und statt wie vorher maximal drei haben wir plötzlich einen Altersunterschied von sieben Jahren … Das hat mir die ganze letzte Nacht zu schaffen gemacht.«

Nun war der Inspector völlig entkleidet; die Haut des Sechzigjährigen wirkte wie geschrumpft, als habe man ihn mit einer Nadel aufgespießt.

»Was mir zu schaffen macht«, sagte er leise, »ist die Frage, wer als nächster dran ist.«

Ellery wandte sich ab.

»Und das ist alles, was du hattest, Ellery?«

»Das ist alles, was ich *habe*.«

»Ich geh schlafen.« Der kleine nackte Mann schlurfte hinaus.

Kapitel 5

Inspector Queen hatte verschlafen. Um viertel vor zehn kam er am Dienstagmorgen wie von Furien gehetzt angaloppiert, doch als er sah, wer zum Kaffee bei Ellery saß, verlangsamte er seinen Galopp und machte vor dem Frühstückstisch eine Vollbremsung.

»Sieh mal an, wer uns beehrt«, strahlte der Inspector. »Guten Morgen, McKell.«

»Morgen, Inspector«, sagte Jimmy McKell. »Auf dem Weg zum Schlachthof?«

»Hhhhhhmmmmmmm«, schnupperte der Inspector. »Ich glaube, ich würde ein Schlückchen von eurem Tote erweckenden Türkentrunk nicht verschmähen.« Er zog sich einen Stuhl heran und setzte sich. »Morgen, Ellery.«

»Ach ja, Morgen«, sagte Ellery geistesabwesend und griff nach der Kaffeekanne. »Jimmy hat die Zeitungen mit raufgebracht.«

»Wollen die Leute immer noch lesen?«

»Das Interview mit Cazalis.«

»Ach ja.«

»Wohlwollend, aber strikt neutral. Die ruhige Stimme des organisierten Wissens. Wir versprechen nichts. Man kriegt jedoch das Gefühl, Osiris höchstpersönlich, geleitet von seinem strahlenden göttlichen Auge, habe sich der Sache angenommen. Der Bürgermeister muß im elften Himmel sein.«

»Ich dachte, es sind nur sieben«, meinte Jimmy McKell.

»Nicht in der ägyptischen Kosmographie, Jimmy. Außerdem hat Cazalis etwas Pharaonisches an sich. ›Soldaten! Vierzig Jahrhunderte blicken von diesen Pyramiden auf euch herab.‹«

»Napoleon.«

»In Ägypten. Cazalis wirkt auf die Allgemeinheit wie lindernder Hustensaft. Hebt die Stimmung ganz enorm.«

»Achten Sie nicht auf ihn«, grinste der Inspector über den Rand der Zeitung hinweg. »Gegen ihn haben Sie keine Chance … Hört mal, das ist gar keine üble Medizin. Haben Sie den Journalismus an den Nagel gehängt, McKell? Ich habe Sie gestern im Rudel der Aasgeier vermißt.«

»Die Sache bei den Richardsons?« Jimmy schaute heimlichtuerisch drein. »Gestern war Labor Day, Tag der Arbeit. Mein Tag. Ich bin ein Arbeitstier.«

»Freigenommen, wie?«

»Wer viel arbeitet, soll auch viel ruhen«, sagte Ellery. »Oder waren Sie anderswo im Dienst, McKell?«

»So ähnlich.«

»Sie hatten ein Rendezvous mit Celeste Phillips!«

Jimmy lachte. »Nicht nur gestern. Es war eine einzige wunderbare Zeitreise. Sie geben einem hochinteressante Aufträge, liebster Freund. Sie hätten Lokalredakteur werden sollen.«

»Ich darf also annehmen, daß ihr miteinander auskommt.«

»Es gelingt uns«, erwiderte Jimmy, »die Anwesenheit des jeweils anderen zu tolerieren.«

»Nettes Mädel«, nickte der Inspector. »Ellery, hast du noch ein Schlückchen für mich?«

»Wollen Sie jetzt darüber reden, Jimmy?«

»Na ja, es entwickelt sich allmählich zu meinem Lieblingsthema.«

»Ich gebe noch eine Runde aus.« Ellery schenkte liebenswürdig nach.

»Ich hab' ja keine Ahnung, worauf ihr beiden Hexenmeister hinauswollt«, sagte Jimmy, »aber ich kann hiermit in aller Form berichten, daß dieses Frauenzimmer ganz außergewöhnliche Vorzüge besitzt. Dabei bin ich in meinen Kreisen bekannt als McKell der Bilderstürmer, Spezialität Damenportraits.« Er tastete an seiner Tasse herum. »Mal ohne Scheiß, ich komme mir wie ein Schwein vor.«

»Ein richtiges Schwein zu sein ist gar nicht so einfach«, sagte Ellery. »Hätten Sie wohl die Güte, die besonderen Vorzüge der Dame im einzelnen aufzulisten, so wie Sie sie vorgefunden haben?«

»Na ja, das Mädel sieht gut aus, hat Grips und Ausstrahlung, Mumm, Ehrgeiz …«

»Ehrgeiz?«

»Celeste will wieder aufs College gehen. Sie wissen ja, daß sie im ersten Semester alles hinschmeißen mußte, um Simone zu pflegen. Als Simones Mutter starb, das war im Jahr …«

»Simones Mutter?« wunderte sich Ellery. »Das klingt so, als ob Simones Mutter nicht auch Celestes Mutter gewesen wäre.«

»Wußten Sie das nicht?«

»Was wußten wir nicht?«

»Das Celeste nicht Mrs. Phillips' Tochter war?«

»Wollen Sie damit sagen, die beiden waren gar keine Schwestern?« Die Tasse des Inspectors begann zu klappern.

Jimmy McKell blickte von einem Queen zum anderen. Er schob seinen Stuhl zurück. »Ich glaube nicht, daß mir das Ganze gefällt«, sagte er. »Ich bin mir sogar verdammt sicher, daß es das nicht tut.«

»Wieso, was ist denn los, Jimmy?«

»Das solltet ihr mir gefälligst erzählen!«

»Da gibt es nichts zu erzählen«, sagte Ellery. »Ich habe Sie beauftragt, soviel wie möglich über Celeste herauszufinden. Wenn Sie etwas wissen, was wir noch nicht ermittelt haben …«

»*Ermittelt* haben?«

»Ich meine erfahren haben, was wir noch nicht wissen, meine Güte. Sie rechtfertigen damit doch lediglich das Vertrauen, das ich in Sie gesetzt habe.«

»Können wir das Drumrumreden lassen, Schnüffler!«

»Jimmy, setzen Sie sich wieder hin.«

»Ich will wissen, was hier vorgeht.«

»Wozu die ganze Aufregung?« knurrte Inspector Queen. »Ich könnte sonst auf den Gedanken kommen …«

»Genau.« Jimmy setzte sich unvermittelt hin. »Es steckt nichts dahinter. Simone war Celestes Cousine dritten Grades oder sowas. Celestes Eltern kamen bei einer Gasexplosion ums Leben, als sie noch ein Baby war. Mrs. Phillips war ihre einzige Verwandte in New York und hat sie bei sich aufgenommen. Das ist alles. Als Mrs. Phillips starb, kümmerte sich Celeste selbstverständlich weiterhin um Simone. Sie sind immer wie Schwestern gewesen, und ich kenne massenhaft echte Schwestern, die nie und nimmer getan hätten, was Celeste auf sich genommen hat!«

»Ohne orakeln zu wollen«, sagte Ellery: »Ich auch.«

»Wie meinen?«

»Los, weiter, Jimmy.«

»Sie ist ganz heiß aufs College. Es brach ihr das Herz, als sie nach Mrs. Phillips' Tod aufhören mußte. Das Mädel liest vielleicht Bücher! Hochkomplizierte Sachen – Philosophie, Psychologie und so. Celeste weiß jetzt schon eine Menge mehr als ich, und ich habe immerhin mit Hilfe von Schweiß, Öl und schwerem Diebstahl einen Princeton-Abschluß ergattert. Seit Simones Tod kann die Kleine wieder ihr eigenes Leben leben, aufs College gehen und etwas aus sich machen. Sie immatrikuliert sich diese Woche am Washington Square College für das Wintersemester. Sie will ihren Bachelor of Arts mit Englisch und Philosophie als Hauptfach machen und dann graduieren. Vielleicht später mal Dozentin werden.«

»Sie muß schon sehr heiß darauf sein, wenn sie das alles in Abendkursen bewältigen will.«

»Wieso Abendkurse? Wer hat was von Abendkursen gesagt?«

»Wir leben in einer wettbewerbsorientierten Gesellschaft, Jimmy. Oder«, sagte Ellery munter, »haben Sie vor, ihr dieses Problem abzunehmen?«

»Vielleicht«, sagte der Inspector und kniff ein Auge zu, »vielleicht ist diese Frage ja auch ebenso irrelevant wie immateriell und geht uns einen feuchten Kehricht an.«

Jimmy hielt sich an der Tischkante fest. »Wollt ihr beiden Knalltüten damit etwa sagen …«

»Nein, nein, Jimmy. Mit dem Segen der Kirche natürlich.«

»Ach so. Ja also … lassen Sie mich da mal außen vor.« Sein freundliches Gesicht strahlte Ärger und Mißtrauen aus.

»Sie kann nicht tagsüber als Mannequin arbeiten und gleichzeitig aufs College gehen, Jimmy«, sagte Ellery.

»Sie hängt den Job an den Nagel.«

»Tatsache?« fragte der Inspector.

»Ach so«, sagte Ellery. »Sie hat was gefunden, wo sie abends arbeiten kann.«

»Nein, sie geht überhaupt nicht mehr arbeiten.«

»Ich fürchte«, sagte Ellery düster, »ich habe irgendwo im dritten Akt einen Vers verpaßt. Überhaupt nicht mehr arbeiten? Wovon will sie denn leben?«

»Von Simones Notgroschen!« rief Jimmy ungeduldig.

»Notgroschen?«

»Was für ein … äh, Notgroschen soll denn das sein, Jimmy?« fragte der Inspector.

»Nun hört mal zu.« Jimmy holte tief Luft. »Ihr habt mir einen dreckigen Auftrag gegeben, und den habe ich ausgeführt. Ich habe keinen blassen Schimmer, worum es hier überhaupt geht. Aber wenn Sie wirklich so ein Superhirn sind, könnten Sie mir kleinem Dummerchen dann freundlicherweise mal erklären, was zum Teufel das Ganze soll? Was für einen Unterschied macht das schon?«

»Soviel Unterschied, wie die Wahrheit immer ausmacht.«

»Das klingt tiefsinnig, aber ich fürchte, es ist ein Trick.«

»Hören Sie, McKell!« Der Inspector schaute ihn grimmig an. »Ich habe einen Haufen Männer auf diesen Fall angesetzt und stekke selbst bis zum Hals drin. Wir hören jetzt zum ersten Mal, daß überhaupt irgend jemand Simone Phillips etwas anderes als Kreuzschmerzen zu verdanken hat. Warum hat Celeste uns das nicht erzählt?«

»Weil sie es letzte Woche erst gefunden hat! Und weil es mit dem Mord nichts zu tun hat!«

»Gefunden?« sagte Ellery leise. »Wo?«

»Sie hat Simones Plunder ausgeräumt. Sie hatte eine alte hölzerne Tischuhr, so ein französisches Stück, das irgendwie zum Familienerbe gehört hatte oder so ähnlich. Die Uhr war seit zehn Jahren kaputt, aber Simone wollte sie Celeste nie zum Reparieren mitgeben. Sie stand auf einem Regal über ihrem Bett. Und als Celeste das Ding letzte Woche herunternahm, rutschte es ihr aus der Hand und fiel beim Aufprall auseinander. Drinnen lag eine dicke Rolle Geldscheine mit einem Gummiband darum.«

»Geld? Ich dachte, Simone …«

»Das dachte Celeste auch. Das Geld hatte Simones Vater hinterlassen. Um das Bündel war eine handschriftliche Notiz gewickelt. Nach dem Datum zu urteilen, muß der Vater sie unmittelbar vor seinem Selbstmord geschrieben haben. Er hatte zehntausend Dollar aus der Pleite retten können, als er 1929 beim Börsenkrach sein ganzes Vermögen verlor. Er hinterließ die zehn Riesen seiner Frau.«

»Und Celeste wußte davon nichts?«

»Mrs. Phillips und Simone haben ihr nie davon erzählt. Der

größte Teil von dem Zaster ist noch da, rund 8 600 Dollar. Celeste vermutet, daß die fehlenden 1 400 Dollar in den ersten Jahren von Simones Krankheit für Arztrechnungen draufgegangen sind, als Simones Mutter noch hoffte, sie könnte geheilt werden. Simone wußte mit Sicherheit davon, denn sie kriegte Anfälle, wenn Celeste nur in die Nähe der Uhr kam. Na ja, jetzt gehört das Geld Celeste und wird ihr das Leben zumindest eine Zeitlang erleichtern. Das ist alles, was ich an Schauergeschichten zu bieten habe«, sagte Jimmy mit vorgestrecktem Kinn. »Die Moral von der Geschicht', wenn Ihr mich fragt, lautet, daß Simone, ob gelähmt oder nicht, ein ausgewachsenes Miststück war. Stellt euch das mal vor, sie hat das arme Kind in diesem miesen Loch festgenagelt und zugesehen, wie es sich Tag und Nacht ein Bein ausreißt, um sie beide durchzubringen, und die ganze Zeit hatte Simone fast neun Riesen versteckt! Ich frage mich nur, wofür sie es aufbewahrt hat, für den Abschlußball vom Tanzkurs doch sicher nicht ... He, was ist los? Was starrt ihr mich so eisig an?«

»Was meinst du, Dad?«

»Wie man es auch dreht und wendet, Ellery, es ist ein Motiv.«

»Wieso *Motiv*?« sagte Jimmy.

»Das erste, das wir überhaupt haben.« Der Inspector ging zu einem Fenster hinüber. Er wirkte unglücklich.

Jimmy McKell begann zu lachen, brach dann aber unvermittelt ab.

»Letzte Woche habe ich mich gefragt, ob es ein Motiv gegeben haben könnte«, sagte Ellery nachdenklich, »als sie hier hereinkam.«

»*Celeste*?«

Ellery gab keine Antwort.

»Jetzt kapier' ich«, sagte Jimmy. »Das Ganze ist von H. G. Wells: Ein unbekanntes Gas dringt aus dem Interstellarraum in die Erdatmosphäre, und die Menschheit klinkt kollektiv aus, alle einschließlich des großen Ellery Queen. Mensch, Queen«, knurrte er, »sie ist hergekommen, um Ihnen zu helfen, Simones Mörder zu *finden*!«

»Die, wie sich jetzt herausstellt, gar nicht ihre Schwester war und sie jahrelang wie eine Leibeigene behandelt hat.«

»Ich faß' es einfach nicht!«

»Ich sage ja nicht, daß es so sein muß, Jimmy, aber können Sie denn allen Ernstes ausschließen, daß es so sein könnte?«

»Und ob ich das kann! Das Mädel ist so unschuldig wie ich es war, bevor ich heute morgen in diese sibirische Kasbah geschneit bin und mein Gehirn euren giftigen Ausdünstungen ausgesetzt habe. Im übrigen dachte ich, wir suchen die Katze, eine immerhin siebenfache Mörderin!«

»Ellery!« Inspector Queen kam zum Tisch zurück. Er hatte sichtlich einen Kampf gegen sich selbst ausgefochten und gesiegt. Oder verloren. »Es steht außer Frage. Das Mädchen war es nicht.«

»Wenigstens einer«, rief Jimmy aus, »der zumindest mit dem großen Zeh auf dem Boden steht!«

Ellery starrte in seinen inzwischen erkalteten Kaffee. »Jimmy, haben Sie im Zusammenhang mit Massenmorden schon mal was von der ABC-Theorie gehört?«

»*Wovon*?«

»X will D töten. Das Motiv von X ist nicht ersichtlich, aber wenn er einfach D umbrächte, würde bei den normalen Ermittlungen der Polizei möglicherweise herauskommen, daß die einzige oder die wahrscheinlich einzige Person mit einem Motiv X ist. Das Problem für X lautet also: Wie bringe ich D um und bekomme, was ich haben will, ohne daß mein Motiv ersichtlich wird? X erkennt, daß die einzige Möglichkeit darin besteht, den Mord an D mit einer Nebelwand anderer Morde zu verschleiern, die bewußt mit genau derselben Methode verübt werden, damit man darin eine Serie zusammenhängender Verbrechen erkennt. Also ermordet X zunächst A, B und C – völlig unschuldige Leute, verstehen Sie, mit denen X nicht das geringste zu schaffen hat. Und erst dann bringt er D um.

Dadurch sieht der Mord an D so aus, als gehöre er in eine Verbrechensserie. Die Polizei wird deshalb nicht nach jemandem mit einem Motiv gegen D suchen, sondern nach jemandem, der etwas gegen A, B, C und D gehabt haben könnte. Doch da X bei der Ermordung von A, B und C nicht das geringste Motiv hatte, wird sein Motiv gegen D entweder übersehen oder ignoriert. So lautet zumindest die Theorie.»

»Ist das der Schnellkurs ›Detektiv in einer Lektion‹?« meinte Jimmy McKell. »Bei einer Mordserie ist immer der letzte Fall der mit einem Motiv, und basta. Mein Honorar stecken Sie einfach in Sherlock Holmes' Injektionsnadel.«

»Nicht ganz«, sagte Ellery ohne Groll. »So dumm ist X nämlich keineswegs. Er erkennt vielmehr: Wenn er nach diesem einen Mord aufhört, der ihn belasten könnte, würde er damit genau im Rampenlicht stehen, und das will er mit der Serie ja gerade verhindern. Deshalb läßt X dem für ihn bedeutsamen Mord an D noch die Morde an E, F und G folgen, notfalls auch H, I und J. Er tötet so viele ihm gleichgültige Personen, wie seiner Meinung nach nötig sind, um sein Motiv in dem einen für ihn wichtigen Fall zu verschleiern.«

»Wenn mein armes Hirn Ihren gelehrten Ausführungen richtig folgen konnte«, grinste Jimmy, »hab ich's jetzt kapiert: Dieser 23jährige weibliche Kingkong mit abnehmbarem Fahrgestell, dieser Teufel in Menschengestalt, erwürgt also Abernethy, Miss Smith, O'Reilly, Monica, Beatrice Willikins und die kleine Richardson, nur damit sie irgendwo in dem Getümmel vertuschen kann, daß sie ihre gelähmte Cousine Simone abgemurkst hat? Mensch, Queen, waren Sie in letzter Zeit mal beim Doktor?«

»Celeste hat Simone fünf Jahres ihres Lebens geopfert«, sagte Ellery geduldig. »Und sie mußte davon ausgehen, daß es noch lange so weitergehen würde, vielleicht zehn oder sogar zwanzig Jahre lang. Simone wäre unter Umständen steinalt geworden. Celeste hat sie ja offenbar hervorragend versorgt. Im Obduktionsbericht steht beispielsweise nichts von wundgelegenen Stellen, und es erfordert schon ständige intensive Pflege, wenn man ein Wundliegen bei solchen Patienten verhüten will.

Celeste aber möchte unbedingt mehr aus sich machen. Celeste würde das freudlose, beengende Milieu gern hinter sich lassen, zu dem sie die Existenz Simones verdammt. Außerdem ist Celeste jung, hübsch und lebenslustig, und mit Simone zusammenzuleben ist für sie emotional frustrierend. Zu allem Überfluß findet Celeste eines nachts – nicht letzte Woche, sondern sagen wir mal im Mai dieses Jahres – ein kleines Vermögen, das Simone ihr all die Jahre verheimlicht hat und dessen Besitz Celeste in die Lage versetzen würde, geraume Zeit ihre Bedürfnisse und Wünsche zu befriedigen. Um es zu besitzen und zu verwenden, steht ihr nur eines im Wege, und das ist ihre Cousine Simone. Sie bringt es nicht übers Herz, eine hilflose Behinderte einfach so zurückzulassen ...»

»Und bringt sie deshalb um«, kicherte Jimmy, »und obendrein noch sechs andere Leute.«

»Wir sind ja bei unseren Hypothesen stets von einer Person mit krankhaftem Antrieb und gestörter Persönlichkeit ausgegangen ...«

»Ich nehm' alles zurück. Sie brauchen keinen Arzt, Queen, sondern einen Satz heiße Ohren.«

»Jimmy, ich habe nicht behauptet, Celeste habe Simone und die anderen getötet. Ich habe nicht einmal angedeutet, ich würde dies für wahrscheinlich halten. Ich stelle lediglich die bekannten Fakten zu einem möglichen Gesamtbild zusammen. Angesichts dieses Gemetzels, das jetzt schon sieben Menschenleben gefordert hat und nach menschlichem Dafürhalten womöglich noch viel mehr fordern könnte, wollen Sie da wirklich, daß ich Celeste einfach deshalb außen vor halte, weil sie jung und attraktiv ist?«

»Attraktiv! Wenn Ihre ›Hypothesen‹ über Celeste zutreffen, ist sie geisteskrank.«

»Lesen Sie mal das gestrige Interview mit dem anerkannten Psychiater Dr. Edward Cazalis. Ein Geisteskranker – zumal einer, der andere ausgesprochen wirkungsvoll täuschen kann – ist genau das, was der anerkannte Psychiater sucht, und ich muß schon sagen, so wie er die Sache darstellt, wirkt sie durchaus überzeugend.«

»*Ich* für mein Teil bin ein Geisteskranker«, stieß Jimmy McKell zwischen seinen großen Zähnen hervor, »der soviel Normalität nicht ertragen kann. Sieh mal, da hinten!« Und er hechtete über den Frühstückstisch wie über den Rand eines Schwimmbeckens.

Doch Ellery war bereits aufgesprungen und hatte sich so blitzschnell zur Seite gedreht, daß Jimmy McKell mit der Nase in einer lauwarmen Kaffeelache landete.

»Ich muß schon sagen, das war idiotisch, Jimmy. Sind Sie in Ordnung?«

»Pfoten weg, dreckiger Verleumder!« brüllte Jimmy und holte wieder aus.

»Immer mit der Ruhe, Jungchen!« Der Inspector hielt Jimmy am Arm fest. »Du hast zu viele von Ellerys Büchern gelesen!«

Jimmy schüttelte die Hand des Inspectors ab. Er war leichenblaß. »Suchen Sie sich einen anderen, der für Sie den Schnüffler macht, Queen. Ich hab die Nase voll davon. Und im übrigen werde ich Celeste erzählen, was hier gegen sie im Gange ist. Jawohl, und wie ihr mich dazu bequatscht habt, den ganzen Mist für euch zu sammeln. Und wenn sie dann 'nen Brechreiz kriegt, sobald bloß der Name McKell fällt, dann ist das die gerechte Strafe für einen Esel wie mich.«

»Tun Sie das bitte nicht, Jimmy.«

»Und warum nicht?«

»Unsere Abmachung.«

»Haben Sie die etwa schriftlich? Was haben Sie gekauft, Mephisto – meine unsterbliche Seele?«

»Niemand hat Sie dazu gezwungen, Jimmy. Sie sind zu mir gekommen, haben mir Ihre Mithilfe angeboten, und ich habe sie zu ausdrücklich festgelegten Bedingungen angenommen. Haben Sie das etwa vergessen, Jimmy?«

Jimmy machte ein finsteres Gesicht.

»Ich gebe ja zu, die Wahrscheinlichkeit beträgt vielleicht eine Quadrillion zu eins. Aber selbst angesichts dieser meilenweit entfernten Möglichkeit sollten Sie lieber den Mund halten, klar?«

»Wissen Sie, was Sie da von mir verlangen?«

»Daß Sie Ihr Versprechen halten.«

»Ich habe mich in sie verliebt.«

»Oha«, sagte Ellery. »Das ist aber schade.«

Der Inspector rief: »So schnell?«

Jimmy lachte. »Hat man zu Ihrer Zeit dabei die Stoppuhr laufen lassen, Inspector?«

»Sie haben meine Frage nicht beantwortet, Jimmy.«

In diesem Moment klingelte es an der Tür.

Die Queens sahen sich rasch an.

»Wer ist da?« rief der Inspector.

»Celeste Phillips.«

Noch vor ihnen erreichte James Guymer McKell die Tür wie ein Storch im Landeanflug.

»Jimmy! Du hast mir gar nicht erzählt, daß du hier …«

Er schlang seine langen Arme um sie.

»Jimmy!« Sie wehrte sich lachend.

»Ich möchte, daß du weißt«, sagte Jimmy McKell knurrend, »daß ich dich liebe.«

»Jimmy, was soll das …«

Er küßte sie wütend auf den Mund und rannte im Sturmschritt die Treppe hinunter.

Celeste wurde dunkelrot. Beim Betreten des Zimmers kramte sie in ihrer Handtasche nach ihrer Puderdose. Ihr Lippenstift war verschmiert, und sie sah sich die Bescherung im Spiegel an.

»Ich weiß nicht, was ich dazu sagen soll. Ist Jimmy etwa blau? So früh am Morgen?« Sie lachte, aber es war ihr peinlich. Außerdem, dachte Ellery, hat sie ein bißchen Angst.

»Mir schien«, sagte der Inspector, »als ob er genau wußte, was er da tat. Was meinst du, Ellery?«

»*Mir* kam es eher wie die Grundlage für eine Klage wegen sexueller Belästigung vor.«

»So, das hätten wir«, lachte Celeste, während sie die Reparatur begutachtete. Sie war an diesem Morgen nicht so modisch gekleidet, aber es war ein neues Kleid. Ihr eigenes, dachte Ellery. Von Simones Geld gekauft.

»Diese Situation kam in meinem Benimm-Buch nicht vor. Ich vermute, James wird bei der ersten sich bietenden Gelegenheit entscheidende Details nachtragen.«

»Setzen Sie sich doch, Miss Phillips«, sagte der Inspector.

»Danke. Aber was war denn nun mit ihm los? Er wirkte ja ganz aufgeregt. Stimmt etwas nicht?«

»Als ich zum ersten Mal einem Mädchen meine Liebe gestand, ertappte ich mich dabei, daß ich den Sonntagshut ihres Vaters total zerbeulte. Ellery, hattest Du Miss Phillips heute morgen erwartet?«

»Nein.«

»Sie sagten, ich sollte herkommen, wenn ich etwas zu berichten habe, Mr. Queen.« Ihre schwarzen Augen blickten besorgt. »Warum haben Sie mich beauftragt, möglichst viel über Jimmy McKell herauszufinden?«

»Sie erinnern sich doch an unsere Abmachung, Celeste?«

Sie schaute auf ihre manikürten Nägel herab.

»Nun sei doch nicht so halsstarrig, Ellery, dafür bist du noch zu jung«, sagte der Inspector leutselig. »Ein Kuß hebt jeden Vertrag auf. Nicht wahr, Miss Phillips, das ist kein Geheimnis. Jimmy McKell ist Reporter. Diese Sache hätte für ihn auch als Vorwand dienen können, um in den Fall reinzukommen und eventuelle Neuigkeiten früher in Erfahrung zu bringen als die Konkurrenz. Wir mußten sichergehen, daß Jimmys Interesse wirklich so persönlich ist, wie er behauptet hat. Meinen Sie, er ist aufrichtig?«

»Seine Ehrlichkeit ist fast schon langweilig. Wenn Sie sich deswegen Sorgen gemacht haben …«

»Tja, dann wäre das ja geregelt, nicht wahr?« strahlte der Inspector.

»Aber wo Sie einmal hier sind, Celeste«, sagte Ellery, »könnten Sie uns auch alles übrige erzählen.«

»Ich wüßte wirklich nichts zu erzählen, was Jimmy Ihnen nicht letzte Woche bereits über sich selbst gesagt hat. Mit seinem Vater hat er sich noch nie verstanden, und seit er nicht mehr bei der Armee ist, sprechen die beiden kaum noch miteinander, weil Jimmy darauf besteht, ein eigenständiges Leben zu führen. Er zahlt seinem Vater tatsächlich pro Woche 18 Dollar Kostgeld.« Celeste kicherte. »Jimmy sagt, er wird es auf 75 Dollar erhöhen, sobald die Anwälte die ganzen Formalitäten erledigt haben.«

»Anwälte?«

»Ach, diese Geschichte mit dem Vermögen seines Großvaters.«

»Seines Großvaters«, sagte der Inspector. »Warten Sie mal. Das wäre doch …«

»Mrs. McKells Vater, Inspector. Er war ein steinreicher Mann, und er starb, als Jimmy 13 war. Jimmy und seine Schwester waren seine einzigen Enkelkinder, und er hat beiden ein großes Treuhandvermögen hinterlassen. Die Erträge aus dem Vermögen sollten jedem Enkelkind ab dem dreißigsten Lebensjahr zufließen. Monica hatte ihren Anteil bereits sieben Jahre lang erhalten, aber bei Jimmy sollte es erst in fünf Jahren oder so losgehen. Nun bekommt Jimmy allerdings alles auf einmal, weil sein Großvater in seinem Testament verfügt hatte, daß beim Tod eines Enkels der oder die Überlebende sofort das gesamte Vermögen erhalten sollte, und zwar Kapital und Erträge. Das Vermögen umfaßt ein paar Millionen Dollar, und Jimmy macht das Ganze total krank, ich meine, der Anlaß, weshalb er es jetzt bekommt. Weil Monica tot ist und so … Was ist los?«

Ellery sah seinen Vater an. »Wie konnte das übersehen werden?«

»Keine Ahnung. Keiner der McKells hat ein Wort über ein Treuhandvermögen von dritter Seite verloren. Letzten Endes hätten wir es natürlich herausgefunden.«

»*Was* herausgefunden?« fragte Celeste aufgeregt.

Keiner der beiden Männer antwortete.

Nach einem Augenblick stand sie auf. »Meinen Sie etwa …«

»Tatsache ist«, sagte Ellery, »daß der Tod von Monica McKell ihrem Bruder ein Vermögen beschert, der bislang von einem Reportergehalt sein Leben fristet. In unserem deprimierenden Beruf, Celeste, nennt man so etwas ein Motiv.«

»*Motiv!*«

Die Wut verwandelte sie völlig. Die Wandlung begann tief drinnen wie der winzig kleine Energiestoß im Inneren einer Bombe. Und dann explodierte sie und sprang los.

Als er spürte, wie ihre Fingernägel seine Haut aufrissen, dachte Ellery absurderweise: Wie eine Katze.

»Sie haben mich benutzt, um ihn in eine Falle zu locken!«

Sie schrie Ellery an, der ihre krallenbewehrte Hand festhielt. Sein Vater trat rasch von hinten an sie heran.

»Wie kommen Sie bloß auf die Idee, Jimmy würde so etwas tun! Allein der *Gedanke*! Das werde ich ihm sagen!«

Schluchzend riß sie sich los und rannte davon.

Sie sahen Jimmy McKell an der Treppe, die zum Keller führte, als die Vordertür aufgerissen wurde und Celeste Phillips herausschoß. Er mußte etwas gesagt haben, denn das Mädchen wirbelte herum und blickte zu Boden. Dann rannte sie die Sandsteinstufen hinunter und warf sich ihm weinend und hektisch redend in die Arme. Als sie verstummte, sagte er sehr ruhig etwas zu ihr, und sie hielt sich erschrocken die Hand vor den Mund.

Dann hielt ein Taxi erwartungsvoll am Bordstein, und Jimmy hielt die Tür auf, während Celeste hineinkletterte. Dann stieg er selbst ein, und das Taxi brauste davon.

»Das Ende eines Experiments«, seufzte Ellery. »Oder der Anfang eines neuen.«

Der Inspector grunzte. »Glaubst du eigentlich diesen Quatsch, den du McKell aufgetischt hast, von wegen ABC, D, X oder was?«

»Möglich wär's.«

»Daß jemand, der nur mit einem der Opfer verstrickt ist, alle sieben Morde benutzt, um den einen zu vertuschen?«

Der Inspector zuckte die Achseln.

Ellery warf sein blutverschmiertes Taschentuch auf die Couch. »Was Celeste und Jimmy angeht, so gab die Art, wie sie zu mir kamen, logischerweise Anlaß zum Verdacht. Die Tatsache, daß jeder von ihnen Informationen preisgegeben hat, die dem anderen schaden, wenn man sie ohne Emotionen für sich allein sieht, vergrößert lediglich die Zahl der Verdachtsmomente. Dennoch bin ich bereit, meinem Gefühl zu folgen, und ich glaube einfach nicht, daß einer von den beiden die Katze ist. Nein. Es gibt da einen Faktor, der über die schiere Logik hinausgeht. Vielleicht«, sagte Ellery, »bin ich ja nur altmodisch. Meinst du, das könnte es sein?«

»Du bist einfach nicht überzeugt.«

»Du denn?«

»Als nächstes wirst du mich verhören!«

»Oder mich selbst.«

Der Inspector griff nach seinem Hut und sagte mit finsterem Blick: »Ich verzieh mich aufs Präsidium.«

Kapitel 6

Die von Dr. Cazalis eingeleitete Untersuchung drohte schon bald an Sandbänken zu scheitern.

Dr. Cazalis' ursprünglicher Plan sah vor, daß sich alle Fachärzte aus Manhattan im Rahmen der Ermittlungen an einem gemeinsamen Fischfang beteiligen sollten, etwa so, als wenn eine große Fangflotte unter einem gemeinsamen Kommando ausliefe. Es zeigte sich jedoch bald, daß das Unternehmen neu geplant werden mußte. Jeder Spezialist, so erkannte man, war sein eigener Kapitän und wachte über seine Netze, Angeln und geheimen Fischgründe mit dem gleichen Eifer wie die japanische Fischfangflotte. Seinen Fang betrachtete er als sein alleiniges Eigentum, auf das keiner der anderen Fischer Anspruch erheben durfte.

Zugunsten der meisten von ihnen mußte man sagen, daß die Zweifel im wesentlichen ethisch begründet waren. Die Unantastbarkeit der ärztlichen Schweigepflicht durfte ohne Hinzuziehung eines Anwalts nicht einmal von einem anderen Arzt verletzt werden. Das erste Hindernis überwand Dr. Cazalis mit dem Vorschlag einer Methode, die bei der Publikation von Fallberichten üblicherweise zur Anonymisierung des Patienten angewendet wird. Jeder Psychiater sollte seine Patientenkartei durchgehen, unter weit gefaßten Gesichtspunkten nach Verdachtsmomenten suchen und von diesen Karten Abschriften anfertigen, dabei jedoch alles verschlüsseln, was die Identität des Patienten preisgegeben hätte. Als Referenz sollten lediglich die Initialen des Patienten dienen. Dieser Vorschlag wurde akzeptiert. Sobald die ersten Fallberichte vorlagen, sollte ein fünfköpfiges zentrales Medizinergremium unter dem Vorsitz von Dr. Cazalis in Aktion treten. Das Gremium sollte jede Fallgeschichte prüfen und diejenigen verwerfen, die nach einhelliger

Fachmeinung unwahrscheinlich waren. Dadurch würden zahlreiche Personen gleich zu Anfang ausscheiden, so daß ihnen ein Eingriff in ihr Privatleben erspart blieb.

Das war allerdings der einzige Punkt, in dem man sich einig war. Wie sollte man bei den übrigen Fällen weiter vorgehen? Die Anonymität konnte nur bis zu diesem Punkt gewährleistet werden, denn danach mußten die Namen offengelegt werden.

An diesem Riff wäre die Untersuchung beinahe gescheitert.

Aus therapeutischen Gründen konnten Typ und Klassifizierung der Verdächtigen im Rahmen von Dr. Cazalis' Vorhaben nicht so verwendet werden, wie es die Polizei bei ihren täglichen Fischzügen mit dem Schleppnetz tat, selbst wenn man davon ausging, daß das Problem der Schweigepflicht lösbar wäre. Inspector Queen leitete und koordinierte die Aktivitäten von über dreihundert Kriminalbeamten, die Anweisung hatten, vor nichts zurückzuschrecken. Seit Anfang Juni hatte man es Morgen für Morgen mit einer langen Reihe nicht nur von Drogensüchtigen, Alkoholikern, alten Sexualtätern und kriminellen Psychopathen mit einschlägigen Vorstrafen oder einer Vorgeschichte in psychiatrischen Kliniken zu tun, sondern obendrein mit Vagabunden, Herumtreibern und »verdächtigen Charakteren« aller Schattierungen – wobei diese Gruppe im letzten Vierteljahr unter dem inneren Druck, den der Fall ausübte, besorgniserregend angeschwollen war. In der Hitze des Gefechts verloren bürgerliche Rechte im gleichen Maß an Bedeutung, wie die Frustration der Beamten wuchs. Es hatte von verschiedenen Seiten Proteststürme gegeben. Die Gerichte waren mit Klageanträgen überhäuft worden. Bürger hatten gejammert, Politiker hatten gebrüllt, Richter hatten gedonnert. Doch die Ermittlungen nahmen ihren Lauf, als gäbe es all dies nicht. Dr. Cazalis' Kollegen hätte es schon heftig widerstrebt, ihre Patienten der regulären Polizeigewalt zu überlassen. Wieso, wollten sie wissen, erwartete man von ihnen, ihre Patienten ausgerechnet in dieser stürmisch-überhitzten Atmosphäre den Behörden zu übergeben? Bei vielen ihrer Schützlinge wäre schon ein ganz normales Verhör nicht ungefährlich. Diese Leute waren schließlich wegen geistiger oder emotionaler Störungen in Behandlung. Die Arbeit von Monaten oder sogar Jahren würde möglicherweise in einer einzigen Stunde von Beamten zunichte gemacht, die ohne jedes Feingefühl nur darauf aus waren, zwischen dem Verdächtigen und der Katze eine Verbindung herzustellen.

Es gab noch weitere Probleme. Die Patienten stammten zum größten Teil aus dem Hochland der kulturellen Geographie. Viele waren allgemein bekannt oder entstammten berühmten Familien. Vor allem Künstler und Wissenschaftler waren vertreten, daneben auch Leute vom Theater, aus der Wirtschafts- und Finanzwelt, sogar Politiker. Demokratie hin, Demokratie her, sagten die Psychiater, solche Leute können nicht einfach genauso behandelt werden wie Typen, die in Spielhallen oder öffentlichen Parks herumlungern. Wie sollten die Verhöre durchgeführt werden? Wie weit durften die Fragen gehen? Welche Fragen mußten vermieden werden, und wer sollte das entscheiden? Und überhaupt: Wer sollte eigentlich wann und wo die Verhöre durchführen?

Das ganze Vorhaben, meinten sie, sei undurchführbar.

Es dauerte fast die ganze Woche, bis ein Plan entwickelt werden konnte, der von der Mehrheit als akzeptabel eingestuft wurde. Die Lösung zeichnete sich ab, als man erkannte, daß es unmöglich sein würde, nach einem gemeinsamen *Modus operandi* vorzugehen. Statt dessen würde es sozusagen für jeden Patienten einen eigenen Plan geben müssen.

Dementsprechend erstellte Dr. Cazalis mit seinem Gremium in Zusammenarbeit mit Inspector Queen eine Liste mit Schlüsselfragen, die sorgfältig so formuliert waren, daß man weder ihre Herkunft noch ihre Absicht erkennen konnte. Jeder Arzt, der zur Mitarbeit bereit war, erhielt ein vertrauliches Exemplar dieser Liste. Jeder Arzt sollte die Befragungen in seinen eigenen Praxisräumen selbst durchführen, und zwar bei den Patienten, die er bei Durchsicht seiner Kartei als verdächtig, jedoch aus therapeutischer Sicht zu labil einstufte, als daß er sie anderen überlassen konnte. Er verpflichtete sich, dem Gremium Berichte über diese Sitzungen zu übergeben. Die Patienten, die nach Einschätzung ihrer Ärzte gefahrlos von anderen angehört werden konnten, sollten direkt vom Gremium oder in der Praxis eines der Gremiumsmitglieder befragt werden. Die Polizei sollte mit keinem einzigen Patienten in Berührung kommen, mit Ausnahme der Schlußphase der medizinischen Untersuchungen, und auch nur dann, wenn die Befunde dies zwingend erforderlich machten. Selbst an diesem Punkt sollte bei der

Vorgehensweise besonders auf den Schutz des Patienten geachtet werden, anstatt rücksichtslos nach Fakten zu fahnden. Soweit möglich, sollten sich die Ermittlungen in diesen Fällen eher indirekt als direkt mit dem Verdächtigen beschäftigen.

In den Augen der Polizei war dieser Plan umständlich und lästig, doch wie Dr. Cazalis, der inzwischen abgezehrt wirkte, dem Polizeichef und Inspector Queen erklärt hatte, bestand die Alternative lediglich darin, die ganze Aktion abzublasen. Der Inspector hob nur hilflos die Hände, und sein Vorgesetzter äußerte höflich, er habe auf etwas verlockendere Aussichten gehofft.

Ebenso ging es offenbar auch dem Bürgermeister. Bei einer unglücklichen Zusammenkunft im Rathaus blieb Dr. Cazalis unbeugsam: Er selbst würde der Presse keinerlei weitere Interviews mehr geben, und das gleiche gelte für alle gemeinsam mit ihm an der psychiatrischen Phase der Ermittlungen Beteiligten. »Ich habe den Kollegen mein Wort als Arzt gegeben, Herr Bürgermeister. Sofern der Name eines einzigen Patienten zu den Zeitungen durchsickert, platzt die ganze Aktion und ich bekomme unendlichen Ärger.«

Der Bürgermeister erwiderte darauf mit einem wehleidigen: »Schon gut, Dr. Cazalis. Ich hatte das sicherlich nicht genügend durchdacht. Viel Glück, und Sie bleiben doch bei der Stange, nicht wahr?«

Als der Psychiater jedoch gegangen war, sagte der Bürgermeister zu seiner Privatsekretärin bitter: »Das ist der gleiche verdammte Mist wie bei Ellery Queen. Übrigens, Birdie, was ist eigentlich aus dem Burschen geworden?«

Das war aus dem Burschen geworden: Der Sonderbeauftragte des Bürgermeisters durchstreifte die Straßen von Manhattan. Man hätte Ellery in diesen Tagen gelegentlich sehen können – und diverse Kriminalbeamte sahen ihn tatsächlich – wie er zu merkwürdigen Uhrzeiten auf dem Bürgersteig gegenüber dem Gebäude an der 19. Straße Ost herumlungerte, in dem Archibald Dudley Abernethy zu Tode gekommen war, oder wie er in der Eingangshalle in Abernethys ehemaligem Wohnhaus stand, dessen Wohnung inzwischen von einem guatemaltekischen Sekretär der Vereinten Nationen und seiner Frau bewohnt wurde, oder wie er im Gramercy Park und am Union Square umherwanderte, wie er im italienischen Restaurant in der 44. Straße West, über dem Violette Smith ihr Rendezvous mit dem Tod hatte, schweigend eine Pizza aß, oder wie er an das Treppengeländer im obersten Stock gelehnt dastand und dem Klaviergeklimper hinter einer Wohnungstür lauschte, an der mit Reißnägeln ein großes Schild befestigt war:

Dies ist der Ort, welcher – Oho!!!!!
An alle Spießer, Gastfeuerwehrmänner,
Ohrenspitzer, Perlenfischer und Spanner:
Zutritt verboten!!
Liedermacher bei der Arbeit!!,

wie er unter der Treppe im Flur des Miethauses in Chelsea herumstocherte, genau an der Stelle, wo man die Leiche Rian O'Reillys gefunden hatte; wie er am Ende des U-Bahnsteigs am Sheridan Square auf der Seite der nach Norden abgehenden Züge auf einer Bank saß, neben sich den Schatten Monica McKells; wie er unter flatternder Wäsche einen ganz bestimmten Hinterhof an der 102. Straße Ost durchstreifte, ohne jemals der emanzipierten Cousine der fetten kleinen Simone Phillips ansichtig zu werden; wie er vor der kleinen, geländerlosen Veranda eines Hauses in der 128. Straße West inmitten eines Schwarms schwarzer Kinder stand oder zwischen braun- und gelbhäutigen Menschen die Lenox Avenue bis zum Eingang zum Central Park an der 110. Straße herunterspazierte; wie er auf einer Parkbank unweit des Eingangs oder auf dem nahe gelegenen Felsblock saß, der sich für Beatrice Willikins keineswegs als Fels in der Brandung erwiesen hatte; wie er sich die 84. Straße Ost von der Fifth bis zur Madison Avenue hinunterschleppte, vorbei an dem von Baldachinen überspannten Eingang zum Park-Lester-Haus, die Madison Avenue wieder hinauf und dann zurück, um den ganzen Häuserblock herum; wie er in dem neben dem Park-Lester-Gebäude gelegenen Apartmenthaus mit dem privaten Aufzug zum verlassenen Penthouse hinauffuhr, dessen Bewohner über den Sommer verreist waren, und ungeniert über die Brüstung der Terrasse hinwegstarrte, hinter deren Türen Lenore Richardson krampfhaft *Forever Amber* umklammert hatte, während sie erdrosselt wurde.

Bei solchen Exkursionen redete Ellery praktisch mit niemandem.

Sie fanden tagsüber oder auch nachts statt, als wolle er die Tatorte aus beiden Perspektiven sehen.

Immer wieder kehrte er an die sieben Tatorte zurück. Einmal wurde er von einem ihm unbekannten Kriminalbeamten festgenommen und mußte als verdächtiger Charakter stundenlang im nächst gelegenen Revier hocken, bis Inspector Queen herbeieilte, um ihn zu identifizieren.

Hätte man ihn gefragt, welche Absicht er verfolgte, wäre der Sonderbeauftragte des Bürgermeisters wohl um eine einleuchtende Erklärung verlegen gewesen. Es war schwer in Worte zu fassen. Wie soll man sich das Grauen vergegenwärtigen, ganz zu schweigen davon, es von Anfang bis Ende nachzuempfinden? Es handelte sich um jemanden, dessen Füße über Pflastersteine gehuscht waren und dabei nicht mehr als ein paar Moleküle in Bewegung versetzt hatten. Man mußte seinen verschlungenen Wegen nachspüren und dabei die Nase am Boden halten, vielleicht hatte man ja Glück.

Die ganze Woche über hielt der achte Schwanz der Katze, mittlerweile ein vertrautes Fragezeichen, New York in seinem Bann.

Ellery ging die Park Avenue hinauf. Es war der Samstagabend nach der Ermordung Lenore Richardsons, und er driftete im Vakuum.

Das Nachtleben der Stadt lag bereits hinter ihm. In den 70er Straßen leisteten ihm lediglich gemauerte Steinhaufen Gesellschaft, gelegentlich mit einem goldbetreßten Türsteher davor.

An der 78. Straße hielt Ellery vor dem Haus mit der blauen Markise an, in dem die Cazalis' lebten. In ihrer Erdgeschoßwohnung, zu der auch die direkt von der Straße über einen eigenen Eingang erreichbare Praxis gehörte, war noch Licht, doch waren die Jalousien geschlossen, und Ellery fragte sich, ob Dr. Cazalis und seine Kollegen wohl dahinter bei der Arbeit saßen, den Zaubertrank bereiteten, im brodelnden Kessel rührten und Wahrheit in Dunkel hüllten. Die Katze würden sie in ihren kryptischen Zauberbüchern nie und nimmer finden. Er hatte keine Ahnung, woher er das so genau wußte, aber es war so.

Er ging weiter und bog nach einiger Zeit in die 84. Straße ein.

Ging jedoch am Park-Lester-Gebäude vorbei, ohne den Rhythmus seiner stumpfen Gedanken zu unterbrechen.

An der Ecke 84. Straße und Fifth Avenue hielt Ellery an. Es war noch früh, der Abend war warm, doch die Avenue war vor Nervosität wie ausgestorben. Wo waren all die Spaziergänger, die sonst samstagsabends Arm in Arm hier entlangflanierten? Selbst der Autoverkehr schien weniger dicht zu sein, und die vorbeijaulenden Busse transportierten bemerkenswert wenige Fahrgäste.

Direkt gegenüber, auf der anderen Seite der Fifth Avenue, harrte das Metroplitan Museum of Art, eine sitzende alte Dame mit ausladendem Hinterteil, geduldig in der Dämmerung aus.

Er überquerte die Straße an der Ampel und ging am Museum vorbei die Avenue wieder hinauf. Jenseits der alten Damc lag schwarz und still der Central Park.

Allmählich bleiben sie lieber in den gut beleuchteten Gegenden, dachte er. *Komm, schwarze Nacht, umwölk dich mit dem dicksten Dampf der Hölle*. Hier gab es kein freundliches Dunkel. Hier schon gar nicht. In diesem Teil des Großstadtdschungels hatte die Bestie bereits zweimal zugeschlagen.

Fast hätte er aufgeschrien, als jemand seinen Arm berührte.

»Sergeant!«

»Ich bin Ihnen zwei Häuserblocks weit gefolgt, bis ich Sie wiedererkannt habe«, sagte Sergeant Velie und paßte sich seinem Schritt an.

»Heute abend im Dienst?«

»Nö.«

»Was machen Sie dann hier in der Gegend?«

»Och, … ich lauf' so rum.« Der riesige Mann sagte beiläufig: »Ich bin zur Zeit Strohwitwer.«

»Wieso? Wo ist denn Ihre Familie, Velie?«

»Hab' meine Frau mit den Kleinen für'n Monat zur Schwiegermutter geschickt.«

»Nach Cincinnati? Ist Barbara-Ann …?«

»Nee, Barbsy geht's gut. Und was die Schule angeht«, erklärte Sergeant Velie eifrig, »das kriegt sie jederzeit wieder aufgeholt. Die hat genauso viel Grips wie ihre Mama.«

»Ach so«, sagte Ellery, und sie gingen schweigend weiter.

Nach einer ganzen Weile sagte der Sergeant: »Ich stör' Sie doch hoffentlich nicht bei irgendwas?«

»Nein.«

»Ich meine, ich dachte, Sie könnten ja auf der Pirsch sein.« Der Sergeant lachte.

»Ich gehe nur noch einmal der Route der Katze nach. Zum x-ten Mal. Rückwärts, Sergeant. Von Lenore Richardson zu Beatrice Willikins. Von Nummer 7 zu Nummer 6. Von der 84. Straße Ost nach Harlem. Von der Gesalbten des Herrn zu seinem Opferlamm. Rund eine Meile, und die Katze macht nur einen Satz und ist da. Haben Sie mal Feuer?«

Sie blieben unter einer Straßenlaterne stehen, und der Sergeant riß ein Streichholz an.

»Wo wir gerade über die Route der Katze reden«, sagte er, »Wissen Sie, Maestro, ich hab' viel über den Fall nachgedacht.«

»Danke, Velie.«

Sie überquerten die 96. Straße.

»Ich hab' mir schon lange abgewöhnt«, sagte der Sergeant, »also, ich rede nur von mir, Thomas Velie, verstehen Sie? Also, ich hab' mir abgewöhnt, irgendeinen Sinn in diesem Durcheinander zu suchen. Ich persönlich bin der Meinung, wenn die Katze geschnappt wird, dann nur mit Idiotenglück. Irgendeinem Bullengreenhorn wird irgendwann ein Besoffener auffallen, der so aussieht, als würde er sich das Essen noch mal durch'n Kopf gehen lassen, und dann stellt sich raus, – Bingo! – das ist die Katze, wie sie grade 'ne Schleife um den nächsten Hals bindet. Aber trotzdem«, sagte der Sergeant, »hört man nicht auf, dauernd darüber nachzugrübeln.«

»Nein, da haben Sie recht.«

»Also, wissen Sie, ich hab' ja den Eindruck, natürlich alles inoffiziell, aber ich hab' mir neulich abend mal die Straßenkarte von Manhattan und Umgebung aus dem Erdkundebuch von meiner Kleinen abgepaust und angefangen, die Tatorte der sieben Morde zu suchen. Einfach nur so.« Der Sergeant senkte die Stimme: »Nun, Sir, ich glaube, ich hab' da was entdeckt.«

»Was?« fragte Ellery. Ein Pärchen ging vorbei. Der Mann redete eindringlich auf die Frau ein und deutete auf den Park, aber die Frau schüttelte den Kopf und beschleunigte ihre Schritte.

Der Sergeant blieb abrupt stehen, doch Ellery sagte: »Das ist schon in Ordnung, Velie. Bloß ein Rendezvous, bei dem sich jemand falsche Hoffnungen gemacht hat.«

»Ja, ja«, sagte der Sergeant weise, »die Männer haben immer nur das Eine im Kopf.«

Dennoch blieben sie stehen, bis der Mann und die Frau in den Bus nach Süden geklettert waren.

»Sie sagten, Sie hätten was entdeckt, Velie.«

»Ach ja, Genau. Ich hab' einen dicken Punkt auf die Karte gemalt, überall da, wo ein Mord passiert ist. Der erste, das war Abernethy, an der 19. Straße Ost, den habe ich mit einer 1 markiert. Die zweite Stelle, das war Violette Smith, an der 44. Straße West, am Times Square, die hab' ich mit einer 2 markiert. Und immer so weiter.«

»Sie«, sagte Ellery, »und dieser Zeichner von der *Extra*.«

»Als ich dann alle sieben Punkte gefunden und durchnumeriert hatte, hab' ich sie mit Strichen verbunden, von 1 nach 2, von 2 nach 3 und so weiter. Und soll ich Ihnen was sagen?«

»Na?«

»Da steckt so eine Art Muster drin.«

»Wirklich? Warten Sie mal, Sergeant, der Park ist mir heute abend gar nicht lieb. Wir gehen querbeet.« Sie überquerten die 99. Straße und marschierten durch die dunkle, stille Straße weiter nach Osten. »Ein Muster?«

»Schaun Sie mal.« Sergeant Velie zog ein Bündel Pauspapier aus der Tasche und entfaltete es an der Ecke 99. Straße und Madison Avenue. »Die Bewegung verläuft irgendwie doppelt zirkulär, Maestro. Gerade rauf von 1 nach 2, scharf nach unten, aber weiter westlich von 2 nach 3, dann ein bißchen nach Südwesten nach 4, und dann, was passiert dann? Ein scharfer Knick und ganz rauf nach Nordosten, diesmal eine lange Linie, über die 1 und 2 hinweg. Rauf, runter, schräg und wieder rauf. Und jetzt aufgepaßt! Das Ganze fängt wieder von vorne an. Natürlich nicht mit genau den gleichen Winkeln, aber immerhin auffallend ähnlich, hmmm? Auch hier geht's erst von 5 nach 6 rauf und schräg, dann scharf runter nach 7 ...» Der Sergeant hielt inne. »Ich zeig' Ihnen was. Wenn man davon ausgeht, daß da ein Schema hintersteckt, wenn man die gleiche zirkuläre Bewegung macht wie vorher, wo kommt man dann an?« Der Sergeant deutete auf eine gepunktete Linie. »Man kann ungefähr vorhersagen, wo die Nummer 8 passieren wird! Ich möchte fast wetten, Maestro, daß es das nächste Mal in der Bronx

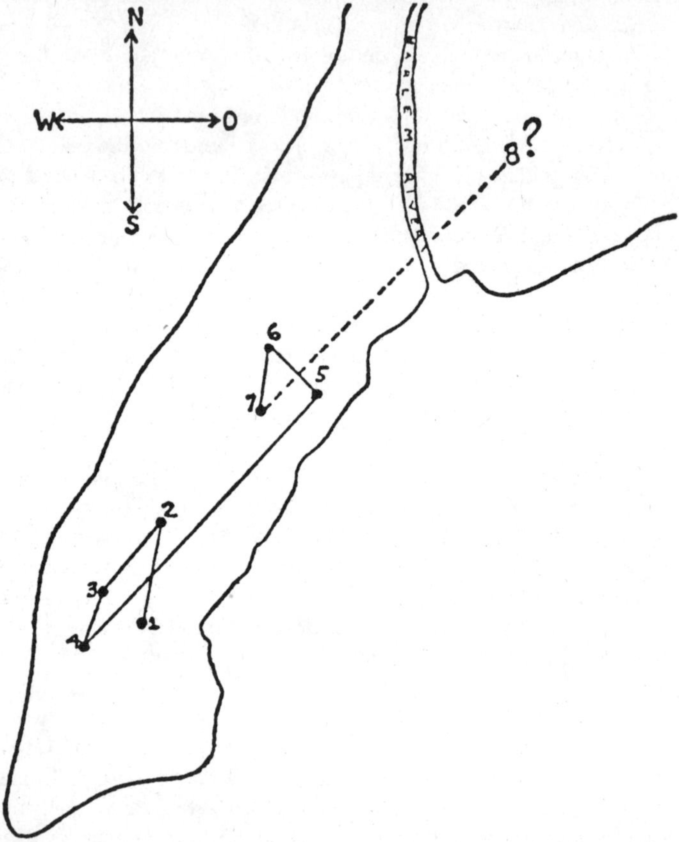

sein wird.« Er faltete den Bogen wieder zusammen und steckte ihn sorgfältig in seine Tasche zurück, dann gingen sie weiter in östlicher Richtung. »Vielleicht da, wo der Grand Concourse anfängt, in der Nähe vom Stadion der Yankees oder so.« Nach ein paar Sekunden fragte der Sergeant: »Was halten Sie davon?«

Ellery blickte mit gerunzelter Stirn auf den Bürgersteig. »Es gibt da ein paar Zeilen aus Carrolls *Jagd nach dem Schnatz*, Sergeant«, sagte er, »die mir gerade durch den Kopf gehen.

Eine riesige Karte, gekauft für die Reise,
Hatt' der Captain immer dabei
Sie zeigte das Meer, und die Crew fand es weise,
Daß nur Meer und sonst nichts auf ihr sei.«

»Kapier ich nicht«, sagte Sergeant Velie und starrte ihn an.

»Ich fürchte, jeder hat so seine Lieblingskarte. Ich beispielsweise hatte bis vor kurzem eine, die ich für sehr plausibel hielt. Es war ein Diagramm, bei dem die Intervalle zwischen den verschiedenen Morden, in Tagen ausgedrückt, ein auf dem Bauch liegendes großes Fragezeichen ergaben. Aber ich habe dabei mal wieder gelernt, bescheiden zu sein. Ich habe die Zeichnung verbrannt, und ich rate Ihnen, mit Ihrem Stadtplan dasselbe zu tun.«

Danach marschierte der Sergeant nur noch neben ihm her, man hörte nicht mehr als ein gelegentliches Murmeln.

»He, schauen Sie mal, wo wir sind!« sagte Ellery.

Der Sergeant, der würdevoll einhergeschritten war, zuckte zusammen, als er das Straßenschild las.

»Sie sehen, Sergeant, auch den Detektiv zieht es an den Ort des Verbrechens zurück. Das muß eine Art horizontaler Erdanziehungskraft sein.«

»Von wegen Erdanziehungskraft! Sie wußten genau, wo Sie hingegangen sind!«

»Unbewußt vielleicht. Sollen wir unser Glück herausfordern?«

»Den letzten beißen die Hunde«, sagte der Sergeant ungerührt, und sie stürzten sich in die geräuschvollen Brecher der 102. Straße.

»Ich frage mich, wie unsere Gastdetektivin wohl vorankommt.«

»He, davon habe ich gehört. Das war verdammt clever von Ihnen!«

»So clever auch wieder nicht. Die kürzeste Zusammenarbeit aller Zeiten. – Moment mal, Velie!«

Ellery blieb stehen und fischte eine Zigarette aus der Tasche. Der Sergeant riß pflichtschuldigst ein Streichholz an und murmelte dabei: »Wo?«

»Im Hauseingang hinter mir. Ich hätte ihn fast übersehen.«

Sergeant Velie blies die Flamme aus und sagte laut: »Das haut hier nicht hin, Mann. Kommen Sie, wir gehen da rüber.« Sie umrundeten eine Gruppe Kinder, die lautstark Himmel und Hölle spielten, und gingen nahe an die Häuserzeile heran. Der große Mann grinste. »Mensch, es ist Piggott.« In der Nähe des Eingangs riß er noch ein Streichholz an, und Ellery beugte sich vor.

»'N Abend allerseits.« sagte der Kriminalbeamte von irgendwoher. »Euch beiden Amateure habe ich aus zwei Blocks Entfernung schon gesehen.«

»Ist das etwa verboten?« fragte Sergeant Velie streng. »Wem bist du heute abend hinterher, Piggo? Ach ja, ich nehm' auch eine.« Er ließ sich von Ellery eine Zigarette geben.

»Achtung, da kommt er.«

Ellery und der Sergeant machten einen Satz in den Hauseingang und stellten sich neben den Mann vom Präsidium. Ein großer Mann war ein Stück die Straße hinauf auf Ihrer Seite aus einer unbeleuchteten Eingangshalle getreten und bahnte sich jetzt seinen Weg durch die Kinderschar.

»Ich kleb schon den ganzen Abend an ihm dran«, sagte der Kriminalbeamte.

»Wer hat die Anweisung gegeben, Piggott?«

»Ihr Vater.«

»Wie lange geht das schon so?«

»Die ganze Woche. Hesse und ich wechseln uns bei ihm ab.«

»Hat der Inspector Ihnen das denn nicht erzählt?« fragte Sergeant Velie.

»Ich habe ihn diese Woche kaum zu Gesicht bekommen.«

»Ist nicht direkt aufregend«, sagte der Kriminalbeamte. »Bloß, damit die Steuerzahler zufrieden sind, sagt der Inspector.«

»Was macht er denn im Moment?«

»Läuft rum und bleibt stehen.«

»Ist er oft hier oben?«

»Bis gestern abend.«

»Und was hat er da in der Eingangshalle zu suchen?«

»Er beobachtet den Eingang von dem Haus gegenüber, da wohnt seine Perle.«

Ellery nickte. Dann fragte er: »Ist sie zu Hause?«

»Wir sind etwa vor 'ner halben Stunde hier eingetrudelt. Sie hat den Abend in der Bibliothek an der 42. Straße verbracht. In dem Saal, wo die Nachschlagewerke stehen. Deshalb waren wir also auch da. Dann ist er ihr hierher gefolgt, und ich hab mich an ihn drangehängt, und nun sind wir eben hier.«

»Ist er nicht reingegangen?«

»Nein, Sir.«

»Und hat sich ihr auch nicht genähert oder sie angesprochen?«

»Herrgott, sie wußte ja gar nicht, daß er ihr gefolgt ist. Das war wie in so'm Humphrey-Bogart-Film, irgendwie. Johnson ist *ihr* gefolgt. Er steht im Hinterhof gegenüber, seit wir hier angekommen sind.«

»Klingt wie Ringelpietz mit Anfassen«, sagte der Sergeant und fügte dann hastig hinzu: »*Verpiß dich, Piggo.*«

Der große Mann kam direkt auf ihren Eingang zu.

»Na schön«, sagte Ellery und trat einen Schritt vor. »Hallo!«

»Ich dachte, ich erspar' euch ein bißchen Mühe.« Jimmy McKell stand angriffslustig vor ihnen und schaute von Ellery zu Sergeant Velie und zurück. Der Eingang hinter ihnen war leer. »Was für unlautere Absichten verfolgt ihr hier eigentlich?«

»Absichten?« fragte Ellery nachdenklich.

»Ich hab' euch beiden Schnüffler klammheimlich hier im Hauseingang verschwinden sehen. Was macht ihr da, doch wohl nicht Celeste beobachten?«

»Ich nicht«, sagte Ellery. »Sie etwa, Sergeant?«

»Ich würde nicht im Traum daran denken!« sagte der Sergeant.

»Sehr witzig.« Jimmy McKell ließ keinen Blick von ihnen. »Warum fragt ihr mich nicht, was ich hier zu suchen habe?«

»Meinetwegen, Jimmy: Was haben Sie hier zu suchen?«

»Das gleiche wie ihr.« Jimmy förderte eine Zigarette aus der Tasche zutage, streifte die daran haftenden Fusseln ab und steckte sie in den Mund wie eine Flagge. Dennoch blieb sein Tonfall liebenswürdig. »Lediglich meine Perspektive dürfte etwas von eurer abweichen. Ich hab' gehört, hier in der Stadt rennt einer rum und dreht Leuten den Hals um. Nun hat diese junge Dame zufällig eine der niedlichsten Kopfunterkonstruktionen der Christenheit.« Er zündete sich die Zigarette an.

»Sie wollen den Beschützer machen, hä?« sagte der Sergeant. »Ziemlich geringe Chance, Herr Reporter.«

»Man nennt mich McKell, den Zwei-Millionen-zu-eins-Mann.« Jimmy warf das Streichholz weg, knapp an Velies Ohr vorbei.

»Tja, man sieht sich. Sollte mein böses Schicksal es wollen.« Er wollte weggehen.

»Warten Sie mal, Jimmy.«

»Worauf?«

»Was halten Sie davon, wenn wir mal bei ihr reinschneien?«

Jimmy schlenderte zurück. »Wozu?«

»Ich bin Ihnen beiden eine Erklärung schuldig, Jimmy.«

»Mir brauchen Sie nichts zu erklären. Meine Nase sagt mir alles.«

»Nein, im Ernst.«

»Ich meinte das auch nicht im Spaß. Es ist so.«

»Ich verstehe ja, daß Sie eingeschnappt sind …«

»Herrgott noch mal, wer ist hier eingeschnappt? Was ist das schon, wenn man verdächtigt wird, sieben Leute ermordet zu haben? Ich meine, unter guten Freunden?« Er trat unvermittelt nah an Ellery heran, und Sergeant Velie machte eine Bewegung. Jimmy hatte die Lippen vorgestreckt. »Queen, das war der hinterhältigste, widerlichste Auftrag seit den Tagen der Medici. Mich Celeste auf den Hals zu hetzen und umgekehrt! Dafür müßte ich Ihnen eigentlich eine semmeln.«

Der Sergeant sagte: »Na, na!«

»Nimm deine Wurstfinger weg!«

»Ist schon gut, Sergeant.« Ellery war gedankenverloren und mürrisch. »Meine Güte, Jimmy, ich mußte euch doch testen.«

»So kann man's natürlich auch nennen.«

»Okay, es war eine dämliche Idee. Aber ihr seid beide in einem so günstigen Moment zu mir gekommen, da konnte ich nicht die Augen vor der Möglichkeit verschließen, daß einer von euch …«

»Die Katze ist.« Jimmy lachte.

»Wir haben es hier nicht mit einem normalen Menschen zu tun.«

»Sehe ich abnorm aus? Oder Celeste etwa?«

»In meinen Augen nicht. Aber ich habe auch keinen Blick dafür wie ein Psychiater.« Ellery lächelte boshaft. »Und Demenz trifft beispielsweise durchaus junge Leute.«

»Praecox McKell. Tja, im letzten großen Kriege pflegte man mir noch ganz andere Namen anzuhängen.«

»Jimmy, ich habe nie wirklich daran geglaubt. Ich glaube auch jetzt nicht daran.«

»Aber eine mathematische Wahrscheinlichkeit besteht durchaus.«

»Kommen Sie, wir besuchen Celeste.«

»Ich vermute, wenn ich nein sage«, sagte Jimmy, ohne sich von der Stelle zu rühren, »wird sich dieser Gorilla an unserer Seite meiner annehmen?«

»Das werde ich«, sagte Sergeant Velie, »und das könnte Ihnen leid tun.«

»Genau das meine ich ja«, sagte Jimmy bitter. »Wir passen einfach nicht zusammen.« Damit schlenderte er fort, mitten durch die Kindergruppe, die seinetwegen ihr Hüpfspiel unterbrechen mußte und laut hinter ihm herschimpfte.

»Lassen Sie ihn gehen, Velie.«

Nach wenigen Augenblicken sagte Detective Piggotts Stimme: »Da geht es hin, mein täglich Brot. Ich muß hinterher. Gute Nacht, Brüder im Geiste.« Als sie sich umsahen, war Piggott verschwunden.

»Er hat also Celeste beobachtet, um sie vor der Katze zu schützen«, sagte Ellery, als sie die Straße überquerten.

»Wer's glaubt, wird selig.«

»Oh nein, Jimmy meint es ernst, Sergeant. Zumindest meint er das.«

»Ist er unterbelichtet oder was?«

»Wohl kaum!« Ellery lachte. »Aber er leidet an einem schweren Fall von dem, was unser Freund Cazalis möglicherweise, oder doch wohl eher nicht, als wirrköpfige Albernheit bezeichnen würde, auch bekannt als *Psychosis amorosa*.«

Der Sergeant grunzte. Sie hielten vor dem Miethaus an, und er sah sich unauffällig um. »Wollen Sie wissen, was ich davon halte, Maestro?«

»Nach der Geschichte mit Ihrem sensationellen Faltplan von Manhattan ist das nicht schwer zu erraten.«

»Machen Sie sich ruhig lustig«, sagte der Sergeant, »aber ich glaube, dem haben Sie einen Floh ins Ohr gesetzt.«

»Inwiefern?«

»Ich glaube, McKell glaubt, Celeste könnte tatsächlich die Katze sein.«

Ellery starrte den riesigen Kerl an, als hätte er ihn noch nie zuvor gesehen.

»Wissen Sie, was *ich* denke, Velie?«

»Was denn?«

»Ich denke, Sie haben recht.« Und mit einem Gesicht, als sei ihm leicht übel, fügte er hinzu: »Los, wir gehen rauf.«

Der Eingangsflur war schlecht beleuchtet und stank. Ein junges Pärchen trennte sich hastig, als Ellery und Velie den Flur betraten. Sie hatten im Dunkel neben der Treppe miteinander geknutscht. »Äh, *vielen Dank*, es war ein wunderschöner Abend«, sagte das Mädchen und rannte die Treppen hinauf. Der Junge grinste affektiert. »Ich kann mich auch nicht beklagen, Carole.« Er zwinkerte den beiden Männern zu und zockelte hinaus.

Die Tür an der Rückseite des Hauses stand offen, vor dem dunklen Himmel erkannte man das Ende einer Wäscheleine.

»Nach dem, was Piggott gesagt hat, muß Johnson da draußen sein, Maestro.«

»Das war einmal und ist nicht mehr«, erwiderte eine Stimme unter der Treppe. »Ich hab' mir einen alten Klappstuhl organisiert, Sergeant.«

»'N Abend, Johnson«, sagte der Sergeant, ohne sich umzuwenden. »Wie sieht's denn aus?«

»Kolossal, vor allem mit den beiden jugendlichen Schwerverbrechern, die ihr gerade noch gesehen habt. Wollt Ihr zu C. P.?«

»Ist sie noch auf?« fragte Ellery ins Dunkel hinein.

»Unter ihrer Tür sieht man noch Licht, Mr. Queen.«

»Die Tür da«, sagte der Sergeant.

»Ist sie allein, Johnson?«

»Hm.« Man hörte ein Gähnen.

Ellery ging zur Tür und klopfte. Sergeant Velie trat einen Schritt zur Seite, so daß er nicht gesehen werden konnte.

Nach ein paar Sekunden klopfte Ellery nochmals.

»Wer ist da?« Ihre Stimme klang ängstlich.

»Ellery Queen. Bitte machen Sie auf, Celeste.«

Er hörte, wie sie ganz langsam die Türkette löste.

»Was wollen Sie?«

Sie stand drohend im Gegenlicht der offenen Tür. Mit einer Hand drückte sie ein dickes Buch an ihre Brust. Es wirkte wie ein altes Buch, eines, mit dem man respektvoll umgeht.

Geschichte der englischen Literatur. Grundkurs, erster Band. Samstagabend in der 102. Straße Ost. Jive mit Cynewulf, Cha-cha-cha mit Chaucer, und Bebop mit Beowulf und Grendel. Zweispaltig eng bedruckt, knietief voll Fußnoten.

Sie versperrte ihm den Blick in den Raum. Er hatte ihn noch nie gesehen und kannte ihn lediglich von Fotos.

Sie trug einen weiten schwarzen Faltenrock und eine gutsitzende weiße Bluse. Ihr Haar war unordentlich, als hätte sie beim Lesen den Kopf auf die Hände gestützt. An einem Finger war blaue Tinte zu sehen. Was er von ihrem Gesicht erkennen konnte, erschreckte ihn etwas. Die violetten Schatten waren größer geworden, ihre Haut wirkte fleckig und schmerzhaft geschwollen.

»Darf ich reinkommen?« fragte Ellery lächelnd.

»Nein. Was wollen Sie?«

»In dieser Gegend, Maestro«, sagte Sergeant Velie, »könnten Sie nicht um Ihr Leben rennen.«

Celeste schaute kurz um die Ecke, zog den Kopf aber sofort wieder zurück. »Den da habe ich schon mal gesehen.«

Sergeant Velie erstarrte.

»Haben Sie nicht schon genug Schaden angerichtet?«

»Celeste …«

»Oder sind Sie hier, um mich zu verhaften? Das würde ich Ihnen durchaus zutrauen. Ich vermute, Jimmy McKell und ich waren Komplizen. Wir haben die ganzen Leute gemeinsam erdrosselt. Jeder von uns hat an einem Ende der Schnur gezogen.«

»Celeste, bitte lassen Sie mich doch …«

»Sie haben alles verdorben, *alles*!«

Sie schlug ihm die Tür vor der Nase zu. Sie hörten, wie sie wütend abschloß und die Kette wieder vorlegte.

»Jeder an einem Ende«, überlegte Sergeant Velie. »Ist doch gar nicht so abwegig. Hat das schon mal jemand in Betracht gezogen? Daß es zwei waren?«

Ellery murmelte: »Die haben Krach gehabt.«

»Ja klar, letzte Nacht. Das war fürchterlich«, sagte Johnsons Stimme fröhlich. »Er sagt, sie verdächtige ihn, die Katze zu sein, und sie sagt Neineinein, im Gegenteil, er verdächtige *sie*, die Katze zu sein. Beide wiesen es meilenweit von sich. Die haben sich richtig übel angeschrien. Ich war draußen im Hof und hatte Angst, es könnten Leute angerannt kommen und ich müßte mich in Luft auflösen. Na und dann, Sir, fing sie an zu flennen, als meinte sie es ernst, und was tut er, schmeißt ihr ein liebes Wort an den Kopf und hätte beinahe noch die Tür aus den Angeln gehauen, als er sie beim Weggehen zugeknallt hat.«

»Ja, die Jugend ist die hohe Zeit der Liebe«, sagte der Sergeant. »Glaubt ihr, die haben das vielleicht nur gespielt? Vielleicht wissen die ja über dich Bescheid, Johnson. He, Maestro, wo gehen Sie hin?«

Ellery klang kläglich: »Nach Hause.«

Während der ganzen folgenden Woche hatte Ellery das Gefühl, auf der Stelle zu treten. Es tat sich nicht das allergeringste von Belang. Er las weiter die Berichte über Jimmy McKell und Celeste Phillips. Sie hatten sich versöhnt, sich verkracht, sich wieder versöhnt. Andere Berichte kamen so gut wie gar nicht mehr herein. Eines Tages sah sich Ellery die morgendliche Schleppnetz-Ausbeute an, was deprimierend war und überhaupt nichts einbrachte, ihm jedoch das Gefühl vermittelte, seine Pflicht zu erfüllen. Er tat es nur dieses eine Mal. Er war clever genug, sich im Präsidium in der Centre Street nicht blicken zu lassen, und die ehrwürdigen Herren im Rathaus schienen ihn komplett vergessen zu haben, wofür Ellery unendlich dankbar war. Seinen Vater sah er nur selten, und Fragen über Dr. Cazalis' Ermittlungen vermied er absichtlich ... Der achte Schwanz der Katze blieb währenddessen weiterhin ein Fragezeichen auf der Titelseite der *Extra*.

Selbst die Zeitungen traten auf der Stelle.

Es war eigenartig. Im amerikanischen Journalismus ist der *Status quo ante* kein Stillstand, sondern ein Rückwärtsgehen. Eine Titelstory bleibt nur so lange auf Seite eins, wie sie wächst. Sobald sie nicht mehr weitergeht, rutscht sie auf Seite sechs und dann immer weiter nach hinten, bis sie schließlich von der letzten Seite ins Nichts fällt. Doch die Story über die Katze widersetzte sich ungerührt dieser Regel. Sie kam zwar nicht voran, verlor aber auch nicht ihren Stammplatz auf Seite eins. Selbst wenn es nichts zu berichten gab, wirkte auch das noch wie eine Neuigkeit.

In gewissem Sinne war es sogar noch viel aufregender, wenn es nichts zu berichten gab, denn wenn die Katze, anstatt auf die Jagd nach einem neuen Hals zu gehen, schlafend in ihrer Höhle lag, dann war ihre Untätigkeit eine besondere Attraktion, die Angst und Schrecken auslöste und eine Art hypnotische Spannung schuf. Es war wie ein Glimmen des Feuers, bevor die Flammen erneut hochschlagen. Wenn Zeitungen, wie Jefferson sagte, dazu dienen, »schädlichen Dunst und Rauch fortzutragen«, dann blieb der New Yorker Presse nichts übrig, als sich der modernen Physik zu unterwerfen.

Während eines solchen Intervalls trat die Nervosität der Öffentlichkeit besonders auffällig zutage. Das Warten war schlimmer als die Geschehnisse zuvor. Wenn die Katze tötete, fühlten sich die Menschen sogar einige Tage lang auf eine ansatzweise hysterische Weise erleichtert; sie und die ihren waren wieder einmal davongekommen und vorübergehend in Sicherheit. Ihre Furcht war damit jedoch nicht beseitigt, sondern lediglich beschwichtigt. Die Erleichterung machte schon bald wieder Platz für die Spannung, die Alpträume, das Zählen der Tage, die aufgeregten Diskussionen darüber, wen es als nächsten treffen würde.

Es hatte keinen Sinn, die mathematische Unwahrscheinlichkeit an den Ängsten der einzelnen messen zu wollen. Es herrschten die psychologischen Gesetze des Glücksspiels, lediglich mit dem Unterschied, daß das Große Los in dieser Lotterie keinen Jackpot, sondern den Tod bedeutete. Die Lose waren für alle New Yorker kostenlos, und jeder, der eines in Händen hielt, wußte tief in seinem Herzen, daß es ihn bei der nächsten Ziehung durchaus treffen konnte.

So schleppten sich die Tage dahin.

Ellery war dankbar, als die Woche zu Ende ging, denn bis zum Samstag war ihm alles unerträglich geworden. Sein absurdes Intervalldiagramm verfolgte ihn noch immer. Zwischen den Opfern 1 und 2 lagen neunzehn Tage, zwischen 2 und 3 sechsundzwanzig Tage, zwischen 3 und 4 zweiundzwanzig Tage, zwischen 4 und 5 – Monica McKell und Simone Phillips – die nervenaufreibende, unerklärliche Reduktion auf zehn Tage, zwischen den Opfern 5 und 6 dann noch weniger, nämlich sechs Tage, und schließlich steigerte sich der Abstand wieder auf elf Tage zwischen den Opfern 6 und 7. Begann damit erneut ein Aufwärtstrend? Pendelten sich die Intervalle allmählich ein? Inzwischen waren seit der Erdrosselung von Mrs. Cazalis' Nichte zwölf Tage vergangen.

Angesichts der Unsicherheit war jeder Augenblick angsterfüllt.

Ellery verbrachte den Samstag mit Polizeieinsätzen. Zum ersten Mal machte er Gebrauch von den vagen Befugnissen, mit denen ihn der Bürgermeister bei seiner Ernennung ausgestattet hatte. Er war sich nicht einmal sicher, ob es funktionieren würde, aber als er einen Wagen mit Polizeifunk bestellte, erschien pünktlich eine neutrale schwarze Pullman-Limousine mit einem Chauffeur und einem Beamten in Zivil, der ihn begleiten sollte. Den größten Teil der Zeit verbrachte Ellery tief in die weichen Sitze im Fond versunken und hörte den nicht enden wollenden Berichten über »echt umwerfende Fälle« zu. Jeder Kriminalbeamte war mindestens so riesig wie Velie und jeder besaß Lungen wie ein Marathonläufer.

Ellery fragte sich während dieses langen, ermüdenden Tages zwischendurch immer wieder, was sein Vater eigentlich machte. Niemand schien zu wissen, wo Inspector Queen sich aufhielt. Er hatte die Wohnung verlassen, bevor Ellery aufgestanden war; er war nicht im Präsidium, hatte sich aber auch nicht gemeldet.

Sie brausten mit jaulender Sirene von der Battery zum Harlem River, vom Riverside Drive zur First Avenue. Sie waren dabei, als eine Straßenschlacht zwischen Jugendlichen in San Juan Hill zerschlagen wurde; ein Kokainsüchtiger wurde erwischt, als er versuchte, einem gewieften Apotheker in Yorkville ein gefälschtes Rezept unterzuschieben; sie besuchten die Schauplätze von Raubüberfällen, Verkehrsunfällen, tätlichen Übergriffen, es gab eine Schlägerei in der Nähe des Chatham Square, der viele Schaulustige anzog, eine versuchte Vergewaltigung in einem Flur in Hell's Kitchen, einen Überfall auf ein Pfandleihhaus in der Third Avenue, bei dem die Täter in einem gestohlenen Auto entkamen. Sie waren dabei, als ein mieser kleiner Gangster in Little Italy ohne Blutvergießen einkassiert wurde, um bezüglich eines alten Mordes verhört zu werden, und als ein litauischer Koch aus einem Restaurant in Little Hungary floh, in dem er zuvor Amok gelaufen war. Es gab vier Selbstmorde, was für diese kurze Zeit etwas reichlich war, wie ihm die Beamten erklärten, doch der Sommer war ohnehin schlimmer als sonst. Ein Fall hatte sich in der U-Bahnstation Bowling Green ereignet: Ein ältlicher Mann aus Brooklyn hatte sich vor einen einfahrenden IRT-Express geworfen; am Herald Square sprang ein junges Mädchen aus dem Fenster; aus dem Register eines Hotels ergab sich, daß es aus Chicopee Falls in Massachusetts stammte und von zu Hause ausgerissen war; der dritte Fall war eine Frau in einem Miethaus in der Rivington Street, die sich und ihr Baby mit Gas umbrachte. Der vierte Fall war ein Alkoholiker in einer der 130er Straßen West, der sich die Pulsadern aufgeschnitten hatte. Zwei Morde wurden gemeldet: Am späten Vormittag wurde jemand bei einer Messerstecherei in einem Billiardlokal in Harlem getötet, und um halb sieben wurde eine Frau in einer der 50er Straßen Ost von ihrem Ehemann, dem Leiter einer Werbeagentur, mit einem Schraubenschlüssel erschlagen. Der letzte Fall weckte das Interesse der beiden Beamten, als sich herausstellte, daß ein bekannter Broadway-Schauspieler darin verwickelt war, und sie wären gern noch geblieben, doch Ellery ließ sie weiterfahren.

Erdrosselt wurde niemand, weder mit noch ohne Schnur.

»Ein ganz normaler Tag«, sagte der Kriminalbeamte am Steuer, als er mit dem Dienstwagen in die 87. Straße einbog. Es klang entschuldigend.

»Fahren Sie doch heute abend noch einmal mit«, schlug der andere Beamte vor, während Ellery ausstieg. »Samstagabends ist immer was los, Mr. Queen, wer weiß, vielleicht ist die Katze ja heute nacht auch unterwegs!«

»Mein kleiner Mann im Ohr«, sagte Ellery, »sagt, daß sie es nicht ist. Das wäre aber auch egal, ich lese es ja hinterher in der Zeitung. Darf ich Sie beide zu einem Gläschen in Ehren einladen?

»Warum nicht«, sagte der Fahrer.

Doch der andere Beamte sagte: »Deine Alte wäre davon aber nicht sehr erbaut, Frank. Und ich habe noch einen langen Weg, Mr. Queen, ich muß noch bis Rockville Center. Trotzdem vielen Dank.«

Als Ellery die Treppe hinaufgestiegen war, fand er eine Nachricht von seinem Vater vor.

Es war eine um 19 Uhr hastig hingekritzelte Notiz.

Ellery – Versuche seit 17 Uhr, Dich zu erreichen. Muß gleich wieder weg. Komm sofort zu den Cazalis', wir treffen uns da. Große Gipfelkonferenz um 19.30.

Es war 19.35 Uhr.
Ellery rannte los.

Als das Hausmädchen mit Schürze und Häubchen öffnete und ihn ins Wohnzimmer der Cazalis' führte, sah er als erste Person den Bürgermeister von New York City. Dieser streßgeplagte Diener des Volkes lag zurückgelehnt in einem Sessel, die Hände um ein Long-Drink-Glas verschränkt, und starrte eine Sigmund-Freud-Büste direkt über Ellerys Kopf an.

Der neben dem Bürgermeister sitzende Polizeipräsident beobachtete eingehend den Rauch seiner Zigarre.

Dr. Cazalis saß auf einem türkischen Diwan inmitten von aufgetürmten Seidenkissen. Seine Frau hielt seine Hand.

Am Fenster stand, in Schweigen gehüllt, Inspector Queen.

Die Stimmung war mehr als kühl.

»Lassen Sie mich raten«, sagte Ellery. »Es war ein Reinfall.«

Niemand antwortete. Mrs. Cazalis stand auf und mixte ihm einen Scotch mit Soda, den Ellery mit aufrichtiger Dankbarkeit entgegennahm.

»Ellery, wo warst du heute den ganzen Tag?« Es klang trotzdem nicht so, als sei der Inspector wirklich daran interessiert.

»Ich war unterwegs und habe Polizeieinsätze beobachtet. Keine Angst, Herr Bürgermeister, das war das erste Mal, seit ich die Aufgabe übernommen habe. Von nun an werde ich meine Tätigkeit als Sonderbeauftragter vom Lehnstuhl aus erledigen, das heißt, falls es überhaupt noch erwünscht ist.«

Der Blick des Bürgermeisters glitt fast mit Abscheu über ihn hinweg.

»So setzen Sie sich doch, Queen.«

»Niemand hat meine Frage beantwortet.«

»Es war keine Frage, sondern eine Feststellung«, sagte Dr. Cazalis von seinem Kissenberg her. »Und als solche gibt sie exakt den Stand der Dinge wieder.«

»Setzen Sie sich hin, Queen«, wiederholte der Bürgermeister scharf.

»Vielen Dank, Herr Bürgermeister, aber ich möchte gern meinem Vater Gesellschaft leisten.« Ellery war verwundert über Dr. Cazalis' Aussehen. Seine hellen Augen waren entzündet und seine

Haut so tief zerfurcht, daß sie Ellery an ein Gelände erinnerte, von dem gerade erst das Hochwasser abgeflossen ist. Der Eisberg war geschmolzen. Und er erinnerte sich auch an Cazalis' Bemerkung über seine Schlafstörungen. »Doctor, Sie sehen mitgenommen aus.«

»Es war alles etwas viel.«

»Er ist erschöpft«, sagte Mrs. Cazalis mit schriller Stimme. »Er setzt sich selbst unter Druck. Geradezu kindisch! So geht das jetzt Tag und Nacht seit …«

Ihr Mann drückte ihre Hand. »Der ganze psychiatrische Ansatz, Mr. Queen, ist ein Schlag ins Wasser. Er hat uns buchstäblich keinen Schritt vorangebracht.«

Inspector Queen sagte barsch: »Ich habe die ganze Woche über eng mit Dr. Cazalis zusammengearbeitet, Ellery. Wir haben heute die Aktion abgeblasen. Es gab verschiedene Möglichkeiten. Wir haben jede einzelne davon umfassend geprüft.«

»In aller Stille, wenn Sie verstehen«, sagte der Bürgermeister bitter. »Um niemandem auf die Zehen zu treten. Kein Wort zu den Zeitungen.«

»Tja«, sagte Dr. Cazalis, »es war allenfalls eine minimale Chance. Absolut mein Fehler. Damals erschien der Ansatz sinnvoll.«

»Damals, Edward? Ist er das nicht immer noch?« Mrs. Cazalis sah ihren Ehemann verblüfft an.

»Mumpitz, meine Liebe.«

»Das verstehe ich nicht.«

»Ich gehe davon aus, Queen«, sagte der Bürgermeister, »daß Sie noch keinen Meter weit gekommen sind?«

»Ich habe die Startlöcher noch nicht verlassen, Herr Bürgermeister.«

»So, so.« Es war einmal ein Sonderbeauftragter, dachte Ellery. »Inspector Queen, was meinen Sie?«

»Wir haben es mit einem äußerst schwierigen Fall zu tun, Herr Bürgermeister. Bei den üblichen Ermittlungen in einer Mordsache ist die Zahl der Verdächtigen begrenzt. Der Gatte, der angebliche Freund, der Dienstbote, ein Rivale, ein Feind und so weiter. Motive zeichnen sich ab, das Blickfeld verengt sich, und zwar um so mehr, wenn sich günstige Gelegenheiten ergeben. Unser Material sind Menschen. Früher oder später finden wir auch in den kompliziertesten Fällen etwas, um den Täter dingfest zu machen. Aber in diesem Fall … Wie soll man hier die Auswahl eingrenzen? Wo soll man ansetzen? Zwischen den Opfern gibt es nicht die geringste Verbindung. Keine Verdächtigen. Keine Spuren. Keine Anhaltspunkte. Jeder Mord eine Sackgasse. Jedermann in New York kann die Katze sein.«

»Das sagen Sie jetzt noch immer, Inspector?« schrie der Bürgermeister. »Nach all den Wochen?«

Die Lippen des Inspectors wurden schmal. »Ich bin bereit, Ihnen jetzt und hier meine Blechmarke zurückzugeben.«

»Aber nein, Inspector, ich habe doch nur laut gedacht.« Der Bürgermeister sah seinen Polizeichef an. »Was nun, Barney, was sollen wir jetzt machen?«

Der Polizeipräsident streifte die lange Aschenspitze seiner Zigarre umständlich im Aschenbecher ab. »Wenn Sie es genau nehmen, können wir gar nichts machen. Wir haben alles Menschenmögliche getan, und wir tun es noch. Ich würde ja vorschlagen, Sie suchen sich einen neuen Polizeichef, Jack, aber ich bezweifle, daß das irgend jemanden zufriedenstellen würde, mit Ausnahme der *Extra* und der übrigen Pressefritzen. Außerdem bin ich nüchtern genug, um zu wissen, daß es wenig dazu beitragen würde, die Katze zu schnappen.«

Der Bürgermeister wedelte ungeduldig mit der Hand. »Die Frage ist doch, tun wir *wirklich* alles Menschenmögliche? Mir scheint, es war vielleicht nicht richtig, daß wir bisher immer davon ausgegangen sind, daß die Katze aus New York stammen muß. Was ist, wenn sie aus Bayonne herüberkommt? Aus Stamford? Yonkers? Vielleicht ist es ein Pendler …«

»Oder ein Kalifornier«, sagte Ellery.

»Wie? Was war das?« rief der Bürgermeister.

»Jemand aus Kalifornien, Illinois, oder Hawaii.«

Der Bürgermeister erwiderte gereizt: »Queen, ich finde, solcher Unfug bringt uns absolut nicht weiter. Die Frage ist doch, Barney, haben wir außerhalb der City überhaupt irgend etwas unternommen?«

»Alles, was in unserer Macht steht.«

»In den vergangenen sechs Wochen haben wir jede Gemeinde im Umkreis von fünfzig Meilen alarmiert«, sagte der Inspector.

»Von Anfang an haben wir die Parole ausgegeben, daß sie die Augen nach Psychopathen offenhalten sollen. Aber bisher ...«

»Jack, bevor wir keine konkreten Anhaltspunkte haben, kann uns niemand dafür steinigen, daß wir uns auf Manhattan konzentrieren.«

»Meine persönliche Meinung«, sagte der Inspector, »ist die ganze Zeit schon, daß er aus Manhattan stammt. Für meine Nase hat die Katze den typischen Stallgeruch.«

»Außerdem, Jack«, fügte der Polizeipräsident trocken hinzu, »endet unsere Polizeibefugnis an den Stadtgrenzen. Dahinter können wir lediglich mit der Blechbüchse klappern und auf Almosen hoffen.«

Der Bürgermeister setzte sein Glas hart auf den Tisch und ging zum Kamin hinüber. Ellery schnupperte mit entrücktem Blick an seinem Scotch, der Polizeipräsident widmete sich wieder seiner Zigarre, Dr. Cazalis und Inspector Queen blinzelten sich quer durch den ganzen Raum zu, um wach zu bleiben. Mrs. Cazalis saß kerzengerade da.

Unvermittelt wandte sich der Bürgermeister um. »Dr. Cazalis, wäre es möglich, die psychiatrischen Ermittlungen auf das gesamte Stadtgebiet auszuweiten?«

»Es konzentriert sich eindeutig alles auf Manhattan.«

»Aber es gibt außerhalb doch auch Psychiater?«

»Ja, sicher.«

»Wie steht es mit denen?«

»Nun ja ... es würde Monate dauern, und selbst dann würden wir keine annähernd befriedigende Beteiligung erzielen. Selbst hier, im Zentrum des Geschehens, in dem ich einen ziemlich direkten Einfluß in meiner Fachrichtung ausübe, war es mir nicht möglich, mehr als 65 bis 70 Prozent meiner Kollegen zur Mitarbeit zu bewegen. Wenn die Ermittlungen auf Westchester, Long Island, Connecticut oder New Jersey ausgedehnt würden ...« Dr. Cazalis schüttelte den Kopf. »Soweit es um mich persönlich geht, Herr Bürgermeister, halte ich das für so gut wie ausgeschlossen. Ich verfüge weder über die Kraft noch über die Zeit, um ein solches Projekt in Angriff zu nehmen.«

Mrs. Cazalis öffnete den Mund.

»Wollen Sie dann nicht wenigstens in Manhattan weitermachen,

Dr. Cazalis? Die Antwort liegt vielleicht doch noch in den Akten der 30 oder 35 Prozent Kollegen, die, wie Sie sagen, die Mitarbeit verweigert haben. Könnten Sie bei diesen Leuten nicht noch einmal nachhaken?«

Dr. Cazalis' Hände öffneten und schlossen sich in rascher Folge. »Nun, ich hatte gehofft ...«

»Edward, du wirst doch jetzt nicht aufgeben. Das darfst du nicht!«

»*Et tu,* mein Schatz? Ich dachte, du hältst mich für kindisch!«

»Ich meine doch nur, nach allem, was du dafür bereits getan hast, Ed, wie kannst du das alles jetzt hinwerfen? Jetzt?«

»Aber woher denn, Liebling, natürlich geht das. Es war paranoid, es überhaupt zu versuchen.«

Sie sagte etwas, aber so leise, daß Dr. Cazalis rückfragte: »Wie bitte, Liebling?«

»Ich sagte: Lenore zuliebe!«

Sie sprang auf.

»Darling.« Dr. Cazalis rappelte sich vom Diwan auf. »Das alles heute abend hat dich sehr aufgeregt ...«

»Heute abend? Dachtest du, gestern war ich nicht aufgeregt, und vorgestern?« Sie schlug die Hände vors Gesicht und schluchzte. »Wenn Lenore die Tochter deiner Schwester gewesen wäre ... dann hätte sie dir genauso viel bedeutet wie mir ...«

»Ich glaube, Gentlemen«, sagte der Bürgermeister hastig, »wir haben Mrs. Cazalis' Gastfreundschaft lange genug in Anspruch genommen.«

»Es tut mir leid.« Sie versuchte mit Macht, das Schluchzen zu unterdrücken. »Es tut mir so leid. Edward, laß mich bitte los. Ich möchte ... etwas holen.«

»Ich sag' dir was, Liebling. Laß mich vierundzwanzig Stunden schlafen und brat mir dann ein faustdickes T-Bone-Steak, dann mache ich da weiter, wo ich aufgehört habe. Ist das was?«

Sie küßte ihn plötzlich. Dann murmelte sie etwas und eilte hinaus.

»Ich nehme an, Gentlemen«, sagte der Bürgermeister, »wir schulden Mrs. Cazalis ein paar Dutzend Rosen.«

»Meine einzige Schwäche«, lachte der Psychiater. »Den Sekretionen weiblicher Tränendrüsen konnte ich noch nie widerstehen.«

»Dann, Doktor«, sagte Ellery, »dürften schwere Zeiten vor Ihnen liegen.«

»Warum das, Mr. Queen?«

»Wenn Sie sich das Alter der sieben Opfer ansehen, werden Sie feststellen, daß das Opfer jeweils jünger ist als das davor.«

Dem Polizeipräsidenten wäre um ein Haar die Zigarre aus dem Mund gefallen.

Der Bürgermeister wurde puterrot.

»Das siebte Opfer, Doktor – die Nichte Ihrer Frau – war 25 Jahre alt. Soweit in diesem Fall überhaupt eine Vorhersage möglich ist, dann die, daß Opfer Nummer 8 unter 25 sein wird. Wenn Sie oder wir nichts erreichen, dann werden wir möglicherweise bald die Erdrosselung von Kindern zu untersuchen haben.« Ellery stellte sein Glas auf den Tisch. »Würden Sie bitte Mrs. Cazalis meine besten Empfehlungen ausrichten?«

Kapitel 7

Das besondere an den sogenannten »Cat Riots«, die New York am 22. und 23. September erschütterten, war, daß erstmals seit den Unruhen in Harlem fast fünfzehn Jahre zuvor wieder die Massen aufbegehrten, nur daß diesmal der Mob überwiegend weiß war. Wie zur plumpen Bestätigung dessen, was der Bürgermeister bei seiner frühmorgendlichen Pressekonferenz im Vormonat behauptet hatte, gab es nun allerdings wirklich keinen »rassistischen Hintergrund«, es sei denn, man meinte die Urängste der menschlichen Rasse insgesamt.

Für Leute, die sich mit der Psychologie von Volksmassen auseinandersetzten, waren die Cat Riots ein interessantes Phänomen. Die Frau, die mit ihrem hysterischen Geschrei die Panik in der Metropol Hall auslöste, übte in gewisser Hinsicht die Funktion des unvermeidlichen Aufwieglers aus, der in Menschenmassen fast immer irgendwann an die Oberfläche gespült wird; diese hysterische Frau fungierte damit also quasi als die eine durchgebrannte Sicherung, die den Funken für die Explosion lieferte. Sie selbst war jedoch ihrerseits zuvor von den Bürgerwehrgruppen entflammt worden, die sich als »Citizens' Action Teams« in den unmittelbar vorangehenden vier Tagen überall im Stadtgebiet spontan gebildet hatten und deren Aktivitäten Anlaß dafür gewesen war, daß sie sich überhaupt in der Halle aufgehalten hatte. Wer wiederum die Gründung dieser Gruppen zu verantworten hatte, ließ sich nicht mehr mit Sicherheit feststellen; zumindest konnte dies im nachhinein keiner Einzelperson angelastet werden.

Die kurzlebige Bewegung, die später unter der Bezeichnung »Vier Tage« bekannt werden sollte (obgleich vom Beginn bis zum Höhepunkt der Unruhen alles in allem sechs Tage vergingen), wurde erstmals am Montag, dem 19. September, in den Mittagsausgaben der Zeitungen öffentlich bekannt gemacht.

Am vorangegangenen Wochenende hatte sich an der Lower East Side unter dem Namen »Selbstschutzgruppe Division Street« ein »Nachbarschaftsverein« gebildet. Bei einem organisatorischen Treffen am Samstagabend waren diverse Beschlüsse zu einer »Deklaration« zusammengefaßt und am Nachmittag des folgenden Tages »vom Plenum« ratifiziert worden. Die »Präambel« dieser Erklärung berief sich auf das Recht gesetzestreuer amerikanischer Bürger, sich im Falle eines »Versagens der regulären Polizeigewalt« »zum Zwecke der allgemeinen Sicherheit« zusammenzutun. Jeder, der in dem festgelegten Bezirk wohnte, konnte beitreten, insbesondere Weltkriegsveteranen waren willkommen. Man bildete mehrere Patrouillen, eine für die Straßen, eine für die Dächer, eine für die Versorgungswege. Für jeden Wohnkomplex und jedes andere Gebäude des Viertels gab es eine weitere eigene Patrouille. Ihre Funktion bestand darin, »Wache zu halten zur Abwehr des Verbrechers, der New York City terrorisiert«. (Innerhalb der Organisation wurden Stimmen gegen die »hochgestochene Ausdrucksweise« laut, doch man behielt den Wortlaut bei, als der zuständige Ausschuß darauf hinwies, daß »wir in der Division Street und Umgebung allgemein als Sauhaufen gelten«.) Die Disziplin hatte militärisch straff zu sein. Die Patrouillen sollten mit Taschenlampen, Armbinden und »verfügbaren Verteidigungswaffen« ausgestattet werden. Für Kinder wurde ab 9 Uhr abends eine Ausgangssperre verhängt. Alle Beleuchtungskörper im Erdgeschoß sollten bis Tagesanbruch brennen; dafür wurden eigens Sondervereinbarungen mit Hausbesitzern und Geschäftsinhabern getroffen.

Der gleiche Zeitungsartikel berichtete von der zeitgleichen Bildung dreier ähnlicher Organisationen, die unabhängig voneinander und von der Division-Street-Gruppe agierten. Die eine deckte den Bereich um Murray Hill ab und nannte sich »Sicherheitsausschuß Murray Hill«, eine weitere formierte sich im Gebiet zwischen der 72. Straße West und der 79. Straße West unter dem Namen »Freiwilligentruppe West End«. Die dritte Gruppe hatte ihr Zentrum am Washington Square und nannte sich »Village-Bürgerwehr«.

Angesichts der kulturellen und wirtschaftlichen Unterschiede zwischen diesen Gruppierungen waren ihre Absichten und Vorgehensweisen denen der Selbstschutzgruppe Division Street erstaunlich ähnlich.

Die Leitartikel an diesem Morgen kommentierten die »zufällige Bildung von vier völlig unterschiedlichen Gruppierungen, die an demselben Wochenende von demselben Gedanken geleitet« worden waren, und fragten sich, »ob dies tatsächlich so zufällig war, wie es scheint«. Die gegen die Stadtverwaltung eingestellten Blätter schoben dem Bürgermeister und dem Polizeipräsidenten die Schuld in die Schuhe und verwendeten Phrasen wie »die traditionelle amerikanische Lebensweise« und »das Recht auf Verteidigung des amerikanischen Heims«. Die verantwortungsbewußteren Zeitungen mißbilligten die Bewegung, und eine von ihnen verkündete, man sei »zuversichtlich, daß die New Yorker dank ihrer traditionell positiven Grundeinstellung über diese wohlmeinenden, aber völlig überhitzten Gemüter so lange lachen« würden, »bis sie wieder zu Verstand kommen«. Max Stone, der Chefredakteur der führenden liberalen Zeitung, schrieb: »Dies ist Faschismus auf den Bürgersteigen von New York«.

Um sechs Uhr abends an diesem Montag erfuhren die New Yorker in den Radionachrichten, daß sich »seit Bekanntwerden der Gründung von Gruppen in den Gegenden Division Street, Murray Hill, West End Avenue und Greenwich Village heute morgen mindestens drei Dutzend weitere Aktionskomitees in ganz unterschiedlichen Vierteln der fünf New Yorker Stadtteile spontan gebildet« hatten.

Die Abendzeitungen konnten bereits berichten, daß »die Idee sich wie ein Lauffeuer verbreitet hat. Bei Redaktionsschluß war die Zahl der Aktionskomitees bereits auf über hundert gestiegen.«

Dienstagmorgen war bereits von »Hunderten« die Rede.

Der Begriff »Citizens' Action Teams«, Bürgeraktionsgruppen, tauchte erstmals in der Dienstagsausgabe der *Extra* in einem Bericht über das erstaunlich weitverbreitete Phänomen auf. Der Artikel war verfaßt von »Jimmy Leggitt«. Der Ausdruck setzte sich durch, als Winchell, Lyons, Wilson und Sullivan in ihren Kolumnen anmerkten, daß die Anfangsbuchstaben das englische Wort »cat« ergaben – die Katze! Von da an wurden die Gruppierungen weitenteils als C. A.T.-Gruppen tituliert.

Bei einer eilig einberufenen Sondersitzung am Montagabend erklärte der Polizeipräsident, er sei dafür, mit »scharfen Polizeimaßnahmen durchzugreifen, um diese Vorgänge gleich im Keim zu ersticken. Wir können nicht zulassen, daß jeder Hans und Franz in der Stadt als selbsternannter Polizist herumläuft. Das ist glatte Anarchie, Jack!« Doch der Bürgermeister schüttelte den Kopf. »Man löscht ein Feuer nicht, indem man Brände gesetzlich verbietet, Barney. Mit Gewalt können wir diese Bewegung nicht stoppen, das steht außer Frage. Wir müssen statt dessen versuchen, sie im Griff zu behalten.«

Bei seiner Pressekonferenz am Dienstagmorgen sagte der Bürgermeister lächelnd: »Ich möchte nochmals betonen, daß die Vorgänge um die Katze völlig irrational übertrieben worden sind und absolut kein Anlaß besteht, die Öffentlichkeit zu beunruhigen, zumal unsere Polizei rund um die Uhr tätig ist. Mit Rat und der Unterstützung der Behörden könnten diese Gruppen dem öffentlichen Interesse weit mehr dienen. Der Polizeipräsident und seine leitenden Mitarbeiter stehen heute den ganzen Tag für Abordnungen der einzelnen Gruppen bereit, um deren Aktivitäten zu systematisieren und zu koordinieren, ähnlich wie dies während des Krieges mit den hervorragenden Luftschutztruppen der Fall war.«

Beunruhigenderweise schickte keine einzige Gruppe irgendwelche Abordnungen.

Am Dienstagabend sprach der Bürgermeister im Radio. Er bestreite in keiner Weise die Integrität und guten Absichten der Leute, aus denen sich diese Selbsthilfegruppen zusammensetzten, meine jedoch, jeder vernünftige Mensch müsse doch zustimmen, daß die Polizeigewalt in einer der größten Städte der Welt nicht von einzelnen Bürgern in gesetzeswidriger Weise für sich beansprucht werden dürfe, ganz gleich, wie aufrichtig und gut gemeint die Sache sei. »Lassen Sie nicht zu, daß es einmal heißt, im fünften Jahrzehnt des zwanzigsten Jahrhunderts sei New York City in die Zeit der Bürgerwehren zurückgefallen, wie einst im Wilden Westen!« Ganz bestimmt, so fügte er hinzu, sei doch jedermann ersichtlich, daß die damit verbundenen Gefahren weitaus größer seien als die mögliche Bedrohung durch einen einzelnen Psychotiker mit Mordabsichten. »Früher, vor der Einrichtung eines offiziellen Polizeiwesens, waren nächtliche Bürgerpatrouillen unzweifelhaft nötig, um die Bevölkerung vor Raubüberfällen und Mordanschlägen durch kriminelle

Elemente zu schützen; doch welche Rechtfertigung gibt es heute noch für solche Patrouillen angesichts der Aufklärungsquote der hervorragenden New Yorker Kriminalpolizei?« Es sei überaus bedauerlich, erklärte der Bürgermeister, wenn er sich im allseitigen öffentlichen Interesse zu Gegenmaßnahmen gezwungen sähe, er sei aber sicher, daß sich ein solcher Schritt als unnötig erweisen werde: »Ich fordere alle bereits tätigen und alle in Bildung befindlichen Gruppen ausdrücklich auf, sich unverzüglich mit den zuständigen Polizeirevieren in Verbindung zu setzen, wo sie weitere Anweisungen erhalten werden.«

Am Mittwochmorgen war bereits klar, daß die Radioansprache des Bürgermeisters ein Schlag ins Wasser gewesen war. Die aberwitzigsten Gerüchte kursierten in der Stadt: die Nationalgarde sei angefordert worden, der Bürgermeister sei persönlich ins Weiße Haus nach Washington geflogen, um Präsident Truman um Unterstützung zu bitten, der Polizeipräsident sei zurückgetreten, ein Zusammenstoß zwischen einer Patrouille des C. A. T. von Washington Heights und der Polizei habe zwei Menschenleben und neun Verletzte gekostet. Der Bürgermeister sagte alle Termine ab und saß den ganzen Tag in einer Marathonbesprechung. Leitende Vertreter der Polizeibehörde waren einstimmig dafür, den C. A. T.-Gruppen ein Ultimatum zu stellen: Sofortige Auflösung oder Festnahme. Der Bürgermeister weigerte sich, diese Vorgehensweise zu genehmigen. Es waren schließlich keinerlei Unruhen gemeldet worden, betonte er, offenbar verhielten sich die Gruppen intern diszipliniert und beschränkten sich auf die beschlossenen Aktivitäten. Darüber hinaus umfasse die Bewegung inzwischen schon zu viele Sympathisanten, als daß an solche Maßnahmen zu denken sei. »Das könnte offene Zusammenstöße zur Folge haben, und dann hätten wir rasch überall in der Stadt Aufstände. Das würde bedeuten, daß wir das Militär zu Hilfe rufen müßten. Ich werde zunächst alle friedlichen Mittel ausschöpfen, bevor ich so etwas in New York zulasse.«

Am Mittwochnachmittag wurde gerüchteweise bekannt, das »Zentralkomitee« der »vereinigten Bürgeraktionsteams von New York City« habe die riesige, zugige Metropol Hall in der Eighth Avenue für eine »Mammutveranstaltung« am Donnerstag abend angemietet. Unmittelbar danach meldete die Sekretärin des Bürgermeisters ihrem Chef, eine Delegation dieses Komitees wolle ihn sprechen.

Die Leute traten ein, etwas nervös wirkend, aber mit entschlossenen Mienen. Der Bürgermeister und die übrigen Besprechungsteilnehmer sahen sich die Abordnung neugierig an. Sie bildeten anscheinend einen Querschnitt durch die New Yorker Bevölkerung. Unlautere oder zwielichtige Gesichter waren nicht darunter. Der Sprecher, ein hochgewachsener Mittdreißiger, der wie ein Monteur aussah, stellte sich als »Veteran Jerome K. Frankburner« vor.

»Wir sind hergekommen, Herr Bürgermeister, um Sie zu bitten, morgen abend auf unserer Massenveranstaltung zu sprechen. Die Metropol Hall bietet zwanzigtausend Personen Platz, wir lassen die Veranstaltung im Radio und im Fernsehen übertragen, und in der City werden alle dabeisein. Das ist Demokratie, so macht man das in Amerika. Von Ihnen, Herr Bürgermeister, möchten wir gern hören, was Sie bisher getan haben und derzeit tun, um der Katze das Handwerk zu legen, und welche Pläne Sie und Ihre Dienststellen für die nahe Zukunft haben. Und wenn Sie ehrlich sind und das Ganze vernünftig klingt, dann garantieren wir Ihnen, daß Freitagmorgen keine einzige C. A. T.-Gruppe mehr aktiv sein wird. Werden Sie kommen?«

Der Bürgermeister sagte: »Darf ich die Herren um einen Augenblick Geduld bitten?« und ging mit seinen Leuten in ein angrenzendes Büro.

»Lassen Sie die Finger davon, Jack!«

»Warum, Barney?«

»Was haben wir schon vorzuweisen, abgesehen von dem, was wir denen schon hundertmal gesagt haben? Wir sollten die Veranstaltung verbieten. Und wenn es Schwierigkeiten gibt, scharf gegen die Anführer durchgreifen.«

»Ich weiß nicht recht, Barney«, sagte einer der Berater des Bürgermeisters, ein einflußreiches Parteimitglied. »Das sind doch keine Rowdys. Diese Leute repräsentieren einen großen Teil unserer Wählerschaft. Wir sollten da vorsichtig sein.«

Weitere Meinungen wurden geäußert, einige eher zugunsten des Polizeipräsidenten, andere eher im Sinne des Parteimannes.

»Sie haben noch gar nichts dazu gesagt, Inspector Queen«, sagte der Bürgermeister auf einmal. »Was halten Sie von der Sache?«

»So wie ich die Dinge sehe«, entgegnete Inspector Queen, »wird es sich die Katze kaum verkneifen können, bei dieser Veranstaltung dabeizusein.«

»Um es anders auszudrücken –«, sagte der Bürgermeister, »obwohl dieser Gedanke äußerst wichtig ist, Inspector – ich bin schließlich von der Bevölkerung für die Bevölkerung auf diesen Posten gewählt worden, und dieser Aufgabe werde ich mich auch stellen.«

Er öffnete die Tür und sagte: »Ich werde da sein, meine Herren.«

Die Ereignisse am Abend des 22. September begannen in einer ernsten, verantwortungsbewußten Stimmung. Die Metropol Hall war um 19 Uhr bis auf den letzten Platz besetzt, und vor den Türen drängelten sich weitere Personen, deren Zahl in die Tausende ging. Alles jedoch verlief in mustergültiger Ordnung, und die zahlreichen Polizeibeamten hatten nicht viel zu tun. Ebenso geschäftstüchtige wie penetrante fliegende Händler boten Scherzartikel an, etwa Kitzelfedern mit einem Katzenkopf an einem Ende oder riesige Papp-Buttons mit den Buchstaben C. A. T. darauf, andere hatten orange und schwarz gefärbte Katzenköpfe mit grimmigem Gesichtsausdruck anzubieten, die mühelos als verfrühte Halloween-Dekoration zu erkennen waren. Nur wenige Leute waren interessiert an dem Plunder, zumal die Polizei die Verkäufer rasch verscheuchte. In der Menge waren nur sehr wenige Kinder, und alle verhielten sich auffallend manierlich. Die Menschen in der Halle waren still oder unterhielten sich flüsternd. In den Straßen ringsum wartete die Menge geduldig und gesittet. Allzu geduldig und gesittet, meinten erfahrene Verkehrspolizisten, die ein paar Dutzend Betrunkene, ein paar kleinere Schlägereien oder eine Streikpostenkette kommunistischer Demonstranten offenbar durchaus begrüßt hätten, doch weit und breit war kein Betrunkener zu sehen, und die Leute verhielten sich eigenartig passiv. Und sofern überhaupt Kommunisten unter ihnen waren, dann nur als Einzelpersonen.

Die Führungsriege der Verkehrspolizei prüfte die Lage und ließ mehr berittene Polizei und Funkstreifenwagen anrücken.

Um 20 Uhr legte sich in aller Stille eine Schlinge um das gesamte Viertel. In Nord-Südrichtung zwischen der 51. und 57. Straße und in Ost-Westrichtung zwischen der 7. und 9. Avenue war jede

Kreuzung von stabilen Polizeiketten abgeriegelt, der Autoverkehr wurde umgeleitet. Fußgängern wurde zwar gestattet, durch die Polizeilinien hindurch das Gebiet zu betreten, vor dem Verlassen jedoch mußte sich jeder ausweisen und einige Fragen beantworten.

Im ganzen Viertel gingen Beamte in Zivil Streife.

In der Halle waren ebenfalls Hunderte von ihnen.

Unter ihnen auch ein gewisser Ellery Queen.

Auf dem Podium saß das Zentralkomitee der vereinigten Bürgeraktionsteams von New York. In der bunt gemischten Gruppe fielen keine Individuen auf. Es hätte sich genauso gut um eine Geschworenenjury handeln können, zumal alle die angespannten, dabei aber selbstbewußten Mienen von Laienrichtern aufgesetzt hatten. Der Bürgermeister und seine offiziellen Begleiter hatten die Ehrenplätze inne – »was bedeutet«, wie der Bürgermeister hinter vorgehaltener Hand zu Dr. Edward Cazalis sagte, »daß sie uns besser im Auge behalten können«. Die Rednertribüne war mit ganzen Bündeln amerikanischer Flaggen bestückt, davor standen massiert die Mikrophone der Radiosender und der Lautsprecheranlage im Saal. Die Fernsehleute standen bereit und warteten, daß es losging.

Eröffnet wurde die Sitzung um Punkt 21 Uhr von Jerome K. Frankburner, der an diesem Abend den Vorsitz führte. Frankburner trug seine GI-Uniform. An seinem Uniformrock glitzerten mehrere Orden, und seine Ärmel zierten eindrucksvoll seine bei Einsätzen in Übersee erworbenen Streifen. Über der militärischen Kleidung sah man ein grimmiges Gesicht. Er sprach frei und mit ruhiger Stimme.

»Dies ist die Stimme eines New Yorkers«, begann Frankburner. »Mein Name und meine Anschrift spielen keine Rolle. Ich spreche im Namen Hunderter von New Yorker Selbsthilfegruppen, die gegründet wurden, um unsere eigenen Familien und die unserer Nachbarn vor einer Bedrohung zu schützen, die sich gegen die ganze Stadt richtet. Viele von uns haben im letzten Krieg gekämpft, und wir alle sind gesetzestreue Amerikaner. Wir repräsentieren keine eigennützigen Gruppen, wir verfolgen keine selbstsüchtigen Absichten. Unter uns finden Sie keine Betrüger, Geschäftemacher oder Kommunisten. Wir sind Demokraten, Republikaner, Unabhängige, Liberale, Sozialisten. Wir sind Protestanten, Katholiken, Juden. Wir sind Weiße und wir sind Schwarze. Wir sind Selbständige, Angestellte, Arbeiter, Akademiker. Wir sind Amerikaner in der zweiten und in der vierten Generation. Wir sind New York.

Ich werde keine Rede halten. Wir sind nicht hier, damit Sie mir zuhören. Ich möchte lediglich einige Fragen stellen.

Herr Bürgermeister, immer wieder ermordet ein Geisteskranker an verschiedenen Stellen unserer Stadt Menschen. Die Katze geht jetzt seit fast vier Monaten um und ist immer noch auf freiem Fuß. Tatsache ist also: Sie können sie nicht fassen oder konnten es zumindest bisher nicht. Welchen Schutz bieten Sie uns, bis es soweit ist? Gegen unsere Polizei will ich gar nichts sagen, denn diese Leute arbeiten genauso hart wie wir alle. Dennoch fragt die Bevölkerung von New York Sie: Was unternimmt unsere Polizei zu unserem Schutz?»

Ein Raunen ging durch den Saal und setzte sich jenseits der Türen fort; es war nur wie ein leiser Hauch von Donner in weiter Ferne, doch in der Halle und in allen umliegenden Straßen faßten die Streifenpolizisten nervös an ihre Gummiknüppel und rückten dichter zusammen. Auf dem Podium neben dem Sprecher sah man den Bürgermeister und seinen Polizeichef erbleichen.

»Bis zum letzten Mann und bis zur letzten Frau«, sagte Frankburner, wobei seine Stimme einen eigentümlichen Klang annahm, »sind wir dagegen, daß Selbstschutzgruppen die Polizeigewalt übernehmen sollten. Aber wir fragen Sie, Herr Bürgermeister, welche Alternative wir haben. Vielleicht spürt heute nacht meine Frau oder meine Mutter die Seidenschnur um ihre Kehle, und die Polizei würde nichts unternehmen, bis alles vorbei wäre und uns nichts mehr bliebe, als den Totengräber zu rufen.

Herr Bürgermeister, wir haben Sie gebeten, heute abend zu uns zu kommen, um uns zu sagen, welche Pläne Sie und Ihre Polizeibehörde haben, um uns den Schutz zu bieten, den wir unserer Meinung nach derzeit nicht genießen.

Meine Damen und Herren, der Bürgermeister von New York wird nun zu Ihnen sprechen.»

Der Bürgermeister sprach lange. Er sprach nüchtern, gutnachbarschaftlich, und setzte dabei seinen beträchtlichen Charme und seine gute Kenntnis der Bürger seiner Stadt ein. Er umriß die Geschichte der New Yorker Kriminalpolizei, ihr Heranwachsen, ihre gigantische Maschinerie, ihre komplexe Organisation. Er nannte Zahlen, um die hervorragenden Leistungen seiner achtzehntausend Männer und Frauen bei der Aufrechterhaltung von Gesetz und Ordnung zu belegen. Er führte einige beruhigende Statistiken über die Erfassung und Verurteilung von Mördern an. Er sprach detailliert über die rechtlichen und sozialen Aspekte von Bürgerwehren und die Bedrohung, die sie für die demokratischen Institutionen bedeuten können, von ihrer Neigung, die ursprünglich hehren Ziele durch Pöbelordnungen verdrängen zu lassen, die nur noch dazu dienen, die niedersten Gelüste der übelsten Elemente zu befriedigen. Er unterstrich die Gefahren – Gewalt erzeuge Gegengewalt und ziehe einen Einsatz des Militärs, die Verhängung des Ausnahmezustands und die Aussetzung der bürgerlichen Freiheiten nach sich und bedeute somit »einen ersten Schritt hin zu Faschismus und Totalitarismus«.

»Und das alles«, sagte der Bürgermeister wohlwollend, »weil es uns bisher vorübergehend nicht gelungen ist, einen geisteskranken, mordlüsternen Einzeltäter aufzuspüren, der sich wie die Nadel im Heuhaufen in einer Stadt mit über siebeneinhalb Millionen Einwohnern verbirgt.«

Seinem beiläufigen, vernünftigen Tonfall und seiner Überzeugungskraft zum Trotz war die Rede des Bürgermeisters nicht in der Lage, die winzigen Signale und Reaktionen zu erzeugen, an denen erfahrene öffentliche Redner den Erfolg oder Mißerfolg ihrer Ausführungen ablesen. Das Publikum ließ nämlich überhaupt keine Signale und Reaktionen erkennen. Alle saßen oder standen einfach nur da und hörten zu. Eine starre, von tausendfachem Atmen gewiegte Einheit, die nur auf ein befreiendes Wort wartete.

Der Bürgermeister wußte es, seine Stimme nahm einen schärferen Klang an.

Seine Leute hinter ihm auf dem Podium wußten es. Sie flüsterten mit übertriebener Lässigkeit miteinander, wohl wissend, daß sie im Blickfeld der vielen Augen und der Fernsehkameras standen.

Etwas barsch forderte der Bürgermeister nun den Polizeipräsidenten auf, über die besonderen Maßnahmen zur Ergreifung der Katze zu berichten, die bereits eingeleitet worden waren oder sich »in Planung« befanden.

Als der Polizeichef sich dem Podium näherte, stand Ellery von seinem Sitz im Publikum auf, wanderte den Mittelgang hinunter bis zum Pressebereich und sah sich die Reihen der Gesichter an.

Kurz nachdem der Bürgermeister zu sprechen begonnen hatte, entdeckte er Jimmy McKell.

McKell rutschte auf seinem Stuhl hin und her und sah sich dauernd nach einem Mädchen um, das drei Reihen hinter ihm saß. Die aufgeregt wirkende junge Frau sah den Polizeipräsidenten an.

Celeste Phillips.

Ellery hätte nicht sagen können, welche Gedanken, Gefühle und Ahnungen ihn in ihre Nähe zogen. Vielleicht war es lediglich der Anblick vertrauter Gesichter.

Er stellte sich am Ende von Celestes Reihe in den Gang.

Ihm war unbehaglich. In der Metropol Hall lag etwas in der Luft, das er als unangenehm empfand. Er sah, daß auch andere von dieser Unruhe ergriffen waren, eine Art Massenvergiftung. Die Menge atmete ihre eigenen Gifte ein.

Plötzlich wußte er, was es war.

Angst.

Die Menge atmete ihre eigene Angst ein. Sie entströmte allen in Form unsichtbarer Tröpfchen und ließ den Atem stocken.

Was wie Geduld, Passivität, Erwartung gewirkt hatte, war nichts als – Angst.

Der Stimme des Mannes oben auf dem Podium hörten sie überhaupt nicht zu.

Sie lauschten der inneren Stimme ihrer Angst.

»DIE KATZE!«

Der Schrei erscholl, während der Polizeipräsident schweigend eine Seite seiner Notizen umblätterte.

Er blickte hastig auf.

Der Bürgermeister und Dr. Cazalis erhoben sich halb von ihren Sitzen.

Zwanzigtausend Köpfe wurden herumgerissen.

Es war der Schrei einer Frau gewesen, ein ungewöhnlich schriller, anhaltender Schrei, der allen die Haare zu Berge stehen ließ. Eine Gruppe von Männern bahnte sich aufgeregt gestikulierend einen Weg durch die Leute auf den Stehplätzen im hinteren Teil des Saals.

Der Polizeipräsident hob an: »Sehen Sie zu, daß die Frau den Mund …«

»DIE KATZE!«

Ein kleiner Geräuschstrudel entstand, ein weiterer, noch einer. Ein Mann erhob sich von seinem Stuhl, eine Frau, ein Paar, eine Gruppe. Zögernd.

»Meine Damen und Herren, bitte bleiben Sie sitzen. Es handelt sich lediglich um einen hyster …«

»DIE KATZE!«

»Bitte!« Der Bürgermeister war neben dem Polizeipräsidenten auf die Rednertribüne gesprungen. »Bitte! Bitte!«

Einige rannten bereits durch die Seitengänge.

Im rückwärtigen Teil war ein Kampf ausgebrochen.

»DIE KATZE!«

Irgendwo treppauf bellte eine Männerstimme. Sie brach ab wie abgedrosselt.

»Bleiben Sie auf Ihren Plätzen sitzen! Die Polizeibeamten sollen eingreifen.«

Überall im Publikum tauchten uniformierte Polizisten auf.

Im rückwärtigen Teil der Halle war inzwischen ein regelrechter Tumult entstanden, der sich wie brodelnde Lava in den Hauptgang hineinfraß und an den Sitzreihen leckte.

»DIE KATZE!«

Ein Dutzend Frauen begann zu kreischen.

»ER IST HIER IM SAAL!«

Wie ein Stein prallte dieser Ruf gegen den riesigen Spiegel des Publikums, und das Publikum schauderte und zerbarst. Kleine Risse verbreiterten sich wie durch Zauberhand. Wo gerade noch Menschenmassen gesessen oder gestanden hatten, entstanden nun Lükken, die rasch größer wurden und sich in unvorhersehbare Richtungen ausdehnten. Männer kletterten über die Stuhlreihen und boxten sich vor. Menschen fielen zu Boden. Die Polizei verschwand. Rinnsale von Rufen vereinigten sich zu gellenden Schreien. Die Metropol Hall wurde zu einem gigantischen Wasserfall, dessen Tosen jedes von Menschen erzeugte Geräusch übertönte.

Auf dem Podium drängelten sich der Bürgermeister, Frankburner und der Polizeipräsident vor den Mikrophonen der Lautsprecheranlage und schrien hinein. Ihre Stimmen vermischten sich und wurden zu einem schwachen Hintergrundgeräusch, das im Gebrüll unterging.

In den Gängen verkeilten sich die Menschen, sie schlugen um sich, verrenkten sich, stürzten auf die Ausgänge zu.

Über ihnen löste sich ein Geländer aus der Verankerung. Ein Mann fiel vom Balkon in den Orchestergraben. Menschen wurden über die Treppen der Balkons nach unten geschoben, einige rutschten aus, verschwanden. An den Notausgängen im ersten Stock kletterten die Massen panisch über einen lebenden, kreischenden Teppich hinweg.

Plötzlich bahnte sich die ganze eingepferchte Masse einen Weg und schoß hinaus auf die Straße, mitten hinein in die Tausende, die dort wie erstarrt standen. Innerhalb von Sekunden geriet auch dort jedermann in Panik und verwandelte das Gebiet um die Metropol Hall in einen gigantischen brodelnden Kessel, dessen Inhalt sich über die Polizeiketten hinweg ergoß und Männer, Pferde, Autos mitriß, an den Kreuzungen weiterfloß und nach Norden und Süden, zum Broadway und zur Ninth Avenue hin wie rauchende Lava alles verbrannte, das ihm in den Weg geriet.

Ellery erinnerte sich, daß er McKells Namen gerufen hatte, als die Massenflucht begann, und auf die versteinerte Celeste Phillips gedeutet hatte, während er selbst sich gegen die Wand aus lebendigen Körpern, die ihn zurückdrängte, anstemmte. Es gelang ihm, auf einen Stuhl zu klettern und dort einen festen Stand zu behalten. Er sah, wie Jimmy sich langsam über drei Reihen hinweg vorkämpfte, die verschreckte junge Frau erreichte und seinen Arm um ihre Taille schlang. Dann wurden sie von der Masse verschluckt, und Ellery verlor sie aus den Augen.

Von da an versuchte er nur noch, nicht zu Boden getreten zu werden.

Viel später fand er seinen Vater, der dem Bürgermeister und dem Polizeipräsidenten bei der Koordination der Bergungsarbeiten half. Für mehr als ein paar Worte war keine Zeit. Beide hatten ihren Hut verloren und blutende Kratzer davongetragen, ihre Kleidung hing in Fetzen. Vom Jackett des Inspectors war nichts als der rechte Ärmel übriggeblieben. Nein, er hatte weder McKell noch die kleine Phillips gesehen. Auch Dr. Cazalis nicht. Sein Blick fiel verstohlen auf die immer länger werdende Reihe der Toten, die säuberlich nebeneinander gelegt wurden. Dann wurde der Inspector fortgerufen, und Ellery ging in die Metropol Hall zurück, um bei der Versorgung der Verletzten zu helfen. Er wurde Teil einer spontan aufgestellten Hilfsarmee: Polizei, Feuerwehr, Notärzte, Rotkreuzhelfer, Freiwillige aus den Straßen. Die ganze Zeit übertönten die jaulenden Sirenen das Stöhnen der Verwundeten.

Entsetzen machte sich breit, als weitere Neuigkeiten von draußen eintrafen. Die Massen hatten auf ihrer wilden Flucht in den Seitenstraßen zwischen Eighth Avenue und Broadway versehentlich einige Schaufensterscheiben zerbrochen. Sofort hatten Ganoven, Eckensteher und jugendliche Banden mit der Plünderung der Geschäfte begonnen. Als Passanten einschreiten wollten, hatte man sie zusammengeschlagen; die Ladenbesitzer waren überfallen und in einigen Fällen sogar mit Messern angegriffen worden. Streckenweise schien es, als gerieten die Plünderungen außer Kontrolle. Als die Theater am Broadway nach Vorstellungsschluß ihre Zuschauer in das bestehende Durcheinander ausspuckten, verschlimmerte sich das Chaos nochmals. Die Hotels hielten ihre Türen geschlossen. Die Polizei fuhr mit Streifenwagen mitten in die Massen, und berittene Polizisten sprengten in die zusammengerotteten Aufrührermeute hinein, bis sich die Banden nach und nach zerstreuten. Bei Hunderten von Geschäften bis hinunter zur 47. Straße waren die Schaufensterscheiben eingeschlagen und die Warenbestände geplündert worden. Die Poliklinik mußte die Verletzten in den Korridoren unterbringen. Im weiten Umkreis um den Times Square errichtete das Rote Kreuz Erste-Hilfe-Stationen. Die Krankenwagen, die durch das Viertel brausten, kamen von weit her, teils von dem ganz im Norden gelegenen Fordham Hospital. Restaurantketten wie Lindy's, Toots Shor's oder Jack Dempsey's versorgten die freiwilligen Helfer mit Kaffee und belegten Broten.

Um viertel vor fünf morgens gab ein Rechtsanwalt namens Evarts Jones folgende Erklärung an die Presse:

Ich bin von Mr. Jerome K. Frankburner, dem Vorsitzenden der am heutigen Abend so katastrophal geendeten Veranstaltung, sowie vom Zentralkomitee der sogenannten C. A. T.-Gruppen aus dem Großraum New York ermächtigt worden anzukündigen, daß alle Einheiten unverzüglich aufgelöst werden und ab sofort keine organisierten Patrouillen mehr tätig sein werden.

Im Namen aller Bürger, die sich dieser gutgemeinten, jedoch schlecht beratenen Bewegung angeschlossen hatten, möchten Mr. Frankburner und das Komitee ihrer großen Trauer und ihrem zutiefst empfundenen Bedauern über das Ausdruck geben, was gestern Abend in der Metropol Hall geschehen ist.

Als ihn die Reporter bestürmten, ein persönliches Statement abzugeben, schüttelte Frankburner den Kopf. »Ich bin viel zu durcheinander, um irgend etwas sagen zu können. Was soll man überhaupt dazu sagen? Wir haben uns entsetzlich geirrt. Der Bürgermeister hatte vollkommen recht.«

Im Morgengrauen klangen die »Cat Riots« ab, und die Vier Tage gingen als blutige Erinnerung in die ungeschriebenen Chroniken ein.

Später übergab der Bürgermeister der Presse schweigend die Bilanz der Unruhen der vergangenen Nacht:

Tote	
Frauen	19
Männer	14
Kinder	6
Gesamt	39
Schwerverletzte	
Frauen	68
Männer	34
Kinder	13
Gesamt	115
Leichtverletzte	
Frauen	189
Männer	152
Kinder	10
Gesamt	351

Festnahmen wegen Plünderung, Landfriedensbruch, Anstiftung zur Gewalt usw.

127 Personen (darunter auch Minderjährige)

Sachschaden (Schätzung)

4.500.000 Dollar

Die Frau, deren Schreie die Panik und die sich daran anschließenden Unruhen ausgelöst hatten, war nach Angaben des Bürgermeisters zu Tode getrampelt worden. Es handelte sich um eine Mrs. Maybelle Legontz, 48, Witwe, kinderlos. Ihre Leiche wurde um 2.38 Uhr von ihrem Bruder Stephen Chorumkowski identifiziert, einem Heizungsinstallateur, wohnhaft 65. Straße West Nr. 421. Personen, die im Publikum unmittelbar neben Mrs. Legontz gestanden hatten, bestätigten, daß sie nach ihrer Erinnerung von niemandem angegriffen oder auch nur belästigt worden war; allerdings hatten die Leute auf den Stehplätzen sehr gedrängt gestanden, und ein versehentlicher Rippenstoß eines Nachbarn könne durchaus den Auslöser für den Ausbruch ihrer nervösen Ängste gebildet haben.

Mrs. Legontz war in ärztlicher Behandlung gewesen wegen einer Nervenschwäche, die erstmals nach dem Tod ihres Ehemannes aufgetreten war; der Erdarbeiter hatte im Senkkasten gearbeitet und war frühzeitig an der Caissonkrankheit gestorben.

Es gab keinerlei Anhaltspunkte, daß sie die Katze gewesen wäre.

Es waren, wie der Bürgermeister und die Reporter übereinstimmend meinten, mit die schlimmsten Ausschreitungen in der Geschichte der Stadt New York gewesen, vielleicht sogar die übelsten seit dem Widerstand gegen die Einberufung in den Bürgerkrieg im Jahr 1863.

Ellery hockte, in milchige Dunkelheit gehüllt, auf einer Bank an der Sunken Plaza des Rockefeller Center, ganz allein mit der Prometheus-Statue. Ellery fühlte sich wirr im Kopf, und die kühle Luft des frühen New Yorker Morgens, die auf den Abschürfungen an Händen und Gesicht prickelte, nahm er gleichsam persönlich und sie steigerte sein Bewußtsein.

Prometheus sprach von seinem Brunnen aus zu ihm, und Ellery empfand seine Gesellschaft als tröstlich.

»Du fragst dich, wie es kommen konnte«, setzte der vergoldete Titanensohn an, »daß die Bestie in Menschengestalt, die ihr die Katze nennt, allein durch das Brüllen ihres Namens Tausende Menschen in den Wahnsinn treiben und sie wie vor Angst verrücktes Vieh in einen viehischen Tod treiben konnte.

Ich bin so alt, daß ich mich nicht einmal mehr erinnere, woher ich komme ES SOLL BERICHTE GEBEN, ICH SEI OHNE DIE BEIHILFE WEIBLICHER WESEN ERZEUGT WORDEN – was mir heute wenig plausibel erscheint; ich erinnere mich jedoch vage, daß ich es für nötig hielt, den Menschen das Feuer zu schenken. Wenn ich das wirklich getan habe, so bin ich der Begründer der Kultur und fühle mich als solcher berechtigt, einige ausführliche Anmerkungen über die kürzliche schreckliche Begebenheit zu machen.

Die Wahrheit ist, daß das, was gestern abend passierte, überhaupt nichts mit der Katze zu tun hat.

Die heutige Welt erinnert mich an die längst vergangene Zeit, als die Religionen entstanden. Ich meine, die moderne Gesellschaft ähnelt den primitiven Kulturen in geradezu lächerlicher Weise. Es herrscht beispielsweise die gleiche Konzentration auf eine demokratische Regierungsform, während zugleich aber einige von euch, die für sich beanspruchen, mit höheren Mächten im Bund zu stehen, nach oben drängen, um die anderen zu beherrschen. Ihr legt den gleichen Wert auf Gattungsnamen und Blutsverwandtschaft, und umgebt beides mit mystischem Hokuspokus. Und was die Geschlechter angeht, so werden eure Frauen einerseits übermäßig respektiert, zugleich jedoch in einem bequemen Käfig der Heiligkeit gehalten, während die Männer in den wesentlichen Dingen das letzte Wort für sich beanspruchen. Sogar zu den Speisetabus seid ihr mit euren Diäten und Vitaminen zurückgekehrt.

Ich sehe aber die verblüffendste Ähnlichkeit«, fuhr Prometheus fort, der offenbar gegen die frühmorgendliche Kälte unempfindlich war, während Ellery allmählich wie Espenlaub zitterte, »in der Art, wie ihr auf eure Umgebung reagiert. Die Masse, nicht das Individuum, ist die denkende Einheit. Und die gedankliche Macht der Masse ist, wie die unseligen Ereignisse des gestrigen Abends gezeigt haben, von extrem geringer Qualität. Ihr platzt vor Unwissenheit, und Unwissenheit gebiert Panik und Angst. Ihr fürchtet euch vor fast allem, besonders aber davor, mit den Problemen eurer Zeit in Berührung zu kommen. Deshalb kuschelt ihr euch in den hohen magischen Mauern der Tradition nur zu gern aneinander und laßt zu, daß eure Anführer das Geheimnisvolle manipulieren. Sie stehen zwischen euch und den Schrecken des Unbekannten.

Doch manchmal lassen euch eure Hohepriester der Macht im Stich, und unvermittelt steht ihr direkt vor dem Unbekannten. Diejenigen, auf die ihr euch verlassen habt, die für eure Rettung und euer Wohlergehen sorgen und euch vor den Mysterien des Lebens und des Todes schützen sollten, stehen dann nicht mehr zwischen euch und dem grauenerregenden Dunkel. Überall in eurer Welt zerbröckelt die magische Mauer, und ihr steht wie gelähmt über den Rand des Abgrunds gebeugt.

Angesichts dieser Situation«, sagte Prometheus, »muß man sich da wundern, wenn eine einzige hysterische Stimme, die zwei wenn auch tabuisierte, so doch eigentlich lächerliche Silben kreischt, Tausende so erschrecken kann, daß sie davonlaufen?«

Als Ellery auf der Bank erwachte, tat ihm alles weh. Die Sonne glänzte auf seinem nächtlichen mythischen Lehrmeister. Nach seinem nächtlichen Vortrag stand Prometheus nun wieder schweigend da und glänzte in der Morgensonne. Auf dem Platz waren Menschen, Autos fuhren vorbei. Ihm schien, irgend jemand mache unzulässig viel Krach, und er stand wütend auf.

Die Rufe kamen von Westen. Sie waren heiser und jauchzend.

Jungenstimmen, die in den Straßenschluchten widerhallten.

Ellery humpelte die Stufen hinauf, überquerte die Straße und ging mit steifen Schritten in Richtung Sixth Avenue.

Keine Eile, dachte er. Sie bringen einen Nachruf auf die Katzenfänger der C. A. T. Soundso viele Tote, soundso viele Verletzte, soundso viel Dollar Sachschaden. Lesen Sie alles darüber.

Nein, danke. Heißer Kaffee wäre mir viel lieber.

Ellery humpelte weiter und versuchte, an all das nicht mehr zu denken.

Doch wie Luftblasen zerplatzten weiterhin die Gedanken an der Oberfläche seines Bewußtseins.

Nachruf auf die Katzenfänger. Nachruf auf die Katze … Na, das wäre ja mal wirklich was. Nachruf auf die Katze. Gleich um sieben.

Unsere Wünsche werden länger, je tiefer unsere Sonne sinkt.

Ellery lachte.

Oder, wie ein anderer unsterblicher Beobachter anmerkte: Es gibt Tage, da wäre man lieber im Bett geblieben.

Bruder Q, du bist platt. Aber du mußtest von den Toten auferstehen. Um eine Katze zu jagen.

Und was nun?

Was willst du tun?

Wo willst du suchen?

Wie siehst du aus?

Im kühlen Schatten unter der Markise der Radio City Music Hall verrenkte sich ein Junge fast den Mund unter seinen hervorquellenden Augen.

Auch der schlimmste Wind ist für etwas gut, dachte Ellery, als er sah, wie rasch die Papierstapel kleiner wurden.

Und er wollte auf dem Weg zu seinem Kaffee gerade die Sixth Avenue überqueren, als er ein zweisilbiges Wort aufschnappte, das einen Sinn ergab, und irgend etwas oben auf dem Stapel sprang ihn an und setzte sich in seinem Hirn fest.

Ellery suchte hastig nach einer Münze. Das Geldstück fühlte sich kalt an.

»Die *Extra.*«

Er stand ruhig da, während ihm von rechts und links Ellbogen in die Seite gestoßen wurden.

Es war die altbekannte Katze, aber sie hatte einen achten Schwanz, und es handelte sich keineswegs um ein Fragezeichen.

Kapitel 8

Sie hieß Stella Petrucchi. Sie hatte mit ihrer Familie in der Thompson Street gelebt, kaum eine halbe Meile vom Washington Square entfernt. Sie war 22 Jahre alt, italienischer Abstammung und römisch-katholisch.

Seit knapp fünf Jahren war Stella Petrucchi bei einer Anwaltskanzlei an der Madison Avenue Ecke 40. Straße als Stenotypistin angestellt.

Ihr Vater war fünfundvierzig Jahre zuvor in die Vereinigten Staaten eingewandert. Er war Fischgroßhändler am Fulton Market. Er stammte aus Livorno, und auch Stellas Mutter kam ursprünglich aus der Toskana.

Stella war das sechste von sieben Kindern. Von ihren drei Brüdern war einer Priester, die beiden andern arbeiteten in George Petrucchis Großhandelsbetrieb. Die älteste ihrer drei Schwestern lebte als Nonne in einem Karmeliterorden, die zweite Schwester war mit einem Käse- und Olivenölimporteur verheiratet, und die dritte studierte am Hunter College. Bis auf den Priester, den ältesten von ihnen, waren alle Petrucchi-Kinder in New York City geboren.

Sie hatten zunächst gedacht, Stella gehöre zu historischen Opfern, die die Ereignisse rings um die Metropol Hall zurückgelassen hatten, und sei bei den Bergungsarbeiten übersehen worden. Doch mit der Seidenschnur um ihren Hals hatte die Katze das Mädchen als etwas Besonderes ausgezeichnet; man entdeckte sie erst, als man ihren Kopf am zerzausten Haarschopf anhob und ihre nackte Kehle entblößte.

Zwei Streifenpolizisten hatten die Leiche eineinhalb Häuserblocks von der Metropol Hall entfernt gefunden, als der Bürgermeister den Reportern gerade die Statistik der Opfer und Sachschäden bekanntgab. Sie lag auf dem Zementboden in einer Passage zwischen zwei Geschäften, keine drei Meter vom Bürgersteig der Eighth Avenue entfernt.

Sie war erdrosselt worden, so der Gerichtsmediziner, und zwar irgendwann vor Mitternacht.

Identifiziert wurde die Leiche von Pater Petrucchi und der verheirateten Schwester, Mrs. Teresa Mascalone. Mr. und Mrs. George Petrucchi brachen zusammen, als sie von der Tragödie erfuhren.

Ein 32jähriger Mann namens Howard Whithacker, der als Adresse eine möblierte Wohnung in der 4. Straße West angab, wurde eingehend verhört.

Whithacker war ein sehr großer, schlanker, schwarzhaariger Mann mit eng zusammenstehenden lackschwarzen Augen, schwieliger Haut und hohen, spitzen Wangenknochen. Er wirkte erheblich älter als das, was er angab.

Von Beruf, so erklärte er, sei er »erfolgloser Dichter«. Auf Vorhalt gab er zähneknirschend zu, daß er, um »Körper und Seele zusammenzuhalten«, in einer Cafeteria an der Greenwich Avenue bediente.

Whithacker behauptete, Stella Petrucchi seit sechzehn Monaten gekannt zu haben. Sie hatten sich im Frühling des vorigen Jahres spätabends in der Cafeteria kennengelernt. Sie hatte eine Verabredung gehabt und war mit ihrem Begleiter um zwei Uhr morgens dort eingekehrt. Ihr Begleiter, »ein Hinterwäldler aus der tiefsten Bronx mit handgemalten Meerjungfrauen auf dem Schlips«, hatte sich über Whithackers Akzent lustig gemacht, der seine Herkunft aus dem Mittleren Westen verriet. Whithacker hatte schließlich nach einem Bratapfel gegriffen, sich über die Theke gebeugt und dem Gast mit dem Apfel sein freches Maul gestopft. »Danach kam Stella fast jeden Abend vorbei, und wir haben uns ein bißchen angefreundet.«

Er leugnete wütend, ein Verhältnis mit dem jungen Mädchen gehabt zu haben. Als derartige Fragen sich wiederholten, wurde er sogar regelrecht gewalttätig und mußte gebändigt werden. »Sie war eine reine, süße Seele«, brüllte er. »Mit ihr ins Bett zu gehen wäre undenkbar gewesen!«

Über seine Herkunft sprach Whithacker nur ungern. Er stammte aus Beatrice in Nebraska. Seine Verwandten waren Farmer, ursprünglich Einwanderer aus Schottland. Einer seiner Urgroßväter war 1829 von Kentucky aus mit einer Gruppe Campbelliten nach Nebraska gekommen. Außerdem gab es einen Schuß Pawnee und etwas böhmisches und dänisches Blut in der Familie. »Ich gehöre zu den Amerikanern, die ihre Herkunft in Prozentzahlen angeben können«, sagte Howard Whithacker. »Von allem nur Dezimalbruchteile, wissen Sie?« Zu Hause, berichtete er, besuche er regelmäßig bei den Jüngern Christi den Gottesdienst.

Er hatte an der Universität Nebraska graduiert.

Zu Kriegsbeginn war er in die Marine eingezogen worden und »im Pazifik gelandet. Beim Angriff eines Kamikaze-Fliegers, der es um ein Haar geschafft hätte, hat's mich ins Wasser gehauen. Noch heute klingeln mir manchmal die Ohren. Das gab meiner Dichtung einen bemerkenswerten Auftrieb.«

Nach dem Krieg wurde es ihm in Beatrice zu spießig, und er ging nach New York – »mit finanzieller Unterstützung meines Bruders Duggin, der die feste Überzeugung hegte, die Muse der Dichtkunst höchstpersönlich habe mich dem Gage County, Nebraska, zum Geschenk gemacht.«

Das einzige Werk, das er seit seiner Ankunft zwei Jahre zuvor veröffentlicht hatte, bestand aus einem »Korn in der Koralle« überschriebenen Gedicht, das eine Zeitung im Greenwich Village, der *Villager*, im Frühjahr 1947 abgedruckt hatte. Zum Beweis zog er einen schmierigen Ausschnitt hervor. »Mein Bruder Duggin ist inzwischen überzeugt, daß ich nun doch kein begnadeter Volksdichter bin, auch wenn ich«, sagte er, » von Dichterkollegen im Village erhebliche Ermutigung erfahren habe. Und Stella hat mich natürlich angebetet. Wir haben regelmäßig morgens um drei in der Cafeteria Dichterlesungen veranstaltet. Ich lebe spartanisch, aber ich komme zurecht. Stella Petrucchis Tod hinterläßt ein leeres Schubfach in meinem Herzen; sie war ein liebes Kind mit nichts als Stroh im Kopf.«

Empört bestritt er, Geld von ihr angenommen zu haben.

Zu den Ereignissen am Abend des 22. September erklärte Whithacker, Donnerstags sei sein freier Abend, und er habe sich mit Stella vor ihrem Bürogebäude getroffen und sei mit ihr zu der Massenveranstaltung in der Metropol Hall gegangen. »Schon seit geraumer Zeit keimt ein Katzengedicht in meinem Geist«, erklärte er,» deshalb war es für mich wichtig, dabeizusein. Stella freute sich natürlich immer auf unsere gemeinsamen Donnerstagabende.«

Sie waren quer durch die Stadt gegangen und waren in einer Pizzeria an der Eighth Avenue eingekehrt, die »einem Cousin von Stellas Vater gehört. Ich diskutierte mit Mr. Ferriquancchi über die Bürgeraktionsteams, und wir waren beide erstaunt, daß Stella das Thema so ausgesprochen nervös machte. Ignazio meinte, wenn Stella das so mitnehme, sollten wir lieber nicht hingehen, und ich bot an, allein zu gehen, aber Stella sagte nein, sie wolle ja, zumindest unternehme jetzt endlich jemand etwas gegen die Morde. Sie sagte, sie habe jeden Abend zur Muttergottes gebetet, alle, die sie kannte, zu beschützen.«

Es war ihnen gelungen, in die Metropol Hall zu gelangen und im Parkett, ziemlich weit vorn im Publikum, Sitzplätze zu ergattern.

»Als die Panik einsetzte, versuchten Stella und ich, beisammen zu bleiben, aber die verdammten Rindviecher haben uns auseinandergerissen. Als ich sie zuletzt gesehen habe, wurde sie von einem Haufen Idioten weggedrängt und schrie mir etwas zu, aber ich konnte sie nicht hören. Lebendig habe ich sie nicht mehr wiedergesehen.«

Whithacker selbst hatte Glück gehabt und war mit einer eingerissenen Jackentasche und ein paar blauen Flecken davongekommen.

»Ich stand mit anderen Leuten in einen Eingang gegenüber der Halle gedrückt, um nicht noch mehr abzukriegen. Als das Schlimmste vorbei war, habe ich dann angefangen, nach Stella zu suchen. Unter den Toten und Verletzten im Saal war sie nicht, also bin ich die Eighth Avenue entlanggegangen, habe in den Seitenstraßen und am Broadway nachgesehen. Ich bin die ganze Nacht herumgelaufen.«

Man fragte Whithacker, warum er die Petrucchis nicht angerufen hatte, denn die Familie war die ganze Nacht in Sorge gewesen, weil Stella nicht heimkam. Davon, daß sie mit ihm verabredet gewesen war, hatten sie nichts gewußt.

»Genau deshalb. Sie wußten überhaupt nichts von mir. Stella meinte, es sei besser so. Sie sagte, sie seien strenggläubige Katholiken, und es würde einen Aufstand geben, wenn sie herausbekämen, daß sie mit einem Andersgläubigen ging. Daß Ignazio, der Cousin ihres Vaters, von uns beiden wußte, war ihr egal, weil Mr. Ferriquancchi, sagte sie, Antipapist sei und in der Familie Petrucchi sowieso niemand etwas mit ihm zu tun haben wollte.«

Um halb acht Uhr morgens war Whithacker zur Metropol Hall zurückgekehrt, um ein letztes Mal nachzusehen, in der Absicht, die Petrucchis »trotz ihrer religiösen Vorbehalte« doch noch anzurufen, falls er Stella bei diesem letzten Versuch nicht fand.

Als er sich nach ihr erkundigte, hatte ihn sofort die Polizei einkassiert.

»Ich bin im Laufe der Nacht bestimmt ein Dutzendmal an der Passage vorbeigegangen«, sagte Howard Whithacker, »aber es war dunkel, und wie sollte ich auch wissen, daß Stella tot da drin lag?«

Whithacker wurde »zur weiteren Befragung« dabehalten.

»Nein«, sagte Inspector Richard Queen den Reportern, »es liegt absolut nichts gegen ihn vor, aber wir möchten seine Geschichte überprüfen und so weiter.« Das »und so weiter« wurde von der Presse – zu recht – sowohl auf die damit zusammenhängenden jüngsten Ereignisse als auch auf eine gewisse Wildheit bezogen, die Stella Petrucchis Freund in Blick, Verhaltens- und Sprechweisen an den Tag legte.

Eine vollzogene oder versuchte Vergewaltigung war medizinisch nicht feststellbar.

Die Handtasche des Mädchens fehlte, wurde aber später mit vollständigem Inhalt in den Trümmern des Saals gefunden. Das goldene Medaillon mit einem Heiligenbild, das an einem Kettchen um ihren Hals hing, war unversehrt.

Die Schnur, mit der sie erdrosselt worden war, bestand aus der gewohnten Tussahseide, in diesem Fall lachsrosa eingefärbt. Wie in allen anderen Fällen war sie im Genick verknotet. Die Laboruntersuchung der Schnur erbrachte keine weiteren Aufschlüsse.

Klar war offenbar, daß Stella Petrucchi sich in die Passage geflüchtet hatte, nachdem sie mit dem übrigen Publikum aus der Metropol Hall auf die Straße geschwemmt worden war. Doch ob die Katze sie dort bereits erwartet oder erst nach ihr die Gasse betreten hatte, ihr womöglich dorthin gefolgt war, konnte niemand sagen.

Wahrscheinlich war, daß sie nichts Böses geahnt hatte, bis die Schnur sich um ihre Kehle schloß. Vielleicht war sie sogar von der Katze aufgefordert worden, in die Passage zu kommen, um vor der gewalttätigen Menge »geschützt« zu sein.

Wie stets hatte der Mörder keinerlei Spuren hinterlassen.

Es war schon früher Nachmittag, als Ellery sich die Treppe hinauf zur Queenschen Wohnung quälte und die Wohnungstür unverschlossen fand. Verwundert ging er hinein und sah beim Betreten seines Schlafzimmers als erstes einen zerrissenen Nylonstrumpf über der Stuhllehne liegen. An einem Pfosten der Stuhllehne baumelte ein weißer BH.

Er beugte sich über sein Bett und schaute sie an.

Ihre Augen klappten auf.

»Alles in Ordnung mit Ihnen?«

Celeste erschauderte. »Tun Sie das nie wieder! Für den Bruchteil einer Ewigkeit dachte ich, es sei die Katze.«

»Ist Jimmy …?«

»Mit Jimmy ist auch alles in Ordnung.«

Ellery hockte sich auf seine eigene Bettkante. In seinem Nacken setzte wieder der pochende Schmerz ein. »Von dieser Situation habe ich oft geträumt«, sagte er und rieb sich das Genick.

»Was für eine Situation?« Sie streckte ihre langen Beine unter der Bettdecke und stöhnte: »Aua! Mir tut alles weh!«

»Ich weiß jetzt wieder«, sagte Ellery, »das Ganze erinnert mich an die Cartoons im *New Yorker*!«

»Wie bitte?« sagte Celeste schläfrig. »Ist es noch heute oder schon morgen?«

Ihr schwarzes Haar strömte in romantischen Wellen über sein Kopfkissen. »Die Erschöpfung jedoch macht jede Romantik zunichte.«

»*Was*? Sie sehen ziemlich ramponiert aus. Ist mit *Ihnen* alles in Ordnung?«

»Sobald ich den Dreh mit dem Schlafen wieder raus habe, wird es schon gehen.«

»Es tut mir leid!« Celeste raffte die Bettdecke an sich und setzte sich rasch auf. »Ich war noch nicht ganz wach. Äh, ich bin nicht … ich meine, ich wollte nicht in Ihrem Büro spionieren …«

»Du Schuft«, sagte eine finstere Stimme. »Wärst du wirklich imstande, eine unbekleidete Maid vor die Tür zu setzen?«

»Jimmy!« rief Celeste freudig.

Jimmy McKell stand in der Tür des Schlafzimmers, in einem Arm eine große, geheimnisvoll aussehende Papiertüte.

»Nun«, sagte Ellery, »McKell in höchsteigener Person. Unverwüstlich, wie ich sehe.«

»Wie ich sehe, haben Sie's auch geschafft, Ellery!«

Sie lächelten sich breit an. Jimmy trug eines von Ellerys Lieblingssackos, das ihm zu klein war, und Ellerys neueste Krawatte.

»Mir haben sie die Klamotten glatt vom Leib gerissen«, rechtfertigte sich Jimmy. »Wie fühlst du dich, Weib?«

»Als wär's September und ich mitten in einem Veteranentreffen der American Legion. Würdet Ihr beiden die Güte haben, euch nach nebenan zu begeben?«

Im Wohnzimmer meinte Jimmy finster: »Sie sehen fertig aus, mein Alter. Was ist mit der kleinen Petrucchi?«

»Ach, das wissen Sie schon?«

»Hab's heute morgen hier bei Ihnen im Radio gehört.« Jimmy stellte die Tüte ab.

»Was ist da drin?«

»Ein bißchen was zu Spachteln. In eurem Kühlschrank herrschte gähnende Leere. Haben Sie schon irgendwas zwischen die Kiemen gekriegt?«

»Nein.«

»Wir auch nicht. He, Celeste!« rief Jimmy. »Laß den Quatsch mit den Klamotten. Mach uns lieber Frühstück!«

Sie hörten Celeste in Ellerys Badezimmer lachen.

»Ihr zwei wirkt ja so scheußlich fröhlich«, sagte Ellery und tastete sich zum Lehnstuhl vor.

»Komisch, daß es Sie stört!« Auch Jimmy lachte. »Da steckt man am Abend vorher mitten in so einem Hexensabbat, und auf einmal paßt alles wieder zusammen. Sogar die Dummheit. Ich dachte, ich hätte am Pazifik alles kennengelernt, aber das stimmt wohl nicht. Der Krieg war Mord, das ist richtig, aber bis ins Kleinste organisiert. Du trägst eine Uniform und eine Knarre, kriegst großartige Befehle, die lassen dich strammstehen und du tötest oder wirst selbst getötet, alles genau nach Vorschrift. Aber gestern abend … mit Zähnen und Klauen. Der Mensch, bis auf die verdammten Knochen entblößt. Die totale Auflösung der Urherde. Jeder Mitkannibale dein Feind. Wir sind einfach froh, daß wir noch am Leben sind, das ist alles.«

»Hallo, Celeste«, sagte Ellery.

Ihre Kleider waren zerrissen, und obwohl sie sie offenbar ausgebürstet und an geheimen Stellen mit Stecknadeln notdürftig befestigt hatte, hingen sie an ihr wie erstarrende Lava. Ihre Beine waren ganz zerschunden; ihre Strümpfe trug sie in der Hand.

»Sie haben wohl nicht zufällig ein Paar Nylonstrümpfe in Reserve, Mr. Queen?«

»Nein«, sagte Ellery ernst. »Sie wissen schon, mein Vater ...«

»Herrje! Na ja, dann werde ich euch beiden mal fix was in die Pfanne hauen.« Celeste verschwand mit der Tüte in der Küche.

»Klasse, was?« Jimmy starrte die Pendeltür an. »Sie werden feststellen, Bruder Queen, daß die Lady sich mit keinem Wort für ihren Aufzug entschuldigt hat. Spitzenklasse.«

»Wie ist es euch beiden gestern abend gelungen, zusammen zu bleiben?« fragte Ellery und schloß die Augen.

»Nun seien Sie mal nicht sauer auf uns, Ellery«, sagte Jimmy und machte sich daran, den Klapptisch zu decken. »Im übrigen ist uns das gar nicht gelungen.«

»Ach?« sagte Ellery und öffnete ein Auge.

»Wir haben uns aus den Augen verloren, gleich, nachdem ich sie erreicht hatte. Sie kann sich nicht erinnern, wie sie rausgekommen ist, und ich auch nicht. Wir haben uns die ganze Nacht über wechselseitig gesucht. Schließlich habe ich sie um fünf Uhr morgens auf den Stufen vor der Poliklinik gefunden, sie hockte da plärrend ...«

Ellery schloß das Auge.

»Wie hätten Sie gern Ihren Speck, Mr. Queen?« rief Celeste.

Jimmy fragte: »Sind Sie wach?«, und Ellery murmelte etwas. »Schön knusprig, sagt er! – Was meinten Sie, Ellery?«

»Das letzte Wort war«, sagte Ellery, »›plärrend‹.«

»Wie ein kleines Kind. Ich kann Ihnen sagen, das hat mich mitgenommen. Na egal, wir haben in so einem durchgängig geöffneten Laden einen Kaffee getrunken, und dann habe ich Sie gesucht, aber Sie waren verschwunden. Wir dachten, Sie wären wahrscheinlich auch heil rausgekommen und nach Hause gegangen, also kamen wir her. Es war niemand da, da habe ich zu Celeste gesagt: ›Es macht ihm bestimmt nichts aus‹, und bin die Feuertreppe rauf. Für einen Schnüffler, Ellery, sind Sie ganz schön unvorsichtig mit Ihren Fenstern.«

»Weiter«, sagte Ellery, als Jimmy innehielt.

»Ich weiß nicht, wie ich Ihnen das erklären soll. Warum wir herkamen, meine ich. Ich glaube, Celeste und ich haben keine zwanzig

Wörter miteinander gewechselt, seit wir uns heute morgen in die Arme gefallen sind. Ich glaube, uns beiden ist zum ersten Mal klar geworden, in welcher Lage Sie stecken, und wir wollten Ihnen sagen, daß wir zwei ausgemachte Tölpel waren, hatten aber keine Ahnung, wie wir das anstellen sollten.« Jimmy rückte einen Löffel gerade. »Das alles ist starker Tobak«, sagte er zu dem Löffel. »Der ganze Krieg noch einmal von vorn. In anderer Form. Der einzelne ist keinen Pfifferling wert. Die Würde des Menschen landet auf dem Müll. Man muß bis zum Ellbogen in den Dreck fassen, um daran festzuhalten. Bis letzte Nacht habe ich das nicht so gesehen, Ellery.«

»Ich auch nicht.« Celeste stand im Durchgang zur Küche, eine Scheibe Toast in der einen Hand, ein butterverschmiertes Messer in der anderen. Ellery dachte, Piggott und Johnson haben die beiden gestern abend aus den Augen verloren, soviel ist klar. »Sie hatten recht, Mr. Queen. Nach allem, was wir gestern abend gesehen haben, hatten Sie vollkommen recht.«

»Womit, Celeste?«

»Jimmy und mich zu verdächtigen. Jimmy, mich oder sonst irgendwen.«

»Ich glaube, was wir beide gern von Ihnen hören wollten, war: ›Kommt zurück, alles ist vergeben und vergessen‹«, grinste Jimmy, wandte sich dann aber rasch wieder dem Besteck zu.

»Also habt ihr hier auf mich gewartet.«

»Als wir die Nachrichten hörten, wußten wir, was Sie aufgehalten hat. Ich habe Celeste in Ihr Bett gesteckt – sie fiel um vor Müdigkeit – und mich hier auf die Couch gehauen. Gibt es Anhaltspunkte, daß die kleine Petrucchi irgendwas mit den übrigen zu tun hatte?«

»Nein.«

»Was ist mit diesem dichtenden Maisbauern? Wie heißt er noch?«

»Whithacker?« Ellery zuckte die Achseln. »Dr. Cazalis schien sich für ihn zu interessieren. Sie werden ihn gründlich untersuchen.«

»Mann, bin ich ein toller Reporter!« Jimmy knallte einen Löffel auf den Tisch. »Na gut, ich sag's jetzt in aller Form: Wollen Sie uns wiederhaben?«

»Ich habe nichts für Sie zu tun, Jimmy.«

»Für mich!« rief Celeste.

»Auch für Sie nicht.«

»Sie wollen uns nicht mehr.«

»Doch. Aber ich habe keine Arbeit mehr für euch.« Ellery stand auf und kramte nach einer Zigarette, ließ dann aber seine Hände sinken. »Ich weiß nicht mehr, was ich noch machen soll. Das ist die Wahrheit. Ich stecke total fest.«

Jimmy und Celeste sahen sich kurz an. Dann sagte Jimmy: »Sie sind darüber hinaus total geschlaucht. Was Sie brauchen, ist ein ganzes Weilchen Matratzenhorchdienst. He, Celeste, was ist jetzt mit *Kaffee?*!«

Beim Erwachen hörte Ellery laute Stimmen.

Er schaltete das Licht ein.

20.12 Uhr.

Die Stimme klang drängend. Ellery kletterte aus dem Bett, zog Bademantel und Pantoffeln an und eilte ins Wohnzimmer.

Die Stimme kam aus dem Radio. Sein Vater lag im Lehnstuhl ausgestreckt, Jimmy und Celeste hockten auf dem Sofa inmitten von Zeitungspapier.

»Seid ihr immer noch da?«

Jimmy seufzte. Sein langes Kinn scheuerte an seiner Brust, und Celeste strich sich selbst beruhigend über ihre hochgezogenen Beine.

Der Inspector bestand nur noch aus Knochen und grauer, welker Haut.

»Dad …«

»Hör zu.«

»– wurde heute abend bekannt«, sagte die Stimme. »Ein Kurzschluß im Schienennetz der Manhattan Subway löste an der U-Bahnstation Canal Street eine Massenpanik aus, bei der sechsundvierzig Personen verletzt wurden. Die Züge ab Grand Central Terminal sowie ab Pennsylvania Station haben inzwischen eineinhalb bis zwei Stunden Verspätung. Die aus der City herausführenden Durchgangsstraßen sind bis hinauf nach Greenwich und White Plains in Doppelreihen mit Kraftfahrzeugen verstopft. Im weiten Umkreis um die Einfahrten zum Holland und Lincoln Tunnel sowie zur George Washington Bridge ist der Verkehr zum Erliegen gekommen. Die Behörden des Nassau County berichten, daß der Straßenverkehr auf den wichtigsten Ausfallstraßen nach Long Island außer Kontrolle ist. Die Polizeibehörden von New Jersey, Connecticut und den nördlichen Gebieten des Bundesstaates berichten …«

Ellery schaltete das Radio aus.

»Was ist da los?« rief er heftig aus. »Sind wir im Krieg?« Sein Blick huschte zum Fenster, als erwarte er, einen brennenden Himmel zu sehen.

»New York ist neuerdings voller Malaien«, lachte Jimmy, »und alle laufen gleichzeitig Amok. Die müssen ihre Psychologiebücher umschreiben.« Er wollte aufstehen, aber Celeste hielt ihn zurück.

»Woher kommt dieser Aufruhr? Die Panik?«

»Diese Geschichte in der Metropol Hall gestern abend war nur der Anfang, Ellery.« Der Inspector kämpfte mit irgend etwas, sei es Übelkeit oder Wut. »Dabei ist eine lebenwichtige Sicherung durchgebrannt. Hat 'ne Art Kettenreaktion ausgelöst. Vielleicht war es auch, weil nach dem ganzen Aufruhr und der Panik noch die kleine Petrucchi ermordet wurde – das war ein ganz übles Timing. Aber wie dem auch sei, es breitet sich jetzt quer durch die ganze Stadt aus, wird täglich schlimmer.«

»Sie rennen weg«, sagte Celeste. »Alle wollen nur fort.«

»Aber wohin rennen sie?«

»Das weiß offenbar niemand. Sie rennen einfach los.«

»Das ist wie früher der Schwarze Tod«, sagte Jimmy McKell. »Wußtet ihr das nicht? Wir sind ins finsterste Mittelalter zurückgefallen. Heute ist New York die Pesthöhle der Westlichen Hemisphäre, Ellery. In zwei Wochen können Sie im Erdgeschoß bei Macy's Hyänen schießen.«

»Halten Sie die Klappe, McKell.« Der Kopf des alten Mannes rollte über die Rücklehne seines Sessels. »Es gibt eine Menge Aufruhr, mein Sohn, eine ganze Menge. Plünderungen, Überfälle … vor allem an der Fifth Avenue, der 86. Straße nahe Lexington Avenue, in der 125., im oberen Teil des Broadway und rings um Maiden Lane, unten an der Spitze. Außerdem Hunderte von Verkehrsunfällen. So etwas habe ich noch nie gesehen, jedenfalls nicht hier bei uns in New York.«

Ellery ging zum Fenster. Die Straße war leer. Ein Feuerwehrwagen fuhr mit kreischender Sirene in der Nähe vorbei. Im Südwesten glühte der Himmel.

»Außerdem sagt man …« setzte Celeste an.

»Wer sagt was?« Jimmy lachte wieder. »Genau das ist der Punkt, meine Lieben, weshalb ich heute stolz darauf bin, zu den Kapillaren im Kreislaufsystem der organisierten Meinung zu gehören. Diesmal haben wir das Kind wirklich geschaukelt, Kumpels.« Er stieß mit dem Fuß nach einer schlaff herunterhängenden Zeitung. »Verantwortungsbewußter Journalismus! Und das verfluchte Radio …«

»Jimmy«, sagte Celeste.

»Nun, unser Rip-van-Winkle-Verschnitt muß doch das Neueste vom Tage erfahren, oder? Schließlich und endlich hat er die Geschichte verschnarcht, Miss Phillips. Wußten Sie etwa, Sir, daß über die gesamte Stadt eine Quarantäne verhängt wurde? Das ist eine Tatsache. Oder etwa nicht? Daß alle Schulen bis auf weiteres geschlossen sind – welch ein Glück für die lieben Kleinen! Daß alle New Yorker Kindlein in Lager außerhalb des Stadtgebietes verschickt werden sollen? Daß alle Flüge von La Guardia, Newark und Idlewild gestrichen wurden? Und daß die Katze wie der Mond aus extrem stinkigem Blauschimmelkäse besteht?«

Ellery schwieg.

»Darüber hinaus«, sagte Jimmy McKell, »will man in bestinformierten Kreisen erfahren haben, daß der Bürgermeister von der Katze angefallen wurde, das FBI die Leitung des Polizeipräsidiums übernommen hat und morgen definitiv die Pforten der Börse geschlossen bleiben werden – was in Anbetracht der Tatsache, daß morgen Samstag ist, sogar zutrifft.« Jimmy klappte seine langen Gliedmaßen auseinander. »Ellery, ich bin heute nachmittag mal runter zum Rathaus gegangen. Der Laden ist ein Tollhaus. Alle rennen wie die Wiesel umeinander und haben nichts im Kopf, als jedes alte Gerücht zu dementieren und jedes neue sofort zu glauben. Auf dem Rückweg habe ich nachgesehen, ob bei Mutter und Vater noch alles im Lot ist, und wißt ihr was? Ich habe mit eigenen Augen gesehen, wie ein Portier an der Park Avenue hysterische Anfälle kriegte! Mann, das ist wirklich der Weltuntergang.« Er wischte sich mit dem Handrücken über die Nase und starrte wütend vor sich hin.

»Da möchte man doch am liebsten seine Mitgliedskarte zur menschlichen Gesellschaft zurückgeben. Los, wir besaufen uns alle sinnlos.«

»Und die Katze?« fragte Ellery seinen Vater.

»Nichts Neues.«

»Whithacker?«

»Cazalis und seine Psychiater bearbeiten ihn schon den ganzen Tag. Soweit ich weiß, sind sie immer noch nicht fertig mit ihm. Aber Handstände machen die auch nicht. Und in seiner Bude in der 4. Straße West haben wir nicht die Bohne gefunden.«

»Muß ich eigentlich wirklich alles selber machen?« erkundigte sich Jimmy, während er den Scotch einfüllte. »Für dich keinen, Celeste.«

»Was soll denn nun geschehen, Inspector?«

»Keine Ahnung«, sagte der Inspector. »Und im übrigen, Miss Phillips, ist es mir, glaube ich, allmählich völlig schnurz.« Er stand auf. »Ellery, falls das Präsidium anruft: Ich gehe ins Bett.«

Der Alte schlurfte hinaus.

»Auf die Katze! Prost!« Jimmy hob sein Glas. »Mögen ihre Eingeweide verdorren!«

»Wenn du vorhast, dich vollaufen zu lassen, Jimmy«, sagte Celeste, »dann gehe ich nach Hause. Ich wollte sowieso gehen.«

»Genau. Zu mir.«

»Zu dir?«

»Du kannst in deiner miesen Unterprivilegiertenbude nicht allein bleiben. Und außerdem kannst du Vater auch jetzt gleich kennenlernen, dann haben wir es hinter uns. Mutter dagegen wird dir aus der Hand fressen.«

»Das ist lieb von dir, Jimmy.« Celestes Teint war olivfarben mit rosa Flecken. »Aber völlig unmöglich.«

»In Queens Bett kannst du schlafen, aber in meinem nicht? Was soll das?«

Sie lachte zwar, war aber wütend. »Das waren die grauenhaftesten und zugleich die herrlichsten vierundzwanzig Stunden meines Lebens, Schatz. Verdirb jetzt nicht alles.«

»Verderben! Wieso denn, du proletarische Primadonna?«

»Ich möchte einfach nicht, daß deine Eltern meinen, ich sei ein Armeleutekind, das du von der Straße aufgelesen hast.«

»Du bist ein Snob!«

»Jimmy!« Ellery wandte sich vom Kamin ab. »Machen Sie sich wegen der Katze Sorgen?«

»Sowieso. Aber im Moment sind es auch die Kaninchen, sie sind derzeit recht bissig.«

»Wegen der Katze brauchen Sie sich jedenfalls keine Sorgen mehr zu machen. Celeste ist vor ihr sicher.«

Celeste schaute ihn überrascht an.

Jimmy sagte: »Wie kommen Sie auf so einen Quatsch?«

»Sie selbst übrigens auch.« Ellery erläuterte das Muster, das sich aus dem absteigenden Alter der Opfer ergab. Als er damit fertig war, stopfte er seine Pfeife und zündete sie an, ohne die beiden aus dem Auge zu lassen. Die ganze Zeit starrten sie ihn perplex an, als führe er Zaubertricks vor.

»Und keiner hat das erkannt«, murmelte Jimmy schließlich. »Kein einziger.«

»Aber was bedeutet das?« rief Celeste.

»Das weiß ich nicht. Aber Stella Petrucchi war 22, während Sie und Jimmy beide älter sind. Die Katze hat Ihre Altersgruppe ausgelassen.« Bloß Erleichterung, dachte er und fragte sich, warum ihn das enttäuschte.

»Darf ich das schreiben, Ellery?« Jimmy machte ein langes Gesicht. »Ach, das hatte ich vergessen. *Noblesse oblige*.«

»Also, ich bin der Meinung«, sagte Celeste trotzig, »daß die Leute das erfahren sollten, Mr. Queen. Vor allem jetzt, wo alle so ängstlich sind.«

Ellery starrte sie an. »Warten Sie einen Augenblick.«

Er ging in sein Arbeitszimmer.

Als er zurückkam, sagte er: »Der Bürgermeister ist Ihrer Meinung, Celeste. Die Lage ist ausgesprochen ernst. Ich halte heute abend um 10 Uhr eine Pressekonferenz ab und werde mit dem Bürgermeister zusammen um halb elf im Radio sprechen. Im Rathaus. Und Jimmy: keine falschen Tricks!«

»Besten Dank, liebster Freund. Geht's um diese Geschichte mit dem absteigenden Alter?«

»Ja. Wie Celeste schon sagte, könnte das vielleicht die Angst etwas beschwichtigen.«

»Das klingt aber nicht besonders überzeugt.«

»Die Frage ist, was die Leute mehr ängstigt«, sagte Ellery, »die Angst um ihr eigenes Leben oder die Angst um das ihrer Kinder.«

»Ich verstehe. Ich bin gleich wieder da, Ellery. Nun komm, Celeste.« Er nahm ihren Arm.

»Ruf mir einfach ein Taxi, Jimmy.«

»Willst du etwa dickköpfig sein?«

»Ich bin in der 102. Straße genauso sicher wie in der Park Avenue.«

»Wie wär's, wenn wir uns in einem Hotel ver … äh, auf ein Hotel einigen?«

»Jimmy, du vergeudest Mr. Queens Zeit.«

»Warten Sie auf mich, Ellery. Ich geh mit Ihnen zum Rathaus.«

Während sie hinuntergingen, hörte Jimmy noch immer nicht auf zu drängen.

Ellery schloß sorgfältig die Tür hinter ihnen. Dann ging er wieder zum Radio, schaltete es ein und setzte sich auf die Stuhlkante, als sei er Teil eines Publikums.

Doch beim ersten Blöken des Nachrichtensprechers sprang er auf, drehte das Radio leiser und lief in sein Schlafzimmer.

Später hieß es, die Pressekonferenz und die Radioansprache, die der Sonderbeauftragte des Bürgermeisters am chaotischen Abend des 23. September absolvierte, habe die Flucht der New Yorker aus der Stadt gebremst und die Panik innerhalb von Stunden vollständig zum Erliegen gebracht. Es stimmte zwar, daß die Krise in dieser Nacht erfolgreich überwunden wurde und auch nicht wieder im gleichen Ausmaß aufflackerte. Doch von denjenigen, die sich mit den komplexen psychologischen Vorgängen dieses Zeitraums beschäftigten, war nur wenigen klar, daß an die Stelle der Panik lediglich etwas anderes, ebenso Unerwünschtes getreten war.

Als die Menschen am nächsten Tag und den darauf folgenden Tagen allmählich in die Stadt zurückdrängten, fiel auf, daß die Katze sie offenbar überhaupt nicht mehr *interessierte*. Die Flut von telefonischen und persönlichen Anfragen, die das Rathaus, das Polizeipräsidium und die Reviere überall in der Stadt fast vier Monate lang in Atem gehalten hatte, versiegte zu einem Rinnsal. Wahlbeamte, die von den Bürgern ihrer Wahlbezirke ständig belagert worden waren, entdeckten plötzlich, daß die Leute aus unerklärlichen Gründen von ihnen abließen, und die Politiker stellten zu ihrer Erleichterung fest, daß ihre Parteizentralen endlich wieder leer waren. Die Stimme des Volkes, die sich in den Leserbriefen der Zeitungen die ganze Zeit über dröhnend Luft gemacht hatte, verebbte nun zu einem Raunen.

Beobachtet wurde jedoch ein noch weit bedeutsameres Phänomen. Am Sonntag, dem 25. September verzeichneten die Kirchen und Gebetsstätten sämtlicher Konfessionen einen deutlichen Besucherrückgang. Während die Priesterschaft diese Abtrünnigkeit beklagte, wurde sie von weltlichen Beobachtern »angesichts der jüngsten Vergangenheit« durchweg als läßliche Sünde betrachtet. (Zu diesem Zeitpunkt war die Panik bereits zu einer Randbemerkung in der Chronik der Stadt geschrumpft; so dramatisch war der Wandel erfolgt.) Die ungewöhnlich hohe Zahl der Kirchgänger während der Sommermonate, so die Beobachter, war im wesentlich durch die von der Katze ausgelösten Ängste und die panische Flucht in die Geborgenheit des geistlichen Beistands bedingt gewesen. Die urplötzliche Massenflucht aus den Kirchenbänken konnte nur bedeuten, daß die Panik vorüber war und das Pendel ins andere Extrem geschwungen war. In Kürze, so sagten sie voraus, würden sich die Besucherzahlen wieder normalisieren.

Überall beglückwünschten die Verantwortlichen sich wechselseitig selbst und die Stadt zur »Rückkehr zur Vernunft«. Man war sich bewußt, daß man wegen der Bedrohung für die Jugend der Stadt angemessene Vorkehrungen treffen mußte, und plante entsprechende Maßnahmen, doch hatten offenbar alle einschließlich der offiziellen Stellen das Gefühl, das Schlimmste sei vorüber.

Es war fast so, als sei die Katze gefaßt worden.

Doch für diejenigen, die sich nicht von der allgemeinen Erleichterung blenden ließen, zeichnete sich ganz das Gegenteil ab.

Im Laufe der Woche ab Samstag, den 24. September berichteten *Variety* und die Broadway-Kolumnisten allmählich über einen außergewöhnlichen Anstieg der Besucherzahlen von Nachtclubs und Theatern. Der Aufschwung konnte nicht dem Saisonbeginn zugeschrieben werden, denn dafür kam er zu abrupt. Die Theater, die den ganzen Sommer über kein einziges Mal ein ausverkauftes Haus gehabt hatten, sahen sich jetzt zu ihrem Entzücken gezwungen, ihre mittlerweile entlassenen Platzanweiser wieder einzustellen, Seile zu spannen und auf Schildern zu verkünden, daß nur noch Stehplätze erhältlich waren. Die Nachtlokale, die monatelang vor sich hingedümpelt waren, blickten mit Begeisterung auf ihre überfüllten Tanzflächen, die berühmten Clubs wiesen sogar hochnäsig unerwünschte Gäste ab. In den Bars und Restaurants am Broadway kehrte wieder lebhafter Betrieb ein. Blumenläden, Süßwaren- und Zigarrengeschäfte waren überfüllt. Wein- und Spirituosengeschäfte verdreifachten ihren Umsatz. Kartenschwarzhändler, Aufreißer und Schlepper konnten wieder lachen. Buchmacher rieben sich angesichts der ausgebrochenen Wettleidenschaft die Augen. Sportstadien verzeichneten Besucherrekorde und traumhafte Umsätze. Billardlokale und Bowlingbahnen mußten Aushilfen einstellen. Die Schießstände am Broadway, der 42. Straße und der Sixth Avenue waren bevölkert wie nie.

Über Nacht, so schien es, erlebten das Showgeschäft und seine Zulieferer einen sagenhaften Boom. Von Sonnenuntergang bis drei Uhr morgens glich der Times Square einem tosenden, undurchdringlichen Dickicht. Die Taxifahrer sagten: »Das ist wieder genau wie damals während des Krieges.«

Das Phänomen beschränkte sich nicht auf den mittleren Teil Manhattans, sondern wurde gleichzeitig in den Vergnügungsvierteln von Brooklyn, der Fordham Road in der Bronx und an anderen Stellen kreuz und quer durch die fünf New Yorker Stadtteile verzeichnet.

Gleichermaßen erstaunt waren in dieser Woche auch die Werbeagenturen, als sie bei ihren Meinungsumfragen zu den Radioprogrammen die ersten Zahlen in Händen hielten. Zu einem Zeitpunkt, als die meisten beliebten Sendereihen wieder anfingen, ihre Herbst- und Winterstaffeln in den Äther zu schicken, und ein ansehnlicher Anstieg der Zuhörerzahlen zu erwarten gewesen wäre, wiesen die Vorabstatistiken im ganzen Stadtgebiet unerklärlich steil abfallende Einschaltquoten aus. Davon waren unterschiedslos alle Sender betroffen. Die privaten Lokalsender ließen sich in aller Eile von Pulse und BMB Sonderumfragen anfertigen, um dann festzustellen, daß ihre Hörerreaktionen und Zuhörerzahlen ins Bodenlose gesunken waren. Die wichtigste Zahl in allen Umfragen allerdings war die Einschaltquote, und die lag durchweg so niedrig wie nie zuvor.

Zu ähnlichen Ergebnissen kamen auch die Umfragen bei Fernsehzuschauern.

Die New Yorker hörten kein Radio und sahen nicht fern.

Die Kundenbetreuer der Werbeagenturen und die leitenden Manager der Fernsehsender formulierten eilends für ihre Kunden Erklärungen, in denen sie sich im wesentlichen selbst geißelten. Niemandem von ihnen dämmerte jedoch die Wahrheit, daß nämlich all die Radios und Fernseher in den Häusern gar nicht eingeschaltet werden konnten, weil die Bewohner nicht zu Hause oder, was ebenso häufig der Fall war, gar nicht ansprechbar waren.

Die Polizei stand fassungslos vor dem plötzlichen Anstieg der Fälle von Trunkenheit und Erregung öffentlichen Ärgernisses. Bei routinemäßig durchgeführten Razzien in Spielhöllen wurden zahlreiche Leute aufgegriffen, darunter erstaunlich viele etablierte Bürger, die ihr Geld normalerweise nicht so einfach aus dem Fenster warfen. Delikte im Zusammenhang mit Marihuana und harten Drogen zogen beängstigend an. Die Sittenpolizei sah sich zu einer konzertierten Aktion gezwungen, um der sich plötzlich ausweitenden und immer frecher werdenden Prostitution Herr zu werden. Straßenraub, Autodiebstähle, Raubüberfälle, Körperverletzungen und Sexualdelike nahmen deutlich zu. Vor allem die Vielzahl jugendlicher Straftäter gab Anlaß zur Besorgnis.

Interessanterweise wurden nun überall in der Stadt wieder strangulierte Streunerkatzen gefunden.

Die wenigen, die einen klaren Kopf behielten, begriffen, daß das, was zunächst wie ein gesundes Erlahmen des öffentlichen Interesses an den Morden der Katze gewirkt hatte, alles andere als normal war. Die Angst war nicht etwa versiegt; in der Stadt herrschte unterschwellig noch immer das Gesetz des Pöbels, und die Volksseele litt noch immer an Panikzuständen, die lediglich eine andere Form und Richtung angenommen hatten. Nun waren die Menschen nicht mehr physisch auf der Flucht vor der Realität, sondern psychisch, in jedem Fall noch immer auf der Flucht.

Am Sonntag, dem 2. Oktober, wählte eine große Zahl von Priestern für ihre Predigt erwartungsgemäß bestimmte Verse aus der Genesis. Es bot sich an, zu diesem Tag an Sodom und Gomorrha zu gemahnen, und so wurde von allen Kanzeln reichlich Feuer und Schwefel prophezeit. Die Elemente des moralischen Verfalls waren im großen Schmelztiegel durchweg vertreten und gärten. Das Problem war eigentlich nur, daß diejenigen, die am meisten von den gutgemeinten Lehren hätten profitieren können, anderswo und in ganz anderer, viel weniger gottgefälliger Weise für ihre Sünden büßten.

Auf eine hinterhältig-ironische Art erwies sich das neunte Leben der Katze als ausschlaggebend.

Denn bei der Untersuchung des neunten Mordes kam es endlich zum Durchbruch.

Die Leiche wurde wenige Minuten nach ein Uhr morgens gefunden, und zwar in der Nacht vom 29. auf den 30. September, exakt eine Woche nach den Cat Riots und keine zwei Meilen von der Stelle entfernt, wo Stella Petrucchi ermordet worden war. Der Leichnam lag im tiefsten Schatten auf den Stufen des Naturkundemuseums ausgestreckt, das in der 77. Straße an der Ecke Central Park West steht. Ein scharfsichtiger Wachmann fand ihn, als er seine Runde machte.

Der Tod trat durch Erdrosseln ein. Dazu hatte der Mörder eine Schnur aus blau eingefärbter Tussahseide verwendet, genauso wie dies bei Archibald Dudley Abernethy und Rian O'Reilly der Fall gewesen war.

Anhand des Führerscheins, den man in der völlig unberührten Brieftasche des Toten fand, wurde das Opfer als Donald Katz, 21 Jahre alt, wohnhaft 81. Straße West identifiziert. Die Anschrift erwies sich als Miethaus zwischen dem Central Park West und der Columbus Avenue. Sein Vater war Zahnarzt und hatte seine Praxis an der 71. Straße West Ecke Amsterdam Avenue in der Nähe des Sherman Square. Die Familie war jüdischen Glaubens. Das Opfer hatte eine ältere Schwester, Mrs. Jeanne Immerson, die in der Bronx lebte. Donald besuchte Weiterbildungkurse als Rundfunk- und Fernsehtechniker. Er war offenbar ein impulsiver junger Mann gewesen, der rasch zwischen Begeisterung und Abscheu hin- und herpendelte. Er hatte viele Bekannte, aber nur wenige Freunde gehabt.

Sein Vater, Dr. Morvin Katz, identifizierte den Jungen offiziell.

Von Dr. Katz erfuhr die Polizei auch von dem Mädchen, mit dem sein Sohn an dem besagten Abend ausgegangen war. Sie hieß Nadine Cuttler, war 19, wohnte in Borough Park, Brooklyn und studierte Kunst an der New York Arts Students' League. Kriminalbeamte aus Brooklyn griffen sie im Laufe der Nacht auf, und sie wurde zur Vernehmung nach Manhattan gebracht.

Als sie die Leiche sah, fiel sie in Ohnmacht und konnte erst nach geraumer Zeit eine zusammenhängende Geschichte erzählen.

Nadine Cuttler sagte, sie habe Donald Katz seit fast zwei Jahren gekannt. »Wir lernten uns bei einer Palästina-Kundgebung kennen.« Seit einem Jahr gingen sie miteinander und trafen sich während dieser Zeit drei- bis viermal pro Woche. »Wir hatten so gut wie nichts gemeinsam. Donald interessierte sich für Wissenschaft und Technik, während ich mehr für die Kunst übrig habe. Er war politisch unterentwickelt, auch durch den Krieg hat er nicht das geringste gelernt. Nicht einmal über Palästina waren wir uns einig. Warum wir uns eigentlich ineinander verliebt haben, weiß ich nicht.«

Am Vorabend, erzählte Miss Cuttler, hatte Donald Katz sie nach dem Unterricht an der Kunstakademie abgeholt, und sie waren von der 57. Straße aus die Seventh Avenue hinuntergebummelt und hatten in Lum Fongs Chinarestaurant ein Chop Suey gegessen. »Wir haben uns wegen der Rechnung gestritten. Donald hatte kindliche Vorstellungen, die Männer regierten die Welt und die Frauen gehörten nach Hause und sollten Kinder kriegen und es ihrem Mann gemütlich machen, wenn er nach seiner wichtigen Arbeit des Tages nach Hause kommt. Jedenfalls so in der Art. Er war sehr wütend auf mich, weil ich ihm klarzumachen versuchte, daß ich mit dem Bezahlen dran war. Letztlich habe ich ihn doch bezahlen lassen, um einen offenen Streit zu vermeiden.

Danach sind wir tanzen gegangen, in dem kleinen russischen Nachtclub in der 52. Straße. Er heißt *Yar* und liegt gegenüber vom *21* und *Leon and Eddie's*.

Wir mochten das Lokal und gingen oft hin. Alle kannten uns da, und wir duzten uns mit Maria und Lonya und Tina und den übrigen. Aber gestern abend war es sehr voll, und wir sind nach einer Weile wieder gegangen. Donald hatte vier Wodka getrunken, von den Cocktailhappen aber nichts genommen, und als wir an die frische Luft kamen, hatte er einen ganz schönen Schwips. Er wollte eine Tour durch die Nachtclubs machen, aber ich hatte keine Lust, und statt dessen sind wir dann die Fifth Avenue wieder nach Norden hochgebummelt. Als wir an der Ecke Fifth Avenue und 59. Straße waren, wollte Donald unbedingt in den Park. Er war sehr … ausgelassen, die Wirkung des Wodkas war noch nicht verflogen. Mir war es aber zu dunkel im Park, und die Katze …»

An diesem Punkt brach Nadine Cuttler zusammen.

Als sie fortfahren konnte, sagte sie: »Ich war furchtbar nervös, ich weiß auch nicht, warum. Wir hatten oft über die Morde der Katze gesprochen, und wir fühlten uns beide nicht persönlich gefährdet, soviel ist sicher. Wir haben das irgendwie nicht ernst genommen, ich meine, so richtig ernst. Donald sagte immer, die Katze sei Antisemitin, weil sie ausgerechnet in der Stadt mit den meisten Juden in der ganzen Welt keinen einzigen Juden erdrosselt hatte. Dann lachte er und widersprach sich, gerade deshalb könnte der Mörder ja genauso gut selbst Jude sein. Das war so eine Art Privatwitz zwischen uns, den ich eigentlich nie so richtig komisch fand, aber man konnte Donald wirklich nicht böse sein, egal was er sagte, er …«

Sie mußten sie bitten weiterzuerzählen.

»Wir sind dann nicht in den Park gegangen, sondern über die Central Park South nach Westen marschiert, und zwar an der Seite, wo die Gebäude stehen. Unterwegs wirkte Donald ein bißchen nüchterner. Wir haben über den Mord an der kleinen Petrucchi letzte Woche geredet, über die Cat Riots und die Massenflucht aus der Stadt, und wir waren uns einig, daß es doch komisch ist, daß in einer Krise meist zuerst die älteren Leute den Kopf verlieren, während die Jüngeren, die doch mehr zu verlieren haben, ruhig bleiben. Und dann, als wir am Columbus Circle ankamen, haben wir uns wieder gestritten.«

Donald wollte sie nach Hause bringen, »obwohl wir seit Monaten felsenfest ausgemacht hatten, daß ich in der Woche abends allein nach Brooklyn zurückfahre. Ich war richtig sauer auf ihn. Seiner Mutter ist es nicht recht, wenn er so spät nach Hause kommt, und das war die Voraussetzung dafür, daß ich mich überhaupt darauf eingelassen habe, mich so oft mit ihm zu treffen. Warum habe ich ihn bloß davon abgehalten, warum nur?«

Nadine Cuttler brach wieder in Tränen aus, und Dr. Katz beruhigte sie, sie habe sich nichts vorzuwerfen. Wenn es Donalds Schicksal gewesen sei, der Katze zum Opfer zu fallen, dann hätte nichts daran etwas ändern können. Das Mädchen klammerte sich an seine Hand.

Damit war die Geschichte praktisch zu Ende. Sie hatte sich geweigert, sich von ihm nach Brooklyn begleiten zu lassen, und ihn gedrängt, sich in ein Taxi zu setzen und gleich nach Hause zu fahren, denn »er sah aus, als sei ihm schlecht, und außerdem gefiel mir der Gedanke nicht, daß er in dem Zustand allein durch die Straßen lief. Aber das brachte ihn noch mehr in Rage. Er hat mir nicht mal einen … Kuß gegeben. Zuletzt habe ich ihn gesehen, als ich die Treppe zur U-Bahn runterging. Da stand er oben und sprach mit jemandem, wahrscheinlich einem Taxifahrer. Das war ungefähr um halb elf.«

Der Taxifahrer konnte ausfindig gemacht werden. Ja, er erinnerte sich an das streitende junge Paar. »Als die Kleine abzockelte und die Treppe runterging, hab ich die Tür aufgemacht und rübergerufen: ›Das nächste Mal haste mehr Glück, Casanova. Komm, ich fahr dich nach Hause.‹ Aber er war stinksauer. ›Du kannst dir dein Taxi sonstwohin schieben‹, sagt der zu mir. ›Ich geh zu Fuß nach Hause.‹ Und weg war er, quer über den Circle und ab in die Central Park West. Richtung Norden. War ganz schön wacklig auf den Beinen.«

Offenbar war Donald Katz entschlossen gewesen, seine Absicht wahrzumachen, und war zu Fuß auf der Westseite von Central Park West fast eine Meile vom Columbus Circle bis zur 77. Straße hochgelaufen, nur noch vier Häuserblocks von zu Hause entfernt. Es schien sicher, daß die Katze ihm die ganze Zeit über gefolgt war, vielleicht war sie schon den ganzen Abend hinter den jungen Leuten hergeschlichen, obwohl Erkundigungen bei Lum Fong und im *Yar* dies nicht bestätigten. Auch der Taxifahrer konnte sich nicht erinnern, daß sich jemand auffällig verhalten hätte, nachdem Donald Katz weggegangen war. Die Katze hatte zweifellos einen günstigen Moment abgewartet, um zuzuschlagen. Die Gelegenheit bot sich an der 77. Straße. Auf den Stufen des Museums, an der Stelle, wo Donalds Leiche lag, fand man eine Lache Erbrochenes, von dem auch etwas an Donalds Mantel klebte. Offenbar war in dem Moment, als er an dem Museum vorüberging, die Trunkenheit in Übelkeit umgeschlagen, und er hatte sich an einer dunklen Ecke auf die Stufen gehockt und erbrochen.

Die Katze war von der Seite gekommen und hatte sich hinter ihn gestellt, während er würgend dasaß.

Er hatte sich heftig gewehrt.

Der Tod war nach Auskunft des Gerichtsmediziners zwischen 23 Uhr und Mitternacht eingetreten.

Niemand hatte Schreie oder ersticktes Rufen gehört.

Auch die extrem gründliche Untersuchung der Leiche, ihrer Kleidung, der Schnur und des Tatortes erbrachte nichts von Bedeutung.

»Wie immer«, sagte Inspector Queen, als das erste Tageslicht aufleuchtete, »hat die Katze keinerlei Spuren hinterlassen.«

Das hatte sie allerdings.

Die verhängnisvolle Tatsache stellte sich am 30. September im Laufe des Vormittags in der Wohnung der Familie Katz in der 81. Straße West auf indirektem Wege heraus.

Die Familie wurde von Kriminalbeamten befragt. Man wollte alles über die familiären Beziehungen wissen, um möglicherweise eine Verbindung zwischen Donald Katz und den Opfern der vorangegangenen acht Morde herzustellen.

Anwesend waren die Eltern des jungen Mannes, deren Tochter sowie der Ehemann der Tochter, Mr. Philbert Immerson. Mrs. Katz war eine hagere Frau mit braunen Augen, die einen herben Charme verströmte; ihr Gesicht war vom Weinen wie nackt. Mrs. Immerson, eine rundliche junge Frau ohne die Verve ihrer Mutter, schluchzte während der gesamten Vernehmung. Einer Bemerkung, die Mrs. Immerson machte, entnahm Ellery, daß sie sich mit ihrem jüngeren Bruder nicht besonders gut verstanden hatte. Dr. Katz saß abseits in einer Ecke, so wie Zachary Richardson auf der anderen Seite des Central Park dreieinhalb Wochen zuvor. Er hatte seinen Sohn verloren, er würde keinen weiteren mehr bekommen. Donalds Schwager, ein bereits kahl werdender junger Mann mit rötlichem Schnurrbart, dessen modischer grauer Anzug den Geschäftsmann erkennen ließ, stand in einiger Entfernung von den anderen, als wolle er am liebsten unbeachtet bleiben. Er war frisch rasiert. Seine fülligen Wangen waren unter dem Talkumpuder ganz verschwitzt.

Ellery achtete nur wenig auf die automatischen Fragen und die emotionsüberfrachteten Antworten; in den letzten Tagen hatte er sich mühsam vorangeschleppt, und die vergangene Nacht war besonders unerquicklich gewesen. All das würde nichts bringen, dessen war er sich sicher, genauso wie dies alles bei den übrigen nichts gebracht hatte. Einige kleinere Abwandlungen des Musters – jüdisch statt christlich, sieben Tage seit dem letzten Mord anstatt siebzehn, elf, oder sechs – aber die groben Fakten waren stets dieselben: Erdrosselt mit einer Schnur aus Tussahseide, die bei Männern blau und bei Frauen lachsrosa war. Alle Opfer waren ledig (Rian O'Reilly bildete die einzige Ausnahme). Alle Opfer standen im Telefonbuch – Ellery hat es sofort überprüft. Und das neunte Opfer war jünger als das achte, das jünger war als das siebte, das wiederum …

»… nein, ich bin mir sicher, er kannte niemanden mit diesem Namen«, sagte Mrs. Katz gerade. Inspector Queen kam mit eigentümlicher Beharrlichkeit immer wieder auf Howard Whithacker zurück, der für die Psychiater eine herbe Enttäuschung gewesen war. »Es sei denn, natürlich, Donald hätte diesen Whithacker in der Ausbildung kennengelernt.«

»Sie meinen im Krieg?« fragte der Inspector.

»Ja.«

»Ihr Sohn war im Krieg, Mrs. Katz? War er dafür nicht zu jung?«

»Nein. Er hat sich an seinem achtzehnten Geburtstag freiwillig gemeldet. Da war der Krieg noch nicht zu Ende.«

Der Inspector wirkte überrascht. »Deutschland hat, soweit ich weiß, im Mai 1945 kapituliert, Japan im August oder September. War Donald 1945 denn nicht erst siebzehn?«

»Ich weiß doch wohl, wie alt mein Sohn ist!«

»Pearl.« Dr. Katz rührte sich in seiner Ecke. »Es liegt wahrscheinlich an dem Führerschein.«

Die Queens machten beide einen winzigen Satz nach vorn.

»Im Führerschein Ihres Sohnes, Dr. Katz«, sagte Inspector Queen, »ist als Geburtsdatum der 10. März 1928 angegeben.«

»Das ist falsch, Inspector Queen. Mein Sohn hat beim Ausfüllen des Antrags versehentlich sein Geburtsjahr falsch angegeben und sich nie die Mühe gemacht, es korrigieren zu lassen.«

»Das bedeutet also«, sagte Ellery und räusperte sich heftig, »daß Donald *nicht* einundzwanzig Jahre alt war, Dr. Katz?«

»Donald war zweiundzwanzig. Er wurde am 10. März 1927 geboren.«

»Zweiundzwanzig«, sagte Ellery.

»Zweiundzwanzig?« Auch der Inspector hatte einen Frosch im Hals. »Ellery. Stella Petrucchi.«

Abernethy 44. Violette Smith 42. Rian O'Reilly 40. Monica McKell 37. Simone Phillips 35. Beatrice Willikins 32. Lenore Richardson 25. Stella Petrucchi 22. Donald Katz … 22!

Damit schien zum ersten Mal die absteigende Altersfolge durchbrochen worden zu sein.

Oder etwa doch nicht?

»Es stimmt«, sagte Ellery hektisch in der Eingangshalle, »daß der Altersunterschied bisher jeweils Jahre betragen hat. Wenn wir jetzt feststellen …«

»Du meinst, der Katz-Junge könnte trotzdem noch jünger als Stella Petrucchi gewesen sein«, meinte sein Vater.

»Ein paar Monate. Nimm mal an, die kleine Petrucchi wäre im Januar 1927 geboren worden, dann wäre Donald Katz zwei Monate jünger.«

»Aber nimm mal an, Stella Petrucchi wäre im *Mai* 1927 geboren worden. Dann wäre Donald Katz zwei Monate *älter*.«

»Daran mag ich gar nicht denken. Dann wäre … In welchem Monat ist sie denn nun geboren?«

»Keine Ahnung!«

»Ich kann mich nicht erinnern, in einem der Berichte das genaue Geburtsdatum gesehen zu haben.«

»Warte einen Augenblick.«

Der Inspector ging weg.

Ellery ertappte sich dabei, daß er eine Zigarette zerrupfte. Es war monströs. Bedeutungsschwanger. Er wußte, es war wichtig.

Genau hier lag das Geheimnis.

Aber was für ein Geheimnis?

Er versuchte, sich zusammenzureißen. In der Ferne hörte er die dröhnende Stimme des Inspectors. Möge es dem Geist Alexander Graham Bells im Himmel wohl ergehen. Was für ein Geheimnis?

Angenommen, es erwies sich, daß Donald Katz älter als Stella Petrucchi gewesen war, und wenn es nur ein einziger Tag war. Nur mal angenommen. Was konnte das bedeuten? Was um Himmels willen konnte das bedeuten?

»Ellery.«

»Nun?«

»Am 10. März 1927.«

»Was?«

»Pfarrer Petrucchi sagt, seine Schwester Stella wurde am 10. März 1927 geboren.«

»Am selben Tag?«

Sie starrten sich wortlos an.

Später kamen sie überein, daß ihre Vorgehensweise ein reiner Automatismus gewesen war, denn an und für sich versprach die Sache keinerlei Erfolg. Ihre Nachforschungen waren wie ein bedingter Reflex: Der Organismus des Kripobeamten reagiert auf den Reiz einer weiteren unverstandenen Tatsache damit, daß er sich auf seine Gewohnheit verläßt. Die Vergeblichkeit jeglicher intellektuellen Auseinandersetzung mit dem Phänomen der identischen Geburtsdaten war ihnen allzu schmerzlich bewußt. Anstelle einer Erklärung oder zumindest einer einleuchtenden Hypothese griffen die Queens auf die Grundlagen zurück. Ganz gleich, was die Tatsache bedeuten mochte, mußte man zu allererst klären, ob sie wirklich eine Tatsache war.

Ellery sagte zu seinem Vater: »Komm, wir prüfen das sofort nach«, und der Inspector nickte. Sie gingen zur 81. Straße West hinab und stiegen in den Wagen des Inspectors. Sergeant Velie fuhr sie zum Standesamt von Manhattan, das die Geburts- und Sterberegister der Stadt führt.

Keiner der beiden sprach unterwegs ein Wort.

Ellery hatte Kopfschmerzen. Tausend Zahnräder versuchten ineinanderzugreifen und scheiterten. Es war zum Verrücktwerden, weil er das Gefühl einfach nicht los wurde, daß alles im Grunde grauenhaft simpel war. Er war sicher, daß es ein rhythmisches Zusammenspiel zwischen den Fakten gab, doch genau das funktionierte nicht, weil sein Wahrnehmungsapparat idiotischer- und ausgesprochen hinderlicherweise defekt war.

Schließlich schaltete er die Stromzufuhr zum Gehirn ab und ließ sich bis zum Erreichen ihres Ziels mit völlig leerem Kopf chauffieren.

»Die Original-Geburtsurkunden«, sagte Inspector Queen zum Standesbeamten. »Nein, die Nummern haben wir leider nicht, aber die Namen. Es geht um Stella Petrucchi, weiblich, und Donald Katz, männlich. Das Geburtsdatum ist nach unseren Unterlagen in beiden Fällen der 10. März 1927. Hier, ich habe Ihnen die Namen aufgeschrieben.«

»Sind Sie sicher, daß beide in Manhattan geboren wurden, Inspector?«

»Ja.«

Als der Standesbeamte zurückkam, sah er interessiert aus. »Die beiden sind offensichtlich nicht nur am selben Tag geboren, sondern …«

»Am 10. März 1927, alle beide?«

»Ja.«

»Warte mal, Dad. Nicht nur am selben Tag geboren, sondern was?«

»Bei der Entbindung war sogar derselbe Arzt dabei.«

Ellery zwinkerte verblüfft.

»Derselbe … Arzt bei der Entbindung?«

»Darf ich bitte mal die Geburtsurkunden sehen?« Ellerys Stimme war wieder brüchig.

Sie starrten auf die Unterschriften. Dieselbe Handschrift. Beide Geburtsurkunden waren unterzeichnet von:

Dr. med. Edward Cazalis.

»Nun laß uns nichts überstürzen, Ellery«, sagte Inspector Queen und hielt dabei eine Hand über die Muschel. »Wir dürfen nicht voreilig sein. Wir wissen noch gar nichts. Bisher stochern wir lediglich im dunkeln herum. Wir müssen es langsam angehen lassen.«

»Ich lasse es verdammt noch mal angehen, wie ich es für richtig halte. Wo ist die Liste?«

»Ich kriege sie. Die holen sie mir-

Cazalis, Cazalis. Hier ist er! Edward Cazalis. Ich hab dir doch gesagt, er ist es.»

»Was hatte er denn mit Entbindungen zu tun? Ich dachte …«

»Zu Beginn seiner Laufbahn als Arzt war er Frauenarzt und Geburtshelfer. Ich wußte doch, es war etwas komisch an seinem beruflichen Werdegang.«

»1927. War er denn 1927 überhaupt noch in der Geburtshilfe tätig?«

»Auch später noch. Hier. Da steht …

Ja, Charley?»

Ellery legte das Ärzteverzeichnis wieder hin. Sein Vater begann mitzuschreiben, was ihm durchgegeben wurde. Er schrieb und schrieb, als wolle er gar nicht mehr damit aufhören.

Schließlich war doch Schluß.

»Sind das alle?«

»Ellery, es ist nicht sinnvoll, daß wir *alle* …«

»Würden Sie mir bitte die Original-Geburtsurkunden der hier aufgeführten Personen heraussuchen?« sagte er zum Standesbeamten und gab ihm die Liste.

»Geburtsdatum …« Der Standesbeamte sah die Liste durch. »Alle in Manhattan geboren?«

»Die meisten, vielleicht alle. Doch«, sagte Ellery, »ich gehe davon aus, daß es bei allen so ist. Ich bin mir sogar sicher.«

»Wie kannst du dir da ›sicher‹ sein?« knurrte sein Vater. »Was meinst du denn mit ›sicher‹? Wir wissen es zwar von einigen, aber …«

»Ich bin sicher. Alle sind in Manhattan geboren, jeder einzelne von ihnen. Wart doch ab, ob ich recht habe oder nicht.«

Der Standesbeamte ging weg.

Sie umkreisten sich wie zwei Wachhunde.

Die Wanduhr schleppte sich voran.

Einmal murmelte der Inspector leise: »Das würde möglicherweise bedeuten … Du weißt, was das bedeuten könnte …«

Ellery drehte sich um und bleckte die Zähne. »Ich will nicht wissen, was das ›bedeuten könnte‹. Ich habe die Nase voll von den ewigen Eventualitäten. Das erste zuerst, das ist mein Motto. Ich hab's gerade eben erfunden. Immer eines nach dem anderen, Schritt für Schritt. B folgt auf A, C folgt auf B. Eins und eins macht zwei, aber das ist schon die ganze Arithmetik, bis ich nochmal zwei addieren kann.«

»Okay, okay, Ellery«, sagte der Inspector und murmelte von da an nur noch vor sich hin.

Dann kehrte der Standesbeamte zurück.

Er wirkte verblüfft, neugierig und unbehaglich.

Ellery lehnte sich mit dem Rücken an die Bürotür. »Bringen Sie es mir bitte schonend bei. Einen nach dem anderen. Fangen Sie mit Abernethy an. Abernethy, Archibald Dudley …«

»Geboren am 24. Mai 1905«, sagte der Standesbeamte. Dann fügte er hinzu: »Dr. med. Edward Cazalis.«

»Hochinteressant!« sagte Ellery. »Smith. Violette Smith.«

»Geboren am 13. Februar 1907«, sagte der Standesbeamte. »Dr. med. Edward Cazalis.«

»Rian O'Reilly. Ist der gute alte Rian O'Reilly auch mit im Boot?«

»Sie sind alle dabei, Mr. Queen. Ich muß schon sagen … Geboren am 23. Dezember 1908. Dr. med. Edward Cazalis.«

»Und Monica McKell?«

»2. Juli 1912. Dr. med. Edward Cazalis. Mr. Queen …«

»Simone Phillips.«

»11. Oktober 1913. Cazalis.«

»Nur ›Cazalis‹, sonst nichts?«

»Natürlich nicht«, fauchte der Standesbeamte. »Dr. med. Edward Cazalis. Hören Sie, ich weiß wirklich nicht, warum wir uns die Mühe machen, die Namen einzeln durchzugehen, Inspector Queen. Ich sagte Ihnen doch, sie sind alle dabei.«

»Lassen Sie dem Jungen seinen Willen«, sagte der Inspector. »Er war ziemlich lange angekettet.«

»Beatrice Willikins«, sagte Ellery. »Beatrice Willikins interessiert mich besonders. Obwohl ich das hätte sehen müssen. Genau wie der Tod ist auch die Geburt ein Ereignis, das alle Menschen gleichermaßen betrifft. Die beiden halten seit jeher unter Gottes Richtertisch Händchen miteinander. Warum habe ich das bloß nicht gleich erkannt? Beatrice Willikins.«

»7. April 1917. Derselbe Arzt.«

»Derselbe Arzt«, nickte Ellery. Er lächelte. Ein unnachsichtiges Lächeln. »Das war zwar ein schwarzes Baby, aber derselbe Arzt. Ein pflichtbewußter Arzt, der seinen Hippokratischen Eid ernst nimmt. Cazalis machte in der Entbindungsabteilung bestimmt jeden zweiten Mittwoch den Gott in Weiß. Kommet zu mir, all ihr Schwangeren, ohne Ansehen von Hautfarbe und Glauben, das Honorar richtet sich nach eurer Zahlungsfähigkeit. Und Lenore Richardson?«

»29. Januar 1924. Dr. med. Edward Cazalis.«

»Gut. Das war bereits alles, was wir aus dem Kreißsaal wissen wollten. Vielen Dank, Sir. Ich glaube, das waren alle. Gehe ich recht in der Annahme, daß diese Urkunden im unveräußerlichen Eigentum des Standesamtes der Stadt New York stehen?«

»Ja.«

»Sollte diesen Unterlagen etwas zustoßen, komme ich persönlich mit einem Derringer in der Hand hierher und erschieße Sie. Bis dahin darf von alledem kein Wort nach außen dringen. Nicht eine Silbe. Habe ich mich verständlich ausgedrückt?«

»Ich darf Ihnen versichern«, setzte der Beamte steif an, »daß mir ihr Tonfall ebenso mißfällt wie Ihr Auftreten, und im übrigen …«

»Sir, Sie sprechen mit dem Sonderbeauftragten des Bürgermeisters, wenn Sie gestatten«, sagte Ellery. »Damit bin ich, mit Ihrer Erlaubnis, über jegliche Kritik Ihrerseits erhaben. Dürften wir wohl von Ihrem Büro aus ein paar Minuten lang telefonieren – und zwar allein?«

Der Standesbeamte verließ den Raum und knallte die Tür hinter sich zu.

Doch sofort anschließend öffnete sich die Tür wieder, der Standesbeamte trat erneut ins Büro, schloß die Tür leise hinter sich und sagte in vertraulichem Ton: »Ein Arzt, der die Leute ermordet, die er selbst einst zur Welt gebracht hat – meine Herren, das ist ein Verrückter, wie er im Buche steht. Wie um Himmels Willen konnten Sie zulassen, daß ausgerechnet dieser Mann sich in Ihre Ermittlungen eingeschlichen hat?«

Damit stolzierte der Standesbeamte hinaus.

»Das wird«, sagte der Inspector, »nicht leicht werden.«

»Nein.«

»Es liegen keine Beweise vor.«

Ellery stand nägelkauend am Schreibtisch des Standesbeamten.

»Er muß Tag und Nacht beschattet werden, rund um die Uhr. Wir müssen über jede Minute des Tages Bescheid wissen.«

Ellery kaute weiter am Daumennagel.

»Es darf keinen zehnten Mord geben«, sagte der Inspector, als erkläre er etwas Abstruses, streng Vertrauliches von globaler Bedeutung. Dann lachte er. »Dieser Karikaturist von der *Extra* weiß es noch nicht, aber seine Katze wird keine weiteren Schwänze mehr bekommen. Laß mich mal ans Telefon, Ellery.«

»Dad.«

»Was ist?«

»Wir brauchen ein paar Stunden Zeit, um seine Wohnung zu durchsuchen.« Ellery nahm sich eine Zigarette.

»Ohne Durchsuchungsbefehl?«

»Der ihn warnen würde?«

Der Inspector runzelte die Stirn.

»Das Hausmädchen loszuwerden dürfte kein Problem sein. Wir nehmen einfach ihren freien Tag. Ach nein, heute ist Freitag, da wird sie wohl vor Mitte nächster Woche nicht weg sein. So lange kann ich nicht warten. Schläft sie im Haus?«

»Das weiß ich nicht.«

»Ich möchte das möglichst an diesem Wochenende durchziehen. Gehen die in die Kirche?«

»Woher soll ich das wissen? Deine Zigarette zieht deshalb nicht, Ellery, weil du sie nicht angesteckt hast. Gib mir doch mal das Telefon rüber.«

Ellery reichte es ihm. »Wen willst du auf ihn ansetzen?«

»Hesse. Mac. Goldberg.«

»Gut.«

»Polizeipräsidium.«

»Ich würde die Sache trotzdem gern«, sagte Ellery und steckte die Zigarette wieder ein, »möglichst vertraulich und möglichst nicht unter den Augen der Centre Street behandeln. Kannst du dafür sorgen?«

Sein Vater sah ihn wortlos an.

»Wir wissen doch im Grunde noch gar nichts. ... Dad?«

»Was?«

Ellery stand langsam vom Tisch auf. »Komm nachher gleich nach Hause, ja?«

»Du gehst *nach Hause*?«

Doch Ellery schloß bereits die Tür hinter sich.

Inspector Queen rief von der Diele aus: »Ellery?«

»Hier.«

»Es ist alles geregelt ...« Er brach ab.

Auf dem Sofa saßen Celeste und Jimmy.

»Hallo«, sagte der Inspector.

»Wir haben auf dich gewartet, Dad.«

Sein Vater sah ihn an.

»Nein, ich habe es ihnen noch nicht gesagt.«

»Was gesagt?« wollte Jimmy wissen.

»Wir wissen von dem jungen Katz«, fing Celeste an, »aber …«

»Oder hat die Katze etwa schon wieder zugeschlagen?«

»Nein.« Ellery sah beide streng an. »Ich bin bereit«, sagte er. »Wie sieht es mit Ihnen aus?«

»Bereit für was?«

»Uns an die Arbeit zu machen, Celeste.«

Jimmy stand auf.

»Setzen Sie sich, Jimmy.« Jimmy setzte sich wieder hin. »Diesmal haben wir einen Treffer gelandet.«

Celeste wurde leichenblaß.

»Wir haben eine Spur«, erklärte Ellery. »Was es genau ist, wissen wir noch nicht. Aber ich glaube, sagen zu können, daß wir zum ersten Mal, seit die Katze auf der Jagd ist, aussichtsreiche Fäden in der Hand halten.«

»Was tue ich?« fragte Jimmy.

»Ellery«, sagte der Inspector.

»Nein, Dad, so ist es sicherer. Ich habe mir das wirklich sehr gut überlegt.«

»Was tue ich?« fragte Jimmy wieder.

»Ich möchte, daß Sie mir eine vollständige Akte über Edward Cazalis erstellen.«

»Cazalis?«

»Dr. Cazalis?« fragte Celeste verblüfft. »Wollen Sie damit sagen …«

Ellery sah sie an.

»Tut mir leid.«

»Eine Akte über Cazalis«, sagte Jimmy. »Und?«

»Zieht bitte keine voreiligen Schlüsse. Wie bereits gesagt: Wir wissen nicht genau, was das alles soll. … Jimmy, ich will eine ganz genaue Aufstellung über sein Leben, banale Details sind dabei ausdrücklich erwünscht. Es soll kein *Who's Who*-Eintrag werden, das könnte ich selbst. Als aktiver Zeitungsmensch sind Sie in einer idealen Position, um das auszugraben, was ich hören will, noch dazu, ohne Verdacht zu erregen.«

»Ja«, sagte Jimmy.

»Kein Wort zu niemandem, woran Sie arbeiten. Das gilt insbesondere für Ihre Kollegen von der *Extra.* Wann können Sie anfangen?«

»Jetzt sofort.«

»Und wie lange werden Sie brauchen?«

»Keine Ahnung. Nicht lange.«

»Meinen Sie, Sie könnten mir, sagen wir ... morgen abend schon einen Überblick geben?«

»Ich kann's versuchen.« Jimmy stand auf.

»Übrigens. Gehen Sie nicht in Cazalis' Nähe.«

»Nein.«

»Oder in die Nähe von jemandem, der ihm nahe genug steht, um ihm zu stecken, daß jemand Fragen über ihn stellt.«

»Ich verstehe.« Jimmy machte keine Anstalten zu gehen.

»Nun?« fragte Ellery.

»Was ist mit Celeste?«

Ellery lächelte.

»Ist ja gut, ich hab verstanden«, sagte Jimmy errötend. »Tja dann, liebe Leute ...«

»Celeste hat jetzt noch nichts zu tun, Jimmy. Aber ich möchte, daß Sie nach Hause fahren, Celeste, ein paar Sachen zusammenpacken, zurückkommen und eine Weile hier wohnen.«

»Wie bitte?« fragten der Inspector und Jimmy unisono.

»Vorausgesetzt, du hast nichts dagegen, Dad.«

»Äh, nein. Selbstverständlich nicht. Sie sind natürlich willkommen, Miss Phillips. Es ist nur so«, sagte der Inspector, »daß ich jetzt lieber in die Falle gehe, wenn ich noch ein bißchen Schlaf kriegen will. Ellery, wenn jemand anruft – ganz egal wer – dann weck mich bitte ganz bestimmt.« Er zog sich ziemlich eilig in sein Schlafzimmer zurück.

»Sie soll *hier* wohnen, haben Sie gesagt!« meinte Jimmy.

»Ja.«

»Na schön, aber was steckt dahinter?«

»Mr. Queen.« Celeste zögerte.

»Bei näherem Hinsehen«, meinte Jimmy, »ist das eine ziemlich delikate Situation. Da kann es zu allen möglichen Konflikten kommen.«

»Wenn es soweit ist, Celeste, werde ich Sie äußerst kurzfristig benötigen.« Ellery runzelte die Stirn. »Aber ich kann jetzt noch nicht sagen, wann das sein wird. Womöglich ist es spätabends und ich kann Sie dann nicht gleich erreichen …«

»Nein, Sir«, sagte Jimmy. »Ich kann nicht behaupten, daß mir diese Entwicklung der Dinge besonders zusagt.«

»Sei doch mal still und laß mich nachdenken!« rief Celeste.

»Ich muß Sie auch darauf aufmerksam machen, daß es sehr gefährlich werden kann.«

»Alles in allem«, meinte Jimmy, »meine ich deshalb, es ist keine besonders gute Idee. Du etwa?«

Celeste hörte ihm nicht zu.

»Ich persönlich meine, es ist gefährlich. Und obendrein unmoralisch! Was sollen die Leute denken?«

»Mann, Jimmy, halten Sie endlich die Klappe«, sagte Ellery. »Celeste, wenn mein Plan funktioniert, müssen Sie unmittelbar an der vordersten Front agieren. Wenn Sie abspringen wollen, dann tun Sie das jetzt sofort. Falls Sie das wirklich möchten.«

Celeste stand auf. »Wann ziehe ich hier ein?«

Ellery lächelte breit. »Sonntagabend würde reichen.«

»Ich komme.«

»Sie können mein Zimmer nehmen. Ich schlafe dann im Arbeitszimmer.«

»Da bleibt mir nur noch«, sagte Jimmy mit Leichenbittermiene, »dem jungen Paar viel Glück zu wünschen.«

Er beobachtete, wie Jimmy Celeste rüde in ein Taxi verfrachtete und dann wütend die Straße hinaufschlurfte.

Ellery begann, im Wohnzimmer auf- und abzuwandern.

Er fühlte sich in Hochstimmung. Unter Strom.

Schließlich setzte er sich in den Lehnstuhl.

Die Hand, die die Schnur zerschnitt.

Sie festzog.

Aus dem Anfang fließt das Ende.

Der zirkuläre Wahn der Paranoia.

Gott in den Fingerspitzen.

War das möglich?

Ellery hatte das Gefühl, als stehe ihm schier endloser Friede unmittelbar bevor.

Aber er mußte noch warten.

Aus irgendeinem eisernen Vorrat mußte er die Reserven mobilisieren, um abwarten zu können.

Kapitel 9

Inspector Queen rief am Samstag kurz nach zwölf Uhr mittags zu Hause an, um Bescheid zu sagen, daß alles für den folgenden Tag vorbereitet war.

»Wieviel Zeit werden wir haben?«

»Es wird reichen.«

»Was ist mit dem Hausmädchen?«

»Es wird nicht da sein.«

»Wie hast du das hingekriegt?«

»Der Bürgermeister«, sagte Inspector Queen. »Ich habe seine Hochwohlgeboren dazu überredet, die Cazalis' für Sonntag zum Essen einzuladen.«

Ellery schrie fast: »Wieviel hast du dem Bürgermeister erzählt?«

»Nicht allzu viel. Wir haben uns im wesentlichen telepathisch verständigt. Aber ich glaube, er hat kapiert, daß er unseren Freund morgen abend nicht zu bald nach dem Verdauungsschnaps von dannen ziehen lassen soll. Es geht um halb drei los, und hinterher werden weitere illustre Gäste erwartet. Wenn Cazalis erst einmal dort ist, sagt der Bürgermeister, geht er so schnell nicht wieder weg.«

»Wie gehen wir vor?«

»Wir bekommen ein Zeichen, sobald Cazalis den Fuß über die Schwelle des Bürgermeisters setzt. Daraufhin brettern wir los zu seiner Wohnung und steigen im Untergeschoß durch den Dienstboteneingang von einer rückwärtigen Gasse aus ein. Velie besorgt bis morgen früh einen Nachschlüssel. Das Hausmädchen kommt erst spät zurück. Sie hat jeden zweiten Sonntag Ausgang, und zufällig ist morgen ihr freier Tag. Um den Hausmeistergehilfen wird sich jemand kümmern. Wir gehen rein und raus, ohne daß uns jemand sieht. Hast du was von Jimmy McKell gehört?«

»Er kommt so um neun.«

Als Jimmy kam, benötigte er eine Rasur, ein frisches Oberhemd und einen Drink – »auf die zwei ersteren Objekte kann ich ohne weiteres verzichten«, meinte er, »solange die Nummer drei unverzüglich anrollt«, woraufhin Ellery eine Karaffe Whisky, eine Flasche Sodawasser und ein Glas neben Jimmys Ellbogen aufbaute und mindestens zehn Sekunden wartete, bevor er ihn animierte, sich zu bedienen.

»Ich bin überzeugt, der Seismograph an der Fordham-Uni weiß inzwischen nicht mehr, ob er Männchen oder Weibchen ist«, sagte Jimmy. »Wo soll ich anfangen, Oh Ihr Ehrwürdigen Sphinxe?«

»Egal wo.«

»Nun«, sagte Jimmy und hob mit einem ehrfürchtigen Blick sein Glas ins Licht, »die Geschichte des Edward Cazalis ist ein wenig einseitig. Über seine Herkunft, Familie und Kindheit konnte ich nur sehr wenig in Erfahrung bringen, bloß ein paar Details. Scheint, als wär er früh von zu Hause weggegangen -«

»Er ist doch in Ohio geboren, oder?« fragte der Inspector und füllte sein Glas sorgfältig drei Finger hoch mit irischem Whiskey.

»Ironton, Ohio, 1882«, bestätigte Jimmy McKell. »Sein Vater war Hilfsarbeiter oder so -«

»Hüttenarbeiter«, sagte der Inspector.

»Wer erstattet hier eigentlich Bericht?« wollte Jimmy wissen. »Oder wollt ihr mich auf die Probe stellen?«

»Ich kenne nur zufällig schon ein paar Fakten, das ist alles« sagte der Inspector und hielt ebenfalls sein Glas ins Licht. »Weiter, McKell.«

»Wie dem auch sei, Papa Cazalis stammte jedenfalls von einem französischen Soldaten ab, der sich nach dem Britisch-Französischen Kolonialkrieg in Ohio angesiedelt hatte. Über seine Mama konnte ich allerdings nichts herausfinden.« Jimmy sah den alten Herrn herausfordernd an, doch als der wackere Kämpe sich wortlos seinen Whiskey hinter die Binde kippte, fuhr Jimmy fort: »Unser Held war eines der jüngsten von vierzehn unterernährten, zerlumpten Bälgern, die in einer zugigen Hütte hausten. Viele von ihnen starben noch im Kindesalter weg. Die Überlebenden und ihre Nachkommen sind kreuz und quer über den Mittleren Westen verstreut. Soweit ich in Erfahrung bringen konnte, ist Eddie der einzige, der es zu was gebracht hat.«

»Irgendwelche Straftäter in der Familie?« fragte Ellery.

»Sir, ich muß Sie bitten, die Träger unseres glorreichen Kulturerbes nicht in den Schmutz zu ziehen«, sagte Jimmy und schüttete sich noch einen Drink ein. »Oder haben Sie einen Auffrischungskurs in Soziologie belegt? Ich konnte jedenfalls nichts Besonderes an dieser Familienbande feststellen.« Unvermittelt fragte er: »Wonach buddelt ihr eigentlich?«

»Weiter, Jimmy!«

»Na gut. Klein-Edward war offenbar ein ausgesprochener Schlaumeier. Kein Wunderkind, wissen Sie, aber frühreif. Und sehr ehrgeizig. Arm, aber ehrlich. Er hat bis tief in die Nacht geschuftet und seine fleißigen Fingerchen stets hübsch beschäftigt. Ein stinkreicher Eisenwarenhändler war höchst angetan von ihm, und unser Musterschüler ließ sich von ihm sponsern. Ein Typ, wie ihn Horatio Alger nicht besser hätte erfinden können! Bis zu diesem Punkt jedenfalls.«

»Wie meinen Sie das?«

»Nun ja, nach meinen Informationen war unser Eduardo ein kleines Miststück. Wenn es irgendwas Schlimmeres als einen reichen Snob gibt, dann ist das ein armer Snob. Der Ritter vom gußeisernen Pfannenstiel jedenfalls, dessen Name William Waldemar Gaeckel lautete, holte das Balg glatt raus aus seinem unguten Milieu, schrubbte ihn sauber, besorgte ihm ein paar vernünftige Sachen zum Anziehen und schickte ihn zu einer vornehmen Privatschule in Michigan … und nirgends steht vermerkt, daß Cazalis je den Drang verspürt hätte, nach Irontown zurückzukehren. Nicht mal zu Besuch. Er ließ Pa und Ma und die übrigen fünfzigtausend Brüder und Schwestern einfach fallen, und nachdem ihn der alte Gaeckel stolz wie Oskar zum Medizinstudium nach New York geschickt hatte, ließ er auch seinen Mäzen fallen. Vielleicht kam ihm Mr. G. ja auch nur auf die Schliche. Wie dem auch sei, die Beziehung zu ihm brach jedenfalls ab. Cazalis hat dann 1903 an der Columbia University promoviert.«

»1903«, murmelte Ellery. »Mit 21. Eines von vierzehn Kindern, und er interessierte sich für Geburtshilfe.«

»Sehr komisch.« Jimmy grinste.

»Überhaupt nicht.« Ellerys Stimme war kalt. »Haben Sie etwas über seine Tätigkeit als Geburtshelfer?«

Jimmy McKell nickte, mit neugierigem Blick.

»Dann schießen Sie los.«

Jimmy schaute auf die Rückseite eines schmierigen Briefumschlags. »Offenbar war die Ausbildung an den medizinischen Hochschulen damals noch nicht vereinheitlicht. An einigen dauerte die Facharztausbildung zwei Jahre, an anderen vier, außerdem brauchten Gynäkologen und Geburtshelfer keine Assistenzzeit zu absolvieren. Das steht hier jedenfalls. Nur sehr wenige Männer spezialisierten sich ausschließlich auf Geburtshilfe oder Gynäkologie, und wenn doch, dann wurden sie im wesentlichen angelernt. Nachdem Cazalis an der Columbia seinen Abschluß gemacht hatte – mit Auszeichnung übrigens – hängte er sich an einen New Yorker Medizinmann namens Larkland ran.«

»John F.«, sagte der Inspector.

»John F.« nickte Jimmy. »Eine der 20er Straßen Ost. Dr. Larklands Praxis war ausschließlich auf Frauen und Geburtshilfe spezialisiert, aber es reichte offenbar, um Cazalis anderthalb Jahre zu beschäftigen. 1905 hat Cazalis dann seine eigene Facharztpraxis eröffnet.«

»Wann in dem Jahr?«

»Im Februar. In dem Monat ist Larkland an Krebs gestorben, und Cazalis hat die Praxis übernommen.«

Demnach war Archibald Dudley Abernethys Mutter eine Patientin des alten Dr. Larkland gewesen, und der junge Cazalis hatte sie geerbt, dachte Ellery. Das beruhigte ihn. 1905 wäre es undenkbar gewesen, daß eine Priestergattin sich von einem 23jährigen Arzt behandeln ließ, es sei denn, es gab einen besonderen Anlaß.

»Innerhalb weniger Jahre«, fuhr Jimmy fort, »gehörte Cazalis zu den führenden Kapazitäten der Ostküste. So wie ich die Sache verstehe, fing er klein an und hatte dann 1911 oder 1912, als das Fachgebiet sich zu etablieren begann, eine der größten Praxen von New York. Soweit ich in Erfahrung bringen konnte, war er nicht geldgierig, obwohl er Unmengen Kohlen gescheffelt haben muß. Er interessierte sich stets mehr für die kreative Seite seines Berufs und entwickelte ein paar neue Verfahren, arbeitete viel in der Klinik und so weiter. Ich hab 'ne Menge Material über seine wissenschaftlichen Errungenschaften ...«

»Vergessen Sie's. Was noch?«

»Da wäre noch seine Militärakte.«

»Vom Ersten Weltkrieg.«

»Ja.«

»Wann wurde er eingezogen?«

»Im Sommer 1917.«

»Interessant, Dad. Beatrice Willikins wurde in dem Jahr am 7. April geboren, einen Tag nach der Kriegserklärung an Deutschland. Das muß eine der letzten Entbindungen gewesen sein, die Cazalis durchgeführt hat, bevor er die Uniform anziehen mußte.« Der Inspector sagte nichts. »Wie sieht seine Militärakte denn aus?«

»Spitze. Er trat als Captain in das Sanitätskorps ein und kam als Oberst wieder raus. Fronteinsätze.«

»Verwundungen?«

»Nein, aber er hat 1918 und Anfang 1919, nach Kriegsende, ein paar Monate in einem französischen Lazarett verbracht. Er wurde behandelt wegen – ich zitiere – ›Erschöpfungszustand und Schützengrabenneurose‹.«

Ellery sah seinen Vater an, aber der Inspector goß sich seinen vierten, fünften und sechsten Finger hoch Whiskey ein.

»Offenbar nichts Ernsthaftes.« Jimmy versuchte, den Umschlag zu entziffern. »Er war wieder so gut wie neu, als er von Frankreich nach Hause geschickt wurde, und nach seiner Entlassung -«

»1919.«

»– nahm er seine Facharzttätigkeit wieder auf. Bis Ende 1920 hatte er die Praxis wieder hochgebracht und war voll im Schwung.«

»Immer noch ausschließlich mit Geburtshilfe und Gynäkologie?«

»Korrekt. Er war damals Ende dreißig und steuerte auf den Höhepunkt seiner Karriere zu. In den folgenden fünf Jahren war er dann ganz oben.« Jimmy zog einen weiteren Umschlag aus der Tasche. »Schaun wir mal … ach ja, 1926. 1926 lernte er Mrs. Cazalis über ihre Schwester, Mrs. Richardson, kennen und heiratete sie. Sie war eine Merigrew aus Bangor, alte Familie aus New England, mit transparent blauem, sauertöpfischem Blut. Sie soll aber, wie ich gehört habe, eine echte Perle gewesen sein, obendrein bildhübsch, wenn man auf Meißener Porzellan steht. Cazalis war 44, seine Braut erst 19, aber offenbar mochte er Porzellanpüppchen. Es muß eine herzzerreißende Romanze gewesen sein, mit Traumhochzeit oben in Maine und einer ausgedehnten Hochzeitsreise. Paris, Wien und Rom.

Ich habe», sagte Jimmy McKell, »nichts gefunden, was darauf hindeuten würde, daß bei den Cazalis' aus irgendwelchen Gründen der Haussegen schief gehangen hätte, falls euch das interessiert. Über ihn gibt es trotz der vielen Damen, mit denen er in seiner Praxis täglich zu tun hatte, keinerlei Tratsch, und was sie angeht, so hatte sie sowieso nur Augen für ihren Gatten.

Allerdings hatten sie einiges Pech. 1927 bekam Mrs. Cazalis ihr erstes Kind, Anfang 1930 ihr zweites ...»

»Und verlor beide im Kreißsaal«, bestätigte Ellery. »Cazalis erwähnte es an dem Abend, als ich ihn kennenlernte.«

»Es soll ihn furchtbar getroffen haben. Er hatte sich während beider Schwangerschaften wahnsinnig viel Mühe mit seiner Frau gegeben und die Entbindungen auch selbst beaufsichtigt – was ist los?«

»Cazalis war der Geburtshelfer seiner Frau?«

»Ja.« Jimmy sah vom einen zum andern. Inspector Queen stand jetzt am Fenster, hatte die Hände auf den Rücken gelegt und zupfte an seinen Fingern.

»Ist das eigentlich mit der ärztlichen Ethik vereinbar«, fragte der Inspector beiläufig, »wenn ein Arzt bei den Entbindungen seiner eigenen Frau assistiert?«

»Um Himmels willen, warum denn nicht? Die meisten Ärzte tun es nicht, weil sie sich mit der in den Wehen liegenden Frau emotional zu stark verbunden fühlen. Sie fürchten, sie könnten die erforderliche – wo ist noch die Notiz? ach ja, die »erforderliche Objektivität und unbeteiligte professionelle Haltung« womöglich nicht aufrechterhalten. Viele Ärzte tun es aber trotzdem, und so auch der Dr. Edward Cazalis der Wilden Zwanziger Jahre.»

»Schließlich und endlich«, sagte der Inspector zu Ellery, als ob sein Sohn diesen Punkt irgendwie bestritten hätte, »war er eine Koryphäe auf seinem Gebiet.«

»Ein Typus«, meinte Jimmy, »der so abgehoben egozentrisch war, daß er einen guten Psychiater abgegeben hätte, hm?«

»Ich finde, das ist Psychiatern gegenüber nicht ganz fair«, lachte Ellery. »Irgendwelche Angaben zu den beiden Babys, die er verloren hat?«

»Ich weiß nur, daß es bei beiden Geburten Komplikationen gab und Mrs. Cazalis nach der zweiten keine Kinder mehr bekommen konnte. Ich nehme an, es waren beide Male Steißlagen.«

»Weiter.«

Der Inspector wandte sich vom Fenster ab und setzte sich, die Flasche in der Hand.

»Im Jahr 1930, wenige Monate, nachdem sie das zweite Kind verloren hatten, erlitt Dr. Cazalis einen Zusammenbruch.«

»Zusammenbruch«, sagte Ellery.

»Zusammenbruch?« sagte der Inspector.

»Ja. Er stand dauernd unter Druck, er war 48 – sein Zusammenbruch galt als Folge von Überarbeitung. Zu der Zeit war er schon seit fünfundzwanzig Jahren als Frauenarzt und Geburtshelfer tätig und ein wohlhabender Mann. Er gab die Praxis ab, und Mrs. Cazalis überredete ihn zu einem Tapetenwechsel. Sie machten eine Weltreise mit dem Schiff – ihr kennt das, die fahren den Kanal rauf bis Seattle, dann quer über den Pazifik – und als sie in Europa ankamen, war Cazalis praktisch wieder obenauf. Allerdings schien es nur so. Während ihres Aufenthalts in Wien – das war Anfang 1931 – hatte er einen Rückfall.«

»Rückfall?« sagte Ellery schneidend. »Sie meinen einen weiteren Zusammenbruch?«

»Da stand ›Rückfall‹. Es waren wieder die Nerven, eine Depression oder irgend sowas. Jedenfalls ist er, weil er schon mal in Wien war, zu Béla Seligmann gegangen und -«

»Wer ist Béla Seligmann?« fragte der Inspector streng.

»Wer ist Béla Seligmann, fragt er! Also, Béla Seligmann ist ...«

»Es gab Freud«, sagte Ellery, »es gibt Jung, und es gibt Seligmann. Genau wie Jung arbeitet der alte Knabe noch.«

»Ja, den gibt es noch. Seligmann konnte Österreich gerade noch rechtzeitig verlassen, um den Anschluß an das deutsche Reich von einem ehrenwerten Tribünenplatz in London aus beobachten zu können, ging aber nach der kleinen Einäscherungszeremonie in der Berliner Staatskanzlei zurück nach Wien und lebt, soweit ich weiß, heute noch dort. Er ist jetzt über 80, aber 1931 war er auf dem Höhepunkt seiner Kraft. Es scheint, daß Seligmann sich sehr für Cazalis interessiert hat, weil er ihn aus irgendeiner Seelensuppe rausgefischt und in ihm den Wunsch geweckt hat, selbst Psychiater zu werden.«

»Er hat bei Seligmann studiert?«

»Vier Jahre lang – auf fast ebenbürtiger Basis, soweit ich gehört habe. Cazalis verbrachte auch einige Zeit in Zürich, und 1935 kehrte das Ehepaar dann in die Staaten zurück. Er hat noch über ein Jahr lang Klinikerfahrungen gesammelt und dann Anfang 1937 – warten Sie mal, da war er 55 – in New York eine eigene psychiatrische Praxis eröffnet. Der Rest ist ja bekannt.« Jimmy goß sich noch einen kleinen Schluck in sein zur Neige gehendes Glas.

»Ist das alles, was Sie haben, Jimmy?«

»Ja. Nein.« Jimmy schaute hastig auf seinen letzten Umschlag. »Es gibt einen weiteren interessanten Punkt. Ungefähr vor einem Jahr – im letzten Oktober – hatte Cazalis erneut einen Zusammenbruch.«

»Zusammenbruch?«

»Jetzt fragen Sie mich bloß nicht nach medizinischen Einzelheiten. Ich habe keinen Zugang zu Arztberichten und so. Vielleicht war er einfach überarbeitet und fertig – er hat Energie wie ein Rennpferd und hat sich nie geschont. Außerdem war er da ja schon 66. Es war wohl kein sehr schlimmer Zusammenbruch, aber er hat ihn wohl erschreckt, denn er fing danach an, die Praxis zu verkleinern. Soweit ich weiß, hat er seit einem Jahr keine neuen Patienten mehr angenommen. Er bemüht sich, die derzeit in Behandlung befindlichen Leute abzuschließen und Langzeitpatienten soweit möglich an Kollegen abzugeben. Es heißt, er werde in Kürze ganz in den Ruhestand gehen.« Jimmy warf seine Sammlung schmuddeliger Briefumschläge auf den Tisch. »Ende des Berichts.«

Die Umschläge lagen dort.

»Danke, Jimmy«, sagte Ellery mit einem eigenartig abschließenden Tonfall.

»War es das, was Sie haben wollten?«

»Was ich *haben* wollte?«

»Na ja, was Sie erwartet haben.«

Ellery sagte vorsichtig: »Das war ein sehr interessanter Bericht.«

Jimmy setzte sein Glas ab. »Gehe ich recht in der Annahme, daß ihr zwei Voodoopriester jetzt unter euch bleiben wollt?«

Keiner der beiden antwortete.

»Es soll niemand sagen können«, sagte Jimmy und griff nach seinem Hut, »ein McKell würde nicht merken, wenn er über ist.«

»Gute Arbeit, McKell, sehr gut«, sagte der Inspector. »Nacht.«

»Wir bleiben in Kontakt, Jimmy.«

»Haben Sie was dagegen, wenn ich morgen abend mit Celeste reinschneie?«

»Absolut nicht.«

»Danke. Ach -«, Jimmy hielt in der Diele inne. »Noch eine Kleinigkeit.«

»Und was?«

»Sagt mir Bescheid, wenn ihr ihn in Ketten legt, versprecht ihr mir das?«

Sobald die Tür sich geschlossen hatte, sprang Ellery auf die Füße.

Sein Vater goß noch einen Whiskey ein. »Hier; trink das.«

Doch Ellery murmelte: »Diese Geschichte mit der sogenannten Schützengrabenneurose im Ersten Weltkrieg. Diese wiederkehrenden Zusammenbrüche. Und in mittleren Jahren dann der Versuch, mit diesem plötzlichen, scheinbar vorher nicht dagewesenen Interesse an der Psychiatrie irgend etwas wettzumachen. Das paßt, das paßt.«

»Trink das«, sagte sein Vater.

»Sieh dir seine frühen Jahre an. Ein Mann, der es darauf anlegt, etwas zu beweisen, fragt sich bloß, wem? Sich selbst? Der Gesellschaft? Und der nicht zuläßt, daß ihm irgend etwas im Weg steht. Der jedes Werkzeug benutzt, das ihm in die Quere kommt, und es wegwirft, sobald es seinen unmittelbaren Nutzen für ihn verliert. Im Beruf stets untadelig ethisches Verhalten, jedoch im engsten Sinne, da bin ich sicher. Und dann heiratet er ein Mädchen, das nicht mal halb so alt ist wie er, und nicht einfach irgendein Mädchen, oh nein: Es mußte eine Merigrew aus Maine sein.

Dann die beiden tragischen Entbindungen, und ... Schuldgefühle. Schuldgefühle, ganz klar: Kurz danach der erste Zusammenbruch. Überarbeitung sicherlich, jedoch nicht physisch, sondern aufgrund seines Gewissens.»

»Meinst du nicht, das ist überwiegend Spekulation?« fragte Inspector Queen.

»Wir haben es hier nicht mit Anhaltspunkten zu tun, die du unters Mikroskop legen könntest. Ich wünschte, ich wüßte mehr!«

»Du plauderst zuviel aus, mein Sohn.«

»Die Konflikte setzen ein, und von da an ist es nur noch eine

Frage der Zeit. Die Verrücktheit breitet sich allmählich aus. Alle psychischen Abläufe werden infiziert, verdorben – was weiß ich, wie das fachlich genau funktioniert. Irgendwann hat dann diese Persönlichkeit, die zunächst nur ein paranoides Potential aufwies, die Grenze überschritten und ist tatsächlich paranoid geworden. Ich frage mich …«

»Was fragst du dich?« bohrte sein Vater nach, als Ellery eine Pause machte.

»Ich frage mich, ob bei einer der beiden Entbindungen der Säugling wohl erdrosselt wurde.«

»Erdrosselt?!«

»Durch die Nabelschnur. Sie hat sich vielleicht um seinen Hals gewickelt.«

Der alte Mann glotzte ihn an.

Unvermittelt sprang er auf.

»Komm, wir gehen schlafen.«

Sie fanden die weiße Karteikarte mit dem Namen Abernethy, Sarah-Ann, innerhalb von zwanzig Sekunden nach dem Öffnen der Schublade mit der Bezeichnung 1905–10. Es war die elfte Karte in diesem Teil der Kartei. An die weiße war eine blaue Karte geheftet, auf der stand: Abernethy, Archibald Dudley, männl., geb. 24. Mai 1905, 10.26 Uhr.

Es gab zwei altmodische Aktenschränke aus Walnußholz mit je drei Schubladen. Keiner von beiden war mit Schlössern oder Riegeln ausgestattet, dafür hatte jedoch der Wandschrank, in dem die Schränkchen standen, aufgeschlossen werden müssen, was Sergeant Velie mühelos vollbrachte. Es handelte sich um einen großen begehbaren Schrank, der mit den Erinnerungsstücken und Nippsachen des Cazalis'schen Haushalts angefüllt war. An der Seite, wo die Aktenschränke standen, gab es zudem einen Glaskasten mit geburtshelferischen und chirurgischen Instrumenten sowie eine abgewetzte Arzttasche.

Die Unterlagen der psychiatrischen Praxis waren in modernen Stahlschränken in der abgetrennten Praxis untergebracht und abgeschlossen.

Die Queens verbrachten jedoch die ganze Zeit in dem engen, muffig riechenden Wandschrank.

Mrs. Abernethys Karte berichtete von einem ganz normalen Schwangerschaftsverlauf. Archibald Dudleys Karte enthielt Angaben zur Geburt und zur frühkindlichen Entwicklung. Es war zu ersehen, daß Dr. Cazalis die seinerzeit üblichen pädiatrischen Maßnahmen durchgeführt hatte.

Achtundneunzig weiße Karten weiter fanden sie eine Karte mit der Aufschrift *Smith, Eulalie*, an der eine rosa Karte mit dem Namen *Smith, Violette, weibl., geb. 13. Feb. 1907, 18.55 Uhr* hing.

Einhundertvierundsechzig Karten hinter der Smith-Karte steckten die Angaben zu *O'Reilly, Maura B.*, und *O'Reilly, Rian, männl., geb. 23. Dez. 1908, 04.36 Uhr*. Rian O'Reillys Karte war blau.

In nicht einmal einer Stunde hatten sie die Karten aller neun Opfer der Katze gefunden. Es gab keinerlei Schwierigkeiten. Sie steckten chronologisch geordnet in den Schubfächern, die wiederum fortlaufend nach Jahren sortiert und gekennzeichnet waren. Man brauchte die Schubfächer einfach nur Karte für Karte durchzusehen.

Ellery ließ sich von Sergeant Velie ein Telefonbuch von Manhattan besorgen und brütete einige Zeit darüber.

»Es ist einfach widerlich logisch«, klagte Ellery, »wenn man erst einmal den Schlüssel in der Hand hält. Wir konnten nicht verstehen, warum die Opfer der Katze immer jünger wurden, obwohl keine erkennbare Verbindung zwischen ihnen bestand. Offensichtlich ist Cazalis einfach der chronologischen Abfolge seiner Unterlagen gefolgt. Er ist zum Beginn seiner Tätigkeit in seiner eigenen Praxis zurück- und dann systematisch immer weitergegangen.«

»In vierundvierzig Jahren hatte sich eine Menge verändert«, überlegte der Inspector. »Einige der Patientinnen waren inzwischen gestorben. Die Kinder, denen er einst auf die Welt geholfen hat, waren inzwischen erwachsen und weggezogen. Außerdem ist es mindestens neunzehn Jahre her, seit er irgendeinen medizinischen Kontakt zu ihnen hatte. Also dürften die meisten dieser Karten mausetot sein.«

»Genau. Um alle zu packen zu kriegen, hätte er, wenn überhaupt, komplizierte Nachforschungen anstellen müssen. Also mußte er sich auf die Karten konzentrieren, deren Inhaber sich am leichtesten lokalisieren ließen. Da er in Manhattan praktiziert hatte, lag es nahe, ins Telefonbuch von Manhattan zu sehen. Zweifellos begann er mit der ersten Karte in seiner Kartei. Das ist ein Sylvan Sacopy, der im März 1905 als Sohn von Mrs. Margaret Sacopy zur Welt kam. Nun, keiner der beiden ist im aktuellen Telefonbuch von Manhattan verzeichnet. Also ging er weiter zur zweiten Karte und hatte wieder Pech. Ich habe alle Namen der ersten zehn Karten überprüft, und keiner davon steht im Telefonbuch. Abernethy ist der erste, der drinsteht, und Abernethy war prompt das erste Opfer. Von den siebenundneunzig Karten zwischen Abernethy und Violette Smith habe ich zwar nicht alle überprüft, jedoch genügend Stichproben, um sagen zu können, daß Violette Smith aus genau dem gleichen Grund das zweite Opfer wurde: Ihre Karte kommt zwar erst an 109. Stelle in der Kartei, aber zu ihrem Pech an 2. Stelle, wenn man das Telefonbuch danebenlegt. Ich zweifle nicht daran, daß das gleiche für alle übrigen zutrifft.«

»Das werden wir überprüfen.«

»Da war ja auch diese eigenartige Sache, daß die Opfer bis auf eines allesamt ledig waren. Da wir jetzt wissen, nach welchem Prinzip Cazalis sie ausgewählt hat, ist die Antwort lächerlich einfach. Von den neun Opfern waren sechs Frauen und drei Männer. Von den drei Männern war einer verheiratet und zwei Junggesellen – aber Donald Katz war noch sehr jung, insofern entsprach die Verteilung statistisch durchaus dem Durchschnitt. Warum aber waren die weiblichen Opfer durchweg ledig? Weil Frauen bei ihrer Heirat *den Namen ihres Mannes annehmen*! Die einzigen Frauen, die Cazalis über das Telefonbuch ausfindig machen konnte, waren diejenigen, die noch denselben Namen trugen wie damals auf den Karten.

Denk auch mal an die Farbe der Schnüre, die quer durch alle Morde dem gleichen Muster folgte«, fuhr Ellery fort. »Das war verdammt noch mal der offensichtlichste Fingerzeig. Blaue Schnüre für die Männer, lachsrosa für die Frauen. Vielleicht habe ich mich von dem lachsfarbenen Ton täuschen lassen. Aber lachs *ist* dasselbe wie altrosa, und die traditionellen Babyfarben sind nun einmal Rosa und Hellblau.

»Das ist eine sentimentale Note«, murmelte sein Vater, »auf die ich gut und gern verzichten könnte.«

»Absolut nicht sentimental – das ist von elementarer Bedeutung. Es zeigt, daß Cazalis seine Opfer tief unten in seinem verwirrten

Gemüt immer noch für Babys hält. Als er Abernethy mit einer blauen Schnur strangulierte, da hat er in Wirklichkeit einen neugeborenen Jungen erdrosselt … ihn mit einer Schnur zurück ins Jenseits befördert. Die Nabelschnursymbolik war von Anfang an vorhanden. Die mörderischen Farben der Kindsgeburt.«

Aus einem anderen Teil der Wohnung hörte man das friedliche Geräusch von Schubladen, die aufgezogen wurden.

»Velie«, sagte der Inspector, »Herrgott, wäre das schön, wenn wir in paar von den Schnüren hier fänden!«

Doch Ellery sagte: »Und die irritierende Lücke zwischen dem 6. und 7. Opfer, Beatrice Willikins und Lenore Richardson. Bis dahin betrug der Altersunterschied zwischen den Opfern jeweils nicht mehr als drei Jahre, aber dann plötzlich sieben.«

»Der Krieg – »

»Aber er praktizierte doch 1919 oder 1920 wieder, und Lenore Richardson wurde erst 1924 geboren.«

»Vielleicht konnte er in den Jahren dazwischen keinen ausfindig machen.«

»Stimmt nicht. Hier ist beispielsweise einer, der im September 1921 geboren wurde: Harold Marzupian. Er steht im Telefonbuch. Hier ist noch einer, Januar 1922, Benjamin Treudlich. Auch er steht drin. Ich habe mindestens fünf weitere gefunden, die vor 1924 geboren wurden, und es gibt zweifellos noch mehr. Trotzdem hat er sie übersprungen und ist direkt zur fünfundzwanzigjährigen Lenore Richardson übergegangen. Warum? Nun, was passierte zwischen den Morden an Beatrice Willikins und Lenore Richardson?«

»Was war das?«

»Auch wenn es blöd klingt, aber es ist eine Tatsache, daß der Bürgermeister zwischen diesen beiden Morden einen Sonderbeauftragten eingesetzt hat, der die Morde der Katze untersuchen sollte.«

Der Inspector zog die Augenbrauen hoch.

»Nein, denk mal darüber nach. Das gab seinerzeit eine enorme Publicity. Mein Name und meine Aufgabe wurden in allen Zeitungen als Sensation aufgemacht. Er muß sich gefragt haben, wie sich dieses Ereignis auf seine Aussichten auswirken würde, seine Mordserie in aller Seelenruhe fortsetzen zu können. Die Zeitungen haben ja, wie wir wissen, die ganze Geschichte breitgetreten. Sie haben einige meiner früheren Fälle aufgerollt und ein paar spektakuläre Lösungen aufgewärmt, den ganzen Superman-Käse. Selbst wenn die Katze vorher über mich allzu viel wußte, kannst du Gift darauf nehmen, daß er anschließend alles gelesen und gehört hat, was Zeitungen und Radio darüber brachten.«

»Meinst du, er hatte Angst vor dir?« fragte Inspector grinsend.

»Viel wahrscheinlicher ist«, gab Ellery zurück, »daß ihm die Aussicht auf ein Duell ganz gelegen kam. Denk daran, daß wir es mit einem besonderen Typ von Verrücktem zu tun haben, nämlich mit einem Mann, der in der Wissenschaft vom Geist und der Persönlichkeit des Menschen ausgebildet ist und zugleich unter einer ausgeprägten Paranoia leidet, die auch systematisierte Größenwahnvorstellungen beinhaltet. Ein Mann wie er würde mein Auftauchen in den Ermittlungen vermutlich als Herausforderung werten. Und deshalb hat er die sieben Jahre bis zu Lenore Richardson übersprungen.«

»Und wieso?«

»Was ist das Besondere an der kleinen Richardson im Verhältnis zu Cazalis?«

»Sie war die Nichte seiner Frau.«

»Also hat Cazalis absichtlich ganz gleich wie viele Opfer übersprungen, um seine eigene Nichte umzubringen, in dem Bewußtsein, daß ihn dies automatisch in die Sache hineinziehen würde. Er wußte, daß er mich am Tatort antreffen mußte. Er wußte auch, daß es ihm unter den gegebenen Umständen ein leichtes sein würde, selbst in die Ermittlungen einbezogen zu werden – als Ermittler. Warum beharrte Mrs. Cazalis so darauf, daß ihr Mann uns seine Dienste anbot? Weil er schon oft seine ›Theorien‹ bezüglich der Katze mit ihr ›diskutiert‹ hatte! Cazalis hatte sich sorgfältig den Weg geebnet, indem er noch vor der Ermordung des Mädchens die Zuneigung seiner Frau zu Lenore ausnutzte. Hätte Mrs. Cazalis das Thema nicht aufs Tapet gebracht, hätte er seine Hilfe von sich aus angeboten. Aber genau das tat sie, und das wußte er genau.«

»Und damit«, schnaufte der Inspector, »war er mitten drin und stets bestens informiert, was vor sich ging.«

»Und konnte seine eigene Machtposition in vollen Zügen genießen«, sagte Ellery achselzuckend. »Ich habe dir ja gleich gesagt, ich bin eingerostet. Mir war die ganze Zeit klar, daß die Katze so einen Schritt unternehmen könnte. Habe ich nicht Celeste und Jimmy aus genau diesem Grund verdächtigt? Ich konnte das einfach nicht aus dem Kopf kriegen. Und die ganze Zeit hat Cazalis-«

»Keine Schnüre.«

Sie schreckten hoch.

Aber es war nur Sergeant Velie, der im Flur vor dem Wandschrank stand.

»Sie müssen hier irgendwo sein, Velie«, fuhr der Inspector ihn an. »Was ist mit den Stahlschränken in der Praxis?«

»Wir müßten Bill Devander holen, damit er die Schränke öffnet. Ich kann das nicht, jedenfalls nicht, ohne Spuren zu hinterlassen.«

»Wieviel Zeit haben wir noch?« Der Inspector zog an seiner Uhrkette.

Doch Ellery zupfte an seiner Unterlippe. »Um das vernünftig durchzuführen, müßte man mehr Zeit zur Verfügung haben als wir heute, Dad. Ich bezweifle ohnehin, daß er die Schnüre hier aufbewahrt. Die Gefahr, daß seine Frau oder das Hausmädchen sie finden, ist viel zu groß.«

»Das habe ich ja auch gesagt«, sagte Sergeant Velie hitzig. »Ich sagte gleich zum Inspector – wissen Sie noch? Ich sagte, Inspector, die hat er irgendwo in einem öffentlichen Schließfach verstaut.«

»Ich weiß, was Sie gesagt haben, Velie, aber sie könnten trotzdem genau hier in der Wohnung sein. Wir müssen diese Schnüre finden, Ellery. Der Staatsanwalt hat mir neulich gesagt, wenn wir die gleiche Sorte blaue und rosa Schnur finden und mit einer Person in Verbindung bringen könnten, dann wäre er bereit, praktisch allein darauf die Anklage zu stützen.«

»Dem Staatsanwalt«, sagte Ellery, »können wir etwas viel Besseres bieten.«

»Wie das?«

Ellery legte die Hand auf einen der Aktenschränke aus Walnußholz.

»Wir brauchen uns nur in Cazalis' Lage zu versetzen. Er ist mit Sicherheit noch nicht fertig. Mit Petrucchi und Katz ist er bei den Karten erst beim 10. März 1927 angelangt, und seine Geburtshilfekartei deckt noch mehr als drei Jahre danach ab.«

»Das hab ich jetzt nicht kapiert«, beschwerte sich der Sergeant.

Doch der Inspector wühlte bereits in der Schublade mit der Aufschrift *1927–30*.

Die Geburtskarte hinter der von Donald Katz war rosa und trug den Namen »Rhutas, Roselle«.

Im Telefonbuch gab es niemanden mit dem Namen Rhutas.

Die nächste Karte war blau. »Finkleston, Zalmon.«

Auch dieser Name war im Telefonbuch nicht vertreten.

Rosa. »Heggerwitt, Adelaide.«

»Weiter, Dad.«

Der Inspector zog die nächste Karte heraus. »Collins, Barclay M.«

»Jede Menge Collins … Aber kein Barclay M.«

»Der Vorname der Mutter lautet nach ihrer Karte …«

»Das ist egal. Alle Opfer standen unter ihrem eigenen Namen im Telefonbuch. Ich habe das vorhin bei einigen Eltern überprüft, wo die Opfer selbst nicht aufgeführt sind, und zwei von ihnen stehen drin, und es muß Dutzende weitere geben. Aber die hat er übersprungen, ich vermute, weil er sonst mehr Nachforschungen hätte anstellen müssen und so das Risiko erheblich erhöht hätte. Bisher hat er nur die Leute gewählt, die er direkt ausfindig machen konnte. Wem gehört die nächste Karte?«

»Frawlins, Constance.«

»Nein.«

Neunundfünfzig Karten später las der Inspector vor: »Soames, Marilyn.«

»Buchstabier mal.«

»S-o-a-m-e-s.«

»S-o-a … Soames. Da ist sie! Soames, Marilyn.«

»Laß mal sehen!«

Sie stand als erste der aufgeführten Soames'. Als Anschrift war die 29. Straße Ost, Hausnr. 486 angegeben.

»Das ist in der Nähe der First Avenue«, murmelte der Inspector. »Einen Katzensprung vom Bellevue Hospital entfernt.«

»Wie heißen die Eltern? Nach der weißen Karte?«

»Edna L. und Frank P. Der Vater ist hiernach ›Postangestellter‹.«

»Können wir diese Marilyn Soames und ihre Familie kurz überprüfen lassen, während wir hier warten?«

»Es ist schon spät … Ich rufe lieber vorher den Bürgermeister an, damit er Cazalis bestimmt noch festhält. Velie, wo steht das Telefon?«

»In der Praxis gibt's mehrere.«

»Keins hier in der Wohnung?«

»In der kleinen Kammer von der Diele aus.«

Der Inspector ging davon.

Als er zurückkehrte, sagte Ellery: »Die rufen doch nicht etwa zurück, oder?«

»Für wie blöd hältst du mich, Ellery?« Der Inspector war gereizt. »Wir würden schön in der Tinte sitzen, wenn wir einen privaten Anruf entgegennähmen! Ich rufe in einer halben Stunde noch einmal an. Velie, wenn das Telefon klingelt, gehen Sie bloß nicht dran!«

»Für wie blöd halten Sie *mich?*!«

Sie warteten.

Sergeant Velie stapfte in der Diele umher.

Der Inspector schaute immer wieder auf seine Taschenuhr.

Ellery sah sich die rosa Karte an.

Soames, Marilyn, weibl., geb. 2. Jan. 1928, 07.13 Uhr.

Die Bevölkerung von Manhattan war damit um eine weibliche Person angewachsen. Geburtenstatistik. Aufgezeichnet von der Hand des Todes.

Weheneintritt	spontan
Kindslage bei der Geburt	Hinterhauptquerlage
Wehendauer	10 Stunden
Normal	ja
Narkose	Morphin-Scopolamin
Vorgehensweise	Zangengeburt
Credé-Prophylaxe	erfolgt
Tragzeit	40 Wochen
Atmung	spontan
Wiederbelebungsmethode	entfällt
Verletzungen beim Geburtsvorgang	entfällt
Angeborene Anomalien	entfällt
Perinatale Medikation	entfällt
Gewicht	2.976 g
Größe	49 cm

Und so weiter, bis zum zehnten Tag. *Verhalten des Säuglings … Zufütterung bzw. Nahrungsergänzungen … Beobachtete Störun-*

gen: Verdauungstrakt, Atemwege, Herz-Kreislaufsystem, Harnwege und Genitalien, Nervensystem, Haut, Nabel …

Ein umsichtiger Arzt. Der Tod geht immer umsichtig vor. Verdauungstrakt. Herz-Kreislauf. Nabel. Vor allem der Nabel. *Die Stelle, an der die extraembryonalen Strukturen in die eigenen Körperstrukturen des Embryos übergehen*, so die anatomische und zoologische Definition, *und an der der Säugetierfötus mittels der Nabelschnur im Mutterleib mit dem Mutterkuchen in Verbindung steht … Nabelschnurgallerte … Epiblastisches Epithel …* Kein Wort über Tussahseide.

Doch das sollte ja auch erst einundzwanzig Jahre später kommen.

Bis dahin gab es für die Mädchen rosa Karten und für die Knaben blaue.

Ganz systematisch. Der wissenschaftliche Hokuspokus rund um den Geburtsvorgang.

All das stand mit verblaßter Tinte auf einer Karte. Gottes einleitende Bemerkungen zu einem weiteren eigenständigen Stück feuchten, roten, sich windenden Lebens.

Der Herr hat's gegeben, der Herr hat's genommen.

Als der Inspector den Hörer auflegte, war er etwas blaß. »Die Mutter heißt Edna, geborene Lafferty. Der Name des Vaters lautet Frank Pellman Soames, von Beruf Postangestellter. Die Tochter Marilyn ist freiberufliche Stenotypistin, 21 Jahre alt.«

Heute, morgen, nächste Woche würde Marilyn Soames, 21 Jahre alt, freiberufliche Stenotypistin, wohnhaft 29. Straße Ost Nr. 489, Manhattan, von derselben Hand, die sie ans Licht der Welt zog, aus der Kartei von Dr. Edward Cazalis gezogen werden, und er würde beginnen, für eine Schnur aus lachsrosa Tussahseide an ihr Maß zu nehmen.

Und er würde sich, die Schnur in der Hand, auf ihre Spur setzen, und später würde der Karikaturist der *New York Extra* seine Bleistifte anspitzen und seine Katze neu gestalten, so daß sie einen zehnten Schwanz in die Höhe recken konnte, und einen elften als Fragezeichen daneben setzen.

»Mit dem Unterschied, daß wir ihn diesmal erwarten werden«, sagte Ellery an diesem Abend im Wohnzimmer der Queens. »Wir werden ihn mit der Schnur in der Hand so knapp vor dem eigentlichen Überfall schnappen, wie wir aus Sicherheitsgründen verantworten können. Das ist die einzige Möglichkeit, ihn eindeutig als Katze zu entlarven und dingfest zu machen.«

Celeste und Jimmy wirkten beide erschrocken.

Von seinem Lehnstuhl aus beobachtete Inspector Queen unablässig das Mädchen.

»Wir überlassen nichts dem Zufall«, sagte Ellery. »Cazalis wird seit Freitag rund um die Uhr beschattet. Marilyn Soames wird seit dem späten Nachmittag überwacht. In stündlichen Abständen treffen Berichte über Cazalis' Bewegungen in einem separaten Büro im Präsidium ein, wo Sergeant Velie abwechselnd mit einem weiteren Mann ständig im Einsatz ist. Diese zwei Beamten haben Anweisung, uns über den Privatanschluß anzurufen, sobald ihnen ein verdächtiger Schritt von Cazalis gemeldet wird.

Marilyn Soames weiß nichts von dem, was vorgeht, und auch ihre Familie ist völlig ahnungslos. Sie einzuweihen hätte zur Folge, daß sie nervös würden und Cazalis Verdacht schöpfen könnte. Dann müßten wir wieder von vorn anfangen, oder vielleicht wäre er sogar endgültig abgeschreckt – oder für sehr lange Zeit. Wir können nicht riskieren, noch länger zu warten. Einen Fehlschlag können wir uns nicht leisten.

Über das Mädchen bekommen wir ebenfalls in stündlichen Abständen Bericht erstattet. Wir sind beinahe bereit.»

»Beinahe?« fragte Jimmy.

Das Wort hing eigenartig unbehaglich zwischen ihnen in der Luft.

»Celeste, ich habe Sie«, sagte Ellery, »für den wichtigsten und sicherlich auch den riskantesten Auftrag vorgesehen. Als Alternative zu Jimmy. Wäre Cazalis' mutmaßliches nächstes Opfer männlich gewesen, hätte ich auf Jimmy zurückgegriffen. Da es eine Frau ist, sind Sie dran.«

»Wie soll der Auftrag denn aussehen?« fragte Jimmy vorsichtig.

»Ursprünglich hatte ich überlegt, einen von euch als die Person auszugeben, die nach Cazalis' Kartei als das nächste Opfer in Frage kommt.«

Unvermittelt klappte McKell das kubistische Durcheinander seiner langen Gliedmaßen auseinander, sprang auf und sah drohend auf Ellery herunter. »Die Antwort lautet nein. Sie werden diese Frau nicht in Schlachtvieh verwandeln. Das lasse ich, McKell, einfach nicht zu!«

»Ich hab dir doch gleich gesagt, wir hätten diesen Kerl als öffentliches Ärgernis einsperren sollen, Ellery.« Und der Inspector schnauzte: »Hinsetzen, McKell!«

»Ich stehe auf, wenn es mir paßt!«

Ellery seufzte.

»Du bist lieb, Jimmy«, sagte Celeste, »aber ich werde jetzt nicht kneifen, ganz egal, was Mr. Queen vorhat. Jetzt setz dich wieder hin und kümmere dich um deinen Kram wie ein feines Lämmlein klein, ja?«

»Nein!« brüllte Jimmy. »Willst du allen Ernstes riskieren, daß dir jemand den Hals umdreht, du dumme Gans? Selbst ein so überragender Geist wie unser Freund hier hat seine miesen Tage. Außerdem – wann hätte er je menschlich reagiert? Ich weiß alles über *ihn*! Sitzt da in seinem Kontrollturm und fummelt an seinen kleinen Schaltern rum. Größenwahn – Pustekuchen! Wenn er deinen Hals in Cazalis Schlinge schiebt, was unterscheidet ihn dann überhaupt noch von Cazalis? Das sind alle beide Paranoiker! Egal, die ganze Idee ist und bleibt pure Idiotie. Wie willst du Cazalis überhaupt weismachen, du wärst jemand anders? Wer glaubst du, daß du bist, Mata Hari?«

»Sie haben mich nicht ausreden lassen, Jimmy«, sagte Ellery geduldig. »Ich sagte doch, das war ursprünglich meine Idee. Aber bei näherem Hinsehen habe ich entschieden, daß das zu gefährlich wäre.«

»Ach!« sagte Jimmy.

»Nicht für Celeste – sie wäre genauso gut beschützt worden wie es Marilyn Soames sein wird – sondern für die Falle selbst. Die kleine Soames ist sein Ziel, und er wird sie auskundschaften, genau wie er das bei den anderen gemacht hat. Das sicherste ist, sich an sie dranzuhängen.«

»Ich hätte wissen müssen, daß sogar Ihr Grund, sie *nicht* zu Katzenfutter zu verarbeiten, unmenschlich ist!«

»Was soll ich nun also tun, Mr. Queen? – Halt die Klappe, Jimmy!«

»Wie ich bereits sagte, habe ich starken Grund zu der Annahme, daß Cazalis seine Opfer zunächst irgendwie auskundschaftet. Wir beschatten Marilyn, sobald sie den Fuß vor die Tür setzt, aber die Kriminalbeamten können natürlich nur außerhalb des Hauses tätig sein. Wir können sie zwar körperlich beschützen, erfahren aber beispielsweise nichts über Anrufe.

Wir könnten ja Cazalis' Telefon anzapfen, für den Fall, daß er von zu Hause aus mit Marilyn oder ihrer Familie Kontakt aufnimmt, aber Cazalis ist sowohl gut informiert als auch clever, und außerdem sind in den letzten ein, zwei Jahren mehrere Fälle von Telefonüberwachung von der Presse breitgetreten worden; dabei haben sie die Techniken erläutert und den Leuten gesagt, worauf sie achten sollen. Wir können nicht riskieren, daß Cazalis Verdacht schöpft. Außerdem ist es undenkbar, daß er so dumm sein soll, seine eigenen Telefonanschlüsse für solche Zwecke zu benutzen, denn daß er ebenso vorsichtig wie mutig ist, zeigt sein bisheriges Vorgehen. Falls er also versucht, den Kontakt telefonisch herzustellen, dann sicherlich aus irgendeiner öffentlichen Telefonzelle, und dafür können wir keinerlei Vorkehrungen treffen.

Wir könnten natürlich das Telefon der Soames anzapfen, aber auch dabei könnte die Familie mißtrauisch werden. Es hängt zuviel davon ab, daß sich die Soames in den nächsten Wochen absolut normal benehmen.

Vielleicht ruft Cazalis ja überhaupt nicht an, sondern meldet sich schriftlich.»

»Es stimmt zwar, daß wir bei den bisherigen Fällen keinerlei Hinweise auf eine briefliche Kontaktaufnahme hatten«, warf der Inspector ein, »aber das heißt ja noch lange nicht, daß sie nicht doch stattgefunden haben könnte. Und selbst wenn er das bisher noch nie getan hat, ist das keine Garantie dafür, daß er es jetzt nicht doch probiert.«

»Es könnte also ein Brief unter einem falschen Absender sein«, sagte Ellery. »Wir könnten zwar theoretisch die Briefe bei der Post abfangen ...« Ellery schüttelte den Kopf. »Ich denke, das wäre äußerst umständlich.

In jedem Fall ist die sicherste Methode, eine vertrauenswürdige Person in den Haushalt der Soames einzuschleusen. Jemanden, der in den nächsten zwei bis drei Wochen rund um die Uhr bei ihnen wohnt.»

»Und das soll ich sein«, sagte Celeste.

»Könnte mir vielleicht mal jemand verraten«, meldete sich eine erstickte Stimme von der Couch zu Wort, »ob das hier wirklich ein surrealistischer Alptraum ist oder ob der Eindruck täuscht?«

Doch niemand beachtete ihn. Celeste runzelte die Stirn. »Würde er mich denn nicht wiedererkennen, Mr. Queen? Aus der Zeit, als er …«

»… Simone beschattet hat?«

»Und von den Fotos von mir, die hinterher in der Zeitung waren.«

»Ich gehe davon aus, daß er sich ganz auf Simone konzentriert und Sie kaum beachtet hat, Celeste. Und ich habe die Unterlagen mit Ihren Pressefotos durchgesehen, die sind durchweg grauenhaft. Allerdings besteht natürlich die Möglichkeit, daß er Sie wiedererkennt, das stimmt. Aber nur, wenn er Sie sähe, Celeste. Und wir sorgen schon dafür«, sagte Ellery lächelnd, »daß er dazu keine Gelegenheit hat. Sie würden strikt innerhalb der Wohnung bleiben und dürften nur unter streng kontrollierten Bedingungen das Haus verlassen.«

Ellery sah seinen Vater an, und der Inspector stand auf.

»Ich möchte Ihnen nicht verhehlen, Miss Phillips«, sagte Inspector Queen, »daß mir das Ganze absolut gegen den Strich geht. Das ist eine Aufgabe für eine geschulte Kraft.«

»Aber …« sagte Jimmy bitter.

»Aber es gibt zwei Tatsachen, mit denen Ellery mich umstimmen konnte. Die eine ist, daß Sie jahrelang eine gelähmte Person gepflegt haben. Die zweite ist, daß eines der jüngeren Kinder der Familie Soames – einschließlich Marilyn haben sie vier –, ein siebenjähriger Junge, vor einem Monat einen Beckenbruch erlitten hat und erst vorige Woche in einem Gipsbett nach Hause gebracht wurde.

Wir haben einen Arztbericht über den Jungen in Händen. Er muß das Bett hüten und braucht in den nächsten Wochen eine Menge Pflege. Eine ausgebildete Krankenschwester ist zwar nicht erforderlich, wohl aber eine Hilfsschwester. Wir haben bereits kurz mit dem Hausarzt Kontakt aufgenommen, einem Dr. Myron Ulberson, und wie der Zufall es will, sucht Dr. Ulberson händeringend eine Hilfsschwester für den Jungen, jedoch bisher ohne Erfolg.» Der Inspector zuckte die Achseln. »Der Unfall des Jungen könnte für uns eine Chance bedeuten, Miss Phillips, wenn Sie sich qualifiziert fühlen, die Hilfsschwester für einen Patienten mit Beckenbruch zu spielen.«

»Aber natürlich!«

»Abgesehen von füttern, waschen und spielen«, sagte Ellery, »muß der Knabe, soweit ich weiß, massiert und sonstwie versorgt werden. Meinen Sie, das könnten Sie bewältigen, Celeste?«

»Genau das habe ich ständig bei Simone gemacht, und Simones Hausarzt hat oft zu mir gesagt, ich machte das besser als so manche Vollschwester, die er kenne.«

Die Queens sahen sich an, und der Inspector wedelte mit der Hand.

»Morgen früh, Celeste«, sagte Ellery knapp, »bringt man Sie zu Dr. Ulberson. Er weiß, daß Sie keine praktizierende Hilfsschwester sind und daß Ihre Anwesenheit im Haushalt der Soames aus einem strikt vertraulichen Grund erforderlich ist, der nichts mit dem vordergründigen Anlaß zu tun hat. Dr. Ulberson ist ein harter Brocken – wir mußten ihm erst einen hohen Beamten aus dem Rathaus herbeischaffen, der ihm persönlich versicherte, daß es ausschließlich um die Interessen der Familie Soames geht. Trotzdem wird er Sie gnadenlos testen.«

»Ich weiß, wie man bettlägerige Personen bewegt, ich kann Subkutaninjektionen verabreichen – er wird schon mit mir zufrieden sein, da bin ich sicher.«

»Setz einfach deinen Charme ein«, maulte Jimmy. »Den gleichen, mit dem du mich benebelt hast.«

»Ich mache das ausschließlich mit Leistung, McKell!«

»Ich habe das Gefühl, das werden Sie«, sagte Ellery. »Übrigens sollten Sie Dr. Ulberson lieber nicht Ihren richtigen Namen angeben.«

»Wie wär's mit McKell?« höhnte McKell. »Überhaupt, wie wäre es, wenn du deinen Namen in McKell abänderst und deine Karriere als Meisterspionin noch vor dem Zuge an den Nagel hängst?«

»Noch ein Wort aus Ihrem Mund, McKell«, sagte der Inspector scharf, »und ich geleite Sie persönlich am Schlafittchen zur Tür und zeige Ihnen, wo's rausgeht.«

»Schon gut, wenn ihr partout so selbstsüchtig sein wollt«, quengelte Jimmy und rollte sich wie ein entrüstetes Faultier auf der Couch zusammen.

Celeste ergriff seine Hand. »Mein richtiger Familienname ist Martin, französisch ausgesprochen, aber ich könnte ihn wie einen normalen angelsächsischen Namen benutzen.«

»Hervorragend.«

»Außerdem nannte Mutter Phillips mich immer Suzanne. Das ist mein zweiter Vorname. Auch Simone hat mich manchmal Sue gerufen.«

»Sue Martin. Schön, nehmen Sie das. Wenn Dr. Ulberson mit Ihnen zufrieden ist, wird er Sie Mr. und Mrs. Soames empfehlen, und Sie können gleich bei ihnen einziehen. Sie werden natürlich das übliche Honorar in Rechnung stellen, mal sehen, wie hoch das liegt. Das finden wir noch für Sie heraus.«

»Ja, Mr. Queen.«

»Stellen Sie sich bitte mal hin, Miss Phillips«, sagte Inspector Queen.

Celeste fragte überrascht: »Warum?«

Der Inspector betrachtete sie von Kopf bis Fuß.

Ging um sie herum.

»An dieser Stelle«, sagte Jimmy, »stoßen die meisten einen Pfiff aus.«

»Das ist ja gerade das Problem«, sagte der Inspector rauh. »Miss Phillips, ich schlage vor, Sie entfernen ein wenig von Ihrer glänzenden Schale. Ohne dem höchst respektablen Berufsstand der Hilfskrankenschwester nahetreten tun zu wollen: Wenn Sie wie eine Hilfsschwester aussehen, dann bin ich Olivia de Haviland.«

»Ja, Inspector«, sagte Celeste errötend.

»Kein Make-up, höchstens ein bißchen Lippenstift. Und nicht zu grell.«

»Ja, Sir.«

»Machen Sie sich auch eine schlichtere Frisur. Entfernen Sie den Nagellack und schneiden Sie sich die Nägel kurz. Und tragen Sie Ihre einfachsten Kleider. Sie müssen älter aussehen und irgendwie – abgekämpfter.«

»Ja, Sir.«

»Haben Sie eine weiße Schwesterntracht?«

»Nein-«

»Wir besorgen Ihnen mehrere. Und weiße Strümpfe. Wie sieht es mit flachen weißen Schuhen aus?«

»Ich habe ein Paar, das reichen wird, Inspector.«

»Außerdem brauchen Sie eine Schwesterntasche mit Inhalt. Auch die besorgen wir.«

»Ja, Sir.«

»Wie wär's mit einer Knarre mit Perlmuttgriff?« schlug Jimmy vor. »Keine echte Geheimagentin geht ohne aus dem Haus.«

Da ihn alle ignorierten, stand er auf und wandte sich der Karaffe mit dem Scotch zu.

»Nun zu Ihren detektivischen Aufgaben«, sagte Ellery. »Abgesehen von der Pflege des Jungen sollen Sie ständig Augen und Ohren offenhalten. Marilyn Soames arbeitet zu Hause, sie macht Schreibarbeiten, Manuskripte und dergleichen, deshalb hat sie einen eigenen Telefonanschluß. Marilyns Heimarbeit eröffnet uns eine weitere Chance, denn dadurch haben Sie die Möglichkeit, sich mit ihr anzufreunden. Sie ist nur zwei Jahre jünger als Sie, und von dem bißchen, was wir bisher über sie herausbekommen haben, ist sie ein nettes, vernünftiges Mädchen.«

»Ogottogott«, stöhnte Jimmy vom Flaschenständer aus. »Sie haben gerade Agentin 29-B den Dienstplan erläutert.« Allmählich schlich sich doch ein wenig Stolz in seine Stimme.

»Sie geht selten zu ihrem Vergnügen aus, sie liest viel – ganz Ihr Typ, Celeste, sogar äußerlich. Das Schönste ist, daß sie ihren kleinen Bruder, den mit dem Beckenbruch, vergöttert, also haben Sie von Anfang an einen Anknüpfungspunkt.«

»Sie achten besonders auf Anrufe«, wies sie der Inspector an.

»Ja, finden Sie bei jedem Gespräch heraus, worum es geht, vor allem, wenn die Soames den Anrufer nicht kennen.«

»Und das gilt natürlich nicht nur, wenn Marilyn angerufen wird, sondern für alle anderen auch.«

»Ich verstehe, Inspector.«

»Sie müssen es außerdem deichseln, daß Sie jeden Brief lesen, den Marilyn bekommt«, sagte Ellery. »Möglichst die Post der ganzen Familie. Generell sollen Sie auf alles achten, was im Haushalt passiert, und uns in allen Einzelheiten berichten. Ich will täglich routinemäßig von Ihnen Berichte haben.«

»Soll ich das telefonisch tun? Das könnte schwierig werden.«

»Das Telefon benutzen Sie überhaupt nicht, außer im Notfall.

Wir vereinbaren Treffpunkte in der Nähe der 29. Straße Ost und der First und Second Avenue. Jeden Abend eine andere Stelle.«

»Ich auch«, sagte Jimmy.

»Zu einer bestimmten Zeit, sobald Stanley eingeschlafen ist – Sie werden uns eine Zeit nennen können, sobald Sie erst einmal dort sind und die Abläufe kennen – machen Sie einen Spaziergang. Lassen Sie das gleich vom ersten Abend an zur Gewohnheit werden, damit Ihre Abwesenheit für die Familie eine Selbstverständlichkeit ist. Sollte etwas eintreten, das Sie daran hindert, das Haus zur vereinbarten Zeit zu verlassen, warten wir am Treffpunkt, bis Sie sich loseisen können, selbst wenn es die ganze Nacht dauert.«

»Ich auch«, sagte Jimmy.

»Noch Fragen?«

Celeste überlegte. »Im Moment fällt mir nichts ein.«

Ellery sah sie ziemlich unverblümt an, dachte Jimmy. »Ich kann Ihnen gar nicht sagen, wie wichtig Sie für diese Aktion sind, Celeste. Vielleicht kommt der Durchbruch ja auch von außen und Sie haben dann gar nichts damit zu tun, das hoffen wir zumindest alle. Falls nicht, sind Sie jedenfalls unser trojanisches Fohlen. Dann hängt wahrscheinlich alles von Ihnen ab.«

»Ich werde mein Bestes tun«, sagte Celeste mit etwas wackliger Stimme.

»Sagen Sie, was halten Sie eigentlich von dem Ganzen?«

»Na ja … prima.«

»Wir besprechen das alles noch einmal im Detail, sobald Sie morgen von Dr. Ulberson zurück sind.« Ellery legte den Arm um sie. »Sie bleiben heute nacht hier, wie besprochen.«

Und Jimmy McKell knurrte: *»Ich auch!!«*

Kapitel 10

Celeste wäre ihre prätendierte Rolle im Haushalt der Soames leichter gefallen, wenn Marilyns Vater ein fetter Wüstling, Mrs. Soames eine Xanthippe, Marilyn selbst eine Schlampe und ihre jüngeren Geschwister ungezogene Gören gewesen wären, doch die Soames erwiesen sich als unverschämt nett.

Frank Pellman Soames war ein hagerer, knochentrockener Mann mit einer angenehm leisen, schnarrenden Stimme. Er war leitender Angestellter im Hauptpostamt an der Eighth Avenue und erledigte seine Pflichten bei der Post so feierlich, als sei er vom Präsidenten höchstpersönlich damit betraut worden. Ansonsten machte er gern kleine Späße. Tag für Tag brachte er eine Kleinigkeit mit, wenn er von der Arbeit kam – einen Schokoriegel, eine Tüte mit gesalzenen Erdnüssen, ein paar Streifen Kaugummi – und teilte die Sachen mit unerbittlicher Gerechtigkeit unter den drei kleineren Kindern auf. Gelegentlich brachte er Marilyn eine einzelne Rosenknospe mit, die er in grünes Seidenpapier wickeln ließ. Eines Abends tauchte er mit einer riesigen *Charlotte à la russe* in einem Tortenkarton auf und schenkte sie seiner Frau. Mrs. Soames war entrüstet über seine ausgefallene Idee und weigerte sich, die Charlotte zu essen, da ihr das zu selbstsüchtig erschien. Ihr Mann flüsterte ihr jedoch mit durchtriebenem Gesichtsausdruck etwas ins Ohr, woraufhin sie errötete, und Celeste beobachtete, daß sie den Karton vorsichtig in den Kühlschrank stellte. Marilyn bemerkte, in der Charlotte-russe-Saison seien ihre Eltern immer in »Flüsterlaune«. Als Celeste am nächsten Morgen die Milch für Stanleys Frühstück aus dem Kühlschrank nahm, war der Karton verschwunden.

Marilyns Mutter war eine der von Natur aus starken Frauen, deren Kraft in mittleren Jahren dahinschwindet. Ihr Leben lang hatte sie nur geschuftet, jeden Cent umdrehen müssen und keine Zeit gehabt, sich zu schonen; außerdem steckte sie mitten in der Menopause, die ihr sehr zu schaffen machte. »Ich leide zwar unter Wechseljahren, der sinkenden Zimmermiete, Krampfadern und wehen Füßen«, sagte sie mit grimmigem Humor zu Celeste, »aber ich will die Lady vom Sutton Place sehen, die eine bessere Beerentorte als ich backt«, und fügte hinzu: »sofern das Geld für Beeren reicht.« Sie fühlte sich oft so erschöpft, daß sie sich hinlegen mußte, aber nichts konnte sie tagsüber länger als ein paar Minuten im Bett halten. »Du weißt, was Dr. Ulberson gesagt hat, Edna«, pflegte ihr Mann besorgt zu sagen. »Ach, du und dein Dr. Ulberson«, gab sie dann immer zurück. Ich habe große Wäsche!» Mrs. Soames war ungeheuer genau, was ihre Wäsche anging. Marilyn durfte sie nicht anrühren. »Ihr Mädchen erwartet heute, daß die Seifenlauge alles von allein sauber macht«, pflegte Mrs. Soames geringschätzig zu sagen, doch Celeste gegenüber äußerte sie einmal: »Sie wird in ihrem Leben noch genug Wäsche waschen müssen.« Mrs. Soames' einziges persönliches Vergnügen war das Radio. Es gab nur ein Gerät im Haus, ein kleines Tischmodell, das normalerweise mitten auf dem Regal über dem Küchenherd stand. Nun hatte Mrs. Soames es an Stanleys Bett aufgestellt. Als Celeste bestimmte, Stanley dürfe nicht mehr als zwei Stunden pro Tag Radio hören, und zwar zu ausgewählten Zeiten – die sie so legte, daß sie nicht mit Mrs. Soames' Lieblingssendungen kollidierten – war Mrs. Soames dankbar, wenn auch schuldbewußt. Sie versäumte niemals die Sendungen von Arthur Godfrey, erzählte sie Celeste, oder *Stella Dallas, Big Sister* und *Double or Nothing*. Und sie vertraute Celeste an, »wenn wir in der Lotterie gewinnen« werde Frank ihr einen Fernseher kaufen – »das hat er mir zumindest versprochen. Er ist sich völlig sicher, daß eines der Lose, die er immer kauft, es irgendwann einmal schaffen wird.«

Stanley war das jüngste Kind, ein magerer Knabe mit glühenden Augen und einer Phantasie, die vor Mord und Totschlag nur so strotzte. Ganz zu Anfang war er Celeste gegenüber mißtrauisch gewesen, und sie hatte kaum ein Wort aus ihm herausbekommen, doch noch am selben Tag, als sie den Jungen abends massierte, sagte er plötzlich: »Bist du eine richtige Krankenschwester?« »So was ähnliches«, sagte Celeste lächelnd, obwohl ihr Herz einen Schlag aussetzte. »Krankenschwestern pieksen Messer in einen rein«, sagte Stanley düster. »Wer hat dir denn diesen Unsinn erzählt?« »Itzi Frances Ellis, meine Lehrerin.« »Stanley, das ist bestimmt nicht wahr. Woher hast du überhaupt diesen scheußlichen Spitznamen »Itzi« für eine so nette Lehrerin?» »Der Rektor nennt sie so«, sagte Stanley ungehalten. »*Itzi*??« »Der Rektor nennt Miss Ellis Itzi-Bitzi, wenn niemand in der Nähe ist.« »Stanley Soames, ich glaube dir kein einziges-« Doch Stanley schraubte seinen kleinen Schädel zu ihr herum, die Augen kullerten ihm fast aus dem Kopf. »Nun lieg doch still, was ist denn los?« »Miss Martin, wollen Sie ein Geheimnis hören?« flüsterte Stanley, und Celeste ertappte sich dabei, daß sie zurückflüsterte: »Was denn, Stanley, was ist es?« »*Ich habe grünes Blut.*« Von da an hörte sie sich Stanleys Äußerungen, Enthüllungen und Vertraulichkeiten stets mit einer gehörigen Portion Zweifel an. Oft mußte sie aufpassen wie ein Luchs, um Wahrheit und Phantasie unterscheiden zu können.

Über die Katze war Stanley bestens informiert. Er vertraute Celeste feierlich an, in Wahrheit sei *er* die Katze.

Zwischen ihrem Patienten und Marilyn gab es zwei weitere Kinder: die neunjährige Eleanor und den dreizehnjährigen Billie. Eleanor war ein großes, ruhiges Kind mit abwartender Einstellung zum Leben; ihr ziemlich plumpes Gesicht wurde erhellt durch ein paar erstaunlich direkt blickende Augen, und Celeste schloß eiligst Freundschaft mit ihr. Billie besuchte die Mittelstufe der High School, was er mit philosophischer Gelassenheit hinnahm. Er war manuell sehr geschickt, und in der Wohnung tauchten ständig Gegenstände auf, die er für seine Mutter zusammengebastelt hatte, »aus so gut wie nichts«, wie Mrs. Soames sagte. Sein Vater schien dennoch enttäuscht von ihm zu sein. »Billie wird nie ein guter Schüler. Er ist mit dem Herzen nicht bei der Sache. Ständig lungert er nach der Schule in irgendwelchen Werkstätten herum und lernt alles mögliche über Motoren. Er kann es gar nicht abwarten, bis er alt genug ist, um eine Ausbildung als Mechaniker anzufangen. Die Gelehrten in meiner Familie sind die Mädchen.« Billie war im schlaksigen Alter, »ein richtiger Ichabod Crane«, nannte ihn Mr. Soames – eine Gestalt seines Lieblingsautors Washington Irving, wie Celeste herausfand. Frank Soames war ziemlich belesen; meist saß er in ein Buch aus der Leihbücherei vertieft; außerdem besaß er ein altersschwaches Bücherregal voller Bände, die er als junger Mann gesammelt hatte – neben Irving noch Scott, Cooper, Eliot, Thackeray – durchweg Autoren, die Billie als »Langweiler« bezeichnete. Billies Lektüre beschränkte sich so gut wie ausschließlich auf Comics, die er stapelweise mittels eines komplexen Tauschsystems erwarb, das seinem Vater ein Rätsel war. Celeste mochte Billie mit seinen viel zu großen Händen und seinem listigen Tonfall gern.

Marilyn jedoch war ein echter Schatz. Celeste war sofort von ihr angetan. Sie war groß, nicht besonders hübsch. Ihre Nase war ein wenig breit, ihre Wangenknochen zu steil, aber ihre dunklen Augen und ihr brünettes Haar waren sehr apart, und sie ging mit einem trotzigen Hüftschwung. Celeste verstand ihren heimlichen Kummer sehr gut: Weil sie Geld verdienen mußte, damit ihr Vater mit ihrer Hilfe die Familie durchbringen konnte, hatte sie nach der High School nicht studieren können, was sie sich sehnlichst wünschte. Klagen waren Marilyn jedoch fremd, und nach außen hin wirkte sie sogar heiter. Celeste nahm an, daß sie ein anderes, eigenständiges Leben sozusagen aus zweiter Hand lebte, indem sie bei ihrer Arbeit mit einer wenn auch ungestalten, so doch verlokkenden Ahnung von der kreativen, intellektuellen Welt in Berührung kam. »Ich bin keineswegs Spitze im Abschreiben von Manuskripten«, sagte sie zu Celeste. »Dafür interessiert mich das, was ich da tippe, viel zu sehr.« Trotzdem hatte sie sich einen ansehnlichen Kundenkreis aufgebaut. Über einen früheren Lehrer ihrer High School hatte sie Kontakt zu einer Gruppe junger Theaterautoren bekommen, die zwar nicht besonders genial, dafür aber dankenswert produktiv waren. Zu ihrer Klientel gehörte auch ein Ordinarius der Columbia-Universität, der ein gelehrtes Monumentalwerk verfaßte, »einen psychologischen Abriß der Weltgeschichte«; ihr bester Kunde war ein berühmter Journalist und Schriftsteller, der, wie Mr. Soames stolz bemerkte, große Stücke auf sie hielt – was ihn nicht davon abhielt, sie zwischendurch zur Schnecke zu machen, wie Marilyn hinzufügte. Angesichts ihrer unregelmäßigen Einkünfte und der Notwendigkeit, sie um jeden Preis zu wahren, wirkte Marilyn manchmal etwas verbissen. Um das Selbstwertgefühl ihres Vaters zu schonen, erhielt sie den Mythos aufrecht, sie trage lediglich vorübergehend zum Unterhalt der Familie bei, »um uns über die teure Zeit wegzuretten«. Doch wie Celeste erkannte, wußte Marilyn nur zu gut, daß sie noch viele Jahre in dieser Falle sitzen würde, wenn nicht sogar für immer. Die Jungen würden erwachsen werden, heiraten und weggehen. Eleanors Ausbildung mußte bezahlt werden – Marilyn bestand darauf, daß Eleanor studieren sollte, denn sie sei »ein echtes Genie. Sie sollten mal die Gedichte lesen, die sie heute schon mit neun Jahren schreibt. Mrs. Soames würde über kurz oder lang nicht mehr arbeiten können, und auch Mr. Soames war gesundheitlich angeschlagen. Marilyn machte sich keine Illusionen über ihr Schicksal und bereitete sich seelisch darauf vor. Deshalb wehrte sie auch die Avancen mehrerer Männer ab, die ihr nachstiegen, wobei zumindest einer von ihnen, wie sie lachend erzählte, »ehrliche Absichten« hatte. Ihr hartnäckigster Verehrer war der Journalist und Schriftsteller – »er ist *nicht* derjenige, welcher. Jedesmal, wenn ich ein neues Kapitel bei ihm abholen muß – er schreibt den Text komplett von Hand – oder ein getipptes Manuskript abgeben will, jagt er mich immer um den Tisch herum, mit einer afrikanischen Kriegskeule in der Hand, die er von einer Reise mitgebracht hat. Er findet das witzig, aber es ist hart an der Grenze. Irgendwann einmal bleibe ich einfach stehen und knalle ihm eine. Wenn ich nicht auf seine Aufträge angewiesen wäre, hätte ich das schon längst getan.« Celeste wurde allerdings den Verdacht nicht los, daß Marilyn eines Tages wirklich einfach stehenbleiben würde, aber ohne ihm eine zu knallen. Sie redete sich ein, die Erfahrung werde Marilyn guttun; Marilyn war ein heißblütiges Mädchen, das dennoch seine Keuschheit – dessen war Celeste sich sicher – streng bewahrt hatte. (Bei diesen Überlegungen fiel ihr ein, daß das ja auch auf eine gewisse Celeste Phillips zutraf, doch an diesem Punkt schüttelte Miss Phillips den Gedanken daran hastig ab.)

Die Soames wohnten in einer Fünfzimmerwohnung, die über zwei Schlafzimmer verfügte. Sie lag in einem alten Miethaus ohne Aufzug. Weil sie drei Schlafzimmer benötigten, war der nach vorn gelegene Raum umgestaltet worden und diente nun als Mädchenschlafzimmer und zugleich als Marilyns Arbeitszimmer. »Marilyn müßte ein eigenes Zimmer haben«, seufzte Mrs. Soames, »aber was sollen wir tun?« Billie hatte eine Trennwand gebastelt – es war eigentlich nur ein Vorhang auf einer langen Gardinenstange – und damit einen Teil des Raums als Marilyns »Büro« abgeteilt. Hier hatte sie ihren Schreibtisch, ihre Schreibmaschine, ihren Papiervorrat und ihr Telefon. Die Abtrennung vermittelte zumindest die Illusion, es handle sich um einen separaten Raum. Außerdem war sie notwendig gewesen, weil Marilyn oft abends noch arbeiten mußte und Eleanor früh zu Bett ging.

Der Standort des Telefons veranlaßte Celeste, eine weitere Änderung vorzuschlagen. Als sie bei den Soames eintraf, um ihre Arbeit aufzunehmen, lag Stanley in seinem eigenen Bett im Jungenzimmer. Unter dem Vorwand, sie könne mit einem so großen Jungen wie Billie nicht gut in einem Zimmer schlafen, zumal sie natürlich auch nachts in Rufweite ihres kleinen Patienten bleiben mußte, brachte Celeste Stanley im vorderen Schlafzimmer in Eleanors Bett unter, während Eleanor ins Jungenzimmer umsiedelte. »Sind Sie sicher, daß Ihnen das nichts ausmacht? fragte Celeste Marilyn ängstlich. Sie fühlte sich erbärmlich wegen der ganzen Geschichte. Doch Marilyn sagte, sie sei es gewöhnt, unter unmöglichen Bedingungen zu arbeiten: »Mit einem Knaben wie Stanley im selben Haushalt lernt man entweder, die Ohren zuzuklappen, oder man kann sich gleich die Kehle durchschneiden.« Marilyns spaßige Anspielung auf ihre »Kehle« machte Celeste krank. An ihrem dritten Tag wurde ihr klar, daß sie unbewußt ständig an diesem Teil von Marilyns üppiger Anatomie vorbeisah. Sie besaß einen kräftigen Hals, und in den folgenden Tagen wurde er für Celeste zu einer Art Symbol, dem Bindeglied zwischen ihrer aller Leben und dem Tod, der draußen auf sie lauerte. Sie zwang sich, nicht mehr hinzusehen.

Eleanors Umzug in Stanleys Zimmer warf Probleme auf, die Celestes Schuldgefühle noch verschlimmerten. Mrs. Soames meinte, es sei »nicht gut«, wenn Bruder und Schwester in Eleanors und Billies Alter in einem Zimmer schliefen. Also wurde Billie ins Elternschlafzimmer geschickt, und Mrs. Soames zog ins Jungenzimmer zu Eleanor. »Ich habe das Gefühl, eine Revolution in Gang gesetzt zu haben«, jammerte Celeste. »Ich habe damit allen das Leben schwer gemacht.« Und als Mrs. Soames sagte: »Aber, aber, Miss Martin, machen Sie sich unseretwegen keine Gedanken. Wir sind so dankbar, daß Sie hier sind, um unseren kleinen Schatz zu pflegen!«, da fühlte sich Celeste wie der durchtriebenste, hinterhältigste aller Spione. Es war ihr ein kleiner Trost, daß sie selbst im vorderen Zimmer auf einem uralten Feldbett schlafen mußte, das man sich von den Nachbarn geliehen hatte und das so bequem wie der Fußboden einer Eremitenhöhle war. Auf diesem Lager büßte sie für ihren Betrug. Geradezu ärgerlich lehnte sie das Angebot der Familie ab, sie solle statt dessen lieber in einem ihrer eigenen Betten schlafen.

»Es ist so gemein«, beklagte sich Celeste bei den Queens und Jimmy während ihres zweiten spätabendlichen Treffens in einem Lichtschacht an der First Avenue. »Sie sind alle so lieb, ich fühle mich wie eine Kriminelle.«

»Ich hab euch doch gesagt, sie ist ein viel zu schlichtes Gemüt für den Job«, höhnte Jimmy. Aber im Dunkeln knabberte er an ihren Fingerspitzen.

»Jimmy, das sind sagenhaft nette Leute. Und alle sind mir so dankbar. Wenn Sie das erführen ...«

»... würden sie dich sicher nicht gerade abknutschen«, sagte Jimmy. »Wo wir gerade davon sprechen ...«

Doch Ellery sagte: »Wie funktioniert das mit der Post, Celeste?«

»Marilyn holt die Post morgens als erstes herauf. Mr. Soames geht vor der ersten Zustellung schon aus dem Haus -«

»Das wissen wir.«

»Ihre laufende Korrespondenz liegt in einem Drahtkörbchen auf ihrem Schreibtisch. Es ist für mich ein leichtes, sie zu lesen«, sagte Celeste mit zittriger Stimme. »Gestern konnte ich das erst mitten in der Nacht tun, als Marilyn und Stanley schliefen. Es gibt aber auch im Laufe des Tages Gelegenheiten dazu. Marilyn verläßt ab und zu im Zusammenhang mit ihrer Arbeit das Haus.«

»Auch das wissen wir«, sagte der Inspector grimmig. Marilyn Soames' unvorhersehbare Ausflüge, manchmal sogar abends, bereiteten ihnen allen gehörige Bauchschmerzen.

»Selbst wenn sie nicht weggeht, ißt sie aber immer in der Küche zu Mittag. Ich kann ihre Post auch dann lesen, wenn Stanley wach ist, weil dazwischen ein dicker Vorhang hängt.«

»Hervorragend.«

»Schön, daß Sie zufrieden sihihind!« Celeste brach in Tränen aus und benetzte ausgiebig Jimmys graublaue Krawatte.

Bei ihrer Rückkehr zur Wohnung der Soames hatten ihre Wangen jedoch wieder Farbe angenommen, und sie erzählte Marilyn, wie sagenhaft gut ihr der Spaziergang getan habe, wirklich sagenhaft.

Ihre Treffen wurden von Celeste auf 22 Uhr bis 22.30 Uhr festgelegt. Stanley wurde erst kurz vor neun für die Nacht fertig gemacht, sagte sie, und er schlief meist nicht vor etwa halb zehn ein. »Da er die ganze Zeit im Bett liegt, braucht er nicht so viel Schlaf. Ich kann erst weg, wenn ich ganz sicher bin, daß er tief und fest schläft, und danach muß ich beim Geschirrspülen helfen.«

»Sie dürfen es nicht übertreiben, Miss Phillips«, sagte der Inspector. »Sonst schöpfen die noch Verdacht. Hilfsschwestern würden normalerweise keinen Finger …«

»Hilfsschwestern sind menschliche Wesen, nicht wahr?« fuhr ihn Celeste an. »Mrs. Soames ist eine kranke Frau, die sich den ganzen Tag über abrackert, und wenn ich ihr ein bißchen Arbeit abnehmen kann, indem ich das Geschirr vom Abendessen spüle, dann tue ich das auch. Schließen Sie mich jetzt aus der Spionagegewerkschaft aus, wenn ich Ihnen sage, daß ich mich auch bei der Hausarbeit nützlich mache? Seien Sie unbesorgt, Inspector Queen, ich verrate schon nichts. Ich bin mir absolut im klaren darüber, was hier auf dem Spiel steht.«

Der Inspector meinte lahm, er habe es ja nur erwähnen wollen, das sei alles, und Jimmy rezitierte einige Verse, die er angeblich selbst verfertigt hatte, die aber verdächtig nach irgendeinem elisabethanischen Werk klangen.

Also trafen sie sich jeden Abend um 22 Uhr oder etwas später, jeden Tag an einem anderen Ort, den sie jeweils am Vorabend verabredeten. Zumindest für Celeste bekam das Ganze einen leicht phantastischen Anstrich. Dreiundzwanzigeinhalb Stunden des Tages arbeitete, aß, schlief und spionierte sie bei den Soames, und die halbe Stunde Ausgang war für sie wie eine Reise zum Mond. Allein Jimmys Anwesenheit machte es für sie erträglich, denn die angespannten, fragenden Gesichter der Queens erweckten in ihr mittlerweile Unbehagen. Sie mußte sich zusammenreißen, wenn sie durch die dunklen Straßen zum verabredeten Treffpunkt ging und auf Jimmys leisen Pfiff wartete. Dann trat sie zu ihnen in den Hauseingang, unter die Markise eines Geschäfts oder einfach nur ein Stück in eine Gasse hinein – je nachdem, was sie gerade als Treffpunkt vereinbart hatten – und berichtete über die zunehmend behagliche Monotonie der letzten vierundzwanzig Stunden und beantwortete Fragen über die Post und Anrufe, die die Soames bekommen hatten, während Jimmy die ganze Zeit im Dunkeln ihre Hand umklammert hielt. Dann, mit Jimmys sehnsüchtigem Blick im Rükken, eilte sie zurück in die kleine Welt der Soames, die ihr immer mehr als liebenswerter Hort der Normalität erschien.

Sie machte keinerlei Versuch, ihnen zu erklären, wie sehr der Duft von Mrs. Soames Hefebrot sie an Mutter Phillips erinnerte oder daß Marilyn sich wie durch Zauberei in eine Zweitausgabe von Simone verwandelt hatte, allerdings nur mit deren besten Eigenschaften.

Und welche eisigen Ängste sie während jedes Augenblicks ihrer wachen Stunden durchlitt, die sie sogar bis in den Schlaf verfolgten …

Sie hätte es so gern jemandem erzählt.

Vor allem Jimmy.

Sie stellten endlose Spekulationen an. Abgesehen von den Treffen mit Celeste Abend für Abend waren sie zur Untätigkeit verdammt.

Immer wieder sahen sie die Berichte über Cazalis durch. Es war zum Verzweifeln. Er verhielt sich genauso, als sei er Dr. Edward Cazalis, der angesehene Psychiater, und nicht ein gerissener Paranoiker, der lediglich seine Mordlust befriedigen wollte. Er arbeitete noch immer mit seinem Gremium an privaten Fallberichten, die gelegentlich noch von saumseligen Kollegen eingesandt wurden. Er nahm sogar an einer Besprechung teil, die der Bürgermeister einberufen hatte und bei der auch die Queens anwesend waren. Bei dieser Sitzung wurde Cazalis von Männern, die im Erkennen von Verstellungen aller Art geschult waren, aufmerksam beobachtet, doch blieb fraglich, wer von den Anwesenden mehr Schauspieltalent besaß. Der Psychiater riet freundlich von einer Weiterführung ab, sagte erneut, er und sein Gremium verschwendeten ihre Zeit. Sie hatten noch einige wenige der widerstrebenden Kollegen für sich gewinnen können, der große Rest jedoch war unnachgiebig geblieben, und es war von ihnen nichts mehr zu erwarten. (Inspector Queen berichtete dem Bürgermeister darüber hinaus mit undurchdringlichem Gesicht, daß von den wenigen Verdächtigen, die Dr. Cazalis und seine Mitstreiter weitergeleitet hatten, kein einziger die Katze sein konnte.) »Habt ihr denn mit Euren Maßnahmen überhaupt nichts erreicht?« fragte Cazalis den Inspector. Als dieser den Kopf schüttelte, lächelte der große Mann. »Dann war es wahrscheinlich doch jemand von außerhalb.«

Ellery fand, das sei seiner eigentlich nicht würdig.

Doch Cazalis sah seit einiger Zeit auffallend schlecht aus: Er war mager geworden, eingefallen, sein eisgraues Haar durcheinander. Sein massiges Gesicht wirkte verwaschen und rissig. An beiden Augen zuckte er gelegentlich nervös, und seine großen Hände trommelten entweder auf irgendeinem nahe gelegenen Gegenstand herum oder fuhren an seinem Körper auf und ab, als suchten sie einen Halt. Mrs. Cazalis, die abwesend wirkte, sagte, die ganze Arbeit für die Stadt habe ihrem Mann zuviel abverlangt, es sei ihr Fehler gewesen, ihn zu einer Fortführung der Ermittlungen anzutreiben. Der Psychiater tätschelte seiner Frau die Hand. Das nehme er nicht so ernst, behauptete er, was ihn aber bedrücke sei, daß er versagt habe. Ein junger Mann, so meinte er, »wächst über sein Versagen hinaus, ein alter Mann läßt sich davon herunterziehen«. »Edward, ich möchte, daß du verreist.« Er lächelte nur. Er beabsichtige eine längere Erholungsphase, sagte er. Zuvor müsse er noch einige »lose Enden« zusammenfügen.

Machte er sich über sie lustig?

Die Metapher verfolgte sie.

Oder hatte er Verdacht geschöpft, und nun war seine Verunsicherung oder die Angst vor Entdeckung so stark, daß er den anhaltenden Mordimpuls unter Kontrolle halten konnte?

Vielleicht hatte er einen seiner Beschatter gesehen. Die Kriminalbeamten waren sicher, daß dies nicht der Fall gewesen war.

Möglich war es dennoch.

Oder hatten sie bei ihrem Besuch in seiner Wohnung etwa doch Spuren hinterlassen? Sie waren systematisch vorgegangen, hatten nichts berührt oder bewegt, bevor sie sich nicht die genaue Position und den Zustand des jeweiligen Gegenstandes eingeprägt hatten. Hinterher hatten sie alles wieder an seinen Platz zurückgestellt.

Dennoch hatte er womöglich etwas gemerkt. Was war, wenn er ihnen eine Falle gestellt hatte? Vielleicht hatte er ein ganz privates

Signal, etwas ganz Banales, Unscheinbares, in dem Wandschrank oder in einer der Schubladen angebracht. Ein Psychotiker bestimmter Ausprägung würde solche Vorkehrungen wahrscheinlich treffen. Sorgfältig ausgetüftelt. Sie hatten es mit einem Mann zu tun, dessen brillanter Geist sich mit seiner Psychose überlappte. Bei bestimmten Gedankengängen verhielt er sich vielleicht vorausschauend.

Möglich war es.

Dr. Cazalis' Bewegungen waren so unschuldig wie die eines Mannes, der unter einem sonnigen Himmel über ein Feld wandert. Er empfing ein bis zwei Patienten pro Tag in seiner Praxis, überwiegend Frauen. Gelegentlich eine Besprechung mit anderen Psychiatern. Lange Abende, an denen er den Fuß nicht vor die Tür seiner Wohnung setzte. Einmal mit Mrs. Cazalis ein Besuch bei den Richardsons. Einmal ein Konzert in der Carnegie Hall, wo er mit offenen Augen und verschränkten Händen eine Sinfonie von César Franck hörte und dann mit geschürzten Lippen und ganz ruhig offensichtlich genüßlich Bach und Mozart lauschte. Einmal ein geselliger Abend mit einigen Kollegen und deren Frauen.

Zu keiner Zeit kam er auch nur in die Nähe der 29. Straße Ost und der First Avenue.

Möglich war es.

Das war ja gerade das Schlimme.

Möglich war alles.

Am zehnten Tag nach der Ermordung von Donald Katz, am sechsten Tag von »Sue Martins« Karriere als Hilfsschwester, warteten sie noch immer. Die meiste Zeit über hockten sie jetzt in einem Raum des Präsidiums. Schweigend. Oder, wenn das Schweigen unerträglich wurde, nörgelnd und aggressiv, bis sie das Schweigen wieder als Erleichterung empfanden.

Was Inspector Queens Gesicht immer finsterer aussehen ließ war der Gedanke, daß Cazalis womöglich einfach abwartete, bis sie aufgaben. Man wußte ja, daß Geistesgestörte oft eine außerordentliche Geduld haben. Früher oder später, dachte sich Cazalis vielleicht, würden sie davon ausgehen, daß er seine Serie abgeschlossen hatte … wenn er nur lange genug wartete. Dann würden sie ihre Wachhunde abziehen. Früher oder später.

War es das, worauf Cazalis wartete?

Falls er überhaupt gemerkt hatte, daß er beschattet wurde.

Oder, wenn er vorhersah, daß dies ein Fall war, in dem die Wachhunde nie und nimmer abgezogen werden würden, wartete er vielleicht absichtlich, bis sie nachlässig wurden. Und dann … ein Schlupfloch. Und er würde ihnen entwischen.

Mit einer Schnur aus Tussahseide in der Tasche.

Inspector Queen nervte seine Mitarbeiter so sehr, daß sie gar nicht gut auf ihn zu sprechen waren.

Ellerys Gehirn absolvierte eine verzweifelte Akrobatik. Angenommen, Cazalis hatte tatsächlich in seinem Wandschrank eine Falle gelegt. Angenommen, er wußte tatsächlich, daß jemand seine alte Kartei durchgesehen hatte. Dann wußte er auch, daß sein Geheimnis gelüftet worden war. Dann wußte er auch, daß sie wußten, wie er seine Opfer auswählte.

In diesem Fall unterschätzte man Cazalis' Scharfsinn sicherlich nicht, wenn man annahm, daß er sich den Rest ebenfalls denken konnte. Er brauchte nur zu tun, was Ellery gerade tat, sich nämlich an die Stelle des Gegners zu versetzen.

Dann wußte Cazalis auch, daß sie von Donald Katz zu Marilyn Soames weitergegangen waren, und daß sie ihm mit Marilyn Soames einen Köder hingeworfen hatten.

Was würde ich an Cazalis' Stelle jetzt tun? fragte sich Ellery. Ich würde jeden Gedanken daran, Marilyn Soames umzubringen, unverzüglich aufgeben. Statt dessen würde ich zu meiner alten Geburtshilfekartei zurückgehen und von Marilyn Soames' Karte weitergehen bis zur Karte der Person, die regulär danach an der Reihe wäre. Oder, um ganz sicher zu gehen, würde ich diese Person überspringen und gleich zur übernächsten gehen, für den Fall, daß der Gegner diese Vorsichtsmaßnahme ebenfalls getroffen hat. Was wir nicht getan haben …

Ellery wand sich vor Schuldgefühlen. Dafür gab es keine Entschuldigung, sagte er immer wieder. Daß wir aus der Kartei das auf Marilyn Soames folgende potentielle Opfer, das danach und alle folgenden nicht herausgesucht haben, und sie alle beschützen, selbst wenn das bedeuten würde, bis zum Ende der Kartei weitergehen und rund hundert kreuz und quer über die Stadt verstreute junge Leute bewachen zu müssen …

Wenn diese Überlegungen zutrafen, würde Cazalis möglicherweise jetzt im Moment darauf warten, daß die Wachsamkeit der Beamten, die ihn beschatteten, nachließ. Dann konnte die Katze sich wegstehlen und ganz nach Belieben ein zehntes, noch unbekanntes Opfer erdrosseln und sich die ganze Zeit vor Lachen ausschütten darüber, daß die Polizei Marilyn Soames bewachte.

Ellery schrieb sich selbst die Schuld dafür zu.

»Wir können bestenfalls hoffen«, stöhnte er, »daß Cazalis sich an Marilyn heranmacht. Schlimmstenfalls ist er bereits jemand anderem auf der Fährte. Falls das eintritt, werden wir es erst merken, wenn es vorüber ist. Es sei denn, wir können Cazalis absolut lückenlos überwachen, Dad. Wir müssen uns an ihn dranhängen! Sollen wir nicht lieber ein paar Leute zusätzlich …?«

Doch der Inspector schüttelte den Kopf. Je mehr Leute, desto größer die Gefahr, daß alles aufflog. Letzten Endes gab es keinen *Anlaß* zu der Vermutung, Cazalis habe Verdacht geschöpft. Das Problem war, daß ihre Nerven ihnen einen Streich spielten.

»Wessen Nerven?«

»Deine! Und meine genauso! – Aber meine erst, seit du mit deinen bescheuerten Gedankenspielen angefangen hast!«

»Willst du etwa behaupten, es könnte nicht so kommen, Dad?«

»Warum schauen wir uns dann die Kartei nicht noch einmal an?«

Nun ja, murmelte Ellery, es war wohl besser, wenn sie sich an das hielten, was sie in der Hand hatten. Nur nichts übereilen. Wachsames Warten. Wir werden es beizeiten erfahren.

»He, Meister der originellen Formulierung«, schnauzte Jimmy McKell. »Wenn ihr mich fragt, so läßt euer Kampfgeist zu wünschen übrig. Ist euch allen eigentlich schnurzpiepenblutwurst, was mit meinem Mädel passiert?«

Da fiel ihnen ein, daß es Zeit war, zum abendlichen Treffen mit Celeste zu gehen.

Sie schubsten sich gegenseitig durch die Tür.

Der Abend des Mittwoch, 19. Oktober, war ausgesprochen ungemütlich. Die drei Männer kauerten im Eingang einer schmalen Gasse zwischen zwei Gebäuden an der Südseite der 29. Straße Ost, nahe der Second Avenue. Es wehte ein schneidender, nasser Wind, und sie führten beim Warten eine Art Tänzchen auf.

Viertel nach zehn.

Es war das erste Mal, daß Celeste sich verspätete.

Sie blafften sich wechselseitig an und fluchten in den Wind. Jimmy streckte dauernd seinen Kopf aus der Gasse und sagte zwischen den Zähnen: »Nun kooooooooommmmm endlich, Celeste!« als sei sie ein Ackergaul.

Die Lichter des Bellevue-Krankenhauses drüben an der First Avenue waren kein Trost.

Die Berichte über Cazalis waren an diesem Tag entmutigend gewesen. Er hatte seine Wohnung nicht verlassen. Nachmittags waren zwei junge Patientinnen bei ihm gewesen. Um halb sieben waren Della und Zachary Richardson zu Fuß angekommen, offensichtlich zum Essen, denn um neun Uhr, als der letzte Bericht eintraf, bevor die Queens das Präsidium verließen, waren sie noch nicht wieder aus dem Haus gekommen.

»Das hat nichts zu bedeuten, Jimmy«, sagte Ellery zum x-ten Mal. »Cazalis ist heute abend sicher unter Verschluß. Da kann nichts sein. Sie kommt einfach nicht weg-«

»Ist das nicht Celeste, da drüben?«

Sie versuchte, nicht zu rennen, aber es gelang ihr nicht ganz. Sie ging immer schneller und schneller, dann lief sie, wurde plötzlich langsamer, rannte dann los. Ihr schwarzer Tuchmantel umflatterte sie wie ein Vogelschwarm.

Es war 22.35 Uhr.

»Da stimmt irgendwas nicht.«

»Was könnte das sein?«

»Sie kommt zu spät. Natürlich beeilt sie sich.« Jimmy stieß den verabredeten Pfiff aus, er klang ganz trocken und heiser. »Celeste-«

»Jimmy!« Sie schluckte heftig.

»Was ist los?« Ellery hielt sie an beiden Armen fest.

»Er hat angerufen.«

Der Wind hatte unvermittelt aufgehört, und nun hallten ihre Worte schrill in der Gasse wider. Jimmy schob Ellery mit der Schulter beiseite und nahm sie in die Arme.

»Du brauchst überhaupt keine Angst zu haben. Hör auf zu zittern.«

Sie brach in Tränen aus.

Sie warteten. Jimmy fuhr ihr mit der Hand durchs Haar.

Schließlich hörte sie auf zu weinen.

Inspector Queen sagte wie aus der Pistole geschossen: »Wann?«

»Kurz nach zehn. Ich wollte gerade gehen – ich stand schon in der Diele mit der Hand auf der Türklinke, da hörte ich das Telefon klingeln. Marilyn war mit Billie, Eleanor und ihren Eltern im Eßzimmer, und ich war dem vorderen Zimmer am nächsten. Ich bin losgerannt, um als erste dort zu sein. Ich wußte sofort, daß er es war. Ich habe seine Stimme im Radio gehört, als er die Pressekonferenz gab. Sie ist tief und melodisch, zugleich aber irgendwie schneidend.«

»Cazalis«, sagte der Inspector. »Sie meinen, es war Dr. Edward Cazalis' Stimme, Miss Phillips?« Er sagte das, als könne er es überhaupt nicht glauben und als sei es von äußerster Wichtigkeit, seinen Zweifel zu bestätigen.

»Ich sage Ihnen doch, er war es!«

»Nun, nun«, sagte der Inspector, »Nur, weil sie ihn im Radio gehört haben ...« Aber er rückte näher an Celeste heran.

»Was hat er gesagt?« fragte nun Ellery. »Wort für Wort.«

»Ich sagte Hallo, und er sagte auch Hallo, und dann nannte er mir die Nummer der Soames und fragte, ob er richtig verbunden sei, und ich sagte ja. Dann fragte er: ›Spreche ich mit der freiberuflichen Stenotypistin Marilyn Soames?‹ Es war seine Stimme. Ich sagte nein, und er fragte, ›Ist Miss Soames zu sprechen – *Miss* Soames ist doch richtig, oder? Nicht Mrs.? Sie ist doch die Tochter von Edna und Frank Soames, nicht wahr?‹ Ich sagte ja. Dann sagte er: ›Ich würde sie gern sprechen.‹ Inzwischen war Marilyn ins Zimmer gekommen, und ich habe ihr den Hörer gegeben und bin unter dem Vorwand dageblieben, ich müßte meinen Unterrock glattziehen.«

»Er kundschaftet sie aus«, murmelte der Inspector. »Er geht auf Nummer sicher.«

»Weiter, Celeste!«

»Nun laßt sie doch erst mal Luft holen!« murrte Jimmy.

»Ich hörte, wie Marilyn ein- oder zweimal ja sagte, und dann sagte sie: ›Nun ja, ich habe zwar im Moment viel zu tun, aber wenn das so ist, werde ich versuchen, es bis Montag für Sie zu erledigen, Mr. – wie war noch Ihr Name, Sir?‹ Und als er ihn ihr nannte, sagte sie: ›Tut mir leid, könnten Sie mir das bitte buchstabieren?‹ und sie hat beim Schreiben mitgesprochen.«

»Den Namen.«

»Paul Arcanum. A-r-c-a-n-u-m.«

»Arcanum!« Ellery lachte.

»Dann sagte Marilyn ja, sie könne das Manuskript morgen abholen, und fragte ihn, wo sie hinkommen solle. Er sagte etwas, und darauf antwortete sie: ›Ich bin groß und dunkelhaarig und habe eine stumpfe Nase. Ich werde einen großkarierten schwarzweißen Tuchmantel tragen, den können Sie nicht übersehen. Und eine Kappe. Und Sie?‹ Und nachdem er geantwortet hatte, sagte sie: »Gut. Dann sollten Sie lieber nach mir Ausschau halten, Mr. Arcanum. Ich werde dort sein. Auf Wiedersehen.‹ Und dann hat sie aufgelegt.«

Ellery schüttelte sie. »Konnten Sie die Adresse und die Zeit nicht herausbekommen?«

Jimmy schüttelte Ellery. »Ich hab doch gesagt, ihr sollt sie erst mal Luft holen lassen!«

»Nun wartet mal«, sagte Inspector Queen und schob sie beide beiseite. »Haben Sie irgendwelche weiteren Informationen, Miss Phillips?«

»Ja, Inspector. Als Marilyn auflegte, sagte ich so beiläufig wie möglich: ›Ein neuer Kunde, Marilyn?‹, und sie sagte darauf: Ja. Sie wisse zwar nicht, wie er auf sie kommt, irgendein anderer Autor müsse sie wohl empfohlen haben. ›Arcanum‹ hatte behauptet, er sei Schriftsteller aus Chicago und hier in der Stadt mit seinem neuen Roman bei seinem Verleger gewesen. Er habe die letzten fünf Kapitel überarbeiten müssen und suche jetzt jemanden, der sie ihm kurzfristig abtippt. Er habe kein Hotel finden können und wohne ›bei Bekannten‹ und wolle sich deshalb morgen um 17.30 Uhr mit ihr in der Halle des Hotel Astor treffen, um ihr das Manuskript zu geben.«

»Halle des Hotel Astor!« rief Ellery ungläubig aus. »Es gibt in New York City keinen belebteren Ort!«

»Sind Sie sicher, daß es das Astor ist, Miss Phillips?«

»Das hat Marilyn jedenfalls gesagt.«

Sie schwiegen.

Schließlich zuckte Ellery die Achseln. »Es nützt nichts, wenn wir uns verrückt machen …«

»Nein, das ist richtig. Wir werden schon sehen«, sagte Jimmy.

»Was geschieht bis dahin mit unserer Heldin? Soll Celeste in diesem Rattennest bleiben? Oder geht sie morgen ins Astor, im großkarierten Mantel und mit Petersiliensträußchen garniert?«

»Blödmann.« Celeste legte den Kopf auf seinen Arm.

»Celeste bleibt, wo sie ist. Das ist erst der Eröffnungszug. Wir spielen mit.«

Der Inspector nickte. »Wann, sagten Sie, hat er angerufen?«

»Es war ziemlich genau fünf nach zehn, Inspector Queen.«

»Sie gehen zu den Soames zurück.«

Ellery drückte ihr die Hand. »Passen Sie gut auf das Telefon auf, Celeste. Wenn dieser ›Paul Arcanum‹ morgen wieder anruft oder sonst etwas geschieht, was Zeit oder Ort für Marilyns Verabredung ändert, gehört das zu den Notfällen, über die wir gesprochen haben. Rufen Sie sofort das Präsidium an.«

»Ist gut.«

»Lassen Sie sich Anschluß 2-X geben«, sagte der Inspector. »Das ist das Geheimsignal, damit Sie direkt zu uns durchgestellt werden.« Der alte Mann tätschelte ungeschickt ihren Arm. »Sie sind ein braves Mädchen.«

»Gut, Knut«, nuschelte Jimmy. »Gib mir ein Küßchen.«

Sie beobachteten, wie sie die windgepeitschte Straße hinunterging, und rührten sich nicht vom Fleck, bis sie im Eingang der Hausnummer 486 verschwunden war.

Dann rannten sie zur Third Avenue, wo sie den Streifenwagen abgestellt hatten.

Nach Auskunft von Sergeant Velie hatte Goldberg um 22.00 Uhr gemeldet, daß Mr. und Mrs. Richardson in Begleitung von Dr. und Mrs. Cazalis um 21.26 Uhr das Apartmenthaus der Cazalis' verlassen hatten. Die beiden Paare waren die Park Avenue hinaufgebummelt. Nach Angaben von Goldbergs Partner, Young, hatte Cazalis ausgesprochen gute Laune gehabt. Er hatte viel gelacht. Die vier waren an der 84. Straße nach Westen abgebogen, hatte die Madison Avenue überquert und vor dem Park-Lester angehalten. Hier hatten sich die beiden Paare verabschiedet und die Cazalis' waren zur Madison Avenue zurückgegangen, hatten sich nach Norden gewandt und waren in einen Drugstore an der Ecke 86. Straße gegangen. Sie hatten am Tresen gesessen und sich heiße Schokolade bringen lassen. Das war zwei Minuten vor zehn, und um zehn hatte Goldberg von einem Café gegenüber seinen stündlichen Bericht durchtelefoniert.

Ellery sah auf die Wanduhr. »Zehn nach elf. Was ist mit dem Elfuhrbericht, Sergeant?«

»Warten Sie's ab«, sagte Sergeant Velie. »Goldberg hat um zwanzig nach zehn noch mal angerufen. Eine Sondermeldung.«

Der Sergeant schien irgendeinen Ausruf oder eine sonstige Reaktion zu erwarten, denn er machte eine dramatische Pause.

Doch Ellery und Jimmy McKell saßen sich am Tisch gegenüber und kritzelten auf ihren Schreibblöcken herum, und der Inspector sagte lediglich: »Und?«

»Goldberg sagte, als er um kurz nach zehn gerade vom Telefonieren zurückkommt, macht Young ihm schon quer über die Straße Zeichen, und Goldie geht rüber und sieht Mrs. Cazalis am Tresen sitzen – einsam und allein. Goldie denkt, er sieht Gespenster, weil er Cazalis nirgends entdecken kann, und sagt zu Young: Wo ist der Typ hin, wo ist er hin? Und Young deutet auf den hinteren Teil des Drugstore, und Goldie sieht Cazalis in einer Telefonkabine stehen, den Hörer am Ohr. Young sagt zu Goldberg, gleich nachdem er weggegangen war, habe Cazalis auf die Uhr gesehen wie einer, dem plötzlich was einfällt. Young sagt, es war so eine große Geste, die ihm irgendwie komisch vorkam, als wollte Cazalis seiner Frau was vorspielen. Cazalis hat irgendwas gesagt, als würde er sich entschuldigen, ist vom Hocker gestiegen und nach hinten gegangen. Er hat im Telefonbuch da auf dem Regal eine Nummer nachgeschlagen und ist dann in die Kabine gestiefelt und hat wen angerufen. Zeit des Eintritts in die Kabine: 22.04 Uhr.«

»22.04«, sagte Ellery. »22.04.«

»Sag' ich ja«, meinte der Sergeant. »Cazalis hat rund zehn Minuten lang telefoniert und ist dann zu Mrs. Cazalis zurück, hat den Rest von seiner heißen Schokolade ausgetrunken und die beiden sind gegangen.

Sie haben ein Taxi genommen. Cazalis hat dem Fahrer seine Adresse genannt. Young ist in einem anderen Taxi hinterher, und Goldie ist in den Drugstore reingegangen. Er hatte nämlich gesehen, daß das Telefonbuch, in dem Cazalis nach Youngs Angaben was nachgeschlagen hatte, noch offen dalag, und er wollte mal einen Blick reinwerfen, denn in der Zwischenzeit hatte es niemand benutzt. Und siehe da, es ist das Telefonbuch von Manhattan und aufgeschlagen ist es auf einer der Seiten mit den Namen ...» – Velie hielt dramatisch inne – »die mit S-O anfangen.«

»Die mit S-O anfangen«, sagte Inspector Queen. »Hast du das gehört, Ellery? Die Namen, die mit S-O anfangen!« Er bleckte sein Gebiß.

»Wer hätte das gedacht«, sagte Jimmy und entblößte seinerseits zwei Reihen Reißzähne, »daß ein so netter alter Herr einem Brontosaurier so täuschend ähnlich sehen kann?«

Doch der Inspector sagte leutselig: »Weiter, Velie, weiter.«

»Es gibt nichts weiter«, sagte Sergeant Velie würdevoll. »Goldberg meinte, das sei wohl einen Sonderbericht wert, deshalb hat er eben noch angerufen, bevor er Young zur Park Avenue hinterher ist.«

»Da hatte Goldberg völlig recht«, sagte der Inspector. »Und was ist mit dem Elfuhrbericht?«

»Die Cazalis' sind direkt nach Hause gegangen. Um zehn vor elf ging das Licht aus. Sofern der Doc nicht beabsichtigt, heute nacht noch auf die Pirsch zu gehen, wenn seine Alte im Land der Träume weilt -«

»Heute nacht nicht, Sergeant, heute nacht nicht«, sagte Ellery lächelnd. »Morgen um halb sechs im Astor.«

Sie sahen ihn von der 44. Straße aus die Halle des Astor betreten. Es war 17.05 Uhr, und sie waren bereits seit einer Stunde dort. Detective Hesse war ihm auf den Fersen.

Cazalis trug einen dunkelgrauen Anzug, einen ziemlich abgewetzten dunklen Überzieher und einen fleckigen grauen Hut. Er betrat die Halle zusammen mit mehreren Personen, als gehöre er zur Gruppe, scherte jedoch im quer verlaufenden Korridor an der Rückseite der Lobby aus, kaufte sich am Kiosk die *New York Post*, starrte ein paar Minuten auf das Titelblatt und begann dann, eine Runde durch die Halle zu drehen. Er bewegte sich jeweils nur ein paar Schritte vor und stand zwischendurch längere Zeit still.

»Er will sichergehen, daß sie noch nicht da ist«, sagte der Inspector.

Sie standen gut verborgen an einer Brüstung im Zwischengeschoß.

Cazalis setzte seine Runde fort. Die Halle war voller Menschen, und es war nicht leicht, ihn im Auge zu behalten. Hesse hatte sich jedoch in einer zentralen Position aufgepflanzt. Er brauchte sich nur wenig zu bewegen, und sie wußten, der Mann würde ihm nicht entwischen.

In der Halle waren sechs weitere Kriminalbeamte verteilt.

Als Cazalis seine Runde beendet hatte, quetschte er sich an fünf Leuten vorbei, Männern und Frauen, die in der Nähe des Ausgangs zum Broadway standen und sich lachend unterhielten. Er hielt eine Zigarette unangezündet in der Hand.

Auf den Stufen vor dem Hotel sahen sie gelegentlich den breiten Rücken und die schmale Taille von Detective Zilgitt. Er war schwarz und einer der besten Männer, die das Präsidium vorweisen konnte. Inspector Queen hatte ihn Hesse an diesem Tag ausdrücklich als Partner zugewiesen. Zilgitt, der sich normalerweise bescheiden kleidete, hatte sich für diesen Auftrag in Schale geworfen. Er sah aus wie ein Typ vom Broadway, der auf seine Traumfrau wartet.

Um 17.25 Uhr traf Marilyn Soames ein.

Sie eilte atemlos in die Halle. Am Blumenladen blieb sie stehen und sah sich um. Sie trug den großkarierten Tuchmantel und eine kleine Filzkappe. Sie hatte eine alte kunstlederne Aktentasche bei sich.

Johnson trat ein, ging an ihr vorbei und mischte sich unter die Leute, blieb jedoch stets in wenigen Metern Abstand von ihr. Piggott trat vom Broadway aus in den Blumenladen und kaufte umständlich eine Nelke. Durch die Glasscheiben des Geschäfts hatte er einen optimalen Blick sowohl auf Marilyn als auch auf Cazalis. Nach einer Weile schlenderte er in die Halle, blieb fast direkt neben dem Mädchen stehen und sah sich um, als suche er ein bekanntes Gesicht. Sie schaute ihn zweifelnd an und wollte ihn gerade ansprechen, doch als sein Blick über sie hinwegglitt, biß sie sich auf die Lippe und sah weg.

Cazalis hatte sie sofort entdeckt.

Er schlug seine Zeitung auf, lehnte sich an die Wand und begann zu lesen, die Zigarette noch immer unangezündet zwischen den Fingern.

Von ihrem Standort aus konnten die Queens sehen, daß sein

Blick über den Rand der Zeitung hinweg unverwandt auf das Gesicht des Mädchens gerichtet war.

Marilyn hatte begonnen, das Terrain zu sondieren, und ließ von der Hallenseite gegenüber der Stelle, wo Cazalis stand, den Blick langsam in die Runde schweifen. Als er seinen Halbkreis fast vollendet hatte und kurz davor war, ihn zu streifen, ließ Cazalis seine Zeitung sinken, murmelte etwas zu einem Mann in der Gruppe neben ihm, der holte ein Päckchen Streichhölzer hervor und gab ihm Feuer für seine Zigarette. Einen Augenblick lang sah es aus, als gehöre Cazalis zur Gruppe.

Marilyns Blick glitt über ihn hinweg, als sei er unsichtbar.

Er bewegte sich ein paar Zentimeter weg. Jetzt stand er so, daß die Gruppe zwischen ihnen war, und starrte sie unverblümt an.

Marilyn Soames blieb noch bis etwa 17.40 Uhr an derselben Stelle stehen. Dann ging sie durch die Halle und suchte unter den sitzenden Männern. Einige lächelten, einer sagte etwas zu ihr, aber sie runzelte nur die Stirn und ging weiter.

Als sie losging, folgte Cazalis ihr.

Er machte keinerlei Anstalten, in ihre Nähe zu kommen.

Gelegentlich blieb er sogar ruhig stehen und ließ nur seinen Blick hinter ihr herwandern.

Es schien, als wolle er sich alles an ihr einprägen – ihren Gang, ihre Bewegungen, das einfache, kräftige Profil.

Er war jetzt hochrot im Gesicht und atmete schwer. Als sei er ungeheuer erregt.

Bis zehn vor sechs war sie kreuz und quer durch die ganze Halle gegangen und auf ihren ursprünglichen Posten neben dem Blumenladen zurückgekehrt. Cazalis ging an ihr vorbei, es war das einzige Mal, daß er ihr nahe kam. Er hätte sie berühren können, aber Johnson und Piggott standen ebenfalls in unmittelbarer Reichweite. Sie sah ihn sogar fragend an, aber diesmal schaute er in eine andere Richtung und ging flott an ihr vorbei, als habe er ein festes Ziel. Offenbar hatte er ihr eine falsche Beschreibung von sich selbst geliefert, vielleicht auch gar keine.

An der nächst gelegenen Ausgangstür hielt er inne.

Das war genau der Ausgang, hinter dem Zilgitt wartete. Zilgitt sah ihn beiläufig an und trat von der Treppe herunter.

Das Mädchen begann, mit dem Fuß auf den Boden zu klopfen.

Sie sah sich nicht um, so daß Cazalis sie ohne Verstellung beobachten konnte.

Um 18 Uhr richtete sich Marilyn auf und bahnte sich entschlossen den Weg zur Portiersloge.

Wenige Augenblicke später rief ein Page: »Mr. Arcanum. Mr. Paul Arcanum bitte.«

Sofort ging Cazalis die Stufen hinunter, überquerte den Bürgersteig und stieg in ein Taxi. Als der Wagen sich vom Parkstreifen aus in den fließenden Verkehr auf dem Broadway einfädelte, sprang Hesse in das nächste wartende Taxi.

Um 18.10 Uhr verließ eine ausgesprochen wütend aussehende Marilyn Soames das Astor und marschierte mit langen Schritten den Broadway hinauf in Richtung 42. Straße.

Johnson und Piggott folgten ihr in kurzer Entfernung.

»Marilyn war stinksauer«, berichtete Celeste an diesem Abend. »Ich hätte sie beinahe geküßt, als sie nach Hause kam, so erleichtert war ich. Aber sie war so wütend darüber, daß er sie versetzt hatte, daß sie es gar nicht bemerkt hat. Mr. Soames meinte, Schriftsteller seien eben unberechenbar, und sie werde vermutlich einen Blumenstrauß und eine Entschuldigung von ihm bekommen, aber Marilyn hat nur gefaucht, sie werde sich von ihm nicht einlullen lassen. Er sei vermutlich betrunken in irgend einer Kneipe hängengeblieben, und wenn er je wieder anriefe, würde sie sich nur mit ihm treffen, um ihm zu sagen, daß er ihr im Mondschein begegnen könne.« Der Inspector strich sich heftig über den Schnurrbart. »Wo um Himmels willen ist er vom Astor aus hingefahren?«

»Nach Hause«. Ellery wirkte ebenfalls beunruhigt. »Wo ist Marilyn, Celeste? Sie ist doch hoffentlich nicht ausgegangen, oder?«

»Sie war so sauer, daß sie nach dem Abendessen gleich ins Bett marschiert ist.«

»Ich gehe lieber noch mal rum und sage den Jungs, sie sollen heute nacht besonders gut aufpassen«, murmelte der Inspector in seinen Bart.

Sie sahen zu, wie er die Straße entlangeilte.

Schließlich riß sich Celeste von Jimmy los. »Glauben Sie, er ruft wieder an, Mr. Queen?«

»Keine Ahnung.«

»Was sollte das heute?«

»Er mußte diesmal anders vorgehen. Marilyn geht nicht außer Haus zur Arbeit, es gibt keine vorhersehbaren routinemäßigen Abläufe. Er ist zu gerissen, als daß er jeden Tag hier herumlungert, in der Hoffnung, sie irgendwann zu Gesicht zu bekommen, also mußte er mit einem Trick erreichen, daß er sie sich gründlich ansehen konnte.«

»Das … stimmt, genau. Er wußte ja gar nicht, wie Marilyn aussieht.«

»Immerhin hat er sie seit dem Klaps auf ihren rosigen Popo nicht mehr gesehen«, meinte Jimmy. »Könnte ich in diesem prunkvollen Etablissement jetzt bitte fünf Minuten mit meiner zukünftigen Frau allein sein? Bevor die Stunde schlägt, Oberon, wenn nicht, verwandle ich mich in einen Kürbis.«

Doch Celeste sagte: »Was glauben Sie, wann er …«

»Das dauert nicht mehr lange.« Ellery klang weit weg. »Es kann jetzt jede Nacht soweit sein, Celeste.«

Dann schwiegen sie.

»Also«, sagte Celeste schließlich.

Jimmy schreckte hoch.

»Ich glaube, ich gehe jetzt lieber.«

»Achten Sie weiterhin auf die Anrufe. Und vor allem auf Marilyns Post.«

»In Ordnung.«

»Ihr müßt mir einfach meine mickrigen fünf Minuten zugestehen!« jammerte Jimmy. Ellery trat auf die Straße hinaus.

Doch bevor Jimmy und Celeste in ihrem Hauseingang mit Knutschen fertig waren, kehrte Inspector Queen zurück.

»Alles in Ordnung, Dad?«

»Die stehen sich die Beine in den Bauch.«

Später kehrten die drei Männer ins Präsidium zurück. Der neueste Bericht, den Goldberg um 23.00 Uhr abgeliefert hatte, besagte, daß die Cazalis' eine Menge Gäste hatten, von denen viele in dikken Limousinen mit eigenem Chauffeur vorgefahren waren. Die Gesellschaft schien nach Goldbergs Angaben recht ausgelassen zu sein. Als er im Hof herumschlich, hatte er Cazalis dröhnend lachen hören, dazu das Klirren von Gläsern. »Der Doc«, hatte Goldberg gemeint, »klang ganz genau wie der Weihnachtsmann.«

Freitag, Samstag, Sonntag.

Nichts geschah.

Die Queens redeten kaum noch miteinander. Jimmy McKell fungierte zu seinem Erstaunen als Friedensstifter und Dolmetscher zwischen den beiden und erlitt das Schicksal, das die meisten Vermittler trifft, denn gelegentlich mußte er von beiden einen Rüffel einstecken. Allmählich bekam er selbst einen gehetzten Blick.

Selbst Sergeant Velie verlor seine soziale Ader. Wenn er redete, klang es wie das Knurren eines Tieres.

Einmal pro Stunde klingelte das Telefon, und alle sprangen auf.

Die Botschaften variierten, aber der Tenor war immer derselbe.

Nichts.

Sie begannen allesamt, den Raum, in dem sie hockten, aus tiefster Seele zu verabscheuen. Der Haß wurde nur noch übertroffen von der Wut, die sie aufeinander hatten.

Dann, am Montag, dem 24. Oktober, machte die Katze einen Ausfall.

Die Meldung kam von Detective MacGayn, der im normalen Tagesdienst Hesses Partner war. MacGayn rief nur wenige Minuten nach seinem stündlichen Bericht erneut an, diesmal ganz aufgeregt, um mitzuteilen, daß ihr Mann sich auf und davonmachte. Gerade eben hatte der Portier mehrere Koffer aus dem Apartment der Cazalis' getragen. Hesse hatte mitgehört, wie er den Taxifahrer anwies zu warten, da er »mehrere Herrschaften zum Zug zur Penn Station bringen« solle. Hesse stand bereit, um ihnen in einem zweiten Taxi zu folgen, MacGayn war zum Telefon gerannt, um die Neuigkeiten zu melden.

Inspector Queen wies MacGayn an, unverzüglich zur Pennsylvania Station zu fahren, Hesse und ihren Schützling ausfindig zu machen und dann am Ausgang zur 31. Straße nahe der Seventh Avenue zu warten.

Der Streifenwagen brauste los.

Einmal stieß Ellery wütend hervor: »Das ist nicht möglich. Ich glaube es einfach nicht. Das muß ein Trick sein.«

Ansonsten redeten sie nicht miteinander.

Auf Anweisung stellte der Fahrer die Sirene an der 23. Straße aus.

MacGayn erwartete sie bereits. Er hatte Hesse gerade gefunden. Dr. Cazalis und seine Frau standen in der Menge an der Absperrung zu dem Bahnsteig zum Zug nach Florida. Mr. und Mrs. Richardson waren zu ihnen gestoßen. Die Sperre war noch geschlossen. Hesse stand in ihrer Nähe.

Vorsichtig betraten sie die Bahnhofshalle.

Von den Fenstern des südlichen Wartesaals aus zeigte MacGayn auf die Gruppe, in der die Cazalis' und die Richardsons standen, und auf Hesse.

»Stellen Sie sich statt Hesse dort hin«, sagte Inspector Queen, »und schicken Sie ihn her.«

Wenige Augenblicke später kam Hesse angetrabt.

Ellery ließ kein Auge von Cazalis.

»Was geht da vor?« fragte der Inspector.

Hesse war beunruhigt. »Ich weiß es nicht, Inspector. Es ist alles etwas komisch, aber die stehen abseits und ich komme nicht nahe genug dran, um etwas zu hören. Seine Frau redet die ganze Zeit heftig auf ihn ein, aber er lächelt nur und schüttelt den Kopf. Das Gepäck ist schon weggebracht worden, das von den Richardsons auch.«

»Ach, dann fahren die also auch weg«, sagte Ellery.

»Sieht ganz so aus.«

Er trug keineswegs mehr den schäbigen Überzieher, den er am Dienstag angehabt hatte. Sein Mantel wirkte neu und modisch, dazu trug er einen schicken Homburg und eine kleine Chrysantheme im Knopfloch.

»Wenn er sich da je wieder rauslaviert«, bemerkte Jimmy McKell, »dann kann er immer noch ein hübsches Sümmchen machen, wenn er als Mann von Welt posiert.«

Doch Ellery murmelte: »Florida.«

Die Sperre wurde geöffnet, und die Menge begann, sich hindurchzuquetschen.

Inspector Queen packte Hesse am Arm. »Gehen Sie hinter ihm rein und bleiben Sie an ihm dran. Nehmen Sie MacGayn mit, und wenn irgendwas ist, schicken Sie ihn wieder zurück. Wir warten an der Sperre.«

Hesse eilte fort.

Die Sperre war spät geöffnet worden. Den darüber angeschlagenen Zeiten zufolge blieben bis zur Abfahrt des Zuges nur noch zehn Minuten.

»Das geht in Ordnung, Ellery«, sagte der Inspector. »Die fahren nicht fahrplanmäßig los.« Er klang väterlich.

Ellery warf ihm einen wilden Blick zu.

Sie schlenderten in die Halle und mischten sich unter die Menge, die sich vor der Sperre mit dem Schild *Philadelphia Express: Neward – Trenton – Philadelphia* angesammelt hatte. Die Treppe zum Zug nach Florida war zwei Bahnsteige entfernt. Vom Zugang zum Bahnsteig aus schauten sie dauernd auf die riesigen Bahnhofsuhren.

»Ich hab's dir ja gesagt«, meinte der Inspector.

»Aber wieso Florida? Und so plötzlich!«

»Er hat die Aktion Seidenschnur abgeblasen«, sagte Jimmy.

»Nein.«

»Möchten Sie das etwa nicht?«

»Wer sagt, er hat die Aktion abgeblasen?« Ellery blickte grimmig drein. »Er hat vielleicht die kleine Soames aufgegeben, das mag schon sein. Vielleicht hat er Donnerstag doch etwas gemerkt. Oder er findet die Sache zu schwierig. Oder das ist alles nur ein Trick, um uns in Sicherheit zu wiegen, wenn er wirklich etwas vermutet. Schließlich wissen wir nicht, wieviel er weiß. Wir wissen überhaupt nichts! ... Wenn er keinen Verdacht geschöpft hat, könnte das vielleicht bedeuten, daß er es auf jemand anders abgesehen hat-«

»Jemand, der, wie er festgestellt hat, in Florida Urlaub macht«, nickte Inspector Queen.

Jimmy sagte: »New Yorker Zeitungen, bitte folgende Meldung bringen. Miami, Palm Beach oder Sarasota. *Katze in Florida eingetroffen.*

»Möglich ist es«, sagte Ellery, »aber irgendwie kann ich das nicht richtig glauben. Es ist irgend etwas anders. Ein anderer Trick.«

»Was brauchst du noch, Diagramme? Ich könnte wetten, er hat ein paar von den Seidenschnüren im Koffer. Worauf warten wir eigentlich noch?«

»Wir dürfen nichts riskieren.« Inspector Queen sah verdrießlich aus. »Auf keinen Fall. Falls notwendig, müssen wir die Kollegen in

Florida um Mithilfe bitten. Wir müssen ihn von denen beschatten lassen und ihn schnappen, sobald er nach New York zurückkehrt. Das heißt, wir fangen noch einmal komplett von vorne an.«

»Das glauben Sie! Jedenfalls nicht mit Celeste, Sie alter Schnüffler. So lange kann ich nicht mehr warten, kapiert?«

In diesem Augenblick kam MacGayn den Gang entlanggerannt und machte hektisch Zeichen. Der Zugführer schaute auf die Uhr.

»MacGayn-«

»Los, alle weg. Er kommt zurück!«

»Was?«

»Er fährt nicht mit!«

Sie hasteten irgendwo mitten in die Menge hinein.

Cazalis erschien.

Allein.

Er lächelte.

Er ging quer durch die Bahnhofshalle zu den Taxiständen. Sein Schritt war beschwingt, wie bei einem Mann, der eine Leistung vollbracht hat.

In den Fahrplan vertieft, schlurfte Hesse hinter ihm her.

Beim Gehen rieb er sich das linke Ohr. MacGayn bahnte sich seinen Weg durch die Menge und schlenderte hinterher.

Als sie in ihren Raum im Präsidium zurückkehrten, fanden sie eine Nachricht von MacGayn vor.

Ihr Mann war mit einem Taxi direkt nach Hause gefahren.

Nun konnten sie auf die vier letzten Wochen zurückblicken und erkennen, was offenbar geschehen war. Cazalis hatte sich selbst ausgetrickst. Ellery wies darauf hin, daß er sich durch den Mord an der Nichte seiner Frau und die Art, wie er sich als psychiatrischer Berater in die Ermittlungen eingeschlichen hatte, selbst massiv behindert hatte. Er hatte nicht vorausgesehen, wieviel Zeit ihn die Ermittlungen kosten würden, und auch nicht in Betracht gezogen, wie sehr er im Rampenlicht stehen würde. Vor dem Mord an Lenore Richardson hatte er lediglich seine unterwürfige, vertrauensselige Frau täuschen müssen; als Vorruheständler hatte er nahezu unbeschränkt freie Hand und ausreichend Deckung gehabt. Doch nun war er angebunden. Er war der Öffentlichkeit Rechenschaft schuldig und stand ständig mit seinen Kollegen in Verbindung, die ihm

Einzelheiten über ihre Patienten mitteilten. Seine angeschlagene Gesundheit bewog Mrs. Cazalis dazu, seine Aktivitäten schärfer zu überwachen. Und dann war da noch das kleine Familiendrama mit den Richardsons, das er nicht gut ignorieren konnte.

»Er hat Stella Petrucchi und Donald Katz unter erschwerten Bedingungen erdrosselt«, sagte Ellery. »Die Umstände waren bei diesen beiden Morden für ihn nicht so günstig wie zuvor. Zweifellos mußte er ein größeres Risiko eingehen, mehr Lügen erfinden, um seine Abwesenheit zu erklären, zumindest im Fall Katz. Wie ihm das im Fall Petrucchi gelungen ist, vor allem in der Mordnacht selbst, unmittelbar nach den Cat Riots, das würde ich gern wissen. Es ist anzunehmen, daß seine Frau und die Richardsons unbequeme Fragen aufs Tapet gebracht haben.

Bezeichnenderweise sind genau diese drei nach Florida gefahren.

Hesse hat gesehen, wie Mrs. Cazalis heftig auf ihren Mann ›einredete‹, als sie vor dem Bahnsteig warteten. Der Streit muß schon Tage vorher angefangen haben, als Cazalis zum ersten Mal die Reise nach Florida vorschlug. Denn es war mit Sicherheit Cazalis, der sie vorgeschlagen hatte oder zumindest dafür sorgte, daß der Vorschlag gemacht wurde.

Ich neige zu der Annahme, daß er das über seine Schwägerin zuwege brachte. Mrs. Richardson war das ideale Werkzeug für ihn. Mit ihr hatte Cazalis ein hervorragendes Argument seiner Frau gegenüber, die sicher nicht ohne weiteres zu überreden war: Della könnte etwas Erholung und Tapetenwechsel gebrauchen, nach allem was ›passiert‹ ist, sie stützte sich stark auf ihre Schwester und so weiter.

Egal, wie es Cazalis gelungen ist, jedenfalls brachte er die Richardsons dazu, die Stadt zu verlassen, und überredete seine Frau zum Mitfahren. Bestimmt hat er sich darauf berufen, er sei unabkömmlich, zum einen wegen seiner restlichen Patienten, zum anderen aber, weil er dem Bürgermeister versprochen hat, seinen Teil der Ermittlungen sauber abzuschließen.

Egal was, Hauptsache, seine Frau, sein Schwager und seine Schwägerin waren ihm nicht mehr im Weg.

Egal was, Hauptsache, er hatte Bewegungsfreiheit.»

Jimmy sagte: »Was ist mit dem Hausmädchen?«

»Er hat ihm eine Woche frei gegeben«, sagte der Inspector.

»Nun sind alle fort«, nickte Ellery, »und er kann frei schalten und walten und jede Gelegenheit nutzen. Und die Katze kann sich nun endlich dem lustvollen Problem Marilyn Soames zuwenden.«

Und das tat sie auch. Cazalis machte sich an Marilyn Soames heran, als sei es das Wichtigste auf der Welt für seinen Seelenfrieden, ihr endlich die Schlinge um den Hals zu legen, und als könne er sich nicht länger beherrschen.

Er war so begierig, daß er sorglos wurde. Er zog wieder seinen schäbigen Überzieher an und setzte seinen alten Filzhut auf; hinzu kamen ein mottenzerfressener grauer Wollschal und ein ausgetretenes Paar Schuhe. Ansonsten gab er sich keinerlei Mühe, sein Äußeres zu verändern, so daß es ein Kinderspiel war, ihm auf der Spur zu bleiben.

Außerdem ging er nun bei Tag auf die Jagd.

Ganz offensichtlich fühlte er sich vollkommen sicher.

Er verließ seine Wohnung am frühen Morgen des Dienstag, gleich nachdem Hesse und MacGayn ihre Kollegen Goldberg und Young abgelöst hatten. Er verließ das Haus durch den Dienstboteneingang, schlüpfte in eine Seitenstraße und marschierte rasch in Richtung Madison Avenue, als liege sein Ziel in westlicher Richtung. An der Madison Avenue wandte er sich jedoch nach Süden und ging bis hinunter zur 59. Straße. An der Südostecke blickte er sich beiläufig um und sprang dann in ein Taxi, das dort stand.

Das Taxi fuhr nach Osten. Hesse und MacGayn folgten in zwei verschiedenen Taxis, um die Gefahr, ihn zu verlieren, zu verringern.

Als Cazalis' Taxi in südlicher Richtung in die Lexington Avenue einbog, wurden die Kriminalbeamten unruhig. Es fuhr weiter nach Süden, dabei aber auch immer weiter nach Osten, bis es die First Avenue erreichte.

Es fuhr die First Avenue genau bis zur 28. Straße hinunter.

Dort fuhr es einmal ganz um den Häuserblock und hielt vor dem Bellevue-Krankenhaus.

Cazalis stieg aus und bezahlte den Fahrer. Dann ging er forschen Schrittes auf das Krankenhausportal zu.

Das Taxi fuhr weg.

Sofort blieb Cazalis stehen, sah dem Taxi nach. Es bog in westlicher Richtung um die Ecke.

Er ging zurück und marschierte rasch in Richtung 29. Straße. Den Schal hatte er hochgezogen und obendrein die Hutkrempe heruntergeklappt und so tief ins Gesicht gezogen wie er konnte, ohne grotesk zu wirken.

Seine Hände steckten in den Manteltaschen.

An der 29. Straße überquerte er die First Avenue.

Er ging rasch an der Hausnummer 486 vorbei, besah sich zwar den Eingang, ohne jedoch anzuhalten oder seinen Schritt zu verlangsamen.

Einmal schaute er nach oben. Es war ein vierstöckiges, schmutzig-dunkelbraunes Backsteingebäude.

Einmal schaute er nach hinten.

Der Briefträger schlurfte in die Nummer 490.

Cazalis schlenderte weiter die Straße hinauf. Ohne anzuhalten bog er um die Ecke in die Second Avenue ein.

Doch schon bald tauchte er wieder auf, kam mit schnellen Schritten zurück, als hätte er etwas vergessen. Hesse fand kaum Zeit, sich in einem Eingang zu verstecken. MacGayn beobachtete die Szene, selbst unsichtbar, von einer Eingangshalle auf der gegenüberliegenden Straßenseite aus. Sie wußten, daß mindestens einer der Beamten, die Marilyn Soames beschatteten, im Haus Nummer 486 lauerte, vermutlich im Erdgeschoß, im Dunkel unter der Treppe. Ein weiterer Mann war irgendwo auf MacGayns Straßenseite stationiert.

Gefahr bestand also nicht.

Überhaupt keine Gefahr.

Dennoch waren ihre Handflächen verschwitzt.

Cazalis ging an dem Haus vorüber und besah es sich im Vorbeigehen genau. Der Postbote stand nun in der Vorhalle der Nummer 486 und verteilte die Post auf die Briefkästen.

Cazalis blieb vor der Nummer 490 stehen und sah fragend zur Hausnummer hoch. Er fummelte aus einer Innentasche einen Umschlag zutage, den er ausgiebig und umständlich konsultierte und dabei immer wieder zur Hausnummer über dem Eingang hochschaute, wie jemand, der Beiträge für irgend etwas sammelt.

Der Postbote tauchte aus der Nummer 486 wieder auf, schlurfte weiter die Straße entlang und bog in die Nummer 482 ein.

Cazalis ging ohne Umschweife in das Haus Nummer 486.

In der Eingangshalle wurde er von Detective Quigley gesehen, wie er sich die Namen an den Briefkästen ansah.

Er untersuchte flüchtig den Kasten der Soames. Das Namensschild aus Papier nannte den Namen Soames und die Nummer der Wohnung, 3B. Es war Post gekommen. Er zeigte keinerlei Absicht, sich an dem Briefkasten zu schaffen zu machen.

Quigley machte sich ernste Sorgen. Die Post wurde jeden Morgen zur gleichen Zeit ausgetragen, und Marilyn Soames hatte die Angewohnheit, morgens innerhalb von zehn Minuten nach der Zustellung herunterzukommen und die Post zu holen.

Quigley befingerte sein Pistolenhalfter.

Plötzlich öffnete Cazalis die Innentür und trat in die Eingangshalle.

Quigley tauchte in die dunkelste Ecke unter der Treppe ab.

Er hörte die Schritte des großen Mannes, sah seine massigen Beine auftauchen und wieder verschwinden. Er traute sich nicht, die kleinste Bewegung zu machen. Cazalis ging durch die Eingangshalle und öffnete die Hintertür. Die Tür schloß sich rasch wieder.

Quigley richtete sich wieder auf.

Hesse kam hereingerannt und schlüpfte zu ihm unter die Treppe. »Im Hof.

Baldowert alles aus». Dann flüsterte Hesse: »Da kommt jemand die Treppe runter, Quig.«

»Das Mädchen!«

Sie ging in dem Vorraum und öffnete den Briefkasten der Familie Soames.

Marilyn hatte einen alten Bademantel an und Lockenwickler im Haar.

Sie nahm die Post heraus und blieb stehen, um die Briefumschläge durchzusehen.

Sie hörten das leise Klappen der Hintertür.

Cazalis – und er konnte sie sehen!

Hinterher sagten die Männer, sie hätten erwartet, daß die Katzenmorde innerhalb der nächsten Minuten ein Ende finden würden. Die Gelegenheit war ideal: Das Opfer stand im Bademantel in der

Vorhalle und würde in wenigen Sekunden in das schlecht beleuchtete Treppenhaus zurückkehren; es war niemand zugegen und die Straße vor der Tür praktisch völlig leer. Im Notfall konnte er über den Hof verschwinden.

Doch sie wurden enttäuscht. Hesse sagte: »Mein Gott, er hätte wahrscheinlich versucht, sein Opfer unter die Treppe zu ziehen, so wie er es mit O'Reilly drüben in Chelsea gemacht hat. Und da standen doch Quigley und ich. Der verdammte Schweinehund muß etwas geahnt haben.«

Ellery schüttelte jedoch den Kopf. »Gewohnheit«, sagte er, »und Vorsicht. Er ist ein Nachtarbeiter. Wahrscheinlich hatte er nicht einmal eine Schnur dabei.«

»Ich wünschte, wir hätten Röntgenaugen als Standardausrüstung«, murmelte Inspector Queen in seinen Bart.

Cazalis stand am Ende der Halle, seine hellen Augen brannten.

In der Vorhalle stand Marilyn in ein Schreiben vertieft. Ihre platte Nase, ihre Wangenknochen und ihr Kinn zeichneten sich klar vor dem Glaseinsatz der Eingangstür zur Straße ab.

Sie stand dort volle drei Minuten.

Cazalis rührte sich nicht.

Schließlich öffnete sie die Innentür und lief die Treppe hinauf.

Die alten Dielen knarrten.

Hesse und Quigley hörten, wie Cazalis aufatmete.

Dann ging er mitten durch die Eingangshalle.

Niedergeschlagen. Wütend. Sie sahen es an seinen breiten, hängenden Schultern, den geballten Fäusten.

Er trat auf die Straße hinaus.

Nach Einbruch der Dunkelheit war er wieder da und beobachtete den Eingang zum Haus Nummer 486 von einer Eingangshalle auf der andere Straßenseite aus.

Bis viertel vor zehn.

Dann ging er nach Hause.

»Warum habt ihr ihn nicht überwältigt?« schrie Jimmy McKell. »Damit dieses Kaspertheater endlich ein Ende hat? Ihr hättet bestimmt eine Schnur in seiner Tasche gefunden!«

»Vielleicht ja, vielleicht nein«, sagte der Inspector. »Er versucht, ihre Gewohnheiten auszubaldowern. Das kann noch zwei Wochen so weitergehen. Sie ist für ihn eine harte Nuß.«

»Aber er hat doch bestimmt eine von den Schnüren bei sich!«

»Das wissen wir nicht mit Sicherheit. Wir müssen einfach abwarten. Wie auch immer – ein wirklicher Angriff überführt ihn. Wenn wir nur die Schnur haben, reicht das womöglich nicht. Das Risiko können wir nicht eingehen.« Jimmy hörte, wie Ellery mit den Zähnen knirschte.

Cazalis schlich am Mittwoch den ganzen Tag über in der Nachbarschaft herum. Bei Einbruch der Dunkelheit postierte er sich wieder in einem Hauseingang auf der gegenüberliegenden Straßenseite.

Doch um zehn vor zehn ging er wieder.

»Er muß sich allmählich fragen, ob sie überhaupt jemals das Haus verläßt«, sagte der Inspector an diesem Abend, als Celeste zum Rapport erschien.

»Allmählich frage ich mich das selbst«, blaffte Ellery. »Celeste, was zum Teufel tut Marilyn die ganze Zeit?«

»Sie arbeitet.« Celestes Stimme klang gedämpft. »Sie hat von einem ihrer Theaterautoren einen Eilauftrag gekriegt. Sie sagt, sie wird erst Samstag oder Sonntag damit fertig sein.«

»Bis dahin kriegt er 'nen Koller«, hörte man McKells Stimme.

Aber niemand lachte, am allerwenigsten der Spaßvogel selbst.

Ihre allabendlichen Treffen im Dunkeln flossen inzwischen so schwerelos dahin wie Träume. Nichts war wirklich, bis auf das Unwirkliche, das sie beobachteten. Nur gelegentlich wurde ihnen bewußt, daß die Mühlen der Stadt irgendwo unter ihnen dröhnend weitermahlten. Das Leben lag unter ihren Füßen begraben. Darüber traten sie auf der Stelle wie Ochsen in einer Tretmühle.

Am Donnerstag wiederholte sich alles. Nur daß er diesmal erst um zehn Minuten nach zehn ging.

»Es wird jeden Abend später.«

Jimmy war zappelig. »Wenn das so weitergeht, sieht er irgendwann Celeste aus dem Haus kommen. Das lasse ich nicht zu.«

»Hinter mir ist er doch gar nicht her, Jimmy!« Celestes Stimme klang trotzdem schrill.

»Das ist nicht das Problem«, sagte Ellery, »sondern die Regelmäßigkeit. Wenn er Celeste jeden Abend um dieselbe Zeit aus dem Haus kommen sieht, wird er vielleicht neugierig.«

»Wir sollten die Zeiten ändern, Ellery.«

»Wir machen es folgendermaßen, Dad: Celeste, die Fenster da oben im dritten Stock, die gehören doch zu dem vorderen Zimmer, in dem Stanley liegt, nicht wahr?«

»Ja.«

»Von jetzt an gehen Sie nicht vor 22.15 Uhr aus dem Haus, und auch dann nur unter bestimmten Bedingungen. Geht Ihre Armbanduhr genau?«

»Ja.«

»Wir vergleichen mal unsere Uhren.« Ellery zündete ein Streichholz an. »Auf meiner ist es jetzt genau 22.26 Uhr.«

»Meine geht etwa eineinhalb Minuten nach.«

Er riß ein zweites Streichholz an. »Stellen Sie sie ein.« Als sie das getan hatte, sagte er: »Von jetzt an müssen Sie jeden Abend von 22.10 bis 22.15 Uhr an einem der Frontfenster stehen. Wir treffen uns ab morgen irgendwo auf der First Avenue, in unmittelbarer Nachbarschaft. Morgen abend gegenüber von dem leerstehenden Geschäft kurz vor der Ecke zur 30. Straße.«

»Wo wir Sonntagabend waren.«

»Genau. Wenn Sie zwischen 22.10 und 22.15 Uhr in einem der Hauseingänge oder Passagen gegenüber von der Nummer 486 eine Taschenlampe dreimal aufleuchten sehen – wir nehmen dazu eine mit ganz feinem Lichtstrahl – dann heißt das, Cazalis ist weg und Sie können runterkommen und Bericht erstatten. Wenn Sie kein Signal sehen, bleiben Sie oben, denn dann schleicht er noch herum. Sollte er zwischen 22.10 und 22.25 Uhr weggehen, bekommen Sie das Signal dann zwischen 22.25 und 22.30 Uhr. Sehen Sie dann immmer noch kein Signal, dann ist er noch da, und Sie bleiben oben. Nach dem gleichen Prinzip gehen wir weiter vor, bis er weg ist. Halten Sie alle Viertelstunde Ausschau nach dem Signal, notfalls die ganze Nacht.«

Als MacGayn Freitagnachmittag um fünf Bericht erstattete, hatte Cazalis seine Wohnung noch nicht verlassen. Das gab ihnen Rätsel auf. Erst nach Einbruch der Dämmerung ging er los. Am Freitagabend mußte Celeste bis 23.15 warten, bevor Ellery selbst mit der Taschenlampe das verabredete Signal geben und sie zum Treffpunkt begleiten konnte.

»Ich dachte schon, das Signal würde nie kommen!« Celeste war weiß wie die Wand. »Ist er weg?«

»Hat vor wenigen Minuten aufgegeben.«

»Ich habe den ganzen Nachmittag und Abend versucht anzurufen, aber Stanley war heute ausgesprochen anstrengend und zappelig – es geht ihm nämlich wieder viel besser – und Marilyn hat an ihrer Schreibmaschine festgeklebt. ... Er hat kurz nach eins angerufen.«

Sie drängten sich im Dunkeln an sie.

»Es war wieder Paul Arcanum. Er hat sich entschuldigt, daß er sie neulich im Astor versetzt hat, er sagte, er sei plötzlich krank geworden und habe bis heute das Bett hüten müssen. Er wollte sich ... heute abend nochmals mit ihr treffen.« Celeste bemühte sich, ihre Stimme ruhig klingen zu lassen. »Ich war fürchterlich aufgeregt.«

»Was hat Marilyn ihm gesagt?«

»Sie hat abgelehnt. Sie sagte, sie arbeite an einem bestimmten Auftrag und sei damit völlig ausgelastet, er müsse sich jemand anders suchen. Daraufhin versuchte er, sich mit ihr zu verabreden.«

»Weiter!« drängte der Inspector mit zittriger Stimme.

»Sie hat nur gelacht und eingehängt.«

Jimmy zog sie an sich.

»Er wird ungeduldig, Dad.«

»Das Hausmädchen kommt am Montag zurück.«

Sie gingen auf und ab, überlegten.

»Celeste.«

Celeste kam zu ihnen zurück, trotz Jimmys Protest.

»Wieviel hat sie ihm effektiv über die Arbeit erzählt, an der sie gerade sitzt?«

»Sie hat gesagt, sie könne frühestens morgen abend damit fertig sein, wahrscheinlich sogar erst am Sonntag, und dann müsse sie es noch beim Kunden abliefern -« Celeste hielt den Atem an. Und sagte dann ganz eigentümlich. »Abliefern. Sie hat gesagt ...«

»An diesem Wochenende«, sagte Ellery.

Am Samstag war der Himmel bezogen, und ein bedrückender Regen fiel den ganzen Tag auf die Stadt. Bei Einbruch der Dämmerung hörte er auf, dafür stieg Nebel in den Straßen auf.

Der Inspector fluchte und gab die Parole aus: Er halte höhere Gewalt keineswegs für eine ausreichende Entschuldigung, sollte jemand den Beschatteten aus den Augen verlieren. »Geht notfalls Risiken ein. Aber bleibt an ihm dran!« Überflüssigerweise fügte er noch hinzu: »Andernfalls …«

Es war ein mieser Tag.

Der ganze Tag verlief katastrophal. Vormittags bekam Hesse Leibschmerzen mit Krämpfen. MacGayn gab einen Notruf durch: »Hesse muß Schluß machen. Ihm geht's miserabel. Drückt auf die Tube, er ist ganz alleine da drüben.« Als Hagstrom die Park Avenue erreichte, war MacGayn nicht mehr da. »Ich weiß nicht, wo«, ächzte Hesse. »Cazalis ist um fünf nach elf rausgekommen und in Richtung Madison weggegangen, MacGayn hinterher. Ruf mir ein Taxi, bevor ich mir die Klamotten vollsaue, ja?« Hagstrom brauchte über eine Stunde, um MacGayn und Cazalis ausfindig zu machen. Cazalis war lediglich in ein Restaurant gegangen und kehrte unmittelbar danach zu seiner Wohnung zurück.

Doch kurz nach zwei sah man Cazalis erneut das Haus verlassen, diesmal jedoch in seiner Arbeitskleidung und über den Hof. Er machte sich auf den Weg zur 29. Straße Ost.

Dann, kurz vor vier, kam Marilyn Soames aus dem Haus Nummer 486. Celeste Phillips war bei ihr.

Die beiden Mädchen eilten in westlicher Richtung die 29. Straße entlang.

Noch hatte sich der Nebel nicht auf die Stadt gesenkt, es nieselte, doch der Himmel wurde schwarz und schwärzer.

Man sah nicht viel.

Cazalis bewegte sich. Er ging gleitend, sehr schnell, die Hände in den Taschen vergraben. Er blieb auf der gegenüberliegenden Straßenseite. MacGayn, Hagstrom, Quigley, die Queens und Jimmy McKell folgten ihnen. Einzeln und in Zweiergruppen.

Jimmy murmelte immer wieder: »Ist Celeste völlig übergeschnappt? So ein dummes Huhn!«

Der Inspector murmelte ebenfalls, aber sein Urteil fiel weit weniger milde aus.

Sie konnten Cazalis' Wut sehen. Sie zeigte sich in seinem Schritt. Er stürmte voran, ging langsam, fiel in Trab, blieb dann abrupt stehen. Während er die Mädchen verfolgte, streckte er das Kinn weit vor.

»Wie eine Katze«, sagte Ellery. »Da läuft die Katze.«

»Sie muß verrückt geworden sein«, flüsterte Jimmy.

»Mich *macht* sie verrückt!« Inspector Queen war den Tränen nahe. »Wir haben ihm aufgelauert, die ganze verdammte Zeit. Der Geifer läuft ihm schon runter. Bei diesem mickrigen Licht hätte er es ganz bestimmt versucht. Aber sie ...«

Die Mädchen bogen in die Third Avenue und betraten einen Schreibwarenladen. Der Verkäufer begann, Papierstapel und weitere Artikel einzuwickeln.

Es war inzwischen ziemlich dunkel.

Cazalis ließ alle Vorsicht sausen. Er stand gierig im Regen an einer Ecke der Kreuzung Third Avenue und 29. Straße vor dem Schaufenster eines Drugstore. Während er dort stand, ging drinnen das Licht an, aber er rührte sich nicht.

Sein Kopf war noch immer vorgestreckt.

Ellery mußte Jimmy am Arm festhalten.

»Er versucht nichts, solange Celeste bei ihr ist. Viel zu viele Leute auf der Straße, Jimmy. Zuviel Verkehr. Bleiben Sie ganz ruhig.«

Die Mädchen traten aus dem Geschäft. Marilyn trug ein großes Paket. Sie lächelte.

Sie gingen denselben Weg zurück wie auf dem Hinweg.

Einen Augenblick lang, rund fünfzehn Meter vom Haus entfernt, sah es aus, als wolle Cazalis doch noch den Sprung wagen. Der Nieselregen fiel jetzt dichter, und die Mädchen eilten lachend auf die Vorhalle zu. Cazalis sammelte seine Kräfte, sprang in die Gosse.

Doch dann kam ein Wagen um die Ecke und hielt vor der Nummer 490. Drei Männer stiegen aus und standen dann, lauthals über irgend etwas streitend, auf dem gegenüberliegenden Bürgersteig im Regen.

Cazalis trat einen Schritt zurück.

Die Mädchen verschwanden im Haus Nummer 486.

Er ging mit schweren Schritten die Straße hinab und trat in eine Eingangshalle gegenüber dem Haus, in dem die Soames wohnten.

Goldberg und Young trafen ein und lösten MacGayn und Hagstrom ab.

Sie blieben dicht beisammen, denn inzwischen war es neblig geworden.

Cazalis blieb den ganzen Abend dort und rührte sich nicht von der Stelle, außer daß er in eine andere Eingangshalle wechselte, wenn jemand diejenige betrat, in der er gerade stand.

Einmal suchte er sich ausgerechnet die aus, in der Young sich versteckte. Der Polizist stand eine halbe Stunde lang wenige Meter von ihm entfernt.

Ein paar Minuten nach elf gab er auf. Seine massige Gestalt tauchte in den Nebel ein, das Kinn auf die Brust gedrückt. Sie sahen ihn an ihrem eigenen Beobachtungsposten nahe der Second Avenue vorübergehen, ein paar Sekunden später folgten Goldberg und Young.

Die drei verschwanden in westlicher Richtung.

Mit einer gewissen Grimmigkeit bestand Inspector Queen darauf, das Signal für Celeste heute höchstpersönlich zu geben.

Der Treffpunkt für diesen Abend war eine schummrige Kneipe an der First Avenue, zwischen der 30. und 31. Straße. Sie hatten sich schon einmal dort getroffen. Der Laden war voll, verräuchert und achtete das Recht auf Privatsphäre.

Celeste kam herein, setzte sich und sagte ohne Umschweife: »Ich konnte nichts dafür. Als ihr das Durchschlagpapier ausging und sie sagte, sie wolle zur Third Avenue hinübergehen und welches kaufen, da wäre ich fast gestorben. Ich wußte, er würde es nicht wagen, solange ich dabei bin. Nun kanzeln Sie mich schon ab.«

Jimmy starrte sie an. »Ist dein heißgeliebtes Köpfchen eigentlich endgültig übergeschnappt?«

»Ist er uns gefolgt?« Sie war bleich wie ein Laken und sehr nervös. Ellery fielen ihre Hände auf, sie waren gerötet und rissig. Ihre Nägel sahen aus, als hätte sie daran gekaut. Irgend etwas an ihr war anders als sonst, aber er kam nicht darauf.

Was war es nur?

»Er ist Ihnen in der Tat gefolgt«, sagte der Inspector und fügte hinzu: »Miss Phillips, es hätte ihr nichts passieren können.« Dann sagte er: »Miss Phillips, dieser Fall kostet die Stadt New York

Zehntausende Dollar und Monate Arbeit. Weil Sie sich heute abend unbedingt wie eine verantwortungslose dumme Gans benehmen mußten, haben Sie das alles zunichte gemacht. Vielleicht bietet sich nie wieder eine so gute Gelegenheit, und das könnte bedeuten, daß wir ihn vielleicht nie zu fassen bekommen. Heute war er so verzweifelt, wenn sie allein gewesen wäre, dann hätte er zugeschlagen. Ich kann Ihnen gar nicht sagen, wie ungehalten ich über Sie bin, Miss Phillips. Ich wünschte mir wirklich und wahrhaftig, ich hätte Sie nie im Leben kennengelernt!«

Jimmy wollte aufstehen.

Celeste zog ihn wieder auf seinen Stuhl und lehnte die Wange an seine Schulter. »Inspector, ich hatte einfach nicht die Kraft, sie allein auf die Straße gehen zu lassen. Was soll ich jetzt tun?«

Der alte Mann hob mit zitternden Händen sein Bierglas und trank es leer.

»Celeste.« Was war es nur?

»Ja, Mr. Queen.« Jimmys Griff verstärkte sich, und sie lächelte zu ihm hoch.

»Tun Sie so etwas nie wieder.«

»Das kann ich Ihnen nicht versprechen, Mr. Queen.«

»Sie hatten es aber versprochen.«

»Das tut mir leid.«

»Wir können Sie jetzt nicht einfach aus der Sache rausziehen. Wir würden damit den Status quo stören. Er versucht es morgen vielleicht mit einem anderen Trick.«

»Ich würde sowieso nicht weggehen. Das könnte ich nicht.«

»Versprechen Sie mir, daß Sie sich nicht einmischen?«

Jimmy berührte ihr Gesicht.

»Morgen ist das alles vielleicht vorbei. Er hat nicht die allergeringste Chance, ihr wehzutun. Sie wird beschattet und er ebenfalls. Sobald er sich ihr mit der Schnur in der Hand nähert, reißen ihn vier bewaffnete Männer nieder. Hat Marilyn dieses Theaterstück fertig, das sie tippen sollte?«

»Nein, sie war heute abend zu müde. Sie muß morgen noch ein paar Stunden daran arbeiten. Sie sagt, sie will morgen länger schlafen, deshalb wird sie es wohl erst morgen am späten Nachmittag fertig haben.«

»Gibt sie es dann sofort ab?«

»Der Autor wartet darauf. Es ist jetzt schon überfällig.«

»Wo wohnt er?«

»Im Greenwich Village.«

»Der Wetterbericht kündigt für morgen weiteren Regen an. Es wird dunkel oder zumindest fast dunkel sein, wenn sie das Haus verläßt. Er wird sie entweder direkt in der 29. Straße oder im Village anfallen. Noch einen Tag, Celeste, dann können wir das alles begraben, zusammen mit Ihren Alpträumen. Werden Sie sie bitte allein weggehen lassen?«

»Ich werde es versuchen.«

Was *war* es nur?

Inspector Queen rief grimmig: »Noch ein Bier!«

»Sie machen es uns ungeheuer schwer, Celeste. War mit Marilyn alles in Ordnung, als Sie gegangen sind?«

»Sie war schon im Bett. Genau wie die ganze Familie. Mr. und Mrs. Soames gehen mit Billie und Eleanor morgen schon früh in die Kirche.«

»Na dann gute Nacht.« Ellerys Kinn war angespannt. »Ich fände es schade, wenn ich davon ausgehen müßte, daß Sie uns hängen lassen.«

Jimmy sagte: »Still, der Maître de Plaisir naht«.»

Der Kellner knallte das Bier vor dem Inspector auf den Tisch und lispelte: »Was kriegt die Dame?«

»Nichts«, sagte Jimmy. »Heben Sie sich hinweg.«

»Hör mal zu, Freundchen, das ist hier ein gutgehender Gewerbebetrieb. Entweder sie trinkt was, oder ihr könnt woanders knutschen.«

Jimmy stand langsam auf. »Hör selber mal zu, du hirnloser -«

Der Inspector schnauzte: »Los, verschwinden Sie!«

Der Keller schaute überrascht drein und trat den Rückzug an.

»Geh wieder zurück, Baby«, schmeichelte Jimmy. »Ich habe mit unseren beiden Seniorpartnern noch ein Wörtchen zu reden.«

»Küß mich, Jimmy.«

»Hier vor allen Leuten?«

»Ist mir egal.«

Er küßte sie. Der Kellner sah von ferne wutschnaubend herüber.

Celeste lief los.

Der Nebel verschluckte sie.

Jimmy stand auf und lehnte sich mit finsterem Gesichtsausdruck zu den Queens herüber. Er öffnete den Mund -

Aber Ellery sagte: »Kommt da nicht Young?« Er versuchte, im Nebel etwas zu erkennen.

Sie zuckten zusammen wie Kaninchen.

Young stand in der offenen Tür. Sein Blick schoß an die Bar, dann von Tisch zu Tisch. Rechts und links von seinem Mund sah man tiefe gelbliche Falten.

Ellery legte einen Geldschein auf den Tisch.

Sie standen auf.

Young entdeckte sie. Er atmete durch den Mund.

»Hören Sie, Inspector.« Auf seiner Oberlippe standen Schweißtropfen. »Es lag an diesem verfluchten Nebel, man sieht in dieser verdammten Waschküche nicht die Hand vor Augen. Goldberg und ich waren ganz dicht hinter ihm, da dreht er sich auf einmal um und kommt genau auf uns zu. Wieder nach Osten. Hierher zurück. Als ob es wieder über ihn gekommen wäre und er hätte beschlossen, die Nacht durchzumachen. Er sah aus, als wäre er vor Wut ganz irre. Ich weiß nicht, ob er uns gesehen hat oder nicht, ich glaube nicht.« Young holte tief Luft. »Im Nebel ist er uns dann durch die Lappen gegangen. Goldie rennt draußen rum und sucht ihn. Und ich habe Sie gesucht.«

»Er ist hierher zurückgegangen und ihr habt ihn entwischen lassen!?«

Inspector Queens Wangen sahen wie feuchter, langsam aushärtender Gipsputz aus.

Jetzt fällt es mir wieder ein.

»Der karierte Mantel«, sagte Ellery mechanisch.

»Was?« fragte sein Vater.

»Sie war heute abend so durcheinander, daß sie versehentlich den falschen übergezogen hat. *Er läuft frei herum und Celeste ist da draußen mit Marilyns Mantel.*«

Sie taumelten hinter Jimmy McKell in den Nebel.

Kapitel 11

Sie hörten Celestes Schrei, als sie die First Avenue zwischen der 30. und 29. Straße hinabrannten.

Ein Mann rannte von der Ecke 29. Straße auf sie zu und winkte sie heftig gestikulierend zurück.

»Goldberg ...«

Also nicht in der 29. Straße. Es war hier, irgendwo an der First Avenue.

»Die Gasse!« schrie Ellery.

Es war ein schmaler Durchgang zwischen dem Eckhaus an der 29. Straße und einem Ladenblock. Goldberg war näher an der Gasse, aber Jimmy McKell war dank seiner Heuschreckenbeine als erster dort.

Er verschwand.

Ein Funkstreifenwagen kam näher, die Scheinwerfer prallten am Nebel ab. Inspector Queen rief dem Fahrer etwas zu, der Wagen setzte zurück und manövrierte hin und her, bis die Scheinwerfer genau in den Durchgang zur Gasse leuchteten.

Als sie hineinrannten, schlingerten Johnson und Piggott mit gezogenen Pistolen um die Ecke.

In der Nähe jaulten Sirenen auf: 29. Straße, 30. Straße, Second Avenue.

Ein Krankenwagen schoß vom Bellevue-Krankenhaus quer über die First Avenue.

Im wirbelnden Nebel sahen sie das Mädchen und die beiden Männer scheinbar unbeteiligt miteinander ringen. Sie taumelten: Celeste, Cazalis, Jimmy; als wären sie gefangen zwischen den winzigen Einzelbildern einer Zeitlupenaufnahme. Celeste stand ihnen zugewandt, hintenüber gebeugt wie ein Bogen in den Händen eines

Bogenschützen. Die Finger beider Hände verteidigten ihre Kehle. Sie hatte sie absichtlich zwischen ihren Hals und die rosa Schnur gelegt, die sich darum wand. Ihre Fingerknöchel waren blutig. Hinter Celeste stand schwankend Cazalis, die Schnurenden in beiden Händen, den Kopf seinerseits zurückgezogen von Jimmy McKell, der ihn im Schwitzkasten hatte. Dem großen Mann hing die Zunge aus dem Mund; seine weit aufgerissenen Augen starrten mit ruhigem, ausdruckslosem Blick zum Himmel. Mit seiner freien Hand versuchte Jimmy McKell, Cazalis Griff an den Schnurenden zu lockern. Jimmys Lippen waren zur Grimasse zurückgezogen; es sah aus, als lache er.

Ellery erreichte sie einen halben Meter vor den anderen.

Er boxte Cazalis direkt mit der Faust hinter das linke Ohr, drängte den Arm zwischen Jimmy und Cazalis und schlug Jimmy mit der Handkante gegen das Kinn.

»Laß los, Jimmy, laß los!«

Cazalis ließ sich auf den nassen Zementboden fallen, die Augen noch immer aufgerissen und mit eigentümlichem Blick. Goldberg, Young, Johnson, Piggott und einer der Streifenpolizisten stürzten sich auf ihn. Young stieß ihm das Knie in den Unterleib, er krümmte sich unter ihnen und kreischte wie eine Frau.

»Das war unnötig«, sagte Ellery. Er betastete seine rechte Hand.

»Ich hab ein schnellendes Kniegelenk«, sagte Young entschuldigend. »In so einem Fall zuckt es ganz von selbst los!

Inspector Queen sagte: »Öffnet ihm die Faust. Wie früher bei eurer Mama, wenn sie ein Geschenk für euch versteckte. Ich will die Schnur ofenfrisch haben.«

Ein Assistenzarzt im weißen Kittel kniete neben Celeste. Ihre Haare glitzerten in einer Pfütze. Jimmy schrie auf und machte einen Satz auf sie zu. Ellery packte ihn mit der anderen Hand am Kragen.

»Aber sie ist tot!«

»Ohnmächtig, Jimmy!«

Inspector Queen untersuchte liebevoll die rosa Schnur. Sie bestand aus dicker, stabiler Seide. Tussahseide.

Er sagte: »Wie geht's dem Mädchen, Doktor?«, während er die Schnur lose von seiner hochgereckten Hand herabbaumeln ließ.

»Der Hals ist ein bißchen verkratzt, vor allem an den Seiten und im Nacken«, erwiderte der Arzt. »Das meiste haben ihre Hände abgefangen. Cleveres Mädel.«

»Sie sieht aber aus, als wenn sie tot wäre!«

»Das ist der Schock. Puls und Atmung sind gut. Sie wird davon noch ihren Enkelkindern erzählen können, bis es denen zu den Ohren wieder rauskommt.« Celeste stöhnte. »Sie kommt allmählich wieder zu sich.«

Jimmy setzte sich auf die nasse Straße.

Der Inspector bugsierte die Schnur vorsichtig in eine Tüte. Ellery hörte ihn summen: »My Wild Irish Rose ...«

Sie hatten Cazalis mit Handschellen die Hände auf dem Rücken gefesselt. Er lag mit angezogenen Knien auf der rechten Seite in der Nässe und starrte zwischen Youngs stämmigen Beinen hindurch auf eine umgedrehte Mülltonne, die ein paar Meter von ihm entfernt stand. Sein Gesicht war schmutzig und grau, von den Augen sah man fast nur das Weiße.

Die Katze.

Er lag schwer atmend im Käfig der Beine seiner Bewacher.

Die Katze.

Die Männer warteten erleichtert, bis der Assistenzarzt mit Celeste Phillips fertig war. Sie machten Witze und lachten. Johnson, der Goldberg eigentlich nicht mochte, bot ihm eine Zigarette an, denn Goldberg hatte seine Schachtel irgendwo verloren. Goldberg nahm sie dankend an und riß auch für Johnson ein Streichholz an, der sagte: »Danke, Goldie!« Piggott erzählte, er sei einmal wegen eines Zugunglücks vierzehn lange Stunden mit Handschellen an einen geisteskranken Mörder gefesselt gewesen: »Ich war so rappelig, daß ich ihm alle zehn Minuten einen Kinnhaken verpaßt habe, um ihn ruhigzustellen.« Sie lachten schallend.

Young versuchte dem Streifenpolizisten sein Verhalten zu erklären: »Verdammt, ich bin sechs Jahre lang in Harlem auf Streife gegangen. Da oben redest du erst mit dem Knie und stellst dann erst die Fragen. Alles Messerstecher, die ganze verdammte Bande.«

»Na, ich weiß nicht«, sagte der Streifenpolizist zweifelnd. »Ich kenn mehrere, das sind anständige Kerle. Denk bloß mal an Zilgitt.«

»Was ändert das schon?« Young schaute zu ihrem Gefangenen hinunter. »Der ist doch sowieso hinüber. Wo kein Verstand, da ist auch kein Gefühl.«

Der Mann, der vor ihren Füßen lag, bewegte leicht den Mund, als kaue er auf irgend etwas herum.

»He«, sagte Goldberg, »Wozu macht er das?«

»Macht was?« Inspector Queen drängte sich beunruhigt zwischen sie.

»Gucken Sie sich mal seinen Mund an, Inspector!«

Der Inspector ließ sich auf den Zementboden fallen und griff nach Cazalis' Kinn.

»Passen Sie auf, Inspector«, lachte jemand, »Vielleicht beißt er!«

Der Mund öffnete sich bereitwillig. Über Inspector Queens Schulter hinweg leuchtete Young mit der Taschenlampe hinein.

»Da ist nichts«, sagte der Inspector. »Er hat auf seiner Zunge herumgekaut.«

Young sagte: »Und ich dachte schon, die Katze hätte sich 'ne Maus gefangen!«, und die meisten lachten wieder.

»Beeilen Sie sich bitte, Doktor!« sagte der Inspector.

»Augenblick noch.« Der Assistenzarzt wickelte Celeste in eine Decke. Ihr Kopf baumelte kraftlos zur Seite.

Jimmy versuchte, den zweiten Pfleger abzuwimmeln. »Verziehen Sie sich gefälligst«, sagte er. »Sehen Sie nicht, daß McKell eine dringende Besprechung hat?«

»McKell, ihnen läuft ja das Blut über Mund und Kinn!«

»Ehrlich?« Jimmy betastete sein Kinn und sah verdutzt seine Finger an.

»Mister, Sie hätten sich um ein Haar die Unterlippe durchgebissen!«

»Nun kooooooooommmm schon, Celeste«, schmachtete Jimmy. Dann jaulte er, als der Notarzt seine Lippe versorgte.

Es war unvermittelt kälter geworden, aber es schien niemandem aufzufallen. Der Nebel löste sich rasch auf. Schon sah man ein oder zwei Sterne.

Ellery saß auf der Mülltonne. »My Wild Irish Rose« leierte hartnäckig in seinem Kopf, wie eine Drehorgel. Mehrmals versuchte er, es abzustellen, aber es dudelte immer weiter.

Noch ein Stern.

Die Fenster an den Rückseiten der umliegenden Häuser waren alle hell erleuchtet und standen offen. Alle waren glücklich. Überall drängten sich Köpfe und Schultern. Logenplätze. Eine Arena, genau das war es hier. Ein Turnierplatz. Was da genau los war, sahen sie wahrscheinlich nicht, aber hoffen durfte man schließlich, oder? In New York baut alles auf Hoffnung auf. Ein baufälliges altes Haus. Eine Ausgrabung mitten im Gehweg. Ein offenes Einstiegsloch. Ein Verkehrsunfall. *Was war da los? Was ist passiert? Wen hat's erwischt? Waren das Gangster? Was tun die da unten?*

Es war gleichgültig.

Die Katz' ist in der Hölle, mit der Welt ist alles gut.

New Yorker Zeitungen, bitte folgende Meldung bringen.

» Jimmy, kommen Sie mal her.«

»Jetzt nicht.«

»*Extra*«, rief Ellery mit Nachdruck. »Wollen Sie sich keine Prämie verdienen?« Jimmy lachte. »Hab' ich Ihnen das nicht erzählt? Die haben mich letzte Woche rausgeschmissen.«

»Los, ans Telefon, dann machen die Sie zum Redakteur.«

»Zum Teufel mit denen.«

»Das ist für die eine Million wert.«

»Ich hab aber schon 'ne Million.«

Ellery wippte auf der Mülltonne hin und her. Der Typ war wirklich ein ulkiger Vogel. Ein netter Kerl, dieser Jimmy. Ellery lachte wieder und wunderte sich, warum seine Hand sich so komisch anfühlte.

Die Fenster im dritten Stock an der Rückseite des Hauses Nr. 486 in der 29. Straße Ost waren ebenfalls voller Menschen.

Sie wissen es nicht. Der Name Soames geht in die Geschichte ein, und sie sitzen da und fragen sich, wessen Name wohl in den Zeitungen stehen wird.

»Na also, da ist sie wieder«, verkündete der Arzt. »Schönen guten Abend, Miss! Darf ich Ihnen als erster gratulieren?«

Ihre verbundenen Hände fuhren an ihren Hals.

Jimmy zischte dem anderen zu: »Würden Sie jetzt verdammt noch mal meine Lippe zufrieden lassen? Baby, ich bin's. Es ist alles vorbei. *Finito*. Es ist Jimmy, Baby. Erinnerst du dich an mich?«

»Jimmy.«

»Sie erkennt mich wieder! Es ist alles vorbei, Süße.«

»Dieser grauenhafte ...«

»Ist alles vorbei.«

My Wiiiiild Irisch Roooooooose …

»Ich bin die First Avenue raufgerannt.«

»Du bist praktisch schon Großmutter. Hat der Pillenspender hier gesagt.«

»Er zog mich hier rein, als ich vorbeilief. Ich habe sein Gesicht gesehen, und dann wurde es dunkel. Mein Hals!«

»Sparen Sie sich Ihre Kräfte für später, Miss Phillips«, sagte der Inspector leutselig.

»Ist ja alles vorbei, Süße.«

»Die Katze! Wo ist er? Jimmy, wo ist er?«

»Hör jetzt auf zu reden. Er liegt da drüben. Ist doch nur 'ne streunende Katze, siehst du? Du brauchst keine Angst mehr zu haben.«

Celeste brach in Tränen aus.

»Ist doch alles vorbei, Süße.« Jimmy hatte sie an sich gezogen und wiegte sie mitten in der Pfütze in seinen Armen.

Ich frage mich, was die glauben, wo Celeste ist. Wahrscheinlich denken sie, sie ist hier unten und »macht sich nützlich«. Eine Art Florence Nightingale … Ist ja hier auch wie auf dem Schlachtfeld. Die Schlacht an der First Avenue. *Nach Aussendung von McKells Minensuchtrupp zur Erkundung des Terrains stellte General Queen mit Hilfe von Phillips' Truppen dem Feind einen Hinterhalt und nahm ihn dann mit seinen Mannen vom Centre Street Bataillon in die Zange* … Ellery meinte, Marilyn Soames' brünetten Kopf in der Menge gesehen zu haben, doch dann schraubte er seinen Kopf wieder in Normalstellung und rieb sich den Nacken. *Was war bloß in dem Bier dringewesen?*

»Das reicht, Doktor, das reicht«, sagte der Inspector gerade. »Kommen Sie jetzt hier rüber.«

Der Arzt beugte sich über Cazalis und sah überrascht auf. »Wer soll das Ihrer Meinung nach sein?« fragte er scharf.

»Er hat einen heftigen Stoß in den Unterleib abbekommen. Ich möchte ihn nicht bewegen, bevor Sie nicht bestätigt haben, daß er in Ordnung ist.«

»Dieser Mann ist Dr. Edward Cazalis, der Psychiater!«

Alle lachten.

»Vielen Dank, Doc!« sagte Young und zwinkerte den anderen zu. »Wir sind Ihnen für diese Auskunft sehr verbunden.«

Sie lachten wieder.

Der Arzt wurde rot. Nach einer Weile stand er auf. »Wenn ihr ihn stützt, schafft er es. Es ist nichts Ernstes.«

»Hoppala!«

»Mann, ich wette, er hat die ganze Zeit nur so getan!«

»Young, du solltest dein Knie mal ein bißchen besser trainieren.«

»He, seht ihn euch bloß an!«

Er versuchte mit Macht, die Beine zu bewegen, und trippelte auf Zehenspitzen mit wie ein Balletteleve, aber seine Knie sackten unter ihm weg.

»Sieh nicht hin«, sagte Jimmy. »Es ist überhaupt nicht wichtig.«

»Doch. Ich will aber. Ich hab doch versprochen ...« Aber dann sah Celeste doch erschaudernd weg.

»Sorgen Sie dafür, daß die Straße draußen frei ist.« Der Inspector sah sich um. »Wartet.« Die Prozession hielt an, wofür Cazalis offenbar dankbar war. »Wo ist Ellery?«

»Da drüben, Inspector.«

»He.«

»Was ist los mit ihm?«

My Wiiiiild Ir ...

Die Mülltonne fiel scheppernd um und rollte ein paar Meter weit weg.

»Er ist verletzt!«

»Doktor!«

Der Arzt sagte: »Er ist ohnmächtig. Er hat sich die Hand gebrochen. Sachte ...«

Sachte, immer sachte gehen lassen. Fünf Monate lang schnuppern, graben, jagen und aushecken – einundzwanzig Wochen lang, genauer gesagt einundzwanzig Wochen und einen Tag, einhundertachtundvierzig Tage seit dem leisen Klopfen an der Tür einer Wohnung in der 19. Straße Ost bis zum harten Schlag auf den Kopf eines Mannes in einer Gasse der First Avenue; von Archibald Dudley Aberthethy bis zu Celeste Phillips alias Sue Martin, im Nebenberuf Spionin; von Freitag, dem 3. Juni, bis Samstag, den 29. Oktober; Null komma vier null vier Prozent eines einziges Jahres im Leben von New York City; während dieser Zeit hatte einer der zahlreichen Mörder, die in dieser Stadt frei herumliefen, die Bevölkerung des Stadtteils Manhattan um neun Leben dezimiert, obwohl natürlich noch die Kleinigkeit der Panik in der Metropol Hall und der sich anschließenden Unruhen hinzukam; insgesamt jedoch handelte es sich statistisch gesehen um eine unwesentliche Menge, eine Bagatelle, wozu also die ganze Aufregung?

Immer sachte gehen lassen.

Immer sachte gehen lassen, denn die Katze saß auf einem harten Stuhl vor grellen Scheinwerfern, und sie war keineswegs eine Bestie mit peitschendem Schwanz, der Schatten eines zerbrochenen Großstadttraums, sondern ein eingefallener alter Mann mit zitternden Händen und einem ängstlichen Blick, als bemühe er sich zu gefallen und sei sich nicht ganz sicher, was man von ihm erwartete. Sie hatten eine zweite lachsrosa Schnur aus Tussahseide bei ihm gefunden, und hinten in einem der verschlossenen Aktenschränke in seiner Praxis an der Park Avenue ein Versteck mit zwei Dutzend weiteren entdeckt, von denen über die Hälfte in dem bekannten Blau eingefärbt war. Er hatte ihnen genau gesagt, wo sie suchen mußten, und ihnen von seinem Schlüsselbund den richtigen Schlüssel herausgesucht. Er sagte, er besitze die Schnüre seit vielen Jahren, seit Ende 1930, als er nach der Aufgabe seiner gynäkologischen Praxis eine Weltreise gemacht hatte. In Indien hatte ihm ein Einheimischer die Schnüre verkauft, angeblich waren es Schnüre, wie sie die Würgersekte der Thugs für ihre Ritualmorde verwandt hatte. Später, bevor er sie wegschloß, ließ er sie blau und rosa einfärben. Warum hatte er sie all die Jahre aufbewahrt? Er wirkte verwundert. Nein, seine Frau hatte nie davon gewußt. Als er sie im Basar kaufte, war er allein gewesen, und später hatte er sie stets vor ihr verborgen ... Sein Kopf nickte bereitwillig auf ihre Fragen, und er antwortete zuvorkommend. Allerdings gab es zwischendurch Episoden, in denen er wenig sagte oder sprunghaft redete, doch waren solche Phasen selten. Meist gelang es ihm, die betreffende Zeit glasklar darzustellen, und er klang dabei exakt wie der Dr. Cazalis, den sie gekannt hatten.

Seine Augen jedoch blieben unverändert starr, wie Linsen.

Ellery, der mit Celeste Phillips und Jimmy McKell direkt aus dem Bellevue-Krankenhaus hergekommen war, saß mit geschienter Hand seitlich daneben und hörte schweigend zu. Er war noch nicht wieder auf dem Boden der Tatsachen angekommen, alles kam ihm noch unwirklich vor. Der Polizeipräsident und der Bezirksstaatsanwalt waren ebenfalls anwesend. Und kurz nach halb fünf Uhr morgens eilte auch der Bürgermeister herbei, noch bleicher als der Häftling.

Doch der schmutzige alte Mann auf dem Stuhl schien niemanden von ihnen zu sehen. Er mied sie bewußt, das spürten sie alle, aus einer Art Taktgefühl heraus. Sie wußten, wie ungemein plausibel solche Geistesgestörten manchmal denken konnten.

Im wesentlichen war das, was er über die neun Morde zu erzählen hatte, erstaunlich detailliert. Abgesehen von ein paar Unklarheiten, die, hätten sie nicht genau gewußt, wer er war, durchaus von Schmerz, Verwirrung, emotionaler und körperlicher Erschöpfung hätten herrühren können, war sein Geständnis ausgezeichnet.

Am wenigsten aufschlußreich allerdings war seine Antwort auf Ellerys einzigen Beitrag zum Verhör dieser Nacht.

Als der Häftling praktisch fertig war, beugte sich Ellery vor und fragte: »Dr. Cazalis, Sie haben angegeben, keine dieser Personen seit deren frühester Kindheit wiedergesehen zu haben. Als Individuen konnten sie Ihnen deshalb eigentlich überhaupt nichts bedeuten. Doch offensichtlich hatten Sie etwas gegen diese Leute. Was war das? Warum fühlten Sie den Drang, sie töten zu müssen?«

Weil das Verhalten eines Psychotikers nur dann unmotiviert erscheint, wenn man es aus dem Blickwinkel der Realität betrachtet, also mit mehr oder weniger gesundem Geist, der die Welt so sieht, wie sie ist …

Das hatte Dr. Cazalis gesagt.

Der Häftling drehte sich auf seinem Stuhl herum und schaute direkt in die Richtung, aus der Ellerys Stimme gekommen war, obwohl er aufgrund der Scheinwerfer, die sein zerschundenes Gesicht in grelles Licht tauchten, gar nicht sehen konnte, was sich dahinter befand.

»Sind Sie das, Mr. Queen?« fragte er.

»Ja.«

»Mr. Queen«, sagte der Häftling in freundlichem, fast herablassendem Ton, »ich bezweifle, daß Sie über das nötige Fachwissen verfügen, um das zu verstehen.«

Der Sonntagmorgen war schon weit vorangeschritten, als sie den Reportern endlich entkamen. Jimmy McKell streckte sich in einer Ecke des Taxifonds aus, Celeste lag in seinen Armen. In der anderen Ecke hätschelte Ellery seine geschiente Hand und sah aus dem Fenster – nicht aus Taktgefühl, sondern, weil er hinaussehen wollte.

Die Stadt sah heute morgen ganz anders aus.

Sie roch und klang anders, fühlte sich anders an.

Neu.

Es lag eine Melodie in der Luft. Vielleicht waren es Kirchenglocken. Die Kirchen rüttelten ihre Schäfchen stadtauf, stadtab, von Ost nach West aus dem Schlaf. *Adeste Fideles!* Kommt und holt es euch!

In den Wohnvierteln wurden gerade die Delis, Bäckereien, Zeitungsstände und Drugstores geöffnet.

Irgendwo ratterte eine Hochbahn vorbei.

Ein Zeitungsjunge mit blaugefrorenen Fingern.

Ab und zu sah man einen Frühaufsteher, der sich die Hände rieb und rasch voranstrebte.

An den Taxiständen standen die Wagen. Aus den Radios dröhnten die Schwarzsender, die Fahrer hörten gebannt zu.

Um sie herum begannen sich Menschentrauben zu bilden.

New York streckte sich.

Und erwachte.

Kapitel 12

New York erwachte, und ein, zwei Wochen lang hielt sich die scheußliche Vision. Wäre die berühmte vom Radio übertragene Invasion der Erde durch Außerirdische wahr gewesen, hätten die Leute hinterher in langen Schlangen angestanden, um die Überreste der Marsmenschen zu betrachten und sich über ihre Leichtgläubigkeit zu wundern. Nun, da das Monster hinter Schloß und Riegel war, wo man es sehen, hören, zwicken, darüber berichten, darüber lesen, es sogar bemitleiden konnte, stand New York Schlange. Mit der Hellsicht der Rückschau verband man nun die Befunde der Obduktion miteinander, und das Ergebnis war eine allgemeine Konversationsübung in Betroffenheit, eine ebenso sichere wie erfreuliche Beschäftigung für jedermann. Die Katze war lediglich ein unzurechnungsfähiger alter Mann, und was konnte schon ein einzelner Verrückter gegen eine ganze Stadt ausrichten? Ablegen und vergessen. Das Erntedankfest stand vor der Tür.

New York lachte.

Doch ebenso wie bei ihrer Cousine aus dem Wunderland blieb auch von dieser Katze nur das Grinsen in der Luft hängen. Aber es war nicht das Grinsen des alten Mannes in der Zelle, denn der alte Mann grinste nicht. Es war das Grinsen eines Traumgespenstes. Und da waren die Kinder, deren Erinnerungen weniger weit zurückreichen, die dafür aber mit frischeren Sinnen ausgestattet sind. Ihre Eltern hatten noch immer mit ihren Alpträumen zu kämpfen, auch ihren eigenen.

Dann, am Tag nach dem Armistice Day, wurde die Leiche eines jungen Mädchens, das später als Reva Xavinzky aus Flushing identifiziert wurde, an verschiedenen Stellen rings um die Jamaica Bay gefunden. Man hatte sie vergewaltigt, verstümmelt, zerstückelt und enthauptet. Die wohlbekannten Schrecken dieses Falles, seine wiedererkennbar grauenerregenden Einzelheiten, erregten umgehend die Aufmerksamkeit der Öffentlichkeit. Und als der Mörder, ein Ex-Deserteur mit der typischen Vorgeschichte eines Sexualpsychopathen, verhaftet wurde, war die Ablenkung komplett, zumindest was die Erwachsenen anging. Danach ließ das Wort »Katze« keine schlimmeren Bilder mehr vor dem inneren Auge des durchschnittlichen New Yorkers entstehen als die Vorstellung von einem kleinen Haustier, das für seine Reinlichkeit, Unabhängigkeit und seinen nützlichen Appetit auf Nager bekannt ist. (Daß der Fall Reva Xavinzky der Jugend von New York einen ähnlichen Dienst erwiesen hätte, ist zu bezweifeln; doch die meisten Eltern schienen das Gefühl zu haben, daß die Katze angesichts des Erntedankfestes und der nahenden Weihnacht in den Träumen ihrer Kinder durch Truthähne und Nikoläuse ersetzt werden würde. Vielleicht hatten sie damit sogar recht.)

Es gab allerdings eine Minderheit mit besonderen Anliegen, für die diese Angelegenheit noch nicht beendet war. Für einige von ihnen – städtische Beamte, Reporter, Psychiater, die Familien der Opfer – war dies eine Frage der Pflicht, einer besonderen Aufgabe oder einer beruflichen oder persönlichen Betroffenheit. Für andere – die Soziologen, Psychologen, Philosophen – bot die Ergreifung eines neunfachen Mörders Gelegenheit, eine sozialwissenschaftliche Untersuchung zum Verhalten der Stadt seit Anfang Juni in Angriff zu nehmen. Die Gruppen der zweiten Kategorie beschäftigten sich mit Edward Cazalis nicht im geringsten, die der ersten Kategorie dagegen ausschließlich mit ihm.

Der Häftling hatte sich in eine düstere Stimmung zurückgezogen. Er weigerte sich zu sprechen, sich zu bewegen, eine Zeitlang sogar zu essen. Er schien nur noch für die Besuche seiner Frau zu leben, nach der er dauernd verlangte. Mrs. Cazalis war in Begleitung ihrer Schwester und ihres Schwagers am 30. Oktober mit dem Flugzeug aus Florida zurückgekehrt. Sie hatte sich geweigert, den Berichten von der Verhaftung ihres Mannes als Katze Glauben zu schenken, und Reportern in Miami gegenüber protestiert, es sei sicher »irgendein Fehler passiert. Es kann einfach nicht sein. Mein Mann ist unschuldig.« Doch das war vor ihrem ersten Besuch bei ihm. Sie kam totenbleich wieder zum Vorschein und schüttelte nur den Kopf, als die Reporter sie bedrängten, und ging direkt zu ihrer Schwester nach Hause. Dort blieb sie vier Stunden und kehrte dann in ihre eigene Wohnung zurück.

In den ersten hektischen Tagen nach der Ergreifung des Monsters war zu beobachten, daß sich die Feindseligkeit der ganzen Stadt mit voller Wucht gegen seine Ehefrau richtete. Die Leute zeigten mit dem Finger auf sie, verhöhnten sie, liefen hinter ihr her. Ihre Schwester und ihr Schwager verschwanden von der Bildfläche, niemand konnte oder wollte sagen, wo sie hingefahren waren. Ihr Hausmädchen kündigte, und sie fand um keinen Preis ein neues. Die Hausverwaltung forderte sie auf, die Wohnung zu räumen, und machte dabei vehement deutlich, man werde jeden erdenklichen Schritt unternehmen, um sie hinauszuklagen, sollte sie nicht freiwillig ausziehen. Sie ging freiwillig. Sie lagerte ihren Hausrat ein und zog in ein kleines Hotel in der City. Als die Hoteldirektion am nächsten Morgen merkte, wer sie war, forderte man sie auf, das Haus zu verlassen. Diesmal fand sie nur noch eine möblierte Wohnung in einem düsteren Haus in der Horatio Street im Village; hier suchte sie auch ihr ältester Bruder auf, Roger Braham Merigrew aus Bangor, Maine.

Merigrews Besuch bei seiner Schwester dauerte nicht einmal eine ganze Nacht. Er war in Begleitung eines schattenhaften Mannes gekommen, der eine Aktentasche bei sich trug. Als die beiden um viertel vor vier Uhr morgens das Haus in der Horatio Street wieder verließen und vor der Tür Reporter vorfanden, deckte Merigrews Begleiter den Abgang seines Auftraggebers und gab eine Erklärung ab, die noch am selben Tag in den Zeitungen abgedruckt wurde. »Als Mr. Merigrews Anwalt bin ich ermächtigt, folgende Erklärung abzugeben: Mr. Merigrew versuchte mehrere Tage lang, seine Schwester, Mrs. Cazalis, dazu zu bewegen, nach Maine in den Schoß ihrer Familie zurückzukehren. Mrs. Cazalis lehnte dies ab. Deshalb flog Mr. Merigrew hierher, um seinen Appell persönlich zu bekräftigen. Mrs. Cazalis ist noch immer nicht dazu bereit. Mr. Merigrew sieht sich außerstande, noch irgend etwas zu tun und kehrt deshalb nach Hause zurück. Das ist alles, was zu diesem Thema zu sagen wäre.« Als die Reporter ihn fragten, warum Mr. Merigrew nicht bei seiner Schwester in New York blieb, sagte der Anwalt aus Maine schneidend: »Das müssen Sie schon Mr. Merigrew fragen.« Später gelang es einer Zeitung aus Bangor, ein paar Worte aus Merigrew herauszubekommen. Er sagte: »Der Mann meiner Schwester ist geistesgestört. Niemand ist verpflichtet, einem geisteskranken Mörder beizustehen. Es ist nicht fair uns gegenüber, wegen der Publicity und so weiter. Jede weitere Äußerung zu diesem Thema überlasse ich meiner Schwester.« Die Merigrews besaßen in ganz Neuengland umfangreiche sichere Geschäftsbeteiligungen.

Also mußte Mrs. Cazalis ihr Martyrium allein durchstehen, untergebracht in einem schmuddeligen Zimmer im Village, belagert von Reportern. Sie besuchte ihren Mann und wurde täglich stiller, ihr Blick immer gehetzter.

Mit der Verteidigung ihres Mannes beauftragte sie den berühmten Srafverteidiger Darrell Irons. Irons war sehr wenig mitteilsam, doch gerüchteweise hörte man, er habe alle Hände voll zu tun. Cazalis, hieß es, »lehne es ab« sich verteidigen zu lassen, und weigerte sich, mit den Psychiatern zusammenzuarbeiten, die Irons ihm einen nach dem anderen in seine Zelle schickte. Es tauchten Geschichten von manischen Wutanfällen auf, doch wer Darrell Irons kannte, konnte sich denken, daß er diese Gerüchte ausgestreut hatte und daß sie deshalb nicht der Wahrheit entsprachen. Es war klar, worauf Irons seine Verteidigung stützen würde, denn der Bezirksstaatsanwalt schien entschlossen zu sein, Cazalis als einen Mann anzuklagen, der Wesen und Inhalt seiner Handlungen genau kannte, der während der Phase der Verbrechen seine Befähigung zu rationalem Handeln im Alltag unter Beweis gestellt hatte und deshalb nach dem Gesetz als »zurechnungsfähig« gelten mußte, ganz gleich, wie die medizinische Beurteilung lautete. Angeblich maß der Bezirksstaatsanwalt dem Gespräch, das der Beschuldigte am Abend der Ermittlungen im Fall Lenore Richardson mit dem Sonderbeauftragten des Bürgermeisters und Inspector Richard Queen vom Polizeipräsidium geführt hatte, große Bedeutung bei. In diesem Gespräch hatte der Beschuldigte seine »Theorie« bezüglich der Morde der Katze dargelegt, der zufolge der Mörder schlicht und einfach ein Psychotiker sei. Dies war die berechnende Handlung eines berechnenden Mörders gewesen, hatte der Staatsanwalt anscheinend gesagt, um die Ermittlungen absichtlich in die Richtung »hochgradiger Schwachsinn« zu steuern und so die Aufmerksamkeit noch wirkungsvoller davon abzulenken, daß hinter den Morden ein verständiger Geist steckte.

Es zeichnete sich ein dramatischer Prozeß ab.

Ellerys Interesse an dem Fall erlahmte rasch. Er hatte damit viel zu lange und viel zu intensiv gelebt, als daß er nach den Ereignissen der Nacht vom 29. auf den 30. Oktober noch irgend etwas anderes als Erschöpfung hätte empfinden können. Er versuchte nicht nur, das Vergangene zu vergessen, sondern stellte fest, daß er auch der Gegenwart auswich. Doch zumindest der Gegenwart konnte er nicht entkommen, sie bestand darauf, sich mit Pomp und Gloria in Szene zu setzen. Er wurde mit Ehrungen überhäuft, mußte Radio- und Fernsehinterviews geben, bekam Hunderte von Einladungen zu Ansprachen vor Bürgerinitiativen, sollte Artikel schreiben und ungelöste Verbrechen aufklären. Es gelang ihm, die meisten dieser Ansinnen halbwegs mit Anstand abzulehnen. Die wenigen, denen er sich nicht entziehen konnte, machten ihn schwermütig und gaben ihm ein Gefühl der Würdelosigkeit. »Was ist nur mit dir los?« fragte sein Vater. »Sagen wir mal«, blaffte Ellery, »der Erfolg ist mir zu Kopf gestiegen!« Der Inspector verzog nur den Mund, denn auch ihm war diese Art Migräne nicht fremd. »Nun«, sagte er fröhlich, »zumindest liegt es diesmal nicht an einem Mißerfolg.«

Eines Tages beschloß Ellery, daß er den Sitz der Infektion lokalisiert hatte. Es war ein Druckgeschwür. Aber der Druck kam weder aus der Vergangenheit noch aus der Gegenwart, sondern aus der Zukunft. Die Sache war noch nicht abgeschlossen. Am Morgen des 2. Januar würde in einem der großen Gerichtssäle unter der grauen Kuppel des Obersten Gerichtshofes am Foley Square Richter Soundso in seiner schwarzen Robe den Sitzungssaal betreten, und ein gewisser Edward Cazalis alias die Katze würde sich wegen Mordes zu verantworten haben. Und in dieser Verhandlung würde ein gewisser Ellery Queen, Sonderbeauftragter des Bürgermeisters, als einer der Hauptbelastungszeugen der Staatsanwaltschaft auftreten. Er würde nicht davonkommen, bevor das Drama nicht vorüber war. Dann erst konnte er, befreit von all diesem verderblichen Chaos, endlich wieder seinen eigenen Belangen nachgehen.

Warum das Gerichtsverfahren solche Schuldgefühle in ihm auslöste, versuchte Ellery gar nicht erst herauszubekommen. Nachdem er, wie er meinte, den Ursprung seines Unbehagens entdeckt hatte, stellte er seine psychischen Mechanismen auf das Unvermeidliche ein und wandte sich anderen Dingen zu. Inzwischen hatte man Reva Xavinzkys Einzelteile gefunden, und das Scheinwerferlicht sondierte nun anderswo das Terrain. Fast war er in der Lage, sich zu entspannen. Dachte sogar allmählich wieder ans Schreiben. Der Roman, den er seit dem 25. August nicht mehr angerührt hatte, lag in seinem einsamen Grab. Er exhumierte ihn und war überrascht, wie völlig fremd er ihm war, als handle es sich um eine nach dreitausend Jahren im Nildelta ausgegrabene Papyrusrolle mit einer altägyptischen Steuerliste. Irgendwann vor langer, langer Zeit hatte er intensiv daran gearbeitet, und nun roch das Manuskript nur noch wie antike Tonscherben. *Seht meine Werke, ihr Mächtigen, und verzweifelt!* In seiner Verzweiflung warf Ellery das naive Werk aus der Vorkatzenära ins Kaminfeuer.

Und setzte sich hin, um ein neues Wunderwerk zu verfassen.

Doch bevor er seine Füße auf die unterste Schreibtischschublade legen konnte, gab es eine angenehme Unterbrechung.

Die Trauung von Jimmy McKell und Celeste Phillips stand an, und offenbar sollte Mr. Queen ganz einsam und allein die Hochzeitsgesellschaft bilden.

»Ganz exklusiv«, grinste Jimmy. »Meine Idee.«

»Jimmy meint damit«, seufzte Celeste, »daß sein Vater an die Decke gegangen ist und nicht kommen wird.«

»Er beißt ins Chippendale«, sagte Jimmy, »weil seine bisher unbesiegbare Waffe, die Enterbung, das Enterben? – sich nunmehr in seiner Hand in weibisches Gewäsch verwandelt hat, nun da mir Großvaters Millionen zuteil geworden sind. Und als Mutters Tränenfluß erst einmal versiegte, begann sie spornstreichs mit der Planung einer Hochzeit mit zwanzigtausend geladenen Gästen. Also sagte ich mir: Zur Hölle damit -«

»Wir haben unsere Heiratserlaubnis, wir haben unsere Wassermann-Tests absolviert -«

»Erfolgreich, versteht sich«, fügte Jimmy hinzu. »Dürfte ich Sie deshalb in aller Form bitten, werter Mr. Q., morgen vormittag um zehn Uhr dreißig im Rathaus die Hand meiner Braut in die meinige zu legen?«

Sie wurden zwischen all den Arthur Jackson Beals aus Harlem

und Cary G. Cohens aus Brownsville, Brooklyn, getraut. Der Standesbeamte gab sich insofern für sie Mühe, als er die Zeremonie nur halb so schnell wie üblich abspulte. Mr. Queen übergab die Braut mit einem feurigen »Endlich!«, und hinterher warteten in der Halle nicht mehr als achtzehn Reporter und Kameramänner auf sie. Mrs. James Guymer McKell rief aus, sie könne sich nicht vorstellen, wie diese Leute das herausbekommen haben konnten, denn sie und Jimmy hatten zu niemandem ein Wort gesagt, außer zu Ellery ... und ihr soeben Angetrauter lud seine ehemaligen Kollegen von der Zeitungszunft notgedrungen ein, auf das Brautpaar anzustoßen, woraufhin sich die vergrößerte Gesellschaft zum Flughafen La Guardia begab und dort in der Cocktail Lounge das Hochzeitsessen in flüssiger Form einnahm, wobei Parlay Phil Gonachy von der *Extra* die Anweisungen für den Square Dance brüllte, der sich irgendwie ergab. Auf dem Höhepunkt der geräuschvollen Quadrille erschien die Flughafenpolizei, was wiederum unter den werktätigen Gästen einige glühende Verteidiger der amerikanischen Verfassung dazu bewog, die hochheilige Pressefreiheit mit Kameras, Flaschen und Barhockern zu verteidigen, so daß das Brautpaar mit ihrem Trauzeugen im Getümmel entwischen konnten.

»Mit welchem Ziele werdet Ihr euch nunmehr mit Eurer unberührten Braut in die Lüfte erheben?« erkundigte sich Mr. Queen mit leicht verwaschener Aussprache. »Oder steht diese Frage außerhalb meiner olfaktorischen Befugnisse?«

»Sie ist voll und ganz *comme il faut*«, erwiderte Mr. McKell mit der großen Geste eines Mannes, dem die perlenden Sakramente aus Reims und Epernay ebenfalls in reichlichem Maße zuteil geworden waren. »Da wir uns nämlich zu keinem wie auch immer gearteten Ziele in die Lüfte erheben werden.« Und er steuerte seine Braut galant in Richtung Ausgang.

»Warum dann La Guardia?«

»Eine Finte, um die krawallierenden Ameisenbären da drüben zu täuschen. Droschke!«

»Wir verbringen unsere Flitterwochen im Half-Moon Hotel«, vertraute ihm die Braut errötend an, als das Taxi vorfuhr. »Sie sind definitiv der einzige, der *das* erfährt.«

»Mrs. McKell, ich werde dieses Geheimnis unter keinen Umständen preisgeben, bei meiner Ehre!«

»Mrs. McKell«, murmelte Mrs. McKell.

»Mein leben lang«, flüsterte ihr Gatte so laut, daß im Umkreis von sechs Metern alle Köpfe herumfuhren, »habe ich mich danach gesehnt, die Flitterwochen im Winter unter den fröhlich tollenden Eisbären von Coney Island zu verbringen.« Und Mr. McKell brüllte dem wartenden Taxifahrer zu: »Okay, Weißzahn. Kutscher!«

Ellery sah ihnen gerührt nach, während ihr Taxi vom Smog verschluckt wurde.

Danach empfand er es als Wohltat, wieder an die Arbeit zu gehen. Die Ideen für einen neuen Kriminalroman flossen ebenso großzügig wie der Champagner auf der Hochzeitsfeier. Das einzige Problem bestand darin, ein nüchternes Urteil zu bewahren.

Eines Morgens stellte Ellery erstaunt fest, daß Weihnachten schon vor der Tür stand. Und mit ziemlicher Überraschung sah er, daß New York eine weiße Weihnacht beschert wurde. Über Nacht hatte die 87. Straße zu glitzern begonnen. Ein Samojedenspitz, der sich mitten auf der Straße im Schnee wälzte, erinnerte ihn an arktische Schlittenhunde, und von da war es nur noch ein kleiner Schritt zu den McKells, die ihre Flitterwochen auf Coney Island inmitten des merkwürdigen New Yorker Volksstamms verbrachten, der sich selbst als Eisbären bezeichnet. Ellery grinste und fragte sich, warum er nichts von Jimmy und Celeste gehört hatte. Dann fiel ihm ein, daß das sehr wohl der Fall sein konnte, und er begann, den seit mehreren Wochen aufgetürmten Stapel jungfräulicher Post zu durchsuchen.

Er fand Jimmys Schreiben mitten im Haufen.

Es gefällt uns, Ellery, es gefällt uns sogar *sehr*.

Wenn du Lust hast, ein bis sechsundzwanzig Gläschen auf die alten Zeiten zu heben, dann kannst du das im Hinterzimmer von Kelly's Bar an der 39. Straße Ost tun, wo wir morgen ab 2 Uhr morgens alle Zügel- und Haltlosen dieser Welt empfangen werden. Wir haben noch keine Wohnung gefunden und schlagen unser Nachtlager einstweilen bei diversen höchst suspekten Gestalten auf. *Ich* werde jedenfalls dafür sorgen, daß *meine* Frau nicht im Hotel wohnen muß!

James

P. S.: Wenn du nicht kommst, sehen wir uns bei der Gerichtsverhandlung.

P. P. S.: Mrs. McKell läßt herzlich grüßen.

J.

Der Poststempel war zehn Tage alt.

Die McKells und Weihnachten ... Das verlangte nach Heldenmut.

Eine halbe Stunde später hatte Ellery meterlange Listen verfaßt, und eine weitere halbe Stunde später machte er sich in Galoschen auf den Weg.

Die Fifth Avenue glich bereits einem braun gesprenkelten Sumpf. Die Schneepflüge waren noch immer auf den Bürgersteigen unterwegs, doch entlang der Avenue selbst hatten sie die ganze Nacht wie Mistkäfer ihre Dungkugeln vor sich hergeschoben, und nun forderten die mit Schmutz bespritzten Schneehaufen den Fußgängern akrobatische Künste ab und zwangen den Autoverkehr, sich durch einen unmöglichen Engpaß zu quetschen.

Weiße Weihnacht, sagte jeder, der sich hustend und niesend durch den Matsch voranquälte.

Im Rockefeller Center wurde das Christfest mit Weihnachtsliedern eingeläutet, und auf der Plaza zogen unter dem gigantischen Tannenbaum, der von einem Anwesen auf Long Island hergeschafft worden war, Schlittschuhläufer zum Plärren von »Jingle Bells« ihre Bahnen.

Fast an jeder Ecke klingelten frierende Nikoläuse in zerknitterten roten Kostümen mit ihren Glöckchen. Die Schaufenster boten märchenhafte Einblicke in die Wunderwelt der Werbung, und überall rutschten und platschten Menschen herum, und Ellery rutschte und platschte mitten unter ihnen, mit den wie festgefroren hochgezogenen Augenbrauen, an denen man die New Yorker Bevölkerung in der letzten Woche vor Weihnachten zweifelsfrei erkennt.

Er flitzte in Warenhäuser hinein und wieder heraus, trat auf kleine Kinder, schob und wurde geschoben, befingerte Waren, gab brüllend seinen Namen und seine Anschrift an und stellte Schecks aus, bis nachmittags auf seiner Hauptliste bis auf einen einzigen alle Namen durchgestrichen waren.

Doch neben diesem Namen stand ein großes, abstoßendes Fragezeichen.

Die McKells bereiteten ihm angenehmes Kopfzerbrechen. Ellery hatte ihnen bisher kein Hochzeitsgeschenk geschickt, weil noch ungewiß war, wo sie wohnen würden. Seinerzeit hatte er gedacht, bis Weihnachten würden sie das sicherlich geregelt haben und er werde dann schon etwas zu beiden Anlässen Passendes finden. Jetzt war das Fest der Liebe da, und es hatte sich weder das Wohnproblem der McKells gelöst noch hatte er eine Idee für ein Geschenk gefunden. Den ganzen Tag hielt er schon Ausschau nach einer Inspiration. Silber? Glas? Seide? – Bloß nicht, um Himmels willen keine Seide! Keramik? Vor einer glänzenden Figur der Katzengöttin Bastet erschauerte er. Indianische Holzschnitzereien, etwas naive Kunst? Eine Antiquität? Es hatte keine Ideen, nicht eine einzige.

Bis er am Spätnachmittag auf der 42. Straße zwischen der Fifth und der Sixth Avenue stand. Vor Stern's stand ein Mädel von der Heilsarmee, eine dralle Soldatin Gottes, und sang Kirchenlieder, begleitet von einem blaugefrorenen Kameraden an einer tragbaren Orgel, die vor ihm im Matsch stand.

Die Orgel brachte in den oberen Lagen klimpernde Töne hervor, die einen Augenblick lang wie eine Spieluhr klangen.

Spieluhr.

Spieluhr!

Ursprünglich waren sie ein modisches Accessoire französischer Stutzer gewesen, aus dem man sich zu einer kurzen metallischen Melodie mit Schnupftabak bediente, doch schon seit Jahrhunderten gehörten sie als beliebte Attraktion in jedes Kinderzimmer, und dank ihrer Feenhaftigkeit zauberten sie stets ein Lächeln in die Gesichter Verliebter.

Ellery warf einen Dollar in das hingestreckte Tambourin und spann aufgeregt weiter an seiner Idee. Etwas Besonderes … vielleicht mit dem Hochzeitsmarsch als Melodie … ja, das mußte unbedingt sein … mit Einlegearbeiten aus kostbaren Hölzern, Perlmutt, Steinschnitzereien … ein großes, kunstvoll gearbeitetes Stück. Natürlich Importware. Die zauberhaftesten Stücke kamen aus Europa … aus der Schweiz. Eine aufwendige, kunstvolle Schweizer Spieluhr würde eine Stange Geld kosten, aber das war Ellery egal. Es würde zum Schatzkästchen des Hauses werden, eine kleine Dose voller goldiger Erinnerungen, die mit den McKellschen Millionen nicht das geringste zu tun hatten; sie würden sie neben ihrem Bett stehen haben, bis sie achtzig wa…

Schweizer Arbeit.

Schweizer?

Die Schweiz!

ZÜRICH!

Im Handumdrehen waren Spieluhren, Hochzeitsmärsche, sogar Weihnachten vergessen.

Ellery stapfte wilden Schrittes über die 42. Straße hinweg und eilte durch den Seiteneingang in die New Yorker Stadtbibliothek.

Es gab nämlich einen Punkt in seiner neuen Romanhandlung, der ihm seit Tagen Kopfzerbrechen bereitete. Er betraf bestimmte Phobien. Ellery behauptete in seinem Buch (denn so geht es im Reich der Kriminalschriftsteller nun einmal zu), es gebe eine enge Korrelation zwischen den krankhaften Ängsten vor Menschenmassen, vor Dunkelheit und vor Schmerzen. Wie er allerdings auf die Idee gekommen war, diese drei Phobien in seiner Handlung nebeneinanderzustellen, war ihm nicht klar. Er hatte das Gefühl, irgendwo etwas über die Beziehung zwischen ihnen gelesen oder gehört zu haben. Bisher hatte er jedoch die Quelle beim besten Willen nicht ausfindig machen können. Die Sache hielt ihn auf.

Und nun Zürich. Zürich an der Limmat, das Athen der Schweiz.

Zürich sagte ihm etwas.

Denn jetzt fiel Ellery wieder ein, daß er gelesen oder gehört hatte, in Zürich habe jemand erst kürzlich bei einem internationalen Psychoanalytikerkongreß über genau diese Beziehung zwischen den drei Phobien referiert.

Er durchforstete die vorhandenen ausländischen Zeitschriften und wurde in weniger als einer Stunde fündig.

Die Quelle war eine Zürcher Fachzeitschrift und lag auf dem Stapel, an dem Ellery sein eingerostetes Deutsch aufpolierte. Im Protokoll der zehntägigen Veranstaltung waren sämtliche vorgetragenen Referate mit vollem Wortlaut abgedruckt. Der Vortrag, an dem er interessiert war, trug den beängstigenden Titel *Ochlophobie, Nyctophobie und Ponophobie*, doch als er ihn anlas, merkte er, daß er genau das enthielt, was er suchte.

Er wollte gerade zum Anfang zurückkehren, um die Arbeit genauer durchzulesen, als ihm eine kursiv gedruckte Fußnote am Ende des Textes auffiel.

Es war der vertraute Name.

Referat von Dr. Edward Cazalis, USA ...

Natürlich! Cazalis war für seinen Einfall verantwortlich gewesen! Ellery konnte sich jetzt wieder genau daran erinnern. Das Thema war an dem Abend in der Wohnung der Richardsons angeschnitten worden, in den ersten Stunden der Ermittlungen direkt am Tatort von Lenores Ermordung. Es hatte eine Unterbrechung gegeben, und Ellery hatte sich in der Zwischenzeit mit dem Psychiater unterhalten. Sie hatten über Ellerys Bücher gesprochen, und Dr. Cazalis hatte lächelnd gemeint, das Gebiet der Phobien biete Ellerys Können noch reichlich Material. Als Ellery nachbohrte, erwähnte Cazalis seine eigenen Arbeiten über »Ochlophobien und Nyctophobien« im Zusammenhang mit der Entstehung von »Ponophobien«; Ellery erinnerte sich sogar daran, daß er erzählte, darüber bei einer Tagung in Zürich referiert zu haben. Cazalis hatte ein wenig über seine Ergebnisse gesprochen, bis der Inspector sie zum traurigen Anlaß ihres Besuches in jener Nacht zurückrief.

Ellery zog eine Grimasse. Die kurze Unterredung war unter dem Druck der Ereignisse in sein Unterbewußtsein gerutscht und erst zwei Monate später unter Druck wieder aufgetaucht, wobei er jedoch die Quelle vergessen hatte. So ist es immer mit den »originellen« Ideen, dachte er.

Es war eine Ironie des Schicksals, daß ausgerechnet Cazalis daran Schuld war.

Lächelnd sah sich Ellery die Fußnote noch einmal genau an.

Referat von Dr. Edward Cazalis, USA, gehalten in der Abendsitzung des 3. Juni. Das Referat sollte ursprünglich ab 22 Uhr vorgetragen werden. Allerdings überschritt der vorangehende Vortragende, Dr. Naardvoessler, Dänemark, die ihm zugedachte Zeit und endete mit der Präsentation seines Referates erst um 23.52 Uhr. Der Antrag auf Schließung der Sitzung wurde verworfen, nachdem der Präsident und Tagungsleiter Dr. Jurasse, Frankreich, erklärt hatte, daß Dr. Cazalis an allen Veranstaltungen teilgenommen und geduldig gewartet habe, bis er an der Reihe sei, und er ferner, da es sich um die Schlußsitzung des Kongresses handelte, die geschätzten Mitglieder gebeten hatte, der fortgeschrittenen Stunde zum Trotz den Sitzungsschluß noch zu verschieben, damit Dr. Cazalis Gelegenheit bekomme, sein Referat zu halten. Dies erfolgte mündlich durch Herrn Dr. Cazalis selbst, und endete um 02.03 Uhr. Anschließend wurde der diesjährige Kongreß um 02.24 Uhr am Morgen des 4. Juni vom Präsidenten Dr. Jurasse offiziell geschlossen.

Noch immer lächelnd schlug Ellery das Heft zu und suchte auf dem Deckblatt nach dem Erscheinungsjahr.

Sein Lächeln erstarb. Statt dessen saß er nun da und starrte gebannt auf die letzte Ziffer der Jahreszahl, die rasch immer größer wurde, während er selbst immer mehr schrumpfte.

»Trink mich!«

Er fühlte sich – wenn man es fühlen nennen konnte – wie Alice im Wunderland.

Der Zürcher Kaninchenbau.

Hinter den Spiegeln.

Wie kommst du da wieder raus?

Schließlich stand Ellery vom Tisch auf und ging zur Auskunft außerhalb des großen Lesesaals.

Er beugte sich über den *Who's Who* und den neuesten Jahrgang des nationalen Mitgliederverzeichnisses der American Psychiatric Association.

Who's Who … Cazalis, Edward.

Das nationale Mitgliederverzeichnis des amerikanischen Psychiaterverbandes … Cazalis, Edward.

In beiden gab es nur einen einzigen Cazalis, Edward.

In beiden gab es denselben Cazalis, Edward.

Es war wirklich nicht zum Aushalten.

Ellery kehrte zu seiner Zürcher Zeitschrift zurück.

Er blätterte langsam die Seiten um.

Ganz ruhig.

Wer mich beobachtet, sagt: Da sitzt ein Mann, der seiner selbst sicher ist. Er blättert die Seiten ganz ruhig um. Er kennt sich aus.

Da stand es.

Dr. Fulvio Castorizo, Italien
Dr. John Sloughby Cavell, Großbritannien
Dr. Edward Cazalis, USA

Natürlich stand er auf der Liste.

Und dieser alte Mann, war der auch da gewesen?

Ellery blätterte die Seite um.

Dr. Walther Schönzweig, Deutschland
Dr. Andrés Selborán, Spanien
Dr. Béla Seligmann, Österreich

Jemand klopfte Ellery auf die Schulter.

»Wir schließen, Sir.«

Der Saal war leer.

Warum war ihnen das entgangen?

Er trottete in die Halle. Ein Aufseher schickte ihn zur Treppe, als er falsch abbog.

Der Bezirksstaatsanwalt versteht sein Geschäft. Seine Behörde ist erstklassig. Das sind erfahrene Leute.

Er nahm an, sie waren von Donald Katz zu Stella Petrucchi, von ihr zu Lenore Richardson und zu Beatrice Willikins zurückgegangen, auch wenn der Pfad immer schmaler wurde, bis er schließlich an dem Einschnitt vor fünf Monaten endete oder unpassierbar wurde. Doch auch das hatte sie sicher nicht aufhalten können. Vermutlich wußten sie ein oder zwei oder sogar drei weitere, die sie nicht ganz sicher lokalisieren konnten. Nicht bei so vielen Morden. Nicht über einen so langen Zeitraum bei so eigentümlichen Fällen, bei denen die Identität des Opfers ein fast unwichtiges Detail darstellte. Sagen wir mal, sechs davon würden dem Bezirksstaatsanwalt ausreichen. Plus der gerade noch verhinderte Mordversuch an Celeste

Phillips, die er für Marilyn Soames hielt, und die Tatsache, daß er in den Tagen vor dem Mordversuch Marilyn Soames ausgekundschaftet hatte, wovon jede Minute durch Zeugen belegt werden konnte.

Ellery ging unsicheren Schrittes die Fifth Avenue hinauf. Es war bitterkalt geworden, und der Schneematsch war zu ausgefransten, schmutziggrauen kleinen Eishügeln gefroren, festgetreten und narbig, eine Reliefkarte von Nirgendwo, über die er hinwegtaumelte.

Ich muß das alles von zu Hause aus erledigen ... Ich brauche einen Ort, wo ich sitzen und mich sicher fühlen kann.

Wenn die Axt niedersaust.

Exekutionen frei Haus.

Ohne Aufpreis.

Er blieb vor einem Schaufenster stehen, in dem ein gesichtsloser Engel mit einer nadeldünnen Fackel zu fliegen versuchte, und sah auf seine Armbanduhr.

In Wien ist es mitten in der Nacht.

Dann kann ich nicht nach Hause.

Noch nicht.

Nicht, bevor es Zeit ist.

Der Gedanke, wie ein begossener Pudel seinem Vater gegenübertreten zu müssen, erschreckte ihn.

Ellery schloß die Wohnungstür morgens um viertel vor vier auf und betrat die Wohnung.

Auf Zehenspitzen.

Die Wohnung war dunkel bis auf die Fayencelampe auf dem Wohnzimmertisch, die sie nachts brennen ließen.

Er war total durchgefroren. Draußen war das Thermometer auf minus fünfzehn Grad gefallen, und drinnen war es nur wenig wärmer.

Sein Vater schnarchte. Ellery schloß die Tür zu seinem Schlafzimmer wie ein Dieb.

Dann stahl er sich in sein Arbeitszimmer und schloß hinter sich ab. Er zog nicht einmal den Mantel aus. Er knipste die Schreibtischlampe an, setzte sich hin und zog das Telefon zu sich heran.

Er wählte die Nummer der Vermittlung und ließ sich mit der Stelle für Überseegespräche verbinden.

Es gab Schwierigkeiten.

Es war fast sechs Uhr. Gerade erst hatte der Dampf in den Heizkörpern zu knattern begonnen. Er behielt aufmerksam die Tür im Blick.

Der Inspector stand nämlich immer um sechs auf.

Schließlich bekam er die Verbindung.

Ellery betete, sein Vater möge ausnahmsweise verschlafen, während er wartete, bis die Vermittlung in Wien ihrerseits alles geregelt hatte.

»Sie können jetzt sprechen, Sir.«

»Professor Seligmann?«

»Ja bitte?«

Was für eine uralte Stimme. Ein brüchiger, etwas gereizt klingender Baß.

»Mein Name ist Ellery Queen«, sagte Ellery auf Deutsch. »Sie kennen mich nicht, Herr Professor –«

»Das stimmt nicht«, sagte die betagte Stimme auf Englisch. Oxford-Englisch mit Wiener Akzent. »Sie schreiben *romans policiers*, und weil Sie wegen der vielen Verbrechen, die Sie auf dem Papier begehen, Schuldgefühle haben, jagen Sie auch im wirklichen Leben Verbrecher. Sie können ruhig Englisch sprechen, Mr. Queen. Was möchten Sie?«

»Ich hoffe, ich rufe nicht in einem ungünstigen Moment an –«

»In meinem Alter, Mr. Queen, ist jeder Moment ungünstig, abgesehen von denen, die mit Spekulationen über das Wesen Gottes angefüllt sind. Nun?«

»Professor Seligmann, soweit ich weiß, sind Sie mit dem amerikanischen Psychiater Edward Cazalis bekannt.«

»Cazalis? Er war mein Schüler. Nun?« In seiner Stimme lag nichts, absolut gar nichts.

Ist es möglich, daß er nichts davon weiß?

»Haben Sie Dr. Cazalis in den letzten Jahren gesehen?«

»Ich habe ihn vor einigen Monaten in Zürich getroffen. Warum fragen Sie?«

»Bei welcher Gelegenheit, Herr Professor?«

»Bei einem internationalen Psychoanalytikerkongreß. Sie haben mir noch nicht gesagt, warum, *mein Herr*!«

»Wissen Sie nichts von den Schwierigkeiten, in denen Dr. Cazalis steckt?«

»Schwierigkeiten? Nein. Was sind das für Schwierigkeiten?«

»Das kann ich jetzt nicht erklären, Professor Seligmann, aber es ist äußerst wichtig, daß Sie mir genaue Informationen geben.«

Aus dem Hörer ächzte und stöhnte es, und einen Augenblick dachte Ellery: *Lasset uns beten.*

Doch es waren nur mysteriöse Störungen der transatlantischen Verbindung, die sich während Professor Seligmanns Schweigen bemerkbar machten.

Die alte Stimme ließ sich wieder vernehmen.

Diesmal gereizt.

»Sind Sie ein Freund von Cazalis?«

Bin ich das?

»Ja, ich bin ein Freund von Cazalis«, sagte Ellery.

»Sie zögern. Das gefällt mir nicht.«

»Ich habe gezögert, Professor Seligmann«, sagte Ellery behutsam, »weil Freundschaft ein Wort ist, das ich mit Vorsicht gebrauche.«

Er dachte schon, er habe verloren, doch ein fernes, leises Lachen erreichte sein Ohr, und der alte Mann sagte: »Ich habe an den letzten Tagen des Kongresses in Zürich teilgenommen. Cazalis war dort. Ich habe sein Referat am letzten Abend gehört und ihn hinterher noch in meinem Hotelzimmer aufgehalten, bis der Morgen längst dämmerte, um ihm zu sagen, für wie absurd ich die Sache hielt. Beantwortet das Ihre Frage, Mr. Queen?«

»Sie haben ein hervorragendes Gedächtnis, Herr Professor.«

»Haben Sie das bezweifelt?«

»Verzeihen Sie.«

»Bei mir kehrt sich der übliche Alterungsprozeß um. Mein Gedächtnis ist offenbar das letzte, was mir verloren geht.« Die alte Stimme wurde schärfer. »Sie können sich darauf verlassen, daß die Angaben exakt sind.«

»Professor Seligmann –«

Er sagte etwas, aber das Wort wurde von einem so geräuschvollen atmosphärischen Heulen verschluckt, daß Ellery den Hörer vom Ohr weghalten mußte.

»Herr Professor Seligmann?«

»Ja, ja. Sind Sie …?« Doch dann verebbte die Stimme und verflüchtigte sich im All.

Ellery fluchte. Plötzlich war die Verbindung wieder klar.

»Herr Queen! Nun?«

»Ich muß Sie unbedingt sehen, Professor Seligmann!«

»Geht es um Cazalis?«

»Es geht um Cazalis. Wenn ich nach Wien fliege, werden Sie sich dann mit mir treffen?«

»Sie würden nur deswegen extra nach Europa kommen?«

»Ja.«

»Dann kommen Sie.«

»Danke schön. Auf Wiedersehen!« sagte Ellery auf Deutsch.

Doch der alte Mann hatte bereits eingehängt.

Ellery legte den Hörer auf.

Er ist so verdammt alt. Hoffentlich hält er bis dahin durch!

Sein Flug nach Europa war von Anfang bis Ende ein einziges Desaster. Erst gab es Probleme wegen des Visums, langwierige Verhandlungen mit dem Außenministerium, zahlreiche Fragen und Formulare sowie viel Kopfschütteln. Einen Flug zu bekommen erwies sich als schier unmöglich, denn offenbar flog halb New York nach Europa, und jeder davon war eine Person von globaler Wichtigkeit. Ellery dämmerte allmählich, was für ein winzig kleines Würmchen er im großen Tierpark der Weltgeschehnisse darstellte.

So verbrachte er Weihnachten doch noch in New York.

Der Inspector machte eine hervorragende Figur. Nicht ein einziges Mal während all der Tage des Hin- und Herrennens fragte er, was Ellery mit seiner Reise bezweckte. Sie diskutierten lediglich über Mittel und Wege sowie die diversen Hindernisse.

Nur der Schnurrbart des Inspectors wurde sichtlich struppiger.

Am ersten Weihnachtstag teilte Ellery Professor Seligmann per Telegramm mit, er sei durch Transport- und andere Probleme aufgehalten worden, rechne aber stündlich damit, daß eine Regelung gefunden werde.

Die Stunde kam am Abend des 28. Dezember, gerade noch rechtzeitig, daß Ellery das bißchen, das von seinem Verstand noch übrig war, nicht auch noch verlor.

Wie genau es sein Vater angestellt hatte, erfuhr Ellery nie, aber im Morgengrauen des 29. Dezember saß er endlich in einem als Sondermaschine erkennbaren Flugzeug in Begleitung höchst distinguierter Personen, die allesamt unmißverständlich in Missionen von elementarer Bedeutung unterwegs waren. Er hatte keine Ahnung, wohin sie flogen oder wann sie ankommen sollten. Um sich herum hörte er »London«, »Paris« und dergleichen, jedoch nicht einmal einen Hauch von Strauss-Walzern, und auch seine besorgten Fragen wurden mit so muffiger Verständnislosigkeit quittiert, daß er das Gefühl bekam, der *Wienerwald* liege irgendwo kurz hinter Moskau.

Weder seine Fingernägel noch sein Magen überstanden die Atlantiküberquerung unbeschadet.

Als sie endlich landeten, sah es draußen neblig und britisch aus. Es kam zu einer mysteriösen Verzögerung. Dreieinhalb Stunden später starteten sie wieder, und Ellery versank in leichten Schlaf. Als er erwachte, dröhnten keine Motoren mehr. Alles war totenstill. Soweit er durch das Fenster erkennen konnte, waren sie auf einem arktischen Eisfeld gelandet. Er war bis ins Mark durchgefroren. Er stieß seinen Nachbarn, einen Offizier der US-Army, mit dem Ellbogen an. »Sagen Sie, Colonel, sind wir eigentlich zum nördlichen Polarkreis unterwegs?«

»Das hier ist Frankreich. Wohin wollen Sie?«

»Wien.«

Der Colonel schürzte die Lippen und schüttelte den Kopf.

Ellery begann verbissen, seine zu Eis erstarrten Zehen zu kneten. Gerade, als der erste Motor wieder ansprang, klopfte ihm der Kopilot auf die Schulter.

»Tut mir leid, Sir, wir benötigen Ihren Platz.«

»Wie bitte?«

»Anweisung von oben, Sir. Drei Diplomaten.«

»Die müssen aber sehr schlank sein«, sagte Ellery grimmig und stand auf. »Und was wird aus mir armem Würstchen?«

»Sie werden zunächst im Flughafen untergebracht, Sir, bis sich für Sie ein Platz in einer anderen Maschine findet.«

»Kann ich nicht stehen bleiben? Ich verspreche auch, mich niemandem auf den Schoß zu setzen, und es würde mir auch reichen, wenn Sie mir einen Fallschirm geben und mich über der Ringstraße aussteigen lassen.«

»Wir haben Ihre Tasche bereits wieder ausgeladen, Sir. Wenn Sie mir bitte folgen wollen …«

Ellery verbrachte einunddreißig Stunden in einer zugigen Baracke, umgeben von der unsichtbaren Republik Frankreich.

Als er doch noch in Wien ankam, geschah das via Rom. Es war ihm zwar unmöglich vorgekommen, doch nun stand er auf einem eiskalten Bahnsteig zusammen mit seiner Tasche und einem kleinen italienischen Priester, der sich aus unerklärlichen Gründen seit ihrer Abfahrt aus Rom an ihn gehängt hatte, und einem Schild, auf dem *Westbahnhof* stand. Und der war eindeutig in Wien, also mußte er selbst auch in Wien sein.

Am Neujahrstag.

Wo war Professor Seligmann?

Ellery machte sich allmählich Sorgen um die Brennstoffversorgung von Wien. Er hatte eisgekühlte Erinnerungen an einen Motorschaden und eine Notlandung, nachdem das Flugzeug wie ein außer Kontrolle geratenes Raumschiff durch das Sternenzelt getaumelt war, und einen schäbigen Eisenbahnwaggon. Vor allem aber erinnerte er sich an Kälte. Soweit Ellery erkennen konnte, war Europa erneut in einer Eiszeit versunken, und er erwartete allen Ernstes, Professor Seligmann mitten in einem Eisberg vorzufinden wie ein sibirisches Mammut, natürlich hervorragend konserviert. Er hatte Seligmann von Rom aus angerufen und dem alten Mann die wenigen Informationen gegeben, die er selbst über die vorgesehene Ankunftszeit seines italienischen Flugzeugs hatte. Den Abstecher in die Stratosphäre hatte er jedoch nicht vorhersehen können, ebensowenig die grauenhafte Zugfahrt, die dieser zur Folge hatte. Seligmann hatte sich vermutlich inzwischen längst in ... eine Lungenentzündung geholt. Welcher Flughafen hatte es noch mal sein sollen?

Zum Teufel damit.

Zwei Gestalten näherten sich mit knirschenden Schritten über den vereisten Bahnsteig, doch es handelte sich zum einen um einen säbelzahnigen Gepäckträger und zum anderen um eine Angehörige eines österreichischen Nonnenordens, so daß Ellery zu dem Schluß kam, sie sähen beide nicht wie ein weltberühmter Psychiater aus.

Die Nonne trieb den kleinen italienischen Priester fort, und der säbelzahnige Gepäckträger näherte sich Ellery mit üblem Mundgeruch und viel unverständlichem Gebrabbel. Ellery wurde in einen aussichtslosen linguistischen Zweikampf verwickelt und überließ schließlich seine Tasche der Obhut des Trägers, wenn auch nicht allzu bereitwillig, denn der Gepäckträger kam ihm wie eine Kopie von Heinrich Himmler vor. Er ging ein Telefon suchen. Eine aufgeregte Frauenstimme meldete sich. »Herr Kavien?« fragte sie in holprigem Englisch. »Ist der Professor nicht bei Ihnen? Ach Gott, er wird sich bei der Kälte noch den Tod holen! Er muß Sie abholen. Sie müssen warten, Herr Kavien, bleiben Sie, wo Sie sind. *Westbahnhof*? Der Herr Professor wird Sie schon finden. Das hat er ja versprochen!«

»*Bitte schön*«, murmelte Herr Kavien auf Deutsch und fühlte sich wie Monsieur Landru. Er kehrte zum Bahnsteig und in die Eiszeit zurück. Und wartete weiter, stampfte mit den Füßen auf, blies in seine Hände und verstand nur jedes fünfte Wort, das der Gepäckträger von sich gab. Offenbar der kälteste Winter, den Österreich seit neunundsiebzig Jahren erlebt hat, dachte er. Ist immer so. Wo war nur der Föhn, jener wollüstig-zauberkräftige warme Wind aus den österreichischen Alpen, der doch angeblich der Königin der Donau durch ihr diamantbesetztes Haar strich? Vorbei wie alle Sagen und Märchen. Vorbei wie *Wiener Blut, leichtes Blut*, das jetzt nur noch eine trübe Masse purpurner Eiswürfel war, vorbei wie die *Frühlingsstimmen*, die vor dem erstickenden Winter verstummt sind und seit Kriegsende übertönt werden von den gellenden Rufen der Zeitungsjungen, vorbei wie die *Geschichten aus dem Wienerwald*, heute nur noch Weisen einer uralten Spieldose, die für alle Zeiten zerbrochen ist ... Ellery zitterte, stampfte auf, blies in seine Hände, während der verkleidete Himmler ihm etwas von der *guten alten Zeit* vorjammerte.

In den Gaskammern, dachte Ellery unsinnigerweise. Beschwer dich bei Hitler, dachte er.

Donau so blau, so blau ...

Ellery stampfte weiter seine abgestorbenen Füße auf und blies in seine Hände, als wollte er der ganzen europäischen Nachkriegswelt ein einziges *Pfui* zupfeifen.

Professor Seligmann traf kurz nach zehn ein. Allein der Anblick seiner voluminösen Gestalt, die durch den schwarzen Mantel mit Lammfellfutter und Persianerkragen und die russisch anmutende Pelzkappe noch massiger wirkte, war herzerwärmend. Als er eine von Ellerys kaum noch zum Körper gehörenden Händen in seine riesigen, trockenen, warmen Pranken nahm, schmolz die Eisschicht, die Ellery umgeben hatte, im Nu. Es war, als habe er sich auf der Welt verlaufen und sei nun unvermutet auf den Urvater der Herde gestoßen. Der Ort war unwichtig, denn wo der Patriarch war, da war sein Zuhause. Vor allem Seligmanns Augen hatten es Ellery angetan. Im Lavagestein seines breiten Gesichts wirkten sie wie immerwährende Fumarolen.

Ihm fielen die Veränderungen am Karlsplatz und an der Mariahilfer Straße kaum auf, als der wie ein Gelehrter aussehende Fahrer sie in dem altertümlichen Fiat des Psychoanalytikers in die Innenstadt von Wien und durch belebte Straßen zum Universitätsviertel chauffierte, wo der alte Mann wohnte. Er war zu angenehm damit beschäftigt, sich an seinem Gastgeber zu wärmen.

»Sie finden Wien anders als erwartet?« fragte Professor Seligmann unvermittelt.

Ellery schreckte hoch. Er hatte versucht, die in Trümmern liegende Stadt zu ignorieren. »Es ist viele Jahre her, seit ich das letzte Mal hier war, Herr Professor. Das war lange vor dem Krieg ...«

»Und vor dem Frieden«, sagte der alte Mann lächelnd. »Den Frieden dürfen wir nicht außer acht lassen, Mr. Queen. Die Russen sind schwierig, *njet?* Ganz zu schweigen von den schwierigen Engländern, den schwierigen Franzosen, und – *bitte schön* – den schwierigen Amerikanern. Trotzdem, dank unserer traditionellen *schlamperten Art* kommen wir irgendwie zurecht. Nach dem ersten Weltkrieg gab es in Wien einen beliebten Schlager, der ging so: ›Es war einmal ein Walzer, es war einmal in Wien‹. Und wir haben überlebt. Heute singen wir ihn wieder, wenn wir nicht gerade ›Stille Nacht, heilige Nacht‹ anstimmen. Überall reden die Wiener von *die guten alten Zeiten*. Wie sagte man das auf Englisch? *The good old days*. Wir Wiener schwimmen in Nostalgie, die einen hohen Salzgehalt hat, deshalb treiben wir oben. Erzählen Sie mir von New York, Mister Queen. Ich bin seit 1927 nicht mehr in Ihrer großartigen Stadt gewesen.«

Ellery, der über einen Ozean geflogen und kreuz und quer durch den halben Kontinent geirrt war, um über etwas ganz anderes zu sprechen, schilderte das Manhattan der Nachkriegszeit wie ein Fremdenführer, der vom Times Square aus die Touristen im Bus durch die Stadt kutschiert. Und beim Sprechen kehrte sein Zeitgefühl, das durch den eisigen Flug gelitten hatte, allmählich zurück, und seine innere Uhr begann wieder zu ticken. Er empfand einen Wiedererkennensschock, als ob das, was er hier und jetzt erlebte, eigentlich etwas sehr Altes sei, das danach drängte, blitzartig noch einmal durchlebt zu werden. Morgen begann der Prozeß gegen Edward Cazalis, und er war hier, über viertausend Meilen entfernt, gleich auf welcher Route, und plauderte mit einem uralten Mann. Ein lärmendes Pochen setzte ein, und Ellery verfiel in Schweigen, als der Wagen vor einem mit Einschüssen übersäten Gebäude an einer breiten Straße hielt, deren Namen zu entziffern er sich nicht die Mühe gemacht hatte.

Frau Bauer, Professor Seligmanns Haushälterin, begrüßte ihren betagten Arbeitgeber mit Aspirin, Tee, einer Wärmflasche und heftigen Vorwürfen – und Ellery mit einer von Erinnerungen geprägten eisigen Kälte, doch der alte Mann fegte sie mit einem freundlichen »Ruhe!« beiseite, nahm Ellerys Hand und führte ihn wie ein Kind in das Land der Gemütlichkeit.

Hier in Seligmanns Arbeitszimmer hatten sich Charme und Anmut Altwiens in ihrer schönsten Form erhalten. Die Einrichtung war voller Esprit, sie war belebend, voll lockerer Fröhlichkeit und zugleich auf freundliche Weise neckend. Zu diesem Raum hatte das selbstbewußte Neue keinen Zutritt, es fehlte jede preußische Präzision. Die Dinge waren von einer Patina überzogen, sie waren fein und sie leuchteten.

Beispielsweise das Kaminfeuer. Ach, das Feuer. Ellery saß auf dem Schoß eines mütterlichen Sessels und fühlte das Leben zu sich zurückströmen. Und als Frau Bauer ein Frühstück auftrug, das für einen Verhungernden gereicht hätte, mit zartschmelzendem *Kaffeekuchen* und gleich mehreren Kannen voll starkem, duftendem Kaffee, da wußte er, daß er träumte.

»Das ist der beste Kaffee der Welt«, sagte Ellery zu seinem Gastgeber, als er seine zweite Tasse eingeschenkt bekam. »Eine der wenigen Werbebehauptungen der Tourismusbranche, die wirklich und wahrhaftig zutreffen.«

»Den Kaffee, wie übrigens fast alles, was Elsa Ihnen serviert hat, bekomme ich von Freunden aus den Vereinigten Staaten geschickt.« Als Ellery errötete, schmunzelte Seligmann. »Verzeihen Sie, Mister Queen, ich bin gelegentlich ein alter *Schuft*, wie man hier sagt. Sie sind nicht über den Atlantik geflogen, um sich an meinen schlechten Manieren zu weiden.« Er sagte ruhig: »Was ist nun mit meinem Freund Edward Cazalis?«

Nun war es also soweit.

Ellery verließ den mütterlichen Sessel und stellte sich mannhaft ans Kaminfeuer.

Er sagte: »Sie haben Cazalis im Juni in Zürich getroffen, Professor Seligmann. Haben Sie seither von ihm gehört?«

»Nein.«

»Dann wissen Sie auch nicht, was sich in New York im Sommer und Herbst dieses Jahres abgespielt hat?«

»Das Leben. Und der Tod.«

»Verzeihung?«

Der alte Mann lächelte. »Ich nehme es an, Mr. Queen. Ist das nicht immer und überall so? Seit Kriegsbeginn lese ich keine Zeitungen mehr. Das ist etwas für Leute, die gern leiden. Ich leide nicht gern. Ich habe mich der Ewigkeit ergeben. Für mich gibt es heute dieses Zimmer, morgen die Einäscherung, es sei denn, die Behörden erlauben es nicht, doch dann steht es ihnen frei, mich auszustopfen und in den Uhrenturm des *Rathaus* zu stellen, damit ich ihnen die Stunden schlagen kann. Warum fragen Sie?«

»Herr Professor, ich habe gerade eine Entdeckung gemacht.«

»Und was ist das?«

Ellery lachte. »Sie wissen alles darüber.«

Der alte Mann schüttelte still den Kopf. Er wußte es nicht, als ich ihn aus New York anrief, dachte Ellery. Aber seitdem hat er alles nachgeholt.

»Das stimmt doch, oder?«

»Ich habe tatsächlich einige Erkundigungen eingezogen, das stimmt. War das so offensichtlich? Setzen Sie sich, Mr. Queen, wir sind keine Feinde. Ihre Stadt wurde von einem paranoiden Mörder in Angst und Schrecken versetzt, der neun Menschen erdrosselt hat, und nun ist Edward Cazalis verhaftet und dieser Verbrechen beschuldigt worden.«

»Die Einzelheiten kennen Sie nicht.«

»Nein.«

Ellery setzte sich wieder und erzählte ihm die Geschichte, von der Entdeckung von Archibald Dudley Abernethys Leiche bis zu Cazalis' Ergreifung in einer Seitengasse der First Avenue. Dann umriß er kurz das anschließende Benehmen des Häftlings.

»Morgen, Professor Seligmann, beginnt in New York der Prozeß gegen Cazalis. Und ich bin in Wien ...«

»Zu welchem Zweck?« Der alte Mann betrachtete Ellery durch den Qualm seiner Meerschaumpfeife. »Cazalis war mein Patient, als er vor achtzehn Jahren zum ersten Mal mit seiner Frau nach Wien kam, später hat er bei mir studiert und ist dann, ich glaube 1935, nach Amerika zurückgekehrt. Seither habe ich ihn nur einmal wiedergesehen, und das war in diesem Sommer. Was erwarten Sie von mir, Mister Queen?«

»Hilfe.«

»Meine Hilfe? Aber der Fall ist doch abgeschlossen. Was sollte da noch sein? Ich verstehe nicht. Und wenn da noch etwas wäre, wie könnte ich Ihnen dabei behilflich sein?«

»Ja.« Ellery befingerte seine Tasse. »Es muß verwirrend sein. Vor allem, weil die Beweislast gegen Cazalis so erdrückend ist. Er wurde verhaftet, als er versuchte, das zehnte Opfer zu ermorden. Er erklärte der Polizei, wo er seinen Vorrat an Schnüren versteckte, und sie wurden genau dort gefunden, in den verschlossenen Aktenschränken seiner Praxis. Und über die vorangegangenen neun Morde legte er ein Geständnis ab und bewies dabei eine erstaunliche Kenntnis der Einzelheiten.« Ellery setzte vorsichtig seine Tasse ab. »Professor Seligmann, von Ihrem Fachgebiet verstehe ich nicht mehr als das, was – sagen wir mal – ein intelligenter Laie über die Unterschiede zwischen neurotischem Verhalten, Neurosen und Psychosen weiß. Doch trotz, oder vielleicht sogar gerade wegen meiner mangelnden Kenntnisse auf Ihrem Gebiet leide ich unter einer ganz persönlichen Art von Spannung, die auf einer ziemlich eigentümlichen Tatsache beruht.«

»Und das wäre?«

»Cazalis hat nie sein ... entschuldigen Sie, wenn ich zögere ... sein Motiv preisgegeben. Falls er Psychotiker ist, entstammen seine Motive seiner falschen Sicht der Wirklichkeit und können deshalb lediglich klinisch von Interesse sein. Ist er es aber nicht ... Herr Professor, ich gebe mich erst zufrieden, wenn ich erfahren habe, was Cazalis zu diesen Morden trieb.«

»Und Sie glauben, das könnte ich Ihnen sagen, Mister Queen?«

»Ja.«

»Und wie kommen Sie darauf?« Der alte Mann paffte seine Pfeife.

»Sie haben ihn behandelt. Außerdem hat er bei Ihnen studiert. Um Psychiater zu werden, mußte er selbst eine Analyse durchlaufen, das ist das obligatorische Verfahren –«

Doch Seligmann schüttelte den ehrwürdigen Kopf. »Bei einem Mann, der bereits so alt ist wie Cazalis war, als er bei mir sein Studium begann, Mr. Queen, ist eine Analyse keineswegs obligatorisch. Sie ist ein höchst fragwürdiges Verfahren, Mr. Queen. Nur in sehr wenigen Fällen verläuft eine Analyse bei Personen von über 49 Jahren erfolgreich, und dieses Alter hatte er 1931 bereits erreicht. Aufgrund seines Alters war das Projekt insgesamt im Grunde fragwürdig. Ich versuchte es in Cazalis' Fall lediglich, weil er mich interessierte. Er war Mediziner, und ich wollte ein Experiment durchführen. Zufällig hat es geklappt. Verzeihen Sie mir, wenn ich Sie unterbrochen habe ...«

»Auf jeden Fall haben Sie ihn analysiert.«

»Ich habe ihn analysiert, das stimmt.«

Ellery schnellte vor. »Was war mit ihm nicht in Ordnung?«

Seligmann murmelte. »Was ist bei uns allen nicht in Ordnung?«

»Das ist keine Antwort.«

»Das ist sehr wohl eine Antwort, Mr. Queen. Wir alle verhalten uns neurotisch. Alle, ohne Ausnahme.«

»Nun flüchten Sie sich wieder in eine *Schufterei*, wenn das das Wort ist.« Der alte Mann lachte herzlich. »Ich frage Sie nochmals, Herr Professor: Was war der tiefere Grund für Cazalis' emotionale Störungen?«

Seligmann paffte seine Pfeife.

»Diese Frage hat mich hergeführt. Denn ich kenne keine wesentlichen Fakten, lediglich die nichtssagenden, oberflächlichen Dinge. Cazalis kam aus einem armseligen Milieu. Er war eines von vierzehn Kindern. Er verließ Eltern und Geschwister, als ein wohlhabender Mann sich seiner annahm und ihm eine Ausbildung verschaffte. Dann verließ er seinen Wohltäter. Seine ganze berufliche Laufbahn scheint mir auf einen abnormen Ehrgeiz hinzudeuten, einen übertriebenen Zwang zum Erfolg. Auch in Bezug auf seine Ehe. Während sein ethischer Anspruch auf beruflichem Gebiet hoch blieb, ist seine persönliche Lebensgeschichte durch Berechnung und unglaubliche Energie gekennzeichnet. Und dann, auf dem Höhepunkt seiner Karriere, kommt plötzlich der Zusammenbruch. Das ist bezeichnend.«

Der alte Mann schwieg.

»Im Ersten Weltkrieg war er wegen einer leichten sogenannten Schützengrabenneurose in Behandlung. Gab es einen Zusammenhang damit? Ich weiß es nicht. Gab es ihn, Herr Professor?«

Doch Seligmann hüllte sich in Schweigen.

»Und was folgt auf den Zusammenbruch? Er gibt seine Praxis auf, obwohl es eine der lukrativsten Praxen von New York war. Er läßt sich von seiner Frau zu einer Weltreise überreden, erholt sich scheinbar ... , doch in Wien, der Welthauptstadt der Psychoanalyse, folgt der zweite Zusammenbruch. Der erste war Überarbeitung zugeschrieben worden. Doch woher sollte der zweiter Kollaps herrühren, nachdem er gerade eine bequeme, ruhige Kreuzfahrt hinter sich hatte? Auch das ist bezeichnend! Professor Seligmann, Sie haben ihn behandelt. Was verursachte seine Zusammenbrüche?«

Seligmann nahm die Pfeife aus dem Mund. »Sie verlangen von mir, Mr. Queen, daß ich Informationen offenlege, die ich im Zuge meiner Berufsausübung erhalten habe.«

»Ein guter Einwand, Herr Professor. Doch was nützt die Ethik des Schweigens, wenn das Schweigen selbst unmoralisch ist?«

Der alte Mann schien nicht beleidigt zu sein. Er legte die Pfeife weg. »Mister Queen. Ich bin sicher, daß Sie von mir gar keine Informationen hören möchten, sondern eine Bestätigung der Schlußfolgerungen, die Sie bereits anhand Ihrer unzureichenden Kenntnisse gezogen haben. Erzählen Sie mir von Ihren Schlußfolgerungen. Vielleicht können wir das Dilemma dann auf die eine oder andere Art lösen.«

»Gut!« Ellery sprang auf, setzte sich jedoch sofort wieder hin und zwang sich, beim Sprechen die Ruhe zu bewahren. »Im Alter von 44 Jahren heiratete Cazalis ein 19jähriges Mädchen, nachdem er zuvor ein arbeitsreiches Leben ohne nennenswerte private Beziehungen zu Frauen geführt hatte, obwohl er beruflich ausschließlich mit Frauen zu tun hatte. Während der ersten Ehejahre brachte Mrs. Cazalis zwei Kinder zur Welt. Dr. Cazalis persönlich betreute sie nicht nur während der Schwangerschaften, sondern auch während der Geburten. Keines der beiden Kinder kam lebend aus dem Kreißsaal. Wenige Monate nach der zweiten tödlich verlaufenen Geburt brach Cazalis zusammen – und zog sich aus der Gynäkologie und Geburtshilfe vollständig und für immer zurück.

Ich habe den Eindruck, Professor Seligmann», sagte Ellery, »daß der Schlüssel zu Cazalis' Störung, was immer es gewesen sein mag, in diesem Kreißsaal lag.«

»Was«, fragte der alte Mann leise, »veranlaßt Sie, das zu sagen?«

»Nun … Professor Seligmann, ich bin nicht vertraut mit Begriffen wie Libido und Thanatos, Ich und Es. Aber ich besitze ein wenig Menschenkenntnis, und aus der Summe aller Beobachtungen, die ich in Bezug auf menschliches Verhalten machen konnte, meinen eigenen Lebenserfahrungen und denen anderer, muß ich zu diesem Schluß kommen.

Ich sehe die Tatsachen: Cazalis kehrt seiner Kindheit ganz bewußt kalt lächelnd den Rücken. Warum? Ich spekuliere: Seine Kindheit war beherrscht von einer Mutter, die ständig entweder schwanger war oder in den Wehen lag, von einem Vater, einem Hilfsarbeiter, der all diese Kinder zeugte, und von einer Horde weiterer Kinder, die ebenfalls seinen Wünschen im Weg standen. Wohlgemerkt, ich spekuliere. Hat Cazalis seine Mutter gehaßt? Hat er seine Geschwister gehaßt? Hatte er Schuldgefühle, weil er sie haßte?

Und ich sehe die Karriere, die er aufgebaut hat, und ich sage: Besteht ein signifikanter Zusammenhang zwischen seinem Haß auf die Mutterschaft und der Tatsache, daß er sich sozusagen ausgerechnet auf die Mutterschaft als Fachgebiet spezialisiert? Gibt es eine Verbindung zwischen seinem Haß auf die zahlreiche Nachkommenschaft seiner Eltern und seinem Wunsch, zu einem Experten in der Wissenschaft zu werden, wie man immer noch mehr Kinder auf die Welt bringt?

Haß und Schuld – und ihre Abwehr. Ich habe zwei und zwei zusammengezählt. Ist das zulässig, Herr Professor? Ist es richtig?»

Seligmann sagte: »Mathematische Ansätze wie der Ihre neigen *per se* zu Vereinfachungen, mein Herr. Aber fahren Sie fort.«

»Dann sagte ich mir: Cazalis' Spannungen sitzen tiefer. Seine Schuldgefühle reichen weit ins Innere hinein. Seine Abwehr dagegen, daß das Unbewußte sich in sein Bewußtsein hineindrängt, falls dies eine ansatzweise Beschreibung neurotischen Verhaltens ist, wird immer komplexer.

Nun schaue ich mir seine Ehe an. Sofort, scheint mir, entstehen neue Spannungen, oder die alten Spannungen weiten sich aus. Selbst ein sogenannter normaler Mann von vierundvierzig muß nach einem Leben voller Arbeitsbelastung und mit wenigen Sozialkontakten eine erste Ehe mit einem 19jährigen Mädchen als beunruhigend und konfliktbefrachtet erleben. In diesem Fall stammte die junge Braut obendrein aus einer dünnblütigen neuenglischen Sippe. Sie war emotional empfindlich, ätherisch, ansatzweise frigide und mit großer Sicherheit noch unerfahren. Und Cazalis war eben der Mann, der er damals war. Ich spekuliere noch immer.

Ich sage mir: Es scheint mir, daß Cazalis sich urplötzlich mit einer schweren sexuellen Frustration konfrontiert sah, mit Unzufriedenheit und unerfreulichen Konflikten. Ich sage: Er muß immer wieder zeitweise unter Impotenz gelitten haben. Oder seine Frau war abwehrend, ihre Sexualität ungeweckt, vielleicht hat sie ihn sogar zurückgestoßen. Vielleicht begann er, sich entsetzlich unzulänglich zu fühlen? Ja, und er nahm es ihr übel. Das wäre nicht unnatürlich. Er, der überaus erfolgreiche Vermittler biologischer Prozesse, versagt bei den Techniken seiner eigenen Ehe. Außerdem liebt er seine Frau. Sie ist eine intelligente Frau, sie besitzt einen zerbrechlichen Charme, Zurückhaltung, eine gute Kinderstube. Selbst heute mit 42 Jahren sieht sie noch gut aus. Mit neunzehn muß sie äußerst attraktiv gewesen sein. Cazalis liebt sie, wie nur ein Mann seine Frau lieben kann, der so viel älter ist, daß er durchaus der Vater dieses höchst begehrten Objekts seiner Zuneigung sein könnte. Und er ist ein Versager.

Also sage ich mir: Es entsteht Angst. Zweifellos stammt diese Angst aus völlig unterschiedlichen Quellen, doch sie drückt sich in verschleierter Form aus: Er bekommt Angst, seine junge Frau könnte ihn mit einem anderen Mann betrügen.»

Ellery trank einen Schluck Kaffee, und Seligmann wartete. Die Messinguhr auf dem Kaminsims sorgte für eine Art Waffenruhe zwischen ihnen.

»Die Angst wird genährt«, fuhr Ellery fort, »durch den großen Altersabstand zwischen ihnen und die Unterschiede hinsichtlich Temperament, Herkunft und Interessen. Und durch seine anstrengende Praxis und die vielen Stunden im Krankenhaus, in denen er den Frauen anderer Männer hilft, die Babys anderer Männer auf die Welt zu bringen, und durch die beruflich notwendige Abwesenheit von Mrs. Cazalis, häufig auch nachts.

Die Angst weitet sich aus wie eine Krebsgeschwulst. Sie gerät außer Kontrolle. Cazalis wird grausam eifersüchtig auf die Beziehungen seiner Frau zu anderen Männern, ganz gleich, wie oberflächlich, ganz gleich, wie harmlos sie sind, vor allem, wenn es sich um jüngere Männer handelt.

Und bald wird die Angst zu einer Obsession.

Professor Seligmann.« Ellery sah den alten Wiener an. »War Edward Cazalis in den ersten vier Ehejahren zwanghaft eifersüchtig auf seine Frau?«

Seligmann nahm seine Pfeife und klopfte sie bewußt umständlich aus. »Ihre Methode, Mr. Queen, ist in der Wissenschaft unbekannt«, sagte er lächelnd, »aber es interessiert mich sehr. Fahren Sie fort.« Er steckte sich die leere Pfeife in den Mund.

»Dann wird Mrs. Cazalis schwanger.« Ellery runzelte die Stirn. »Es wäre denkbar, daß Cazalis' Ängste nun abklingen, aber nein, er hat die Grenze der Vernunft bereits überschritten. Gerade ihre Schwangerschaft nährt seine Eifersucht und macht ihn mißtrauisch. Bestätigt sie nicht sogar seinen Verdacht? fragt er sich. Und er besteht darauf, seine Frau persönlich zu betreuen. Zweifellos ist er übertrieben liebevoll, sorgfältig und aufmerksam. Leider dauern Schwangerschaften nun einmal neun Monate. Neun Monate lang muß er den Fötus wachsen sehen. Neun Monate, in denen er sich mit der Frage quält, die schließlich in der deformierten Sprache seiner Zwangsvorstellungen ausbricht: Ist das Kind von mir? Ist es das wirklich?

Natürlich kämpft er dagegen an. Er kämpft ständig, aber der Feind ist übermächtig. Erschlägt er ihn an einer Stelle, steht er quicklebendig an einer anderen wieder auf. Erzählt er seiner Frau jemals von seinem Verdacht? Beschuldigt er sie rundweg der Untreue? Gibt es Szenen, Tränen, hysterisches Leugnen? Falls ja, dann dienen diese Ausbrüche lediglich dazu, seinen Verdacht zu untermauern. Falls nicht, falls er seine rasenden Ängste unter Verschluß hält, macht er damit alles noch schlimmer.

Dann ist es soweit, bei Mrs. Cazalis setzen die Wehen ein.

Und da liegt sie.

Im Kreißsaal.

Unter seinen Händen.

Und das Baby stirbt.

Professor Seligmann, sehen Sie, wie weit ich den Bogen gespannt habe?»

Der Alte Mann wippte lediglich mit der Pfeife zwischen seinen Zähnen.

»Mrs. Cazalis wird erneut schwanger. Der Verdacht, die Eifersucht, die Selbstzerfleischung und das Wechselbad zwischen Ungewißheit und Gewißheit wiederholen sich. Wieder besteht Cazalis darauf, seine Frau während der Schwangerschaft selbst zu betreuen. Wieder läßt er es sich auch nicht nehmen, persönlich bei der Geburt dabeizusein.

Und wieder stirbt das Baby im Kreißsaal.

Sein zweites Kind. Tot, genau wie das erste.

Unter seinen Händen.

Unter seinen starken, einfühlsamen, erfahrenen Arzthänden.

Professor Seligmann.« Ellery richtete sich hoch auf. »Sie sind als einziger Mensch auf dieser Erde in der Lage, mir die Wahrheit zu sagen. Trifft es nicht zu, daß Edward Cazalis, als er vor achtzehn Jahren bei Ihnen eine psychiatrische Therapie aufnahm, unter der furchtbaren Last einer Schuld zusammengebrochen war, *der Schuld, seine beiden eigenen Kinder während der Geburt getötet zu haben?«*

Nach einem Augenblick nahm Seligmann die leere Pfeife aus dem Mund. Er sagte vorsichtig: »Wenn ein Arzt seine eigenen ungeborenen Kinder aus dem Wahn heraus ermordet, sie seien die eines anderen, dann ist er ein Psychotiker, Mister Queen, nicht wahr? Es ist nicht anzunehmen, daß sich hierauf eine brillante, stabile Karriere aufbauen ließe, vor allem ausgerechnet auf dem Gebiet der Psychiatrie. Und welche Rolle sollte ich wohl dabei gespielt haben? Glauben Sie das noch immer, Mister Queen?«

Ellery lachte ärgerlich. »Vielleicht sollte ich mich klarer ausdrücken und den Schluß der Frage so formulieren: *der Schuld, fürchten zu müssen, seine eigenen zwei Kinder während der Geburt getötet zu haben.«*

Der alte Mann schien damit eher zufrieden zu sein.

»Denn das war die logische Weiterentwicklung seiner Neurose, nicht wahr? Er hatte übersteigerte Schuldgefühle wegen seines Hasses und sehnte sich nach Bestrafung. Er, der angesehene Geburtshelfer, hatte die Kinder Tausender anderer Männer lebend auf die Welt gebracht, doch seine eigenen Kinder waren ihm unter den Händen weggestorben. *Habe ich sie getötet?* Die Frage quälte ihn immer wieder. *Haben meine übersteigerte Eifersucht und meine Verdächtigungen dafür gesorgt, daß meine Hände versagten? Wollte ich, daß sie tot geboren wurden, und meine Hände haben dafür gesorgt, daß es so war? Ich wollte, daß sie tot geboren wurden. Und sie wurden tot geboren. Deshalb habe ich sie getötet.* Die grauenhafte Unlogik der Neurose.

Sein gesunder Menschenverstand sagte ihm, daß es beide Male Steißlagen gewesen waren, doch seine Neurose sagte ihm, er habe zahllose andere Kinder in Steißlage lebend zur Welt gebracht. Sein gesunder Menschenverstand sagte ihm, daß seine Frau, sagen wir mal, für die Mutterschaft nicht ideal gebaut war, doch seine Neurose sagte ihm, die Babys seien von anderen Männern gezeugt worden. Sein gesunder Menschenverstand sagte ihm, daß er alles Menschenmögliche unternommen hatte, doch seine Neurose sagte ihm, das habe er keineswegs, er hätte dieses oder jenes tun oder lassen sollen, oder die Babys hätten überlebt, wenn er seine Frau nicht unbedingt selbst bei den Geburten hätte betreuen wollen, sondern sie statt dessen einem anderen Geburtshelfer anvertraut hätte. Und so weiter.

Weil er einen überwältigenden Drang verspürte, das zu glauben, war Cazalis nach kurzer Zeit tatsächlich überzeugt, beide Babys ermordet zu haben. Diese grauenhafte Vorstellung ließ ihn zusammenbrechen. Als seine Frau mit ihm die Reise antrat und er in Wien eintraf – ein merkwürdiger Zufall, finden Sie nicht, Professor? – da brach er erneut zusammen. Und kam zu Ihnen. Und Sie, Professor Seligmann, sondierten und analysierten und behandelten ihn … haben Sie ihn auch geheilt?»

Als der alte Psychoanalytiker das Wort ergriff, lag ein Grollen in seiner brüchigen Stimme. »Es ist viele Jahre her, und ich weiß nichts über die emotionalen Probleme, die er danach hatte. Schon damals kamen klimakterische Komplikationen hinzu. Wenn er sich in den letzten Jahren, in seinem jetzigen Lebensalter, zu sehr selbst unter Druck gesetzt hat … Oft sind Menschen mittleren Alters nicht mehr in der Lage, sich auf neurotische Symptome zurückzuziehen, sondern gleiten komplett in eine Psychose ab. Man stellt beispielsweise fest, daß die paranoide Schizophrenie häufig die mittleren Altersgruppen betrifft. Dennoch bin ich überrascht und beunruhigt. Ich weiß es nicht. Ich hätte ihn sehen müssen.«

»Er hat noch immer Schuldgefühle. Es muß so sein. Es ist die einzige Erklärung für das, was er getan hat, Professor.«

»Für das, was er getan hat? Meinen Sie damit, Mr. Queen, die Ermordung von neun Menschen?«

»Nein.«

»Demnach hat er etwas anderes getan?«

»Ja.«

»Zusätzlich zu den neun Morden?«

»Ausschließlich«, sagte Ellery, »der neun Morde.«

Seligmann klopfte mit dem Kopf seiner Meerschaumpfeife auf die Sessellehne.

»Kommen Sie, *mein Herr*, Sie sprechen in Rätseln. Was genau meinen Sie?«

»Ich meine«, sagte Ellery, »daß Cazalis unschuldig im Sinne der Anklage ist, auf deren Grundlage ihm ab morgen früh in New York der Prozeß gemacht wird.«

»Unschuldig?«

»Ich meine, Professor Seligmann, daß Cazalis die neun Menschen nicht getötet hat. Cazalis ist nicht – und war nie – die Katze.«

Kapitel 13

Seligmann sagte: »Und nun wollen wir das Fatum enthüllen, dessen Familienname Bauer lautet.« Er brüllte: »Elsa!«

Frau Bauer erschien aus dem Nichts wie ein Dschinn.

»Elsa -« setzte der alte Mann an.

Doch Frau Bauer unterbrach ihn und stolperte von einem sicher geäußerten »Herr Professor« in ein holperiges Englisch, so daß Ellery klar war, daß die Bemerkung auch für seine Ohren bestimmt war. »Sie hatten Frühstück, als schon Lunch war, Lunch hatten Sie nicht. Jetzt ist Ihre Zeit zu ruhen.« Die Fäuste über den knochigen Hüften in die Seiten gestemmt, trotzte Frau Bauer entschlossen dem nichtwienerischen Rest der Welt.

»Es tut mir sehr leid, Professor -«

»Weshalb, Mr. Queen? Elsa.« Der alte Mann sprach sanft auf Deutsch auf sie ein: »Sie haben an der Tür gelauscht. Und Sie haben unseren Gast beleidigt. Nun wollen Sie mir auch noch die wenigen verbleibenden Stunden meines wachen Lebens rauben. Muß ich Sie erst hypnotisieren?«

Frau Bauer wurde weiß wie die Wand und entfloh.

»Das ist meine einzige Waffe gegen sie«, kicherte der alte Mann. »Ich drohe ihr an, sie in Hypnose zu versetzen und in die Sowjetzone zu schicken, wo sie den Moskauern als Spielzeug dienen soll. Bei Elsa ist das keine Frage der Moral, sondern schieres Grauen. Sie würde eher mit dem Teufel ins Bett gehen. Sie sagen also, Mr. Queen, Cazalis sei trotz allem unschuldig?«

»Ja.«

Der alte Mann lehnte sich lächelnd zurück. »Kommen Sie zu dieser Schlußfolgerung mittels Ihrer eigenwilligen, wissenschaftlich unbekannten Analysemethode oder basiert sie auf Fakten? Die beispielsweise von Ihren Gerichtshöfen als Beweismaterial anerkannt würden.«

»Sie basiert auf Fakten, die von jedermann ab der geistigen Reife eines Fünfjährigen anerkannt würden, Professor Seligmann«, gab Ellery zurück. »Ich glaube, gerade weil sie so simpel ist, war sie so schwer zu erkennen. Weil sie so simpel ist und weil es so viele Morde waren, die sich über einen so langen Zeitraum hinzogen. Außerdem war dies einer der Fälle, bei dem die individuellen Züge der einzelnen Opfer mit zunehmender Zahl der Morde immer mehr verwischen, bis man am Ende auf einen scheinbar homogenen Leichenberg zurückblickt – soundso viele Stück Vieh in einem Schlachthof. Die gleiche Reaktion hatte man, wenn man sich die offiziellen Fotos der Leichen in Bergen-Belsen, Buchenwald, Auschwitz und Maidanek ansah. Keine individuellen Besonderheiten. Der Tod an sich.«

»Die Fakten, Mr. Queen.« Er sagte es ungeduldig, aber es lag noch etwas anderes darin. Plötzlich fiel Ellery wieder ein, daß Béla Seligmanns einzige Tochter, die mit einem polnischen Arzt jüdischen Glaubens verheiratet gewesen war, in Treblinka umgekommen war. Die Liebe macht den Tod persönlich, dachte Ellery. Aber sonst kaum etwas.

»Ach ja, die Fakten«, sagte er. »Nun, es handelt sich lediglich um Physik für Anfänger. Wie Sie mir sagten, waren Sie im Sommer dieses Jahres bei der Tagung in Zürich. Wann genau war das?«

Er runzelte die Stirn. »Ende Mai, nicht?«

»Der Kongreß dauerte zehn Tage. Die Abschlußsitzung fand am Abend des 3. Juni statt. Spätabends am 3. Juni hielt Dr. Edward Cazalis, USA, vor zahlreichen Zuhörern im Kongreßsaal ein Referat mit dem Titel *Ochlophobie, Nyctophobie und Ponophobie*. Wie eine Zürcher Fachzeitschrift berichtete, überzog der Vortragende vor Cazalis, ein Däne, die ihm zugedachte Zeit praktisch bis zu dem Zeitpunkt, an dem die Tagung eigentlich geschlossen werden sollte. Aus Höflichkeit Dr. Cazalis gegenüber, der einer Fußnote in der Zeitschrift zufolge an allen Sitzungen teilgenommen hatte, gestattete man dem Amerikaner, sein Referat trotz der vorgerückten Stunde noch zu halten. Cazalis begann damit etwa um Mitternacht und war kurz vor zwei Uhr morgens damit fertig. Anschließend wurde der Kongreß geschlossen. Das offizielle Ende der Tagung fand am 4. Juni morgens um 2.24 Uhr statt.«

Ellery zuckte die Achseln. »Der Zeitunterschied zwischen Zürich und New York beträgt sechs Stunden. Das heißt, als es am 3. Juni in Zürich Mitternacht war und Cazalis mit dem Referat begann, war es in New York 18 Uhr am Abends des 3. Juni. Als Cazalis etwa um zwei Uhr morgens am 4. Juni in Zürich endete, war es in New York 20 Uhr am 3. Juni. Nehmen wir einmal absurderweise an, Cazalis hätte sofort nach Schluß der Tagung oder sogar direkt vom Podium aus die Halle im Sturmschritt verlassen, wäre bereits aus seinem Hotel ausgezogen und hätte sein Gepäck zur Hand gehabt, hätte die bekanntlich unbedeutenden Probleme mit dem Visum bereits geregelt gehabt, das Flugzeug hätte zum Abflug am Flughafen Zürich just in dem Moment bereitgestanden, als er das Rollfeld betrat (wobei Cazalis für genau dieses Flugzeug ein Ticket besessen hätte, und zwar ungeachtet Dr. Naardvoesslers Langatmigkeit, der ungewöhnlichen Uhrzeit und der Unmöglichkeit, die Verzögerung vorherzusehen), und das Flugzeug wäre nonstop nach New York geflogen; am Flughafen Newark oder La Guardia hätte auf Cazalis eine Polizeieskorte gewartet und sein Taxi mit Vollgas durch den dichten Verkehr geleitet – wenn wir all diesen Unsinn einmal annehmen, Herr Professor, wann hätte Edward Cazalis dann frühestens Manhattan erreicht haben können, was meinen Sie? Wann wäre das allerfrühestens möglich gewesen?«

»Mit den Fortschritten der Aeronautik, wenn das Wort korrekt ist, bin ich sehr wenig vertraut.«

»Hätte der ganze Sprung durch den leeren Raum – von einem Podium in Zürich zu einer Straße in Manhattan – allen Ernstes in dreieinhalb bis vier Stunden erfolgen können, Professor Seligmann?«

»Sicherlich nicht.«

»Deshalb habe ich Sie angerufen. Woraufhin sich herausstellte, daß Edward Cazalis in jener Nacht keineswegs vom Saal aus direkt zum Flughafen eilte, und zwar nicht als Spekulation, sondern als Tatsache, denn Sie selbst haben mir erzählt, daß Sie Cazalis in Ihrem Zürcher Hotelzimmer ›bis weit nach Tagesanbruch‹ ins Gespräch verwickelt und festgehalten haben. Das bedeutete doch wohl allermindestens bis sechs Uhr früh? Nehmen wir einmal an, es war sechs Uhr früh, Professor, nur mir zuliebe, auch wenn es mit ziemlicher Sicherheit später war. Sechs Uhr morgens in Zürich am

4. Juni entspricht in New York Mitternacht am 3. Juni. Erinnern Sie sich, daß ich Ihnen das Datum des ersten Mordes genannt habe? An dem Mann namens Abernethy?«

»Zahlen und Daten sind eine Plage. Es waren so viele.«

»Genau. Es waren so viele, und es ist so lange her. Nun, nach dem Bericht des Gerichtsmediziners wurde Abernethy *»etwa um Mitternacht« am 3. Juni* erdrosselt. Wie ich schon sagte, eine simple physikalische Fragestellung. Cazalis hat schon viele Talente bewiesen, doch die Fähigkeit, an zwei Tausende Kilometer entfernten Orten zugleich zu sein, gehört sicher nicht dazu.«

Der alte Mann rief aus: »Aber, wie Sie schon sagen, das ist alles so einfach! Und Ihre Polizei, die Staatsanwaltschaft, haben die diese physikalische Unmöglichkeit denn nicht erkannt?«

»Es waren neun Morde und ein Mordversuch. Der Zeitraum umfaßte fast genau fünf Monate. Cazalis' alte Kartei aus seiner Zeit als Geburtshelfer, die in seiner psychiatrischen Praxis in einem Aktenschrank versteckten Schnüre und die Umstände seiner Ergreifung, sein detailliertes freiwilliges Geständnis – all das hat in überwältigendem Maße dazu beigetragen, daß man ihn für schuldig hält. Die Behörden haben das vielleicht übersehen, weil sie sich zu sicher waren, zu nachlässig, oder weil sie feststellten, daß Cazalis in der Mehrzahl der Fälle physikalisch durchaus in der Lage gewesen wäre, die Morde zu begehen. Denken Sie daran, daß es keine Beweise gibt, die Cazalis direkt mit den Morden in Verbindung bringen. Die Staatsanwaltschaft muß ihre Anklage voll und ganz auf den zehnten Fall, den Mordversuch, stützen. Dafür gibt es Beweise genug. Cazalis wurde auf frischer Tat ertappt, als er die Schnur um die Kehle eines Mädchens zuzog, das versehentlich Marilyn Soames' Mantel trug. Die Schnur besteht aus Tussahseide. Genau wie die Schnüre der Katze. *Ergo* ist er die Katze. Wozu über Alibis nachdenken?

Andererseits würde man erwarten, daß sein Verteidiger alles prüft. Wenn er auf Cazalis' Alibi nicht gekommen ist, dann deshalb, weil er selbst nicht kooperiert. Als ich aus New York abfuhr, benahm er sich extrem schwierig, nachdem er zuvor versucht hatte, die Sache völlig ohne anwaltliche Hilfe durchzustehen. Außerdem gibt es keinen Grund, warum ein Anwalt, nur weil er die Verteidigung übernommen hat, gegen die allgemeine Atmosphäre immun sein und an der Schuld seines Mandanten zweifeln sollte.

Ich nehme jedoch an, daß es einen heimtückischeren Grund gibt, warum das Alibi nicht entdeckt wurde, einen Grund, der auf die Wurzeln der Psychologie zurückgeht, die in diesem Fall praktisch von Anfang an im Spiel war. Es gab in epidemischen Ausmaßen eine neurotische Gier danach, die Katze dingfest zu machen, ihr einen Pfahl ins Herz zu rammen und den ganzen grauenhaften Massenalptraum schnellstens zu vergessen. Auch die Behörden waren davon angesteckt worden. Die Katze war ein Phantom, dessen Natur so flüchtig skizziert war, daß die Behörden in dem Moment, als sie tatsächlich ein Wesen aus Fleisch und Blut zu fassen bekamen, auf das die Vorgaben paßten …«

»Wenn Sie mir sagen, an wen ich mich wenden soll, Mr. Queen«, knurrte der alte Seligmann, »telegrafiere ich umgehend nach New York und teile mit, daß ich Cazalis die ganze Nacht bis nach Tagesanbruch am 4. Juni in Zürich festgehalten habe.«

»Wir werden dafür sorgen, daß Sie eine offizielle Aussage machen können. Das, plus der Beweis, daß Dr. Cazalis während der gesamten Dauer der Tagung am Züricher Kongreß teilgenommen hat, sowie die Daten seiner Rückkehr in die Staaten, die frühestens am 4. Juni erfolgt sein kann, das alles wird zu seiner Entlastung ausreichen.«

»Wird sie das denn auch überzeugen, daß Cazalis, da er den ersten Mord physikalisch gar nicht begehen konnte, auch die anderen Opfer nicht ermordet hat?«

»Es wäre kindisch, das Gegenteil zu behaupten, Professor Seligmann. Die Verbrechen wurden fast von Anfang an einhellig als Werk ein und desselben Einzeltäters angesehen. Und das durchaus zu recht. Allein die Quelle, aus der die Namen der Opfer stammen, bestätigt es. Die Methode, mit der die Opfer aus dieser Quelle ausgewählt wurden, bestätigt es ebenfalls. Die identische Vorgehensweise beim Erdrosseln der Opfer bestätigt es. Und so weiter. Der aussagekräftigste Punkt ist, daß bei allen neun Morden Schnüre aus Tussahseide benutzt wurden – einer exotischen, ausgefallenen, nicht leicht erhältlichen Seide ostindischen Ursprungs, und ganz eindeutig stammen alle Einzelschnüre aus derselben Quelle.«

»Außerdem ließ die Folge der Gewalttaten psychotische Strukturen erkennen, die gemeinsame Merkmale aufwiesen –«

»Ja. Zahlreiche Morde dieser Art sind unzweifelhaft die Taten von Einzelgängern, Handlungen einer individuellen gestörten Persönlichkeit. In dieser Hinsicht dürfte es keinerlei Schwierigkeiten geben. … Sind Sie sicher, daß Sie sich jetzt nicht doch etwas ausruhen möchten, Professor Seligmann? Frau Bauer sagte ja –«

Der alte Mann winkte ungeduldig ab und griff nach der Tabaksdose. »Ich sehe allmählich, worauf Sie hinauswollen, *mein Herr*. Trotzdem bitte ich Sie, mich an die Hand zu nehmen. Sie haben ein Problem gelöst, nur um vor einem anderen zu stehen.

Cazalis ist nicht die Katze.

Wer ist es dann?«

»Das ist die nächste Frage«, bestätigte Ellery.

Er schwieg einen Moment lang.

»Ich habe die Antwort zwischen Himmel und Erde gefunden, Professor«, sagte er schließlich mit einem Lächeln, »in einem Zustand fast schon erloschenen Lebens, deshalb verzeihen Sie mir bitte, wenn ich etwas weiter aushole.

Um bei der Antwort anzukommen, müssen wir Cazalis' bekannte Handlungen in dem Licht dessen sehen, was wir über seine Neurose zusammengetragen haben.

Was hat Cazalis eigentlich *getan*? Seine bekannten Aktivitäten im Rahmen der Mordfälle setzen erst beim zehnten Opfer ein. Gerade die Tatsache, daß seine Wahl auf die 21jährige Marilyn Soames als zehntes Opfer fiel, kann nur darauf zurückzuführen sein, daß er dieselbe Selektionstechnik anwendete, wie sie die Katze bei ihren Beutezügen durch Cazalis' alte gynäkologische Kartei benutzte. Ich setzte diese Methode selbst ein und kam bei demselben Opfer an. Jeder halbwegs intelligente Mensch könnte das also getan haben, sofern er Zugang zu den Fakten der vorangehenden neun Morde und zur Kartei hatte.

Nachdem Cazalis also bei der Auswahl des nächsten Opfers in der Reihe die Methode der Katze benutzt hatte, was tat er dann?

Zufällig arbeitet Marilyn Soames zu Hause, sie hatte sehr viel zu tun und ging nicht regelmäßig aus dem Haus. In jedem der Fälle stand die Katze zunächst vor dem Problem, sich mit dem Gesicht und der Gestalt des anvisierten Opfers vertraut zu machen. Hätte die echte Katze sich mit Marilyn Soames beschäftigt, hätte sie deshalb versucht, sie aus dem Haus zu locken, um sich ihr Aussehen einzuprägen. Genau das tat Cazalis. Mit einer List lockte er Marilyn Soames an einen belebten öffentlichen Ort, wo er sie ›in Sicherheit‹ ›studieren‹ konnte.

Tage- und nächtelang trieb sich die Katze in der Nachbarschaft des Mädchens herum und kundschaftete das Gebäude aus, in dem sie wohnt. Genau, wie es die Katze getan hätte. Genau, wie es die Katze in allen vorherigen Fällen getan haben muß.

Bei seinen vorgeblichen Streifzügen zeigte Cazalis Eifer, Gerissenheit und maßlose Enttäuschung angesichts kurzfristiger Frustrationen. Genau die Art von Verhalten, die man von einer gestörten Person wie der Katze erwarten würde.

In der entscheidenden Oktobernacht schließlich stürzte sich Cazalis auf ein Mädchen, das Marilyn Soames in Größe und Figur ähnlich sah und zudem versehentlich Marilyns Mantel anhatte. Er riß dieses Mädchen in eine Seitengasse und *setzte an*, es mit einer der Schnüre aus Tussahseide zu erdrosseln, die auch bei den vorherigen Morden der Katze verwendet worden waren.

Und als wir ihn festnahmen, ›gestand‹ Cazalis, die Katze zu sein, und rekonstruierte seine Aktivitäten im Rahmen der neun vorangegangenen Morde … einschließlich einer Schilderung des Mordes an Abernethy, der begangen wurde, als er selbst sich in der Schweiz aufhielt!

Warum?

Warum ahmte Cazalis die Katze nach?

Warum gestand er die Verbrechen der Katze?«

Der alte Mann hörte gespannt zu.

»Es ging eindeutig nicht darum, daß er sich selbst mit den Gewalttaten eines anderen identifiziert hätte, indem er – wie übrigens viele Psychotiker in den betreffenden fünf Monaten, denn jedes sensationelle Verbrechen bringt solche Leute ans Tageslicht – einfach nur behauptete, die aktenkundigen Untaten der Katze begangen zu haben. Nein. Cazalis *bewies*, daß er die Katze war, mit seinen Gedanken, seinen Plänen und seinen Handlungen. Indem er ein weiteres, für die Katze typisches Verbrechen schuf, das auf exakter Kenntnis und detaillierter Erforschung der Gewohnheiten, Methoden und Vorgehensweisen der Katze beruhte. Es handelte sich nicht um eine Nachahmung, sondern um eine brillante Interpretation, bei der Dinge weggelassen und andere neu hinzugefügt wurden. Beispielsweise kam an dem Morgen, als Cazalis das Miethaus der Soames betrat, Marilyn Soames die Treppe herunter in die Vorhalle und sah dort minutenlang die Post durch, während Cazalis den Hof inspizierte. In diesem Moment kehrte Cazalis in die Halle zurück. Scheinbar war außer ihm und seinem Opfer niemand anwesend, es war früher Morgen, die Straße draußen noch menschenleer. Trotzdem machte Cazalis in diesem Moment keinerlei Anstalten, das Mädchen zu überfallen. Warum? Weil er damit ein konsequentes Muster der Katzenmorde durchbrochen hätte, denn die wurden allesamt nach Einbruch der Dämmerung verübt, während es in dem Moment hellichter Tag war. Eine so ausgeklügelte Detailtreue konnte eigentlich nicht von einer normalen psychotischen Identifikation herrühren. Ganz zu schweigen von der dabei bewiesenen Selbstbeherrschung.

Nein, Cazalis ging rational vor, und daß er freiwillig in die Rolle der Katze mit all ihrer kreativen Suggestionskraft schlüpfte, war insofern auch rational begründet.«

»Sie gehen also davon aus«, fragte Seligmann, »daß Cazalis gar nicht die Absicht hatte, das Mädchen in der Gasse wirklich zu töten? Daß er es nur vorgab?«

»Ja.«

»Aber das würde voraussetzen, daß er wußte, daß ihn die Polizei beschattete und daß er auf frischer Tat gestellt werden würde.«

»Natürlich wußte er das, Professor. Gerade die Tatsache, daß er als rational denkender Mann beweisen wollte, daß er die Katze war, obwohl es gar nicht stimmte, wirft doch die logische Frage auf: Wem beweisen? Sein Beweis bestand nicht nur aus einem Geständnis, das habe ich ja bereits gesagt. Er bestand in ausgeklügelten Aktivitäten, die sich über mehrere Tagen hinzogen, komplett mit passender Mimik und Erkundungsgängen durch das Viertel, in dem die Soames wohnen. Eine Täuschung setzt voraus, daß jemand zusieht und davon effektiv getäuscht wird. Ja, Cazalis wußte, daß er von der Polizei beschattet wurde; er wußte, daß jede seiner Bewegungen, jedes Zucken seiner Mundwinkel von geschulten Beamten bemerkt und notiert wurde.

Und als er die Seidenschnur um Celeste Phillips' Hals legte – das war das Mädchen, das er mit seinem Opfer verwechselte – , da spielte er seinem Publikum die Schlußszene vor. Bezeichnenderweise ist dieser Mordversuch der einzige Fall, in dem es einem

Opfer gelang, so laut zu schreien, daß es gehört wurde. Außerdem zog Cazalis die Schnur zwar soweit zusammen, daß sie echte Striemen am Hals des Mädchens hinterließ, doch ließ er ihr bezeichnenderweise soviel Spielraum, daß sie die Hände zwischen Schnur und Kehle stecken konnte; auch schlug er sie nicht bewußtlos, wie die Katze es zuvor bei mindestens zweien der Morde getan hatte, zudem war Celeste Phillips kurze Zeit nach dem Überfall wieder in der Lage, normal zu sprechen und zu handeln. Die leichten, vorübergehenden Verletzungen, die sie erlitt, waren im wesentlichen entstanden, weil sie sich heftig wehrte und schreckliche Angst hatte. Was Cazalis getan hätte, wenn wir nicht in die Gasse gerannt wären, um ihn ›aufzuhalten‹, ist reine Spekulation. Vermutlich hätte er das Mädchen, ohne es ernsthaft zu verletzen, so lange schreien lassen, bis sich irgendein Dritter eingemischt hätte. Er konnte sicher sein, daß ganz in der Nähe im Nebel Polizeibeamte unterwegs waren, außerdem handelt es sich um ein dichtbevölkertes Viertel.

Er legte es darauf an, auf frischer Tat als Katze bei einem Mordversuch gefaßt zu werden, er plante sorgfältig, auf frischer Tat als Katze bei einem Mordversuch gefaßt zu werden, und es gelang ihm auch, auf frischer Tat als Katze bei einem Mordversuch gefaßt zu werden.«

»Woraus sich ergibt«, murmelte der alte Mann, »daß wir uns unserem Ziel nähern.«

»Ja. Wenn ein rational denkender Mann die Schuld eines anderen auf sich nimmt und bereit ist, die Strafe für den anderen zu erleiden, dann kennt der rationale Geist dafür nur eine Rechtfertigung: Er schützt den anderen.

Cazalis verschleierte die Identität der Katze.

Cazalis schützte die Katze vor Entdeckung, Entlarvung und Bestrafung.

Und dabei strafte sich Cazalis selbst, aus tief unten vergrabenen Schuldgefühlen heraus, die sich um die Katze und seine emotionale Beziehung zu ihr drehten.

Stimmen Sie mir zu, Professor Seligmann?«

Doch der alte Mann sagte in eigentümlichem Tonfall: »Ich bin lediglich ein Beobachter Ihrer Reise, Mr. Queen. Erwarten Sie von mir weder Zustimmung noch Protest. Ich höre Ihnen zu.«

Ellery lachte. »Was also wußte ich jetzt über die Katze?

Daß die Katze jemand war, zu dem Cazalis eine emotionale Beziehung hatte und zu dem insofern eine enge Bindung bestand.

Daß die Katze jemand war, den zu beschützen Cazalis' überwältigender Wunsch war und dessen kriminelle Schuld in Cazalis' Denken fest mit seiner eigenen neurotischen Schuld verwoben war.

Daß die Katze ein Psychotiker war, der einen erkennbaren psychotischen Grund hatte, Menschen aufzuspüren und zu ermorden, die mindestens eine Generation zuvor mit Hilfe des Geburtshelfers Cazalis das Licht der Welt erblickt hatten.

Und schließlich, daß die Katze jemand war, der ebenso Zugang zu den alten gynäkologischen Karteikarten haben mußte wie Cazalis selbst, denn diese waren in einem verschlossenen Wandschrank in seiner Wohnung untergebracht.«

Seligmann, der gerade die Pfeife wieder in den Mund stecken wollte, hielt in der Bewegung inne.

»Gibt es eine solche Person? fragte ich mich. Derer ich gewiß sein kann?

Es gibt sie. Ich bin ihrer gewiß«, sagte Ellery. »Es kann nur diese eine Person sein.

Mrs. Cazalis.«

»Denn Mrs. Cazalis«, sagte Ellery, »ist die einzige lebende Person, auf die alle gerade skizzierten Vorgaben zutreffen.

Mrs. Cazalis ist die einzige lebende Person, zu der Cazalis eine emotionale Bindung und eine enge Beziehung hat, sogar seine engste Beziehung überhaupt.

Mrs. Cazalis ist die einzige lebende Person, der gegenüber Cazalis den Drang verspüren könnte, sie zu schützen, und für deren Schuld sich Cazalis stark verantwortlich fühlen würde ... deren kriminelle Schuld in seinem Kopf mit seinen eigenen neurotischen Schuldgefühlen verquickt war.

Mrs. Cazalis hatte einen erkennbaren – den einzigen eindeutig erkennbaren – psychotischen Grund, Menschen zu ermorden, denen ihr Ehemann einst ans Licht der Welt geholfen hatte.

Und daß Mrs. Cazalis ebenso Zugang zu seinen alten gynäkologischen Unterlagen hatte wie er selbst, liegt auf der Hand.«

Seligmann saß ausdruckslos da. Er wirkte weder überrascht

noch beeindruckt. »Ich bin vor allem an Ihrem dritten Punkt interessiert. Was Sie Mrs. Cazalis' ›erkennbaren psychotischen Grund‹ für die Morde genannt haben. Worauf stützen Sie das?«

»Auf die Weiterführung meiner Methode, die Sie als der Wissenschaft unbekannt bezeichnet haben, *Herr Professor*. Ich wußte, daß Mrs. Cazalis zwei Kinder jeweils bei der Geburt verloren hat. Ich wußte aus einer Bemerkung, die Cazalis mir gegenüber einmal machte, daß sie nach der zweiten Entbindung keine Kinder mehr bekommen konnte. Ich wußte, daß sie danach sehr liebevolle Gefühle für das einzige Kind ihrer Schwester entwickelte, Lenore Richardson, und zwar so sehr, daß die Nichte schließlich eher ihre Tochter war als die ihrer Schwester. Ich wußte oder war zumindest davon überzeugt, daß Cazalis in sexueller Hinsicht als Ehemann versagt hatte. Zumindest während der langen Phase seiner Zusammenbrüche und der sich anschließenden Behandlung muß er seiner Frau ständige Frustrationen bereitet haben. Dabei war sie ja erst neunzehn, als sie ihn heiratete.

Ab dem Alter von neunzehn Jahren«, sagte Ellery, »hatte Mrs. Cazalis also offenbar ein unnatürliches, angespanntes Dasein geführt, das kompliziert wurde durch einen ausgeprägten Kinderwunsch, der jedoch mit dem Tod ihrer beiden Kinder und ihrer Unfähigkeit zu weiteren Schwangerschaften zunichte gemacht worden war, sowie durch eine äußerst unzufriedenstellende und unbeständige Übertragung ihrer Zuneigung auf ihre Nichte. Sie wußte, daß Lenore ihr niemals ganz gehören würde; Lenores Mutter ist neurotisch, eifersüchtig, besitzergreifend, infantil und mischt sich in alles ein – sie ist eine Quelle endloser Zwistigkeiten. Mrs. Cazalis ist keine sehr kontaktfreudige Person und war es auch offenbar nie. Ihre Frustration staute sich deshalb innerlich an, und sie hielt sie im Zaum … lange Zeit jedenfalls.

Nämlich bis sie die vierzig überschritten hatte.

Dann brach es aus.

Ich vermute, Professor Seligmann, daß Mrs. Cazalis sich eines Tages etwas sagte, das danach ihr alleiniger Lebensinhalt wurde.

Als sie erst einmal daran glaubte, war sie verloren. Verloren an die verzerrte Welt der Psychose.

Ich bin nämlich überzeugt, Professor, daß etwas sehr Eigentümliches eintrat. Mrs. Cazalis brauchte gar nicht zu wissen, daß ihr

Mann glaubte, ihre Kinder bei der Geburt getötet zu haben, im Gegenteil, zweifellos wußte sie es nicht – in ihrem rationalen Leben –, denn sonst hätte die Ehe dieses Wissen sicher nicht so viele Jahre überlebt. *Ich glaube jedoch, daß sie im Rahmen ihrer Psychose etwa denselben Punkt erreichte.*

Ich meine, sie sagte sich schließlich: Mein Mann hat anderen Frauen Tausende von lebenden Babys in die Arme gelegt, aber als ich meine eigenen Babys haben sollte, da waren sie tot. Also hat mein Mann sie getötet. Er läßt nicht zu, daß ich meine Kinder behalte. Also lasse ich nicht zu, daß sie ihre Kinder behalten. Er hat meine getötet, ich töte ihre.« Ellery fügte hinzu: »Wäre es wohl möglich, Professor Seligmann, daß ich noch etwas von Ihrem wunderbaren nichtwienerischen Kaffee bekomme?«

»Ach je.« Seligmann beugte sich vor und zog an einer Klingelschnur. Frau Bauer erschien. »Elsa, sind wir Barbaren? Bringen Sie noch Kaffee.«

»Ist ja alles fertig«, blaffte sie auf Deutsch zurück. Und als sie mit zwei riesigen, dampfend heißen Kannen und frischen Tassen zurückkehrte, sagte sie: »Ich kenne Sie, Sie alter *Schuft*. Sie wollen sich unbedingt umbringen.« Damit stolzierte sie hinaus und knallte die Tür hinter sich zu.

»Damit muß ich leben«, sagte der alte Mann. Er sah Ellery mit strahlenden Augen an. »Wissen Sie, Mister Queen. Das ist ganz außergewöhnlich. Ich kann nur staunen.«

»Ja?« Ellery verstand zwar nicht ganz, was er meinte, war jedoch dankbar für den duftenden Kaffee.

»Denn Sie sind auf einer unerforschten Route exakt am vorgesehenen Ziel angekommen.

Das geübte Auge sieht Mrs. Cazalis an, und man sagt sich: Sie gehört zu den ruhigen, unterwürfigen Frauen. Sie ist zurückhaltend, sie sondert sich ab, sie ist dissozial, frigide, etwas mißtrauisch und überkritisch. Ich spreche natürlich nur von der Zeit, als ich sie kennenlernte. Ihr Gatte ist gutaussehend, erfolgreich und bei seiner Arbeit – als Gynäkologe und Geburtshelfer – ständig in Kontakt mit anderen Frauen, doch in ihrer Ehe leiden sie und ihr Mann unter beunruhigenden Konflikten und Spannungen. Trotzdem ist es ihr gelungen, ihr Leben anzupassen, wenn auch sozusagen hinkenderweise.

Sie tat nichts, das besondere Beachtung verdient gehabt hätte. Im Gegenteil: Sie stand stets im Schatten ihres Mannes und wurde von ihm dominiert.

Dann, als sie über vierzig ist, geschieht etwas. Jahrelang hat sie im stillen eifersüchtig die Beziehungen ihres Mannes zu jüngeren Frauen verfolgt, zu seinen psychiatrischen Patientinnen nämlich, denn es ist interessant zu wissen, daß Cazalis, wie er mir in Zürich erzählte, in den letzten Jahren fast ausschließlich Patient*innen* angenommen hat. Sie brauchte keine ›Beweise‹, denn schizoide Tendenzen waren bei ihr schon immer vorhanden. Im übrigen gab es vermutlich gar nichts zu ›beweisen‹. Trotzdem. Mrs. Cazalis' schizoide Tendenzen brachen sich mit einem Mal Bahn und mündeten in einen Wahnzustand.

Eine manifeste paranoide Psychose.

Sie entwickelte den Wahn, ihre eigenen Babys seien von ihrem Mann getötet worden. Um sie ihr vorzuenthalten. Vielleicht glaubte sie sogar, er sei der Vater einiger der Kinder, deren Geburt er erfolgreich betreut hat. Gleichgültig, ob sie ihren Mann tatsächlich für den Vater dieser Kinder hielt oder nicht, machte sie sich auf, um sie zur Vergeltung ihrerseits zu töten.

Ihre Psychose wird von ihrem Innern aus gesteuert. Ihrer Umwelt gegenüber tritt sie nicht in Erscheinung, außer in den Morden.

So würde ein Psychiater wahrscheinlich die Mörderin schildern, die Sie vorhin skizziert haben.

Wie Sie sehen, Mr. Queen, kommt man damit an demselben Ziel an.«

»Abgesehen davon, daß meine Schlußfolgerung«, sagte Ellery mit einem etwas bitteren Lächeln, »offenbar auf poetischem Wege zustande gekommen ist. Ich erinnere mich an den Zeichner, der den Mörder als Katze darstellte, und ich kann seine erstaunliche Intuition inzwischen durchaus nachempfinden. Wird nicht eine Tigerin – die Großmutter aller Katzen – vor Wut ›irrsinnig‹, wenn man ihr ihre Jungen wegnimmt? Außerdem, Professor, gibt es ein altes Sprichwort: *Eine Frau hat neun Leben wie eine Katze*. Und Mrs. Cazalis hat neun Leben auf dem Gewissen. Sie tötete und tötete, bis ...«

»Nun?«

»Bis sich bei Cazalis eines Tages ein grauenhafter Gast einstellte.«

»Die Wahrheit.«

Ellery nickte. »Das kann auf ganz unterschiedliche Weise geschehen sein. Vielleicht hat er durch Zufall das Versteck mit den Seidenschnüren entdeckt und sich an die Reise nach Indien Jahre zuvor erinnert, und dabei fiel ihm ein, daß sie – und nicht er! – diese Schnüre damals gekauft hatte. Vielleicht waren es auch ein oder zwei Namen von Opfern, die ihm irgendwie vertraut vorkamen, dann hätte er nur noch wenige Minuten über seiner alten Kartei zu verbringen brauchen, um es zu begreifen. Vielleicht hat er auch bemerkt, daß sich seine Frau eigenartig benahm, ist ihr gefolgt und kam zu spät, um eine Tragödie zu verhindern, doch gerade noch rechtzeitig, um ihre grauenhafte Bedeutung zu erkennen. Er überdachte dann wahrscheinlich die jüngsten Ereignisse und entdeckte, daß er nicht sagen konnte, wo sie sich in den Nächten der einzelnen Morde aufgehalten hatte. Außerdem leidet Cazalis an chronischen Schlafstörungen und nimmt regelmäßig Schlaftabletten. Dadurch, so wurde ihm vermutlich klar, fand sie reichlich Gelegenheit. Und um nachts aus dem Apartmenthaus heraus- und später wieder hineinzugelangen, ohne von den Hausangestellten gesehen zu werden, gab es ja den separaten Eingang zu Cazalis' Praxis, der direkt auf die Straße hinausführt. Tagsüber werden die Ausflüge einer Frau ohnehin kaum von ihrem Gatten kontrolliert. In unserer amerikanischen Gesellschaft lautet das alles erklärende Zauberwort quer durch alle Schichten ›shopping‹ … Cazalis hat möglicherweise sogar erkannt, daß seine Frau unter dem Einfluß ihrer Paranoia zahlreiche potentielle Opfer von ihrer Liste übersprang, um unmittelbar ihre Nichte zu töten. Das war ihr grauenhaftester Mord, der Mord an dem unbefriedigenden Ersatz für ihre toten Kinder. Doch nur so konnte sie Cazalis in die Ermittlungen hineinmanövrieren und damit über alles informiert sein, was die Polizei und ich wußten und planten.

Auf jeden Fall hatte Cazalis als Psychiater die Nabelschnursymbolik der Seidenschnüre, die sie zum Ermorden sozusagen der Babys wählte, bestimmt sofort erkannt. Mit Sicherheit ist ihm die frühkindliche Bedeutung der Tatsache, daß sie durchgänging den Männern blaue und den Frauen rosafarbene Schnüre zuordnete, nicht entgangen. So konnte er ihre Psychose zu dem traumatischen Ursprung zurückverfolgen, an dem ihr Wahn ansetzte. Es konnte nur in dem Kreißsaal gewesen sein, in dem sie ihre beiden eigenen Kinder verlor. Unter normalen Umständen wäre dies eine zwar für ihn persönlich furchtbare, doch ansonsten rein klinische Beobachtung gewesen, und Cazalis hätte entweder medizinische oder juristische Schritte eingeleitet, wie sie in solchen Fällen üblich sind, oder, falls die Aussicht auf die öffentliche Enthüllung der Wahrheit zu schmerzhaft und zu beschämend war, hätte er sie zumindest irgendwohin gebracht, wo sie keinen Schaden mehr hätte anrichten können.

Doch die Umstände waren keineswegs normal. Da waren seine alten verschütteten Schuldgefühle, die mit demselben Kreißsaal zu tun hatten und sich ständig um ihn bewegten. Vielleicht war es der Schock über die Erkenntnis, was der Geisteskrankheit seiner Frau zugrunde lag, der seine vermeintlich abgelegten alten Schuldgefühle wieder aufleben ließ. Wie dem auch sei: Cazalis muß wieder in die Fänge seiner alten Neurose geraten sein, deren Griff jetzt durch den Schock seiner Entdeckung, die sie ja erst wieder entfacht hatte, noch tausendfach verstärkt wurde. Schon bald überzeugte ihn seine Neurose, es sei alles seine Schuld. Hätte er die beiden Babys nicht ›ermordet‹, wäre bei ihr nicht diese Psychose ausgebrochen. Die Sünde lag insofern allein bei ihm, er allein war ›verantwortlich‹ und mußte deshalb auch allein die Bestrafung auf sich nehmen.

Deshalb schickte er seine Frau in der Obhut ihrer Schwester und ihres Schwagers nach Florida, nahm die restlichen Seidenschnüre aus dem Versteck seiner Frau und legte sie an eine Stelle, die allein mit ihm in Verbindung gebracht werden würde. Und dann bemühte er sich, die Behörden davon zu überzeugen, daß er, Edward Cazalis, das Monster war, nach dem die Stadt New York seit fünf Monaten hektisch fahndete. Sein späteres detailliertes ›Geständnis‹ war für ihn eine seiner bei weitem leichtesten Übungen; durch seine Beteiligung an den Ermittlungen kannte er alle Fakten, die der Polizei bekannt waren, und anhand dieser Fakten konnte er einen plausiblen, überzeugenden Überbau konstruieren. Wieviel von seinem Verhalten an diesem Punkt und seither gespielt und wieviel davon tatsächliche Störung ist, wage ich natürlich nicht zu beurteilen.

Und das, Professor Seligmann, ist meine Geschichte«, sagte Ellery mit angespannter Stimme, »und falls Sie über irgendwelche

Informationen verfügen, die dem entgegenstehen, dann nennen Sie sie mir bitte jetzt.«

Er spürte, daß er zitterte, und schrieb dies dem in sich zusammengefallenen Kaminfeuer zu. Es zischelte ein wenig, als wolle es auf seine Misere aufmerksam machen.

Professor Seligmann stand auf und widmete sich einige Minuten lang der prometheischen Aufgabe, die Wärme im Raum wiederherzustellen.

Ellery wartete.

Plötzlich, ohne sich umzudrehen, brummte der alte Mann: »Vielleicht wäre es weise, Mr. Queen, wenn wir jetzt das Telegramm absenden würden.«

Ellery seufzte.

»Darf ich statt dessen anrufen? In einem Telegramm kann man nicht viel sagen, aber wenn ich mit meinem Vater sprechen kann, sparen wir eine Menge Zeit.«

»Ich melde den Anruf für Sie an.« Der alte Mann schlurfte zu seinem Schreibtisch. Während er zum Hörer griff, fügte er mit einem Anflug von Humor hinzu: »Meine Deutschkenntnisse werden uns – zumindest hier auf der europäischen Seite des Atlantiks – sicherlich erheblich weniger Geld kosten als die Ihren, Mr. Queen!«

Sie hätten genauso gut eine der entfernteren Planeten annrufen können. Sie saßen schweigend, nippten an ihrem Kaffee und warteten gespannt auf das Klingeln, das jedoch ausblieb.

Der Tag ging zur Neige, und das Arbeitszimmer wurde dunkel und konturlos.

Einmal stürmte Frau Bauer herein. Bei ihrem zornigen Auftritt schreckten sie beide hoch. Doch ihr unnatürliches Schweigen und das Zwielicht, in dem sie hockten, machten ihr angst. Sie ging auf Zehenspitzen umher, schaltete Lampen ein.

Einmal mußte Ellery lachen, und der alte Mann hob den Kopf.

»Ich hatte gerade einen absurden Gedanken, Professor Seligmann. In den vier Monaten, seit ich sie zum ersten Mal gesehen habe, habe ich sie niemals anders angeredet oder auch nur in meinem Kopf anders tituliert als ›Mrs. Cazalis‹.«

»Wie hätten Sie sie denn sonst nennen sollen«, sagte der alte Mann grantig. »Ophelia?«

»Ich habe ihren Vornamen nie erfahren. Ich weiß ihn bis heute nicht. Nur Mrs. Cazalis … der Schatten des großen Mannes. Doch seit der Nacht, als sie ihre Nichte ermordete, ist sie stets dabei. Am Rande. Ein Gesicht im Hintergrund. Ab und zu trägt sie ein – äußerst wichtiges – Wort zum Gespräch bei. Sie macht uns alle einschließlich ihres Gatten zu Hampelmännern. Man fragt sich, Herr Professor, was die Vorteile der sogenannten geistigen Normalität sein sollen.«

Er lachte wieder, um zu unterstreichen, daß es sich um einen Scherz handelte, eine gesellige Einleitung zur Konversation; er fühlte sich unbehaglich.

Doch der alte Mann gab nur ein Grunzen von sich.

Danach verfielen sie beide wieder in Schweigen.

Bis das Telefon klingelte.

Die Verbindung war wundersam klar.

»Ellery!« Inspector Queens Stimme übertönte sämtliche Weltmeere. »Geht es dir gut? Was hast du immer noch in Wien zu suchen? Warum hast du dich nicht gemeldet? Nicht mal ein Telegramm hast du geschickt.«

»Dad, ich habe Neuigkeiten für dich.«

»Neuigkeiten?«

»Mrs. Cazalis ist die Katze.«

Ellery grinste. Die Bemerkung war sadistisch spitz gewesen.

Die Reaktion seines Vaters war höchst zufriedenstellend. »Mrs. Cazalis. *Mrs.* Cazalis?«

Dennoch war die Art, wie der Inspector den Namen aussprach, irgendwie eigentümlich.

»Ich weiß, das ist ein Hammer, und ich kann dir jetzt auch nicht mehr erklären, aber –«

»Ellery, ich habe für *dich* ebenfalls Neuigkeiten.«

»Neuigkeiten für mich?«

»Mrs. Cazalis ist tot. Sie hat sich heute morgen vergiftet.«

Ellery hörte sich selbst zu Professor Seligmann sagen: »Mrs. Cazalis ist tot. Sie hat sich vergiftet. Heute morgen.«

»Ellery, mit wem redest du da?«

»Mit Béla Seligmann. Ich bin bei ihm zu Hause.« Ellery riß sich zusammen. Aus irgendeinem Grund war die Nachricht für ihn ein

Schock. »Vielleicht ist es ganz gut so. Für Cazalis bedeutet das auf jeden Fall die Lösung eines schmerzlichen Problems –«

»Ja«, sagte sein Vater mit einem äußerst merkwürdigen Unterton in der Stimme.

»Cazalis ist nämlich unschuldig, Dad. Die Einzelheiten erzähle ich dir, sobald ich zurück bin. In der Zwischenzeit solltest du die Sache beim Bezirksstaatsanwalt ins Rollen bringen. Ich weiß, wir können nicht mehr verhindern, daß der Prozeß morgen beginnt, aber –«

»Ellery.«

»Was?«

»Cazalis ist auch tot. Er hat sich heute morgen ebenfalls vergiftet.«

Cazalis ist auch tot. Er hat sich heute morgen ebenfalls vergiftet. Ellery meinte, den Satz lediglich gedacht zu haben, doch als er Seligmanns Gesichtsausdruck sah, bemerkte er zu seinem Erstaunen, daß er auch diese Worte seines Vaters laut wiederholt hatte.

»Wir haben Grund zu der Annahme, daß Cazalis den Selbstmord geplant hat. Er hat ihr offenbar gesagt, wo sie das Zeug herbekommt, was sie tun soll und so weiter. Sie war schon seit einiger Zeit wie umnebelt. Die beiden waren nicht länger als etwa eine Minute allein in der Zelle, da ist es passiert. Sie hat ihm das Gift mitgebracht, und sie haben beide zur gleichen Zeit eine tödliche Dosis davon genommen. Es war schnellwirkendes Gift, und bevor die Zellentür aufgeschlossen werden konnte, krümmten sie sich schon. Sie sind dann innerhalb von sechs Minuten gestorben. Es geschah alles so rasend schnell, daß Cazalis' Anwalt, der …«

Die Stimme seines Vaters verebbte im Nichts. Zumindest schien es so. Ellery bemühte sich, Wortfetzen zu fassen zu bekommen. Bemühte sich nicht wirklich, irgend etwas zu fassen zu bekommen. Mit Ausnahme eines in Nebel gehüllten Etwas mit steinhartem Kern – etwas, von dem er nie gewußt hatte, daß es zu ihm gehörte. Und jetzt, da er sich dessen bewußt wurde, löste es sich mit Lichtgeschwindigkeit auf und er hatte keinerlei Macht, es zu halten.

»*Herr Queen*. Mr. Queen!«

Der gute alte Seligmann. Er versteht das. Deshalb klingt er so aufgeregt.

»Ellery, bist du noch dran? Kannst du mich nicht hören? Ich kriege keinen Ton aus diesem verdammten –«

Eine Stimme sagte: »Ich bin bald wieder zu Hause. Mach's gut«, und irgend jemand legte den Hörer auf. Ellery fand alles auf eine eigenartig gelassene Art verwirrend. Irgendwo war Lärm zu hören, und irgendwie hatte Frau Bauer etwas damit tun, dann aber wieder nicht, und ganz in seiner Nähe heulte ein Mann wie ein Idiot, während ein Lastzug über sein Gesicht fuhr und glühende Lava seine Kehle hinunterrann. Und dann öffnete Ellery die Augen und stellte fest, daß er auf der schwarzen Ledercouch lag und Professor Seligmann sich über ihn beugte wie der Geist aller Großväter der Welt, in der einen Hand eine Flasche Cognac und in der anderen ein Taschentuch, mit dem er sanft Ellerys Gesicht abwischte.

»Es ist nichts, gar nichts«, sagte der alte Mann mit einer wunderbar beruhigenden Stimme. »Die lange Reise, die körperliche Erschöpfung, die nervöse Erregung während unseres Gesprächs und dann der Schock über die Neuigkeiten, die Ihr Vater für Sie bereithielt. Entspannen Sie sich, Mr. Queen. Lehnen Sie sich zurück. Denken Sie an nichts. Schließen Sie die Augen.«

Ellery lehnte sich zurück und dachte an nichts, er schloß seine Augen, doch dann riß er sie wieder auf und sagte: »Nein!«

»Ist da noch mehr? Möchten Sie mir davon erzählen?«

Dieser alte Mann hatte eine phantastisch starke, sanfte, sichere Stimme.

»Ich bin wieder zu spät gekommen«, hörte Ellery sich selbst mit lächerlich emotionsgeladener Stimme sagen. »Ich habe Cazalis getötet, ebenso wie ich Howard Van Horn getötet habe. Hätte ich sofort Cazalis' Alibis für die neun Morde überprüft, anstatt mich auf meinen hübschen kleinen Lorbeeren auszuruhen, könnte Cazalis noch am Leben sein. Am Leben, anstatt tot, Professor Seligmann. Versehen Sie? Ich bin schon wieder zu spät gekommen.«

Die großväterliche Stimme sagte: »Wer benimmt sich jetzt neurotisch, *mein Herr*?« und dabei klang die Stimme nicht mehr freundlich, sondern richtend. Aber nach wie vor sicher.

»Nach der Geschichte mit Van Horn hatte ich geschworen, nie wieder mit Menschenleben zu spielen, aber ich habe meinen Eid gebrochen. Ich muß wirklich irrsinnig gewesen sein, als ich das tat, Professor. Mein Irrsinn muß organisch bedingt sein. Ich habe meinen Eid gebrochen, und nun sitze ich hier am Grab meines zweiten Opfers. Was sagt der Mann? Was weiß ich, wie viele weitere arme, unschuldige Menschen durch meinen vorzüglichen Irrsinn schon in ein besseres Leben eingegangen sind? Ich habe eine lange, ehrenvolle Karriere genossen und mich in meiner Paranoia gesuhlt. Erzählen Sie mir was von Größenwahn! Ich habe Juristen rechtskundliche Belehrungen erteilt, habe Chemikern etwas über Chemie erzählt, Ballistiker über ballistische Kurven belehrt und vor Männern, die ihr Leben dem Studium von Fingerabdrücken gewidmet haben, über Spurensicherung doziert. Ich habe Polizeibeamten mit dreißig Jahren Berufserfahrung kaiserliche Dekrete über Fahndungsmethoden erteilt und ultimative psychiatrische Analysen zur gefälligen Belehrung von Psychiatern von mir gegeben. Neben mir sieht Napoleon wie ein Toilettenwärter aus. Und die ganze Zeit über laufe ich unter den Unschuldigen Amok wie der Erzengel Gabriel auf Zechtour.«

»Allein das, was Sie jetzt sagen«, sprach eine Stimme, »ist ein Wahn.«

»Das ist doch der Beweis, daß ich recht habe, oder?« Ellery hörte sich selbst lachen, ein absolut widerwärtiges Lachen. »Meine Philosophie ist seit jeher ebenso flexibel und rational wie die der Königin bei Carroll. Sie kennen doch *Alice im Wunderland*, nicht wahr, *Herr Professor*? Bestimmt haben Sie selbst oder andere die Geschichte schon einmal analysiert. Ein großes, Demut einflößendes Werk, es beinhaltet alle Weisheit des Menschen, seit er gelernt hat, über sich selbst zu lachen. Sie finden darin alles wieder, sogar mich. Die Königin kannte nur ein Mittel, um alle Schwierigkeiten zu lösen, große wie kleine: ›Schlagt ihm den Kopf ab!‹«

Der Kerl war aufgesprungen. Er war von der Couch hochgefahren, als hätte Seligmann ihm einen Fußtritt gegeben, und da stand er nun vor dem berühmten alten Mann und wedelte drohend mit den Armen.

»Schon gut! Schon gut. Diesmal habe ich es wirklich satt. Ich werde meinen Irrsinn in weniger tödliche Kanäle lenken. Ich bin fertig, Herr Professor Seligmann. Eine glorreiche Karriere der *Schlamperei,* die sich als exakte, allmächtige Wissenschaft ausgibt, ist soeben für immer eingelagert worden, noch dazu ohne Mottenkugeln. Drücke ich mich verständlich aus? Habe ich mich ganz und gar deutlich ausgedrückt?«

Er fühlte sich von den Augen erfaßt und festgehalten.

»Setzen Sie sich, *mein Herr*. Meinem Rücken bekommt es gar nicht, wenn ich so zu Ihnen hochschauen muß.«

Ellery hörte den Kerl eine Entschuldigung murmeln, und als nächstes wußte er nur, daß er auf einem Stuhl saß und auf die sterblichen Überreste unzähliger Tassen Kaffee blickte.

»Ich kenne diesen Van Horn nicht, den Sie eben erwähnt haben, Mr. Queen, aber es ist offensichtlich so, daß sein Tod Sie so tief getroffen hat, daß Sie unfähig sind, sich einfach auf Cazalis' Tod einzustellen, wie es die Fakten dieses Falls erfordern.

Ihren Gedanken fehlt es an der Klarheit, zu der Sie fähig sind, *mein Herr*.

Es gibt keine rationale Rechtfertigung«, fuhr die wohlerzogene Stimme fort, »für Ihre emotionale Überreaktion auf die Nachricht von Cazalis' Selbstmord. Sie hätten überhaupt nichts tun können, um ihn zu verhindern. Ich sage das, weil ich über solche Dinge sehr viel mehr weiß als Sie.«

Allmächlich begann Ellery, ein Gesicht irgendwo vor ihm zusammenzusetzen. Es war besänftigend, und er saß ganz still und pflichtbewußt da.

»Hätten Sie die Wahrheit innerhalb der ersten zehn Minuten entdeckt, nachdem Sie mit den Ermittlungen in den Mordfällen begonnen hatten, dann wäre das Ergebnis für Cazalis, fürchte ich, dasselbe gewesen. Mrs. Cazalis war die psychotische Mörderin, die so viele unschuldige Menschen auf dem Gewissen hatte. Sie wäre verhaftet, vor Gericht gestellt und verurteilt worden, und anschließend hätte man sie beseitigt, je nachdem, ob sie nach Ihren Gesetzen wegen ihrer Psychose als unzurechnungsfähig erklärt worden wäre oder man ihr unterstellt hätte, daß sie im rechtlichen Sinne – was oftmals absurd ist – für ihre Vergehen verantwortlich war. Sie hätten Ihre Arbeit erfolgreich erledigt und hätten keinerlei Anlaß gehabt, sich irgend etwas vorzuwerfen; die Wahrheit ist die Wahrheit, und eine gefährliche Person hätte aus einer Gesellschaft, der sie so großen Schaden zugefügt hat, entfernt werden müssen.

Und nun überlegen Sie bitte: Hätte sich Cazalis weniger verantwortlich gefühlt, wären seine Schuldgefühle weniger ausgeprägt gewesen, wenn seine Frau verhaftet und beseitigt worden wäre?

Nein. Cazalis' Schuldgefühle wären genauso aktiv gewesen, und letzten Endes hätte er sich selbst das Leben genommen, genau wie er es jetzt auch getan hat. Ein Selbstmord ist ein extremer Ausdruck von Aggressivität, und Menschen kommen dorthin, wenn sie extremen Selbsthaß empfinden. Belasten Sie sich nicht mit einer Schuld, die zu keiner Zeit die Ihre war, junger Mann, und die Sie persönlich unter keinen Umständen hätten steuern können. Soweit Sie überhaupt Macht hatten, die Geschehnisse zu beeinflussen, so besteht der wesentliche Unterschied zwischen dem, was geschehen ist, und dem, was hätte geschehen können, lediglich darin, daß Cazalis in einer Gefängniszelle gestorben ist anstatt auf dem mit dickflorigen Teppichen ausgelegten Fußboden seiner Praxis an der Park Avenue.«

Professor Seligmann war jetzt wieder komplett, sehr klar und nah.

»Ganz gleich, was Sie sagen, Professor, oder wie Sie es sagen, es ist und bleibt eine Tatsache, daß ich mich von Cazalis habe täuschen lassen, bis es zu spät war, um mehr zu tun als mit Ihnen hier in Wien eine verbale Obduktion vorzunehmen. Ich habe versagt, Professor Seligmann.«

»In diesem Sinne, Mr. Queen, haben Sie versagt, das ist richtig.« Der alte Mann lehnte sich plötzlich vor und nahm Ellerys Hand in die seine. Und bei dieser Berührung wußte Ellery plötzlich, daß er am Ende eines Weges angekommen war, den er niemals mehr würde durchschreiten müssen. »Sie haben früher schon versagt, und Sie werden wieder versagen. So sind Wesen und die Rolle des Menschen beschaffen.

Die Arbeit, die Sie sich ausgesucht haben, ist eine Sublimierung, und sie ist von großem sozialen Wert.

Sie müssen sie fortsetzen.

Ich will Ihnen noch etwas anderes sagen: Dies ist für Sie ebenso lebenswichtig wie für die Gesellschaft.

Doch während Sie diese wichtige und befriedigende Arbeit tun, Mr. Queen, bitte ich Sie, sich stets an eine große, wahre Lektion zu erinnern. Sie enthält mehr Wahrheit als das, was Ihre Erfahrung Sie gelehrt hat.«

»Und was für eine Lektion ist das, Professor Seligmann?« Ellery war sehr erwartungsvoll.

»Die Lektion, *mein Herr*«, sagte der alte Mann und tätschelte

Ellerys Hand, steht im 5. Buch Mose, aber auch im Evangelium nach Markus: *Der Herr ist ein Einziger, und kein anderer ist außer ihm.*«

Anmerkung zu den im Text verwendeten Namen

Wenn erzählende Literatur unter anderem die Funktion hat, dem Leben einen Spiegel vorzuhalten, dann müssen ihre Figuren und Orte als realistisch erkennbar sein, und das geschieht durch Namen. In dieser Geschichte kommen notgedrungen zahlreiche Namen vor. Um der Plausibilität willen sind es teils alltägliche, teils ausgefallene Namen. In beiden Kategorien sind sie durchweg erfunden, das heißt, sie beziehen sich auf keine dem Autor bekannte reale Person oder Örtlichkeit. Sollte deshalb eine reale Person in dieser Geschichte auf einen Namen stoßen, der mit ihrem eigenen identisch oder diesem sehr ähnlich ist, oder sollte es zu einem in dieser Geschichte genannten Ort im wirklichen Leben ein Gegenstück geben, dann beruht dies auf reinem Zufall.

Die Geschichte erforderte darüber hinaus die Einführung bestimmter Beamter und Angesteller der Stadt New York. Soweit die Figuren dieser Kategorie Namen erhalten haben und sich diese als mit den Namen wirklicher Beamter und Angestellter der Stadt New York identisch oder diesen ähnlich erweisen sollten, so ist auch hier die Ähnlichkeit rein zufällig, und der Autor erklärt ausdrücklich, daß kein realer Beamter oder Angestellter der Stadt New York in irgendeiner Weise als Vorbild herangezogen wurde. Soweit anstelle von Namen lediglich die Amtsbezeichnungen verwendet wurden, gilt ausdrücklich das gleiche. Der Autor möchte insbesondere auf den Fall des Bürgermeisters (»Jack«) und des Polizeipräsidenten (»Barney«) hinweisen. Weder der derzeitige Bürgermeister bzw. Polizeipräsident der Stadt New York noch irgendein früherer Bürgermeister bzw. Polizeipräsident der Stadt New York, lebend oder tot, wurde in irgendeiner Weise als Vorbild herangezogen.

Es folgt die Liste der erfundenen Personen- und Ortsnamen.

Sollten im Text weitere Namen auftauchen, die in dieser Liste nicht erscheinen, so beruht dies aller Wahrscheinlichkeit nach auf den ermüdeten Augen des Korrektors, und der Leser wird gebeten, sie so zu werten, als seien sie aufgeführt.

Abernethy, Archibald Dudley
Abernethy, Sarah-Ann
Abernethy, Reverend
»Arcanum, Paul«

Bascalone, Teresa
Bauer, Elsa, Österreich
Beal, Arthur Jackson
Der Bürgermeister von New York (»Jack«)

Castorizo, Dr. Fulvio, Italien
Caton, Dr. Lawrence
Cavell, Dr. John Sloughby, Großbritannien
Cazalis, Dr. Edward
Cazalis, Mrs.
Chorumkowski, Stephen
Cohen, Cary G.
Collins, Barcley M.
Cuttler, Nadine

Devander, Bill

Ellis, Frances

Ferriquancchi, Ignazio
Finkleston, Zalmon
Frankburner, Jerome K.
Frawlins, Constance

Gaeckel, William Waldemar
Goldberg (Kriminalbeamter)
Gonachy, Phil

Hagstrom (Kriminalbeamter)
Heggerwitt, Adelaide
Hesse (Kriminalbeamter)

Immerson, Jeanne
Immerson, Philbert
Irons, Darrell

Jackson, Lal Dhyana
Johnson (Kriminalbeamter)
Jones, Evarts
Jurasse, Dr., Frankreich

Katz, Donald
Katz, Dr. Morvin
Katz, Pearl
Kelly's Bar
Kollodny, Gerald Ellis

Larkland, Dr. John F.
»Leggitt, Jimmy«
Legontz, Mrs. Maybelle

MacGayn (Kriminalbeamter)
»Martin, Sue«
Marzupian, Harold
McKell, James Guymer
McKell, Monica
Merigrew, Roger Braham
Metropol Hall
Miller, William

Naardvoessler, Dr., Dänemark

O'Reilly, Maura B.
O'Reilly, Rian
O'Reilly, Mrs.

Park-Lester-Apartmenthaus
Petrucchi, Pater
Petrucchi, George, und Frau
Petrucchi, Stella
Phillips, Celeste
Phillips, Simone
Piggott (Kriminalbeamter)
Der Polizeipräsident von New York City (»Barney«)
Pompo, Frank

Quigley (Kriminalbeamter)

Der Standesbeamte für den Bezirk Manhattan, Geburten- und Sterberegister
Rhutas, Roselle
Richardson, Della
Richardson, Leeper & Co.
Richardson, Lenore
Richardson, Zachary

Sacopy, Margaret
Sacopy, Sylvan
Schönzweig, Dr. Walther, Deutschland
Selborán, Dr. Andrés, Spanien
Seligmann, Dr. Béla, Österreich
Smith, Eulalie
Smith, Violette
Soames, Billie
Soames, Edna Lafferty
Soames, Eleanor
Soames, Frank Pellman
Soames, Marilyn
Soames, Stanley
Stone, Max
Szebo, Graf »Snooky«

Treudlich, Benjamin

Ulberson, Dr. Myron

Velie (Kriminalbeamter)
Velie, Barbara-Ann

Whithacker, Duggin
Whithacker, Howard
Willikins, Beatrice
Willikins, Frederick

Xavinzky, Reva

Young (Kriminalbeamter)

Zilgitt (Kriminalbeamter)

Nachwort

Wenn »Das Licht Gottes« (in: »Mord als schöne Kunst betrachtet«, DuMont's Kriminal-Bibliothek Band 1060) von Ellery selbst als sein »allerbemerkenswertestes Abenteuer« bezeichnet wird, geht es doch immerhin um das spurlose Verschwinden eines großen und soliden Hauses über Nacht, und wenn »Das Ägyptische Kreuz« (DuMont's Kriminal-Bibliothek Nr. 1069) mit seinen multiplen Kreuzigungen zuvor Geköpfter »eines der zugleich widerwärtigsten und raffiniertesten Verbrechen der amerikanischen Kriminalgeschichte« war, so ist die im vorliegenden Band geschilderte Aufklärung der »Katzen«-Morde sicherlich Ellery Queens spektakulärste Tat, und vielleicht hat er dabei sogar die größte detektivische Leistung seiner Laufbahn vollbracht.

Fünf Monate beziehungsweise einundzwanzig Wochen und einen Tag, einhundertachtundvierzig Tage lang, von Anfang Juni bis Ende Oktober 1948 hat der Mörder mit dem Notnamen »Die Katze« Manhattan und mit ihm zunehmend ganz New York in Angst und Schrecken versetzt, einmal allein mit seinem Namen eine Panik ausgelöst, auf deren Konto neununddreißig Tote, hundertfünfzehn Schwerverletze und der damals ungeheuerliche Sachschaden von viereinhalb Millionen Dollar ging. Schließlich kommt es sogar zu einer sinn- und ziellosen Massenflucht aus Manhattan, wie sie einst Orson Welles' als Reportage inszeniertes Hörspiel vom Angriff der Marsmenschen ausgelöst hatte.

Glücklich ist allein die Presse, die mit die Panik noch anheizenden Sensationsmeldungen die Auflagen beträchtlich steigern kann. Einem ihrer Zeichner ist auch die Personifikation des nächtlichen anonymen Würgers als »Katze« zu verdanken, der für jeden Mord ein neuer Schwanz wächst, locker und geringelt wie die indischen

Seidenschnüre, die den Opfern jeweils lautlos die Atemluft nahmen. Schließlich hat die Katze, die inzwischen sogar die erste Seite erobert hat, einen Schwanz mehr, als die Zahl der Opfer beträgt, und dieser Schwanz bildet ein großes Fragezeichen – wer wird das nächste Opfer sein? Denn das ist es, was im gewaltgewohnten New York so kurz nach den Schrecken des Krieges, nach Hiroshima und der Aufdeckung der Verbrechen in den deutschen Vernichtungslagern die Panik auslöst: die völlige Wahllosigkeit, mit der die »Katze« zuzuschlagen scheint. Jeden kann es treffen, der Würger hat kein erkennbares Beuteschema, haßt nicht Juden, Schwule oder Farbige, es ist auch keine kranke Sexualität, die ihn treibt, keine pervertierte Lust, die er sich bereitet – sein Feind ist die Menschheit, die er scheinbar wahllos auslöscht, wobei die nach der Strangulation jeweils penibel verknotete Schnur, bald blau, bald rosa, den einzigen Zusammenhang zwischen den Taten und den Opfern zu stiften scheint. Wenn nach den Worten des berühmten amerikanischen Juristen Daniel Webster, die ein Jurastudent im Buch zitiert, jeder ungeklärte oder auch nur ungesühnte Mord das Sicherheitsgefühl eines jeden Mitglieds einer Rechtsgemeinschaft beeinträchtigt, wie dann erst eine Mordserie, die endlos so weitergehen kann, bis die letzten New Yorker nicht einmal mehr ein Baseballstadion füllen können, wie der Baseball-Fan anschaulich hinzufügt.

Gerade das macht auch die Polizei hilflos. Da es keine kriminaltechnisch verwertbaren Spuren an den äußerst heterogenen Tatorten gibt und auch keinerlei Zeugenaussagen vorliegen, bleibt als Ansatzpunkt nur das Motiv, und eben das ist bei der großen Zahl der Opfer nicht erkennbar. Die traditionelle Suche nach einem gemeinsamen Nenner stößt ins Leere, zwischen den Ermordeten gibt es keinerlei Gemeinsamkeit in Lebensstil, Wohngegend, Beruf, sozialen Zirkeln, Religion, Hobbies, oder wonach man auch immer fragen und suchen mag. ›Open murder‹, einen ›offenen Mord‹, nennen Kenner des Genres solche Untaten, die anonym an einer scheinbar beliebigen Straßenecke begangen werden und die deshalb im Detektivroman eher selten sind, kommen doch für sie als Täter im Grunde die Bewohner eines ganzen Kontinents in Frage. Und hier ist es gar eine nach hinten offene Kette solcher ›open murders‹, die keinen Ansatzpunkt für eine Tätersuche bietet.

In den USA mit ihrem System der Wahlbeamten wird dies Scheitern der Polizei bei gleichzeitiger wachsender Panik unter der Bevölkerung sofort zum politischen Problem für den Oberbürgermeister und seinen Polizeichef. Aktionismus ist angesagt, und so wird nach dem fünften Mord ein Sonderkommando gebildet und dem erfahrenen und erfolgreichen Inspector Queen unterstellt. Im Klartext heißt das nichts anderes, als daß bei anhaltendem Mißerfolg als erstes sein Kopf rollen wird, bevor der Polizeichef oder gar der Bürgermeister an der Reihe sind. Zudem haben die beiden gewieften Politiker dabei den Hintergedanken, Ellery Queen, Inspector Queens durch Presseberichte, aber auch durch seine eigenen Bücher über seine Fälle als Amateurdetektiv berühmten Sohn für die Mordserie interessieren zu können.

Ellery ist nun aber ausgerechnet in dieser Zeit in einer eigentümlichen Lage, in die ihn gerade seine Berühmtheit gebracht hat und die für das in den vierziger Jahren einsetzende Spätwerk der beiden als ›Ellery Queen‹ firmiernden Vettern Frederic Danney (1905–1982) und Manfred Bennington Lee (1905–1971) nicht untypisch ist: In dem vorangehenden Fall, »Ten Days' Wonder«, hat ihn ein Kenner und Bewunderer seines Werks vollständig manipuliert und ein komplettes Netz falscher Fährten so ausgelegt, daß sich Ellery darin verfangen mußte und für den Täter ahnungslos und sogar noch voll Stolz auf seinen Scharfsinn die schmutzige Arbeit verrichtete. Indem seine überragenden Fähigkeiten so mißbraucht worden sind, haben sie gleichsam ihre Unschuld verloren, sind die Instrumente der Aufklärung zu solchen der Verdunkelung geworden, und Ellery will nie wieder den allmächtigen Detektiv spielen. Doch die Sohnespflicht erweist sich letztlich als stärker als die Mischung aus echten Skrupeln und gekränkter Eitelkeit, und so läßt Ellery sich involvieren – zunächst ebenso erfolglos wie die bisherigen amtlichen Ermittler, und sogar einen sechsten Mord kann er genauso wenig verhindern wie das von seinem Vater geleitete Sonderkommando. Diesmal ist es eine Bewohnerin von Harlem, was alle schreckensbleich werden läßt, weiß man doch, wie schnell ein solcher Vorfall zu Rassenunruhen führen kann, wie es sie noch vor wenigen Jahren nach einem Verkehrsunfall mit einem afroamerikanischen Opfer und einem jüdischen Fahrer in New York wirklich gegeben hat. Neuer Aktionismus ist bei den Politikern angesagt, und in der wachsenden Panik ernennt der Bürgermeister Ellery kurzerhand zum ›Sonderermittler für den Bürgermeister‹ – ein weiterer Kopf, der bestenfalls die Lösung findet und schlimmstenfalls vor dem seinigen rollen wird.

So findet sich Ellery zum ersten Mal in seiner Karriere ganz offiziell in der Rolle, die der berühmteste Detektiv aller Zeiten für sich maßgeschneidert hatte – ›consulting detective‹, eine Instanz, an die sich die Polizeidetektive wenden, wenn sie nicht mehr weiterwissen. Und wie Holmes für ihn arbeitende Straßenjungen als seine ›Baker Street-Hilfstruppen‹ bezeichnete, legt sich Ellery jetzt ›87te Straße-Hilfstruppen‹ zu, die ihm zusätzlich zu allen Sondervollmachten irregulär und polizeiwidrig helfen können. Seine Hoffnung setzt er auf die Vorgehensweise, mit der Detektive in Kriminalromanen noch stets erfolgreich Serienmorde aufgeklärt haben: So verwirrend, ungeordnet und aleatorisch eine Verbrechenssequenz auch wirkt – sie muß eine Ordnung haben, ein Gesetz, das es zu erkennen gilt. Die Technik entspricht dabei der, die wir aus dem Mathematikunterricht, aber auch aus Intelligenztests kennen: Die richtige Analyse einer scheinbar wirren Zahlenfolge setzt uns in den Stand, sie fortzusetzen, die folgenden noch fehlenden Zahlen gleichsam vorauszusagen. Gelingt dies dem Detektiv entsprechend bei einer Mordserie, kann er das nächste Opfer im voraus bestimmen und dem Täter eine Falle stellen, wie dies in S. S. Van Dines »Mordfall Bischof« Queens großem Vorbild Philo Vance gelingt (DuMont's Kriminal-Bibliothek Band 1006). Ironisch wird auch als »ABC-Theorie« die Alternative herbeizitiert, wie sie Queens große Kollegin Agatha Christie 1935 in »Die Morde des Herrn ABC« geschaffen hat: Es ist kein wahrer Serienmord; getötet werden soll bloß B, und A und C und alle andern werden hinzugefügt, um B darunter zu verstecken. Und wo versteckt man ein Blatt am besten? Im Wald, hatte schon G. K. Chestertons Father Brown befunden. Doch Queen führt das klassische Vorgehen zum Erfolg, es gelingt ihm in der Tat, beim xten Durchgang durch das Lesern wie Polizisten gleichermaßen bekannte Material vier Gemeinsamkeiten herauszufinden, die einerseits kein Zufall sein können, andererseits selbst wieder eines Schlüssels bedürfen, der sie erst sprechend macht wie einst der Stein von Rosette die Hieroglyphen. Als sich beim neunten Mordfall dieser Schlüssel endlich findet – keineswegs zufällig, wie es den Anschein hat, sondern bei der konsequenten Überprüfung von Ellerys Theorie –, läuft alles andere nach Plan, die Falle, die Überwältigung des Mörders, dessen Geständnis und das große Aufatmen New Yorks. Doch dann merkt Ellery selbst, daß seine geniale Deduktion des Täters so nicht stimmen kann, und es kommt zu einem zweiten Showdown, das den Roman zum Zeitdokument und damit im Abstand von fünfzig Jahren geradezu zum historischen Roman werden läßt. War im ganzen Roman die frühe Nachkriegszeit durch Anspielungen auf den Krieg und die Nazigreuel und das beginnende atomare Wettrüsten im Hintergrund präsent, so erfahren wir jetzt, welch eine Mischung aus Bürokratie und Abenteuer ein Interkontinentalflug zur Jahreswende 1948/49 war und wie schwierig es war, aus New York ins geteilte Wien zur Zeit von Welles' »Drittem Mann« zu kommen. Dort findet Ellery gemeinsam mit dem weisen alten Psychiater Dr. Béla Seligmann die wahre Lösung und muß erfahren, daß er, genau wie im Fall zuvor, wieder manipuliert worden ist. Dr. Seligmann aber tröstet ihn, indem er den früher oft gottgleich sein wollenden Ellery an seine Menschlichkeit und damit an seine Fehlbarkeit erinnert mit den Worten des »Sch'ma Israel« aus dem fünften Mosebuch, das auch Jesus bei Markus zitiert – nur einer ist Gott. Vielleicht ist es den weisen Worten von Professor Seligmann zu verdanken, daß der späte Ellery Queen oft menschlicher wirkt als der frühe.

Volker Neuhaus

Band 1054	Timothy Holme	**Der See des plötzlichen Todes**
Band 1057	Sarah Caudwell	**Adonis tot in Venedig!**
Band 1058	Phoebe Atwood Taylor	**Die leere Kiste**
Band 1059	Paul Kolhoff	**Winterfische**
Band 1060	**Mord als schöne**	**Kunst betrachtet**
Band 1061	Lee Martin	**Tod einer Diva**
Band 1062	S. S. van Dine	**Der Mordfall Canary**
Band 1063	Charlotte MacLeod	**Wenn der Wetterhahn kräht**
Band 1064	John Ball	**In der Hitze der Nacht**
Band 1065	Leslie Thomas	**Dangerous Davies … Auf eigene Faust**
Band 1066	Charlotte MacLeod	**Eine Eule kommt selten allein**
Band 1067	Lee Martin	**Mörderisches Dreieck**
Band 1068	Paul Kolhoff	**Menschenfischer**
Band 1069	Ellery Queen	**Das ägyptische Kreuz**
Band 1070	John Dickson Carr	**Mord aus Tausendundeiner Nacht**
Band 1071	Lee Martin	**Tödlicher Ausflug**
Band 1072	Charlotte MacLeod	**Teeblätter und Taschendiebe**
Band 1073	Phoebe Atwood Taylor	**Schlag nach bei Shakespeare**
Band 1074	Timothy Holme	**Venezianisches Begräbnis**
Band 1075	John Ball	**Das Jadezimmer**
Band 1076	Ellery Queen	**Die Katze tötet lautlos**
Band 1077	Anne Perry	**Viktorianische Morde** (3 Romane)

Band 1073

Phoebe Atwood Taylor

Schlag nach bei Shakespeare

Durch Boston weht ein eisiger Wind, der durch Martin Jones' dünnen Anzug dringt. Abgesehen von einer Tasche mit Golfschlägern ist ihm sonst nichts mehr geblieben. Außerdem ist ihm die Polizei auf den Fersen. Jones kann sich denken, was die von ihm wollen... Er ist erleichtert, erst einmal Unterschlupf in »Peters Antiquariat« zu finden. Was für eine Überraschung, daß ausgerechnet sein alter Freund Leonidas Witherall in dem Buchladen arbeitet. Dann findet man im Laden die Leiche von Professor John North mit zerschmettertem Kopf, und Jones wird sofort verhaftet. Zum Glück ist Leonidas Witherall von seiner Unschuld überzeugt. Sie zu beweisen, ist eine andere Sache.

Band 1074

Timothy Holme

Venezianisches Begräbnis

Der letzte Band der Achille-Peroni-Serie führt den Inspektor nach Venedig. Die ganze Stadt wartet auf die alljährliche Gondelregatta, auf die schon wilde Wetten abgeschlossen werden. Peroni stößt zwischen kriminellen Gondolieri und bröckelnden Adelspalästen auf ein Netz aus Intrigen. Eine Spur führt ins 18. Jahrhundert zum venezianischen Dramatiker Goldoni. Ist alles nur Theater? Aber irgendwo zwischen den Kanälen und Lagunen wird der Mörder wieder zuschlagen. Achille Peroni deckt mit neapolitanischem Temperament, Scharfsinn und unbestechlicher Entschlossenheit die erstaunlichen Hintergründe des Mordes auf.